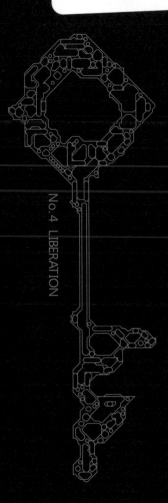

No. 4 LIBERATION

당신의 머리 위에

당신의 머리 위에 2부 🌙 1

박건 장편소설

초판 1쇄 찍은 날 2020년 12월 15일
초판 1쇄 펴낸 날 2020년 12월 22일

지은이 박건
펴낸이 서경석

편집책임 노종아 **| 편집** 박현성 **| 디자인** 신현아&노종아

펴낸곳 도서출판 청어람
등록번호 제387-1999-000006호
등록일자 1999. 5. 31
어람번호 제8-0104호

주소 경기도 부천시 부일로 483번길 40 서경B/D 3F (우) 14640
전화 032-656-4452 **| 팩스** 032-656-4453
E-mail chungeorambook@daum.net
https://blog.naver.com/chungeoram_book

ⓒ 박건, 2020

ISBN 979-11-04-92288-6 04810
ISBN 979-11-04-92287-9 (SET)

당신의 머리 위에 1

2부 종말 대, 종말 대 종말

박건 장편소설

도서출판 청람

종말 대, 종말 대 종말

프롤로그
어느 대마법사의 죽음

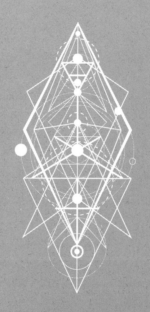

황금으로, 보석으로 치장된 커다란 침대에 한 노인이 누워 있다.

너무나 늙어 나이를 짐작하기조차 어려운 외양이다. 바짝 마르고 건조한 피부는 한 줄기 미풍에도 바스러질 정도로 위태롭고 머리칼은 윤기 하나 없이 버석버석. 왜소한 팔다리는 스스로 몸을 지탱할 수 없고 호흡은 당장에라도 멎을 것처럼 불규칙한 상태.

그렇다. 그는 죽어가고 있다.

"미르."

"네, 대스승님."

건장한 체구의 사내가 노인의 상체를 조심스레 잡아 일으켜 세운다.

번쩍!

'으음…….'

'무슨 눈빛이······.'

'이게 정말 죽어가는 사람의 눈이란 말인가.'

침대 앞에 빽빽하게 도열해 있던 사람들이 움찔하고 몸을 떤다. 물론 그렇다고 그들의 심지가 약해 벌어진 일은 아니다. 그들은 절대 보통의 사람들이 아니었으니까.

삼대 마탑.

오대 무파.

칠대 가문.

세계의 이면(裏面)인 어나더 플레인(Another Plane)을 지배한다고 해도 과언이 아닐 정도로 강대한 세력의 대표자들이 모두 이 자리에 모여 있다.

뿐인가.

각국의 권력자, 열광적인 지지와 피 끓는 원망을 동시에 받는 독재자, 세계적인 대부호, 거대 종교의 지배자, 악명이 자자한 테러리스트, 무지막지한 판매량을 자랑하는 밀리언 셀러 작가, 노벨상을 몇 번이고 받은 과학자, 월드 스타라 불리는 가수, 할리우드 최고의 슈퍼스타······.

그저 이들 모두가 한자리에 모여 있다는 사실만으로도 세계가 들썩일 스캔들이 될 정도로 화려한 면면들이 어지간한 강당 이상의 크기를 가진 침실을 빽빽하게 채우고 있다. [밖]의 존재들은 모르지만, 그들은 한 명 한 명이 무지막지한 이능을 가진 능력자들이기도 하다.

"빠짐없이··· 모였군."

"감히 누구의 명을 거역하겠습니까."

"그래. 맨날 자기들 멱살을 쥐고 흔들던 내 마지막 모습이라면 시간을 내서라도 찾아올 만한 가치가 있겠지."

"대스승님……."

대표로 그의 질문에 답했던 지고마탑의 탑주, 신인화의 얼굴이 안타까움으로 일그러진다.

비록 죽음을 눈앞에 두고 있다 해도… 그들의 눈앞에 있는 노인은 인류 역사상 가장 강력한 힘을 보유한 초월자였다. 이면 세계를 만들어 도탄에 빠진 세계를 구원하고 후진을 양성해 영능의 부흥기를 이끌어낸 인류의 수호자.

대마법사, 제논 호 키프리오스(Zenon ho Kyprios).

초월자에게도 버거운 기적들이, 강대하고 강대한 적들이, 참혹하고 막을 수 없는 세월이 그를 할퀴고 물어뜯어 이 꼴이 되었지만… 그는 긴 시간 동안 인류의 등불이었다. 만일 그가 없었다면 지구상에 남아 있는 생명체 따위 존재할 수 없었을 것이다.

"솔직히 준비가 완벽하다는 확신이 안 서지만… 더 미룰 수가 없군."

한 번, 한 번이 힘겨운 호흡을 고르며 제논이 말한다.

"이제 내가 죽으면… 재앙이 시작될 것이다."

"스승님!"

"아, 닥쳐. 나는 할 만큼 했어."

모든 재앙의 시작은 400년 전의 대전쟁이었다.

언네임드(Unnamed).

이름 없는 자, 혹은 이름 지어지지 않은 자들이라 불리는 그

공포의 존재들은 온 우주를 전란의 소용돌이로 몰아넣었다.

전장(戰場)의 규모는 사실상 전 우주.

지금도 그렇지만 34지구는 당시에도 제3문명에 들어서 있지 못했다. 그리고 제3문명에 들지 못한 대부분의 문명들이 그러하듯 지구 역시 성계신의 가호를 받고 있었는데, 그것은 지구가 외계(外界)의 존재에 대해서 걱정할 필요가 없다는 뜻이기도 했다.

그러나 그럼에도.

지구는 전쟁에 휘말렸다.

수십 수백 개의 나라가 멸망했고 셀 수도 없이 많은 사람들이 죽어나갔다. [적]들의 직접적인 목표나 수탈의 대상이 된 적이 없었음에도 이 지경이다.

'정말 살아남은 게 기적이었지.'

상급 신위에 창조신의 위계를 가진 성계신, 가이아조차 언네임드의 공격으로 살해(神殺)당한 것이 한두 번이 아닐 정도로 치열한 전투였다. 물론 불사의 존재인 가이아는 몇 번이고 다시 부활해 지구를 지켰지만, 그럴 때마다 점점 약해지는 것만은 막을 수 없어 매일매일 인류 멸망의 공포를 느끼던 나날.

그 시절 지구에는 지금보다 훨씬 더 많은 초월자들이 있었지만 지금 살아남은 것은 그중 말석에 불과했던 자신뿐일 정도니더 말해 무엇 하겠는가?

"쿨럭!"

"대스승님!!"

제논이 울컥하고 피를 토하자 놀란 인화가 별빛처럼 빛나는 기운을 일으킨다. 그녀의 주변으로 수십 겹의 마법진이 떠오르며 공명하기 시작했다.

하지만.

"치료하지 마라."

"하지만 대스승님!"

"하지 말라면 좀 하지 마. 넌 동양인이면서 노인 공경도 배우지 않았냐?"

34지구에 살고 있던 초월자 중 유일하게 살아남았다지만⋯ 그의 몸은 정상이 아니다. 강대하고 강대한 저주가 매 순간 그를 고통에 몰아넣고 있었기 때문이다.

온갖 대마법과 기적으로 연명하고 있을 뿐 그의 몸은 이미 시체나 다름없다. 오래 살아남으면 살아남을수록 더 강렬한 저주와 고통이 그의 영혼을 갉아먹고 있는 중.

때문에 그는 이미 100년도 전에 죽으려고 했지만.

'예지 능력이 원망스럽군. 차라리 몰랐으면 곱게 죽었을 텐데.'

200년 전, 고통에 지쳐 죽으려던 그는 미래를 보았다. 인류가 멸망하고 34지구의 문명이 리셋되는 광경을.

그것은 대전쟁이 끝날 때 즈음 억눌러 봉인했던 [언네임드]들이 부활하며 벌어지는 미증유의 재앙이었다. 그저 가능성의 수준이 아니라, 거의 확정된 것이나 다름없는 미래인 것이다.

때문에 그는 준비했다.

세 개의 마탑을 세워 마법사들을 양성했다. 언네임드를 봉인하기 위해 만든 어나더 플레인은 풍부한 마나와 온갖 마법 물품들을 생산할 수 있는 재료가 넘쳐나 이능자들을 키우기에 최고의 환경이었다.

하지만 실패.

다시 발동한 예지에서 멸망하는 인류와 리셋되는 문명을 확인한 그는 또다시 준비를 시작한다.

지리멸렬하게 몰락한 무파(武派)들을 되살렸다. 그들을 지원하고 결집하게 만들었다. 사라진 무학을 복원하고 그들이 순조롭게 성장할 환경을 조성했다.

그래도 미래는 변하지 않았다.

그는 또다시 준비했다.

흑마법을 비롯한 온갖 비인도적인 기술들을 연구하기 시작했다. 인간의 광기를 자극하고 또 그들을 지원함으로써 세계대전을 일으켰다. 전 세계를 뒤흔드는 죽음과 공포, 그리고 시체들은 사악한 비술들을 무시무시한 속도로 발전시킨다.

그는 키메라를 만들었다. 돌연변이들을 양산했다. 악마를 소환하고 마족들과 계약했다. 그리고 그 결과, 그는 존재하지 않던 강력한 인자를 생성해 내는 데 성공할 수 있었으며, 그것들로 태어날 때부터 강력한 초능력을 지닌 채 태어나는 일족을 만들어냈고, 과거에는 상상할 수 없었던 무시무시한 괴물 역시 만들어낼 수 있었으며, 인공적인 영자 기관을 만들어 마법사와 무술가들에게 이식시키는 [시스템]을 완성해 내는 대역사를 이루었다.

초월자의 경지에 올라선, 그것도 타고난 연구자인 그가 전력을 다하자 지구의 전력은 믿을 수 없을 정도로 빠르게 성장했다.

하지만 그럼에도.

미래는 변하지 않는다.

결국 제논은 최후까지 미뤄두었던 방법을 사용했다. [외부]로 시선을 돌린 것이다.

그는 우주의 다른 존재들과 접촉했다. 지구의 문명은 아직 외부의 존재들과 접촉할 수준이 되지 않았지만 운명의 틀을 벗어던져 초월지경에 올라선 그는 개인적인 접촉을 할 수 있었으니까. 물론 그가 그런 행위를 함으로써 상위의 문명이 흘러들어 올 위험이 있었지만, 그런 위험이 있다고 아무것도 하지 않을 수는 없는 일.

그는 그저 최선을 다해 통제했다. 특히나 과학기술은 철저하게 배제했다. 가뜩이나 인류 멸망의 미래가 예지되는데 가이아의 가호마저 사라지면 답이 없었기 때문이다.

34지구를 관광지로 조성하고 또 온갖 인력을 제공하여 게릴트를 벌었다. 그리고 그걸로 더더욱 강한 장비와 시스템, 더 높은 지식과 비기(秘奇)들을 습득해 고위 능력자들을 양성했다.

그러나 그럼에도.

―미래가.

―변하지 않는다.

'내가 무슨 짓을 해도 바꿀 수 없는 미래란 말인가?'

제논은 공포에 빠졌다. 파도처럼 닥쳐오는 매일매일은 그에게 있어 그저 절망일 뿐이다. 영혼이 변질되고 깎여 나가는 끔찍한 감각이 초월한 그의 정신조차도 좀먹고 있는 것.

오직 사명감 하나만으로, 그저 인류와 34지구를 지키겠다는 목표만을 위해 견디고 있는 그였다. 그런데 최소한의 희망마저 보이지 않으니 저주가 불러오는 자살 충동은 더 이상 견디기 힘들 정도.

그런데 지난주.

느닷없이 미래가 변했다.

"대스승님, 당신이 없으면 우리 인류는……."

"우리를 이끌어주십시오!"

"대스승님……."

여기저기에서 울음 섞인 애원이 터져 나옴에도 제논은 그들을 바라보지 않았다.

물론 그도 알고 있다.

더 기다려야 한다. 조사하고 원인을 규명하여야 한다. 대체 무슨 일이 벌어진 것일까? 고작 일주일의 시간 동안 도대체 어떤 특이점이 발생하였기에 무쇠처럼 단단하던 멸망의 미래에 균열이 생겼단 말인가?

그가 여태껏 쌓고 쌓아온 인류의 역량이 드디어 멸망을 이겨낼 수준에 도달한 것일까? 아니면 저 전설에서나 나올 궁극의 용사라도 태어난 것일까? 그것도 아니면 그가 모르는 다른 초월자가 지구에 눈독을 들였나?

그러나 제논은 생각을 멈췄다.

그는 더 이상 견딜 수 없었다.

"모두들 사전에 내려놓은 명령대로 움직여라."

제논은 기나긴 시간 동안 인류를 성장시키며 그들에게 온갖 제약을 걸었다.

당연하다.

믿지 못하니까.

"대스승님, 하지만."

"하지만이고 저지만이고, 해."

거기까지 말한 제논이 다시 침대에 몸을 눕힌다. 번뜩이던 그의 시선이 서서히 잦아든다.

"아… 너희같이 어리석은 머저리들이, 너희같이 탐욕스러운 짐승들이 정말로 재앙을 이겨내고 미래를 마주할 수 있을까. 이 절망적인 미래로부터 인류를 지켜낼 수 있을까?"

"……."

아무도 그의 탄식에 대답하지 못한다.

강대한 능력자들조차도 벌벌 떨 정도로 강렬한 안광이 서서히 꺼져간다.

"걱정이 된다."

그리고 천천히.

"걱정이……."

눈이 감긴다.

"대스승님!!!"

"아아… 정말로……."

"맙소사."

배경처럼 울려 퍼지는 신음 소리와 비명 소리.

그렇게 긴 시간 인류를 지키고, 보살피고, 또 키워왔던.

그러면서도.

끝까지 인류를 믿지 못하던.

어느 대마법사가 죽었다.

최소가 초월자? 🌙 ✦ ✦

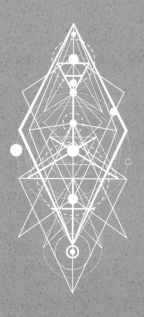

꿈을 꾼다. 그것은 짐작조차 할 수 없을 정도로 먼 과거의, 그리고 어딘지도 알 수 없는 다른 세상의 이야기.

"당신은 누구세요?"

사랑스러운 소녀가 보인다. 세상 그 무엇보다 아름답고, 세상 그 무엇보다도 사랑스러웠던 존재.

촤악.

피가 튄다.

"Hey~ 혹시 호위 같은 거 필요하지 않나?"

상쾌한 미소가 어울리는 사내다. 너무나 많은 것을 나누어 주면서도 아무것도 바라지 않던 사내. 모두에게 박해받으면서도 웃음을 잃지 않던 밝은 영혼.

촤악!

피가 튄다.

"큭큭, 네가 바로 그 [위대한 지혜]인가. 이거 행운이로구먼! 헛소문이라고만 생각했는데 말이야!"

험상궂은 사내가 수백 명의 부하 앞에서 웃고 있다. 그들은 쓰레기. 욕망에 자신을 던져 버린 자들.

좌악!

피가 튄다.

"아아, 이 또한 좋지 아니한가. 만월이 가득한 평원 아래에서의 결투라니."

더없이 선량하고 자신감이 넘치는 목소리를 가진 아름다운 사내. 그야말로 이 세상 그 누구보다 고결한 영혼을 지닌 자.

"그럼 싸워보도록 하지. 무한(無限)의 학살자(虐殺者)여."

좌악!

피가 튄다.

"왜 저런 괴물들 편을 드는 거야! 너도 인간이잖아!"

"살려내. 살려내!! 내 동생을 살려내란 말이야!!!"

"우리들은 정의의 이름으로 네놈을 처단하겠노라."

"왜, 어째서 이런 짓을……!"

"살려줘. 내, 내가 이렇게 용서를 빌 테니……."

"지옥에서… 기다… 리……."

수많은 사람의 모습이 무시무시한 속도로 스쳐 지나간다.

피눈물을 흘리며 오열하는 사내, 증오를 불태우며 검을 휘두르는 여인, 해일처럼 몰아치는 군대와 새하얀 머리칼의 노인들.

"죽어."

"죽어라."

"죽여 버리겠어어어어어!!!!!"

"반가워."

"사랑해요."

"망할… 자식."

"당신을 만나지 말아야 했는데……."

피가 튄다. 팔에 피가 튄다. 발끝과 가슴에 피가 튄다. 셀 수도 가능할 수도 없는 시체와 죽음들. 탐욕과 욕망, 오해와 원망이 어우러져 구르기 시작한 피의 수레바퀴는 멈출 줄을 모르고 하염없이 돌아갔다.

나는 관찰자 시점에서 그것들을 지켜보았다. 인간이 되었음에도 인간을 전혀 이해하지 못하는 대우주의 관리자가 상황만 된다면 악마보다도 악해지는 인간의 탐욕을 자극하는 모습도, 감정이랄 것이 거의 없었던 초월적인 존재가 기쁨과 슬픔, 감동과 공포, 희망과 절망을 겪어가는 과정도. 그리고 마침내 거스를 생각조차 하지 못했던 자신의 창조자에게 분노하는 모습까지도…….

사실, 여기까지만 해도 너무 긴 꿈이다.

인간으로 영락(零落)한 친부가 살아온 삶 중에서도 특히나 임팩트 있는 몇몇 사건들이 파노라마처럼 떠오르는 것임에도, 이미 악몽의 체감 시간은 한 달이 넘어가고 있다. 보통 사람이 이

만한 꿈을 매일같이 꾸면 일상생활조차 제대로 할 수 없겠지.

심지어 오늘은 그것으로 꿈이 끝나지도 않았다.

절망에 울부짖던 친부의 모습이 천천히 페이드아웃되며, 이번에는 파괴된 도시가 모습을 드러내었다. 그 참혹한 광경에, 꿈속임에도 신음이 절로 나오는 기분이다.

아이고, 맙소사. 악몽을 다시 꾸게 된 것도 모자라서 플러스알파가 붙었네.

콰득!

그저 땅을 내디딘 것만으로 거대한 균열이 대지를 할퀴고 지나간다. 그 규모는 실로 파괴적이어서 한순간 새겨진 균열의 길이가 무려 수십 킬로미터에 달한다.

그리고 이어서.

균열이 하늘로 솟구친다.

그것은 단층(斷層)이다. 왕관의 거인은 그저 대지를 딛는 동작 하나만으로 지층을 뒤집어 엎어버린 것! 당연하지만 그 위에 있는 도시 역시 버티지 못하고 뒤집힌다. 온갖 기술과 마학으로 보호받는 도시였지만 신의 징벌 앞에서는 아무런 소용이 없다.

"아악! 살려줘!"

"대체! 대체 왜 라가 이런 짓을 저지르는 거야?! 황금사자의 명령인가?"

"황제 폐하! 제발! 저흰 아무것도 모릅니다!"

"안 돼! 안 돼! 칼리나!"

"어머니!!"

"으으……! 도시가!!!"

희생자의 수는 셀 수조차 없다. 이미 파괴한 도시의 숫자가 세 자릿수를 넘었을 정도라는 걸 생각하면 감히 가늠하기조차 두려운 수준. 탈출하려던 수많은 함선과 비행선들이 파괴되고 강대한 전투 능력을 자랑하는 능력자들 역시 하루살이처럼 죽어나간다. 신의 분노 앞에서, 그 어떤 존재도 자신의 특별함을 자랑할 수 없다.

[아아, 제국이…….]

그 광경을 직접 보고, 또 간접적으로 보조하고 있던 라에게서 울음이나 다름없는 탄식이 터져 나온다. 강철의 심장을 가지고 태어난 무생물임에도 자아와 감수성을 가지고 있는 그의 슬픔은 틀림없이 진실한 것.

그러나.

정원사가 정원의 잡초를 뽑아내며 죄책감을 느끼지 않듯.

농부가 논에 살충제를 뿌리며 곤충의 생명과 고통을 걱정하지 않듯.

[나]에게는 후회도 죄책감도 없다.

"고작 공작가 하나일 뿐이야."

[하지만 왕이여.]

"라."

나의 것이 틀림없음에도 너무나 이질적인, 차갑고도 오만한 목소리가 말한다.

―건방진 벌레 전체를 박멸하지 않은 걸 감사해야지.

"……"

조용히 눈을 뜬다. 창문을 비스듬히 비껴 내려온 햇살이 두 눈을 은은하게 데우고 있는 상황. 나는 별다른 움직임 없이 잠시 그렇게 누워 있던 난 멍하니 중얼거렸다.

"…덥다."

8월이다.

[좋은 아침입니다, 함장님. 현재 시각은 오후 12시 37분입니다.]

"아직 점심시간인가?"

[물론입니다. 저택에서의 식사 시간은 11시경부터 1시 30분경까지니 늦지 않게 준비해서 식당으로 내려가시면 되겠지요.]

"추천 메뉴는?"

[고용인들의 말을 단서로 판단할 때 햄버그스테이크에 참치김치찌개가 가장 나은 걸로 판단됩니다. 뭐 그래 봐야 제 요리에 비하면 하찮은 수준이지만요.]

"레시피에 따른 합성 요리면서……"

[그렇다 하더라도 우주 최고의 맛을 그대로 재현했다는 건 명확한 진실입니다. 영능의 범위에 들어가지 않는 가장 이상적인 맛이지요.]

"…그래, 훌륭하다."

[지당한 말씀이십니다, 함장님.]

뭔가 묘하게 뻐기는 음성을 들으며 몸을 일으킨다. 그리고 숲으로 둘러싸인 창밖의 풍경을 내다보며 지난 시간을 떠올린다.

많은 일을 겪었다. 출생의 비밀을 알게 되고, 또 외계로 끌려가고. 그리고 그래서 우주 전쟁을 겪고 포로로도 잡혀보았다. 고문도 당해보고 적진에서 탈출도 해보았으며 결혼도 이혼도 경험했다.

그리고 심지어 나는…….

저 광활한 대우주에서도 [제국]이라 인정받는 거대 세력의 황제가 되어보기도 했다.

"그런데 그게 고작 반년 만에 일어난 일이라니."

너무 어이가 없어 헛웃음이 나온다.

원래 시간이라는 게 부피보다 밀도가 중요한 요소이기는 하지만 이건 해도 해도 너무 심하다는 느낌.

그리고 그런 내 생각을 파악한 듯 머릿속에 새로운 음성이 울린다.

[사실 진짜 반년은 아니지.]

"왜?"

[아스트랄계와 물질계는 시간의 흐름이 다르니까.]

"하긴 그런 말도 있긴 했지."

드넓은 대우주를 여행하기 위해 만들어진 아스트랄 드라이브는 우주선 전체를 물질계가 아닌 아스트랄계로 이동시켜 작동한다. 광속이라는 [물리적인] 한계를 물질계를 벗어남으로써 수백 수천 배 이상 초월하는 것!

그리고 물질계가 아닌 아스트랄계의 시간 축은 물질계의 그것과 많이 다르다. 우주선 내부에 존재하는 마법기, [시계추]에 의해 조율되기에 일정하게 유지되기는 하지만 비율이 차이 나는 것만큼은 어쩔 수 없는 것이다.

덜컥.

창문을 연다. 재질을 알 수 없는 나무로 만들어진 창문은 고풍스러운 디자인을 가지고 있었는데 평범한 물건이 아닌지 그 안에 거대한 힘이 흐르고 있는 것이 느껴진다.

'건물 전체를 휘감는 마법 회로가 있는 건가? 레온하르트 제국의 물건들과도 전혀 다른 방식이네.'

당연하지만 레온하르트 제국보다 낮다는 이야기가 아니다. 과학 역시 제3문명에 들어선 레온하르트 제국은 마법과 과학을 적절하게 섞은 마학을 적극적으로 활용하기에 나타나는 차이였을 뿐이니까. 그리고 대부분의 경우 마법보다 과학이 경제적이기 때문에 이런 식으로 별다른 기계장치 없이 건물 전체에 마법을 때려 박는 경우는 없다시피 하다.

[저기, 대하.]

그리고 그때 아레스가 묻는다.

[…무슨 문제라도 있는 거야? 표정이 안 좋은데.]

"오."

나는 놀라서 휘파람을 불었다.

"걱정해 주다니. 착하구나, 우리 아레스."

[뭐, 뭐라는 거야, 미친놈이!]

발끈하는 녀석의 반응에 웃으며 내 칭호를 확인했다.

[인류의 재앙]

─사망 시, 〈1〉회 부활 가능.

─반경 10킬로미터 내 인간에게 〈5〉회 공간 이동 가능. 모든 방해를 무시하는 〈절대 이동〉 효과.

─1,000명의 인간을 살려줄 때마다 부활 스택(stack) 1회 충전(최대 2회).

─악인을 1회 살해할 때마다 이동 스택 1 충전(최대 10회).

─당신은 누군가의 아버지를 죽였습니다. 어머니도 죽였지요. 딸도, 아들도, 노인도, 아이도, 가리지 않고 학살했습니다.

100만 명이 넘는 인류를 학살한 당신. 끝없이 회개해도 모자랄 것입니다.

밤에 잠은 잘 오십니까?

"이 텍스트는 대체 어떤 놈이 쓰는 거야……."

어떤 존재를 살해하면 슬레이어 칭호를 획득한다. 그리고 살해를 계속해 그 숫자가 100을 넘어가면 사냥꾼 칭호를 얻을 수 있다. 과거 파리 사냥꾼을 얻은 나는 파리를 천 마리 이상 죽여본 뒤 별다른 변화가 없는 걸 보고 파리 사냥꾼이 살해 칭호의 끝이라고 생각했었지.

'하지만 아니었어. 1만 개체가 넘는 살해를 완수하면 학살자 타이틀이 생겨나니까.'

그리고 그마저도 끝이 아니었다.

1만, 10만을 넘어 마침내 100만에 이르자 [재앙] 타이틀이 나오게 된 것. [살해자] 칭호는 살해 횟수가 100배 증가할 때마다 강화되었던 것이다.

다만.

"하… 100만 명은 무슨."

쓰게 웃는다. 내가 살해한 숫자가 100만은 물론이고 1,000만 명도 넘는다는 사실을 알고 있었기 때문이다. 신위에 취한 나는, 그야말로 재앙 신과 다를 바가 없는 존재였으니까.

조금의 자비도, 심지어 타오르는 증오나 광기조차 없이 나는 학살을 자행했다. 마치 수확물에 농약을 뿌리는 농부처럼 그 작업은 무덤덤하기만 했다.

'학살의 [경험]은 예전부터 많이 꿔왔지만……'

그러나 다르다. 어린 시절부터 항상 꿔오던 악몽은 아무리 강렬하고 생생하더라도 남의 경험일 뿐이었으니까. 그 엄청난 감정과 기억의 폭풍에 휩쓸리는 감각 때문에 고통스러울 뿐 남이 지은 잘못에 대신 죄악감을 느낄 이유가 없는 것이다.

반면에 이것은 오롯한 나의 죄악(罪惡).

이 학살은 내가 나의 의지로 실행한 것이다. 물론 그때의 난 제정신이 아니었다지만… 이걸 부정한다는 건 술에 취해 사람을 죽이고 자신은 무죄라고 우기는 얼간이와 다를 바 없는 행동이겠지.

게다가 더 큰 문제는 따로 있다.

'트라우마가 없다. 심지어 죄책감조차 희미해.'

어릴 적 친부가 인간으로 영락해 벌어진 일들을 악몽이라는 형태로 경험했을 때 내 정신은 거의 박살 나다시피 했다.

나는 밤마다 울었고 비명을 질렀다. 물론 내가 경험한 수백 년의 시간과 다르게 현실에서 꿈을 꾼 기간은 훨씬 적었지만,

그렇다 하더라도 내가 받은 심리적인 타격은 엄청나다는 게 중요하다. 내 자아는 대부분 그 악몽 때문에 뒤틀렸다 해도 과언이 아닐 정도였으니까.

그러나… 지금은 다르다.

나는 내가 학살을 자행했다는 사실을 단지 자각하고 있을 뿐 스스로를 자책한다거나 하는 마음이 매우 희미하다. 속죄 따위는 생각조차 없다.

"하……."

몸을 일으켜 옷을 입으며 한숨 쉰다.

나는 이미 변했다.

돌고 돌아 드디어 지구에 돌아왔지만, 그 지구에 돌아온 난 이미 과거의 관대하와 다른, 신도 인간도 아닌 어정쩡한 존재.

"이게 성장이라면 좋을 텐데."

씁쓸하게 웃으며 문을 열고 경은의 [가문]이 제공한 방을 나선다. 목제로 만들어진 복도를 지나자 계단 근처에 시립해 있던 궁녀(宮女)가 꾸벅 고개를 숙인다. 그 복장과 머리 스타일은 그야말로 사극에서나 보던 종류의 것이다.

'요즘 세상에 궁녀라니. 무슨 궁궐 같군… 아니, 실제로 궁궐이 맞긴 하다만.'

상당한 미모를 가지고 궁녀는 언제나 그랬듯 침묵을 지키고 있는 상황. 그리고 그 모습에 고개를 갸웃거린다.

'어라?'

그녀의 표정은 언제나 그렇듯 차분했지만 그녀의 칭호는 다른 이야기를 하고 있다.

[이(李)가]

[3레벨]

[긴장한 진영화]

'긴장?'

나는 이해할 수 없는 칭호에 고개를 갸웃했다. 당연한 말이지만 그녀가 나를 보고 긴장했을 리는 없다. 한때 인간 사냥꾼이라는 칭호로 나를 멘붕에 빠뜨렸던 경은에 의해 초대되었을 뿐 지구의 나는 배경도 뭣도 없는 그냥 일반인에 불과했으니까.

꾸벅.

떠나는 내 모습에 다시금 고개를 숙이는 궁녀에게 손을 흔들어준다. 내가 머물고 있는 숙소는 지상으로 5층. 지하로는 13층짜리 건물이었고 식당은 숙소 밖에 있었으니 일단 내려가야 한다.

다만 특이한 게 있으니 승강기가 없다는 것이다.

'통짜 목제 건물이라니 편의성은 대체 어디다 던져 버린 건지.'

투덜거리며 목제 계단을 내려가 숙소의 근원(根源)이라 할 수 있는 강녕전(康寧殿)에 도착한다. 신기한 것은 틀림없이 나는 3층에서 아래로 내려왔거늘 아래에서 보면 단층짜리 건물이 보인다는 것.

잠시 강녕정을 둘러보던 난 다시 발걸음을 옮겨 자갈이 깔린

마당으로 나왔다. 이어 고풍스러운 디자인의 문을 지나쳐 근사한 연못이 너머로 보이는 경회루(慶會樓)로 이동한다.

그리고 그 와중 마주친 궁녀의 수는 무려 여덟. 모두 [긴장한]이라는 칭호를 달고 있었다.

'아무래도 뭔가 이상한데. 지니, 뭔가 특이한 정보는 없어?'

[원격 도감청을 진행 중임에도 키워드가 부족합니다. 다만…….]

지니는 놀라운 정보 수집 능력으로 저택의 모든 것을 파악했지만 그렇다고 그것이 완벽한 것은 아니다. 기술 문명보다 마도 문명이 더 발달한 지구의 특성상 중요 자료를 인터넷이나 컴퓨터에 보관하는 경우가 드물었으니까.

다만 레온하르트 제국이 만들어낸 최신 관제 인격 중 하나인 지니는 그저 모른다고 이야기를 끝내지 않는다.

[분위기가 좀 이상하긴 합니다.]

확실히 도착한 식당, 경회루의 분위기는 기묘했다.

'술렁이고 있네.'

며칠 동안 봐왔던 것과 똑같은 고요였지만 저택의 사람들이 명백한 동요를 느끼고 있다는 것을 알 수 있다. 긴장과 두려움. 흥분과 기대가 기묘하게 어우러진 감정의 소용돌이다.

"햄버그스테이크로 주세요."

"너는… 아, 며칠 전 아가씨가 데려온 아이구나. 반가워. 방에서 챙겨 먹었던 도시락하고는 비교도 안 되는 걸로 줄 테니 기다려."

식당 아주머니가 사람 좋게 웃으며 김이 모락모락 피어오르는 햄버그스테이크를 그릇에 올린 후 갈색 소스를 뿌려준다. 궁녀가 돌아다닐 정도로 모든 게 한식인 이 장소의 특수성을 생각해 보면 이질적으로 보이는 양식이었지만 아랑곳하지 않는 태도.

아주머니의 요리 실력이 보통이 아닌 듯 기분 좋아지는 향긋함이 콧속으로 파고든다. 다만 문제는 그 아주머니의 정체도 보통이 아니라는 점이다.

[이(李)가]
[12레벨]
[탐식아귀 하늘 입]

나는 슬쩍 칭호를 분류해 세부 정보를 확인했고, 그대로 그녀의 [종족]을 확인할 수 있었다.

'마족이라니.'

어이없게도 식당을 혼자 책임지고 있는 살집 좋은 아주머니는 인간이 아닌 마족이었다. 물론 그녀가 이곳에 파고든 스파이 같은 건 아닌 모양이다. 칭호를 구체화하면.

[대마법사 제논]
[12레벨]
[붙잡힌 하늘 입]

라는 내용이 나왔으니까. 칭호에 따르면 아무래도 그녀는 인간들에게 포획당한 상태인 것 같다.

'아귀라면… 내가 봤던 최상급 마족도 아귀였지.'

내심 기가 막혀 웃었다. 그러고 보면 그 녀석 역시 대주술사 모르네에게 패배해서 감옥으로 쓰이는 굴욕을 당하던 상태가 아니던가?

아무래도 [아귀족]은 지닌 힘은 몰라도 머리만큼은 그리 좋지 않은 모양이었다. 이렇게 자주 잡혀 이용당하는 걸 보니.

"그나저나 무슨 일이라도 있나요?"

"일이라니 무슨?"

눈을 동그랗게 뜨고 반문한다. 전체적으로 후덕한, 정말이지 누가 봐도 성격 좋은 아주머니로밖에 보이지 않는 그녀가 마족이라니 기가 찰 지경이다.

"분위기가 조금 묘해서요."

"분위기라… 뭐, 당연한 일이지. 크크크……."

순간 그녀의 입꼬리가 쭈욱, 하고 올라가더니 거의 귀밑에 닿을 정도로 크게 입이 벌어진다. 입술 안쪽으로 보이는 날카로운 이빨들은 강철이라도 씹어 먹을 것만 같다. 내가 아니라 다른 일반인이었다면 보고서 자지러졌을 게 뻔한, 그야말로 공포영화에서나 나올 비주얼이었다.

"…아주머니?"

"핫!"

이제야 정신을 차린 식당 아줌마가 깜짝 놀란 표정으로 입가를 수습한다. 그녀는 짐짓 헛기침을 하며 말했다.

"크흠! 뭐 녀석들한테는 천지가 개벽한 날이다. 슬픈 놈도 기쁜 놈도 절망하는 놈도 희망에 가득 찬 놈도 있으니 이런 잔잔함이 오히려 신기할 지경이야."

피식피식 웃은 그녀가 스프를 따로 그릇에 담아 내민다.

"자, 맛있게 먹고."

"네, 감사합니다."

접시를 받아 들고 버릇처럼 음식의 칭호를 확인한다.

[하늘아귀]
[오염도 제거용 햄버그스테이크]

[하늘아귀]
[오염도 제거용 양송이수프]

'오염도라.'

음식에 장난질이 되어 있는 것 같지는 않은데 그렇다 하더라도 특이한 효과다. 오염도를 제거한다? 여기 거주하는 사람들이 저 오염도라는 걸 걱정해야 하는 처지라는 말인가?

고개를 갸웃거리면서도 수저를 움직인다. 지니가 추천했던 대로 맛은 훌륭했다. 알바트로스함의 식단에 익숙해진 나에게도 나쁘지 않은 수준.

그런데 그때 지니의 음성이 머릿속을 울린다.

[함장님, 3번 타깃이 광화문에 도착했습니다.]

3번 타깃이라 함은 나를 이곳으로 데려온 유일한 연줄, 경은이다. 참고로 1번은 행방을 찾을 수가 없는 아버지고, 2번은 다른 장소에 있다는 영민이 형이다.

'동선은?'

[북쪽… 그러니까 속칭 [탑]이라고 불리는 장소에 들렀다가 돌아왔습니다. 초월자급 마법사가 만들어냈다고 짐작되는 폐쇄 공간이 펼쳐져 있어 들여다보는 건 불가능했지만 해당 공간에 수백이 넘는 고위 능력자가 집결하는 과정이 감지되었습니다.]

'고위 능력자가 수백이라고?'

그 정도 규모면 제3문명인 레온하르트 제국에서도 흔치 않은 숫자다. 물론 그래 봤자 초월자 하나도 감당하기 힘들겠지만 이런 지방 행성에 그만한 규모의 인재들이 모이다니… 대체 무슨 일이 벌어지고 있는 거란 말인가?

'기껏 지구에 돌아왔는데……'

절로 인상이 찡그려진다. 내가 대체 무엇 때문에 온갖 부귀영화를 다 버리고 지구에 돌아왔던가. 내가 알고 있는 익숙하고, 평온하고 평범한 삶을 살길 원했기 때문이 아니던가? 그런데 지구마저 이런 꼴이라니.

'물론 무시하고 살면 그만이지만……'

그러나 이미 신성을 깨우친 내 육감이 그럴 수는 없다고 강렬하게 예지하고 있다. 뭐가 어떻게 될지는 몰라도 하여튼 내가 바라는 방향으로 살 수는 없을 것이라는 부정적인 예감.

내심 헛웃음을 지으며 햄버그스테이크를 썰어 먹는다.

그리고 그렇게 반 정도 먹었을 먹었을까? 밖이 웅성웅성하더니 개량한복을 입은 경은이 식당 안으로 들어온다.

'아니, 저따위로 개량할 거면 한복이 무슨 의미야?'

한복이라고 하면 일반적으로 떠올리는 단아한 미 같은 건 어디에서도 찾을 수 없다. 팽팽함이 느껴질 정도로 착 달라붙어 그녀의 늘씬한 몸매를 확연하게 드러내는 백색과 갈색의 조화는 농염함을 넘어 퇴폐적이기까지 했으니까.

심지어 저 옷은 한복 주제에 노출도가 높아서 그녀의 배꼽을 슬쩍슬쩍 드러내고 있다! 식당에 가득한 남정네들이 괜히 넋이 나간 듯 그녀를 바라보는 게 아닌 것!

그리고 바로 그 아이돌 같은 여인네께서는 내 쪽을 바라보고 손을 번쩍 든다.

"앗, 대하야!"

"아아… 그래."

반사적으로 대답하자 주변의 시선이 확 하고 모여들었다.

"흠."

[괜찮겠습니까?]

'그럼 괜찮지.'

[하긴 당연한 일이겠지요.]

지니의 말대로다. 나름 살벌한 기세지만 그래 봐야 [별빛기사단]이라는 이름을 가지고 있던 그 무시무시한 팬클럽의 시선에 비하면 귀여운 정도에 불과하다.

"지내기는 좀 괜찮아? 표면 세계 사람들은 이런 장소에 오면 많이 당황하던데."

표면 세계(表面世界)란 내가 알던 지구 그 자체를 말한다. 이들이 사는 세계, 어나더 플레인이 가지고 있는 이면 세계와 대비되는 이름이다. 전면, 혹은 안쪽이라고도 불리지만 표면 세계라는 명칭이 일반적으로 사용되는 걸로 알고 있다.

"당황은 내 집이 없어졌을 때 다 해서."

심드렁하게 대답하는 내 모습에 경은의 표정이 미묘하게 변한다.

"흠, 너 혹시 이면 세계로 나와본 적이 있는 거야?"

"그럴 리가 있겠냐. 네가 아는 그대로 평범하게 살았지."

거짓말은 아니다. 적어도 지구에서는 평범하게 살았었으니까. 하지만 그 대답이 납득이 안 되는 건지 경은이 눈을 가늘게 뜬다.

"그런 것치고는 너무 태연한데……."

"내 원래 성격이 그래. 그나저나 무슨 일이 있어? 분위기가 묘한데."

"무슨 일? 아아, 물론 있지. 곧 발표될 거야."

"발표?"

영문을 알 수 없는 소리에 의아해하는 순간이었다.

뿌우우우우————

거대한 나팔 소리가 울려 퍼진다. 평범한 나팔 소리가 아니라 거대한 영력이 담겨 있는 영능의 발현.

확실하지는 않지만, 그 소리가 단지 이 자리뿐만이 아니라 지구 전체에 울려 퍼질 것이라는 사실을 짐작할 수 있었다. 영능을 익힌 자라면 지구 어디에 있더라도 그 소리를 들을 수 있겠지.

[위대하고 위대하신 대마법사께서 하늘에 오르셨다! 그는 우리의 아버지였으며 보호자였고 인류를 위해 싸워온 투사, 문명의 구원자였다. 질서의 수호자였던 그의 유지에 따라 우리는 싸워갈 것이다! 이겨낼 것이다! 그리고, 그래서 살아남을 것이다! 모두 고개를 숙여 그의 평온을 기원하라!]

"맙소사, 정말로……."

"오래전부터 나오던 말이긴 했지만… 결국 죽었군."

사람들이 술렁이기 시작한다. 믿을 수 없다는 듯 몸을 부르르 떨기도 한다.

"흥, 독재자 놈."

"아버지. 그래, 그는 확실히 아버지였지. 심심하면 자식을 찢어 죽이던 아버지라 그렇지."

"그가 한 인체 실험의 희생자가 몇 명인 줄 알아? 한자리에 모으면 웬만한 국가 하나를 세울 수 있을걸."

죽은 누군가를 비난하는 사람도.

"은혜도 모르는 금수 같은 것들. 인류를 여태껏 지켜낸 분이 누군데……."

"반대로 그가 구해낸 숫자는 지구 전체라는 걸 모른 척하는 건가!"

분노하는 사람도.

"대마법사께서……."

"이제 어나더 플레인은 어떻게 될까……."

슬퍼하고 불안해하는 이들도 있다.

그러나 그 모든 속삭임들도 잠시.

뿌우우우우~

다시금 울리는 뿔 나팔 소리에 모두가 고개를 숙여 묵념한다. 그의 죽음에 슬퍼하는 이도, 기뻐하는 이도, 뭔가 납득하지 못하고 있는 이도 있었지만 적어도 모두들 예우 정도는 표현하고 있다.

"대마법사라는 건 뭐야?"

내 질문에 경은이 눈을 동그랗게 뜨고 나를 본다.

"역시 영능을 깨우쳤구나? 지고의 마탑하고 좀 얽힌 적이 있다고 듣긴 했는데."

"뭐, 그렇다고 딱히 무슨 이능을 배운 건 아니야."

그건 사실이다. 나는 무공으로 몸을 강화하지도, 마법을 사용하지도 못한다. 예전 알바트로스함에서 마나를 사용하기 위해 여러 가지 방법들을 사용했었지만 언제나 마찬가지다.

나는 마나를 감지할 수 있지만 사용할 수는 없다.

'이제는 다를까?'

나는 신성을 각성해 공작가를 쓸어버린 전적을 가지고 있다. 그리고 틀림없이… 그때의 나는 온갖 권능과 이능을 숨 쉬듯 사용했다. 물론 아레스가 없었다면 그렇게까지는 할 수 없었겠지만 그렇다 하더라도 내 안에서 뭔가가 달라진 것만은 틀림없는 사실일 것이다.

"흐음~ 영능을 각성하긴 했는데 제대로 된 교육을 받은 적은 없는 건가… 뭐, 이미 가문에 보고가 들어가 있으니 기다려. 허가가 나오면 내가 좀 가르쳐 줄까."

"네가?"

"뭐야. 미덥지 못하다 이거야?"

"그런 게 아니라……."

나는 말끝을 흐리며 슬쩍 주변을 둘러보았다. 내가 그녀와 대화를 나누는 것만으로도 여기저기에서 화살 같은 시선이 쏘아지고 있는 상황인데, 내가 그녀에게 직접 뭔가를 배우게 된다면 상황이 어떻게 될까?

그러나 그런 내 상황을 아는지 모르는지 그녀는 천진난만한 표정으로 묻는다.

"아니라?"

"흠."

과거였다면 깔끔하게 철벽을 쳤을 것이다. 말로 형언하기 어려울 정도로 아름답던, 대우주급 아이돌 세레스티아의 청혼조차도 가볍게 거절했던 내가 아니던가? 경은이 예쁜 것은 사실이지만 세레스티아와 비교하자면 부족한 게 사실이니까.

그러나 지금에 와서는 굳이 그럴 필요성조차 느끼지 못하게 되었다.

그녀의 외모, 사람들에게 받고 있는 선망, [밖]이라 불리는 어나더 플레인에서의 막대한 배경 따위는 나에게 아무런 가치가 없다. 이미 그녀는 나에게 있어 선망의 주체도, 협박의 주체도 될 수 없다.

'영능에 제대로 입문하지도 못한 주제에 좀 건방진 게 아닌가 싶지만.'

상급의 신성(神聖), 하급의 신위(神位), 그리고 필멸자의 격(格).

온 우주 어디에서도 찾아볼 수 없는 기형적인 불균형으로 지닌 힘의 극히 일부밖에 활용할 수 없었지만 그것만으로도 나는 중급 신에 맞먹는 힘을 가질 수 있었다.

대우주에도 별로 없다는 중급 초월자. 전력을 다한 일격을 떨쳐내면 행성을 부수는 것조차 가능하고 맨몸으로 우주를 날아다니며 온갖 강대한 권능을 휘두르는 [황제] 클래스의 힘.

그러나 그 힘은 이미 없다.

레온하르트 제국의 신급 기가스, 라(Ra)에 신성을 온전히 담아버린 그 순간부터 나는 약간 뛰어난 일반인에 불과하다. 레벨로 치면 궁녀보다도 낮은 2레벨. 마법도, 무공도 사용할 수 없고 육체의 기능은 '고작' 국가대표급 운동선수 정도에 불과하니까.

그러나 그럼에도.

'위기감이 안 든다.'

어쩌면, 일반인에 불과하다고 했지만 그건 내 육신에 한정된 이야기일 뿐이기 때문일지도 모르지.

제3문명의 끝에 도달한 레온하르트 제국에도 20대밖에 없는 테라(Tera)급 함선, 알바트로스함.

제4문명의 결정체, 쉐도우 스토커.

그리고 무엇보다.

[셀을 차고 간 지 얼마나 되었다고 여자가 꼬이네.]

'꼬이긴 뭘 꼬여, 멍청아.'

[뭐? 멍청이? 이 위대하신 전신님께 못 하는 말이 없군!]

'까불긴.'

그렇다. 그가 있다.

넘버링 613번의 초월병기.

전쟁의 신 아레스(Ares).

"뭐."

피식 웃는다. 주변 사람들의 시선이 점점 더 강렬해졌지만 아무렇지도 않다. 아니, 오히려 마음속에서 불쑥, 하고 반감이 피어오른다.

"상관없지. 부탁할게."

"후후, 그래. 뭐 계통 문제도 있으니 선생님들을 데려갈게. 아! 나는 일정이 있어서 이만!"

자리에서 일어나더니 바이바이~ 하고 손을 흔든 그녀는 이내 쉭 하고 몸을 돌려 성큼성큼 식당을 나섰다.

"여전히 요란한 녀석이구면."

바람처럼 왔다 간 그녀의 모습에 쓴웃음을 짓는다. 그녀가 나와 대화를 나눈 시간은 몇 분 되지 않지만 식당 분위기는 완전히 달라졌다. 그나마 대마법사인가 뭔가 하는 녀석 때문에 어수선한 분위기라 다행이지 그렇지 않았으면 죄다 날 보고 있었겠지.

물론 주변 분위기가 어떻든 상관없는 녀석들은 어디에나 존재한다는 것일까?

턱.

그릇들을 치우고 식당을 나서려는 내 어깨 위로 누군가의 손이 올라온다.

"거기 잠깐."

"…누구신지?"

어깨를 끌어당기는 손길에 따라 몸을 돌리자 특이한 인상을 가진 세 명의 사내가 보인다. 그중 한 명은 신장이 2미터는 되어 보였는데 비쩍 마른 몸 때문에 무슨 막대기를 세워놓은 것 같았고 반대로 1.5미터도 안 되는 신장을 가진 녀석은 살이 엄청나게 쪄서 발로 툭 차면 데굴데굴 굴러갈 것 같은 인상. 그리고 마지막으로 날 돌려세운 녀석은.

'뭐야, 이놈은.'

온몸에 붕대를 감고 있다. 부상을 입었다거나 하는 느낌은 아니다. 그야말로 전신. 콧구멍은 물론이고 두 눈조차 완전히 가려져 몸 어디에서도 녀석의 피부를 훔쳐볼 수 없을 정도였으니까.

나는 녀석의 머리 위를 올려다보았다.

[이(李)가]

[5레벨]

[사령술 숙련자 이현진]

'사령술이라.'

나에게 있어서는 상당히 생소한 계통의 힘이다. 레온하르트 제국에서 사령술은 철저한 비주류 학파인 데다 경원시당하기 때문에 제국에 도착하자마자 고귀한 자들만 모인 황실에 도착한 나로서는 볼 일이 없었기 때문이다.

[쯧쯧, 더러운 시체 성애자들이 납셨군.]

'너무 그러지 마. 그래도 성능은 좋다고 하던데.'

사령술은 레온하르트 제국에서 철저하게 경원시당하는 비주류의 마법 학파이다. 레온하르트 제국에서 사령술사라고 하면 소아성애자로 이루어진 조직폭력배 같은 존재로 인식할 정도니까.

그러나 인식이 안 좋다는 게 약하다는 뜻은 아니다. 아니, 굳이 말하면 강한 축에 속한다고 할 수 있겠지. 사령술은 유구한 역사와 전통을 가진 강대한 학문으로 오랜 전통과 역사를 가진 마도 학문이었으니까.

요는 환경의 문제다.

사령술은 시체와 영혼을 다루는 학파이며, 그렇기에 죽음이 가득한 세상에서 그 위세를 떨친다. 잘 정비된 제도와 법규에 의해 통치받는 레온하르트 제국에는 죽음도 시체도 부족한 데다, 영혼을 능욕하는 행위는 살인 이상의 형량을 받는 최악의 불법이니 다른 발달된 마법 학파들에 비해 가성비만 떨어지는 학문이 되어버리는 것.

'그런데 이곳 어나더 플레인에서 사령술사가 이렇게 대놓고 돌아다닌다는 것은……'

간단한 이야기다.

이곳, 어나더 플레인이 그만큼 죽음과 가깝다는 이야기겠지.

"뭐? 누구신지? 푸하하하! 너 표면 세계 출신이라고 들었는데 꽤 강단이 좋구나?"

"크으, 말을 곱게 하니까 무시를 당하지."

"등신… 식당에서 사고 칠 생각 하지 마…….."

뭐가 그렇게 웃긴 것인지 배를 잡고 웃던 녀석 뒤에 있는 막대기와 덩어리가 음산한 목소리를 흘려낸다. 아무래도 셋은 친구로 보인다.

"뭐, 이해하기 쉽게 설명하자면 이면 세계에 발을 먼저 디딘 선배님들이지. 표면 세계 사람이 학당(學堂)도 성(城)도 거치지 않고 바로 궁에 왔다는 사실에 놀라서 말을 걸어본 거야."

궁(宮).

내가 지금 와 있는 이 장소를 칭하는 말이다. 다만 특이한 점은, 그 장소가 현실의 사람들, 그러니까 [표면] 쪽의 사람들에게도 매우 익숙한 장소라는 점이겠지.

경복궁(景福宮).

그렇다. 바로 그곳이다. 사적 117호. 조선왕조의 건립에 따라 창건되어 정궁으로 사용되었던, 다섯 개의 궁궐 중 첫 번째인 조선왕조의 법궁.

'다만 문제는 드러난 것보다 숨겨진 공간이 더 넓다는 거지만.'

어쨌든 이곳이야말로 대한민국 토착 세력인 이가(李家)의 본거지이다. 어나더 플레인에서 활동하는 사람들이라도 아무나 올 수 있는 장소는 아닌데 안쪽 사람인 내가 와 있다는 사실이 고까운 모양이다.

"뭐, 어쩌다 보니 그렇게 되었어. 그런데?"

"엄지로 하지."

"흠?"

난데없는 말에 의문을 표한다. 나를 바라보는 녀석의 표정은 칭칭 감겨진 붕대로 가려져 읽어낼 수가 없는 상황.

그리고 그런 나를 보며 녀석이 말한다.

"엄지손가락을 자르면 여기에서의 안전을 보장하지."

"……."

너무 어이가 없어서 입이 저절로 벌어진다. 아니, 이놈 봐라?

"협박인가?"

"협박이 아니라 당연한 과정이야."

"싫다면?"

"싫다……."

"나 참……."

순간 막대기와 덩어리의 눈이 서늘하게 빛난다.

"후후후, 꽤 기개가 있는데? 너 같은 녀석 싫어하지 않아……."

말로는 칭찬하지만 붕대 녀석에게서도 살기가 퍼져 나가는 것은 마찬가지.

그러나.

"나 이거 참……."

그저 헛웃음만이 나온다.

"지랄 났네."

"…뭐?"

전혀 예상치 못한 반응이었던 것인지 녀석들이 표정이 멍청하게 변했다. 하지만 그것도 잠시. 이내 녀석들의 살기가 섬뜩하게 터져 나온다.

그리고 그 순간.

"그만."

날카롭게 그 모든 살기를 가르며 우리 사이로 걸어 들어오는 존재가 있었다. 아까 식당을 떠났던 경은이다.

"내 손님한테 지금 무슨 짓이야?"

"아, 죄송합니다. 아가씨. 하지만 궁에 들어오려면 원칙적으로……."

"왕족이라 하더라도 관습은 지키셔야 합니다."

"그리고……."

마치 몰아붙이듯 다다다 떠드는 녀석들이었지만 경은은 가볍게 그 말을 자른다.

"대하는 우리 일족이 되기 위해 이곳에 온 게 아냐. 손님이지."

"하지만."

"하지만은 무슨 하지만이야? 더 이상 이 일에 왈가왈부하는 건 나에 대한 도전으로 알겠어."

"……."

침묵을 지키는 녀석들을 보며 경은이 엄한 표정을 짓는다.

"대답은?"

"…예, 아가씨."

전혀 납득한 표정이 아니었지만 대놓고 반항할 수는 없는 것인지 순순히 고개를 끄덕이는 셋을 잠시 노려보던 경은은 이내 내 쪽으로 고개를 돌려 사과한다.

"미안해, 대하야. 아저씨한테 부탁도 받았으면서… 이거 받아."

"아니, 아가씨, 그건……."

"아, 좀 닥쳐! 너 같은 녀석들 때문이잖아!"

시끌시끌한 그들의 대화를 들으며 호랑이 모양의 옥패(玉佩)를 받아 든다.

[마탑주 신인화]

[8레벨(3회)]

[소환석(召喚石)

'마탑주라.'

[34지구를 암중으로 지배하고 있는 마탑의 수장을 뜻하는 말입니다.]

'그 정도야 알지.'

세계의 이면인 어나더 플레인은 열다섯 개의 세력에 의해 지배받고 있다.

삼대 마탑.

오대 무파.

칠대 가문.

한국에는 이 중 두 개의 세력이 존재하고 있었는데, 이 중 하나는 한국의 토착 세력이자 왕실(王室)을 대표하고 있는 이가(李家)이다. 내가 지금 머물고 있는 경복궁이 바로 그 근거지라고 할 수 있겠지.

그리고 또 다른 세력은 보람이 소속되기도 한 지고의 마탑. 다만 온전히 한국 사람들로 이루어진 이가와 다르게 지고의 마탑은 동북아시아 전체를 아우르는 다국적 단체였다.

[사실 지고의 마탑은 50%가 중국인, 30%가 일본인, 그리고 15%의 기타 인종으로 구성되어 있지요. 한국인은 5%, 그러니까 2,000명에 불과합니다. 그 2,000명 중에 마탑주가 있다는 점이 특이 사항이지만요.]

'복잡하구먼.'

내가 머릿속을 울리는 지니의 설명을 가만히 듣고 있는 사이 세 녀석. 그러니까 양아치 삼총사 녀석들을 눈빛으로 단속한 경은이 말한다.

"항상 가지고 다녀."

"이걸?"

"그래. 솔직히 말하면 지금 네 태도는 너무 위험해. 이곳. [밖]은 언제 사람이 죽어나가도 이상할 게 전혀 없는 곳이니까. 뭐 그래도……"

후후후, 하고 웃으며 경은이 떠나간다.

"깡 있는 남자는 싫어하지 않아."

"……"

"……"

"……"

경은이 떠나가고 잠시 우리들 사이에 침묵이 흐른다. 나는 어이가 없어서 헛웃음을 지었다.

"나 참, 뭘 호감도 오르는 소리를 하고 앉았어."

"너, 여전히 태평하군."

"슬슬 재미없는데."

막대기와 덩어리가 서늘한 목소리로 시비를 걸었지만 아무래도 상관없는 잡소리일 뿐. 가볍게 무시하고 몸을 돌린다.

그리고 그렇게 걸어가는 나를 향해 붕대가 말을 건다.

"너… 시계 좋군."

"시계?"

난데없는 소리에 황당해하며 왼팔을 들어 올린다. 물론 내 시계는 꽤 근사한 물건이다. 검은 광택이 흐르는 근사한 디자인의 메탈 워치는 누가 봐도 나를 위해 맞춤으로 만들어낸 명품의 그것이었으니까.

그러나… 사실 이 시계는 그저 명품 따위가 아니다.

이것은 제4문명의 결정체. 쉐도우 스토커.

정점의 기술 문명을 이룩한 캔딜러족이 중급 신위를 가진 레온하르트 황제를 위해 만들어낸 이 궁극의 개인 무장은 절대 속성이라 불리는 시(時), 공(空), 무(無)의 요소를 실질적으로 활용하는 데 성공했다.

때문에, 쉐도우 스토커의 탄환은 시간을 가로질러 적을 관통한다. 제아무리 놀라운 반사신경을 가진 존재라도, 혹은 완벽에 가까운 예지 능력을 가진 존재라 해도 쉐도우 스토커의 탄환을 피하거나 막아낼 수는 없다.

때문에, 쉐도우 스토커의 탄환은 영원히 바닥나지 않는다.

그 크기가 달에 육박하는 거대한 군수공장이 그 안에서 무한정의 병기를 찍어내기 때문이다.

때문에, 쉐도우 스토커의 탄환은 창조와 소멸을 불러일으킨다. 단 한 발의 탄환이 모든 공격을 막아내는 벙커로 변할 수도 있고, 거꾸로 모든 것을 파괴하는 극대 소멸을 일으키기도 한다.

그저 영성이 부족하여 초월병기에 비비지 못할 뿐, 대우주급 세력들에게도 국보급 보물이 바로 이 쉐도우 스토커인 것이다.

'쉐도우 스토커의 정체를 알아보는 건 아닐 텐데.'

탐욕이 느껴지는 붕대 녀석의 목소리에 의혹이 떠오른다. 왜냐하면 제4문명의 결정체인 쉐도우 스토커를 알아볼 정도로 그의 경지가 높지 않기 때문.

그러나 이내 고개를 흔들었다. 하긴 알면 어떻고 모르면 또 어떻겠는가?

"좋지. 이 행성을 팔아도 못 살 물건인데."

"뭐? 그게 무슨 말이지?"

"무슨 말은."

말 그대로지.

나는 피식 웃으며 그를 무시하고 지나간다. 녀석이 발끈해 한 발 앞으로 나섰지만 뒤에 있던 막대기와 덩어리가 녀석을 막는다.

"잘 먹었습니다."

"후후, 잘 먹었다니 다행이구나. 다만 식당에서 싸우는 건."

"자제하라고요?"

가볍게 자르고 들어간 내 말에 아주머니가 웃는다.

"아니, 권장한다고."

"…왜죠?"

"왜냐니."

무슨 그런 질문이 있느냐는 듯 식당 아줌마가. 정확히는 아귀의 피를 타고난 마족이 씨익 하고 웃는다.

"원래 좁밥들 싸움이 제일 재미있는 법이거든."

"…아, 네."

떨떠름하게 대답하다 슬쩍 주변을 둘러본다. 그러고 보니 그녀가 식당 아줌마이긴 해도 밥을 타 가는 사람들이 그녀를 조심히 대했다는 사실이 떠오른다. 아무래도 그녀의 정체는 비밀 같은 게 아닌 모양.

그리고 비밀이 아니라면 당연히 모두가 그녀를 조심스럽게 대해야 한다. 12레벨이나 되는 탐식아귀는 어느 정도 숙련된 완성자, 그러니까 마스터급의 강자가 아니던가?

그러나 그런 나와는 생각이 다른 듯 여태 조용히 있던 아레스가 헛웃음을 짓는다.

[하찮은 마계의 졸(卒) 따위가 약자들 사이에서 사자인 척하는군.]

지니도 말을 보탠다.

[그래 봐야 목줄 매인 짐승 주제에 말이에요. 하지만 저런 마족의 활용법은 신기하긴 해요. 이런 하위 문명에서 저런 일이 가능하다니.]

식기들을 밀어 넣고 식당을 나서며 지니에게 생각을 전한다.

'대마법사가 개인적으로 잡은 모양이더라고. 마족을 잡아서 고작 식당 아주머니를 시키고 있다는 점이 의문이지만… 리스크가 있다는 걸 감안해 보면 필요해서 한 일이겠지.'

다만 문제가 있다면 바로 그 [대마법사]가 오늘 죽었다는 점이다. 조치가 되어 있는 듯 대마법사가 죽었음에도 마족 녀석이 탈출하거나 하지는 못하고 있지만, 지구의 이면 세계를 지배하던 가장 강대한 존재가 사라졌으니 어나더 플레인 전체가 휘청거릴 권력의 지각변동이 일어날 건 불 보듯 뻔한 일이겠지.

좌아아—

식당을 나서자 잔잔히 출렁거리는 연못의 모습이 보인다. 사실 이것은 이곳, 그러니까 [밖]에 오기 전에도 본 적이 있던 광경이다.

"설마 경회루를 식당으로 쓰는 집단에 들어오게 될 줄은 몰랐는데."

경회루(慶會樓).

이곳은 경복궁에 있는 누각으로, 조선 시대에 연회를 베풀던 곳이다. 대한민국 국보 제224호에 당당히 이름을 올리고 있는 장소.

경회루의 연못, 경회지(慶會池)의 물은 지하에서 샘이 솟아나고 있으며, 북쪽 향원지(香遠池)에서 흐르는 물이 배수로를 타고 동쪽 지안(池岸)에 설치된 용두의 입을 통하여 폭포로 떨어진다고 한다.

'5층으로 개조당한 건물들도 그랬지만… 여기도 표면 세계랑은 다르군.'

나는 걸음을 옮겨 경회지를 내려다보았다. 맑고 맑은 경회지에서 느긋하게 유영하고 있는 금빛 비늘의 잉어들이 보인다.

다만 그것이 전부는 아니었다.

'이거야 원… 여기가 정말 하위 문명이 맞긴 한 건가.'

[뭔가 이상이 있습니까, 함장님?]

'아니, 뭐 별로.'

나는 연못 가장 깊숙한 곳을 내려다보며 웃었다.

[대마법사 제논]

[15레벨]

[이무기 백(白)]

꽤 늦은 말일지도 모르지만 신성을 겪은 이후 칭호를 보는 내 능력은 한 차례 격변을 겪었다. 나쁜 쪽은 아니었다. 군이 말하자면 갱신, 혹은 업데이트에 가까운 변화였으니까.

그리고 그중 가장 큰 변화는 바로 [레벨] 시스템이다.

'이무기라… 지구에서 본 존재 중에는 가장 강하네. 초월자(20레벨)로 짐작되는 대마법사인가 하는 녀석은 직접 보지를 못했으니.'

인간은 일반적으로 1레벨이다. 꼬마 아이부터 건장한 성인 남성까지 1레벨인 걸 보면 하나의 레벨의 가지는 폭이 꽤나 넓은 모양.

무력으로 치면 TV에 나온 격투기 선수들이 2레벨이었고 다른 방면으로는 노벨상을 탔다는 대학교수들이 2레벨이나 3레벨이기도 했다.

'즉, 일반적인 인간의 한계는 3레벨이라는 뜻이지.'

특히나 무력적인 면에서는 2레벨을 넘어서는 존재는 찾아볼 수가 없다. 인간의 육신이 가지는 한계 때문인데, 다큐멘터리에 나온 맹수 중 극소수, 그러니까 곰이나 호랑이 같은 녀석들이 종종 3레벨이었지만 그건 인외(人外)의 경우일 뿐.

'하지만 강녕전의 매 층마다 서 있는 궁녀들이 3레벨이다.'

그 원인은 아마도 이능(異能)의 학습 유무일 것이다. 거꾸로 말하면, 수행자는 이능을 연마함으로써 인간의 한계를 초월하는 게 가능하다는 뜻이기도 하겠지.

참고로 레벨이 추가된 것 말고도 변화는 또 있었다.

성명: 관대하

클래스: 없음

칭호: 인류의 재앙. 1레벨.

근력: 100 체력: 100 생명력: 100 순발력: 100

마나: 100 마나력: 100 항마력: 100

회복력: 100 마나 회복력: 100 운: 100

상태: 정상

스탯창이야 어릴 적부터 가지고 있었다. 그랬기에 스탯이 상승하는 칭호, [파리 사냥꾼]을 굳이 달고 다녔던 게 아닌가?

하지만 지구에 있을 때와 다르게 스탯들이 전체적으로 준수해졌다. 기껏해야 10포인트, 많아야 20대 후반에 불과하던 스탯들이 무슨 조정이라도 당한 것처럼 죄다 100포인트에 맞춰져 있는 것.

100포인트라고 하면 적어 보이지만 이 정도만 해도 인간의 한계에 근접한 수치다. 한 손으로도 80킬로그램짜리 쌀자루를 우습게 들고 벤치프레스를 하면 300킬로그램도 어렵지 않게 드는 괴물 같은 육신.

그리고 여기에서.

"책."

파라라락—!

말과 동시에 눈앞으로 한 권의 책이 떠올라 자동으로 펼쳐지고 스탯창에 변화가 생긴다.

성명: 관대하

클래스: 없음

칭호: 인류의 재앙. 1레벨.

근력: 100 체력: 100 생명력: 100 순발력: 100

마나: 100(+600) 마나력: 100(+600) 항마력: 100(+600)

회복력: 100 마나 회복력: 100(+600) 운: 100

상태: 정상

스탯창에 플러스된 추가 능력치들이 생겨났다. 그 출처는 너무나 명확하다.

'나폴레옹.'

폭발과 함께 터져 나가던, 근사한 망토가 인상적이었던 거대 기가스의 모습을 떠올린다. 그는 죽었지만 그의 심장, 아이언 하트는 내게 깃들어 마나와 관련된 스탯들에 엄청난 보정을 부여하고 있다.

물론 말도 안 되는 일이다.

아이언 하트가 무슨 내단도 아니고 생명체가 흡수하는 게 가능할 리 없다. 그건 사람이 기름을 마셔서 자동차만큼 빨리 달린다는 것이나 다름없는 헛소리. 하지만 기계신 디카르마의 친자인 나에게 일반적인 제약 따위는 상관없는 일일 것이다.

'지니, 이무기에 대해 알아?'

[수련자들을 말씀하시는군요. 그중에서도 이무기라면 두 가지로 갈래로 나뉩니다.]

'두 가지?'

의문을 표하는 내 말에 이번에는 아레스가 답한다.

[아아, 그건 꽤 유명하지. 적공(積功)과 등용문(登龍門)이다.]

적공이란 도(道)를 수련하는 과정을 말한다. 그 과정은 다양하지만 천년적공(千年積功)이 일반적이며 그 모든 과정을 완료해 원영신(元靈身)을 완성하면 필멸자의 틀을 벗어던지고 초월경에 발을 내딛게 된다.

반면 등용문은 엘로힘, 정확히는 선계(仙界)에서 제시한 시험으로 특수한 조건이나 시련을 완료할 시 초월종, 혹은 그 이상의 존재로 재탄생한다고 한다.

'어느 쪽이 더 어려워?'

[물론 둘 다 어렵지요.]

[초월지경이라는 게 원래 그래. 나를 탔던 조종사 중에 적공을 거친 녀석도, 등용문에 올랐던 녀석도 있는데 둘 다 장난이 아니라고 하더라고.]

적공, 그러니까 천 년간 자신의 영혼에 초월자로서의 기틀을 단단히 세우고 쌓아가는 대역사(大役事)는 불굴의 의지를 가지고 있어도 이뤄내기 어렵다. 놀며 살아도 절대 짧지 않은 게 천 년이란 시간인데 온 힘을 다한 수련을 천 년이나 하라니? 정신이 나가도 이상할 게 없는 과정인 것.

심지어 적공(積功)의 과정은 고통과 지루함만이 문제가 아니다. 일 년에 한 번씩 작은 시련이, 십 년에 한 번씩 힘든 시련이, 백 년에 한 번씩 공적 그 자체를 무너뜨릴 정도로 고된 시련이 주어지니 그 과정에서 실패하거나 포기하는 이가 속출하는 것이다.

그것은 다른 누구도 아닌 그들이 속한 세계(世界)가 내려주는 시련으로, 주로 적공을 방해하는 방식으로 행해지며, 그 방식은 마음속에서 일어난 심마(心魔)나 의혹, 수련 자체에 대한 고민에서부터 인연의 굴레나 천재지변, 갑작스러운 적의 출현 등 매우 다양하다.

특히나 천 년째에 주어지는 시련은 너무나 악랄하고도 지독해 천년적공이라는 위업을 거의 달성한 수련자들조차 셀 수 없이 무너져 내리기로 유명하다.

천 년 동안 뼈를 깎는 노력으로 업을 쌓아올린 이무기가 승천하려는 그 순간, 평소라면 우습게 볼 만한 적으로부터 공격을 받아 [내 천년적공이—!!!]라는 비명 지르며 내단을 헌납하는 상황이 벌어지곤 하는 것이 바로 그런 이유 때문.

[등용문의 방식은 조금 다르지요. 적공이 스스로와의 싸움이라면 등용문은 경쟁이라 할 수 있는 과정이니까요.]

등용문에 올라서기 위해서는 같은 길을 걷는, 대우주 모든 수행자들과 경쟁해야 한다. 무조건 무지막지한 시간을 잡아먹는 적공과 다르게 등용문은 운만 좋으면 1년 안에도(물론 그런 경우는 거의 없다) 올라설 수 있지만, 그건 다른 쟁쟁한 경쟁자들을 모조리 이겨내야만 가능한 일이다.

[지구식으로 말하자면 적공은 초, 중, 고등학교를 나와 대학교에 입학한 후, 다시 대학원에 입학하고 박사 학위까지 따는 과정을 '단 한 번이라도 수업 시간에 졸거나, 지각하거나, 혹은 평균 이하의 점수를 받으면 다시 처음부터 시작해야 한다'는 조건하에 하는 것이고… 등용문은 그냥 전 세계 수능 시험에서 1등을 해야 하는 난이도라고 할 수 있지요. 못 하면 할 때까지 계속해야 하고 말이지요.]

'살인적이구먼.'

나는 조용히 잠들어 있는 하얀색의 이무기를 안쓰러운 눈으로 내려다보았다. 내 입장에서 보자면 그냥 한세상 살다 가면 좋은데 왜 고생을 하냐는 생각도 들지만… 꿈을 위해 발버둥치는 녀석을 비웃을 자격은 세상 누구에게도 없겠지.

[그나저나 왜 갑자기 이무기에 대해서 물으시는 건가요. 함장님?]

'그냥 문득 이 지구의 영능 수준이 너무 높다는 생각이 들

어서.'

몸을 돌려 경회지를 뒤로하고 걷는 내 말에 지니가 답한다.

[동감합니다. 둘러보면 둘러볼수록 특이한 곳이지요. 흠.]

지니는 잠시 고민하는 기색이다. 다만 프로그램일 뿐이지만, 이럴 때 보면 그녀가 더없이 인간처럼 느껴진다.

[혹 신경 쓰이신다면 제국에 정보 요청을 하시겠습니까? 34지구는 관광특구로서 일부 지역을 개방했을 뿐 연합에 정보 공개를 하지는 않아서 제가 가진 정보로는…….]

'아아, 됐어. 굳이 거기에 연락할 정도는 아니지.'

가볍게 거절 의사를 표시했을 때였다.

―아오오오오오!

경회루 입구에 서 있던 내 귀에 요란한 늑대 울음소리가 들린다. 물론 진짜 짐승의 울음소리는 아니다.

전해지는 것은 선명한 마기(魔氣).

즉 저 밖에서 울부짖고 있는 것은 마족이라는 말이다.

"저기, 누나."

거의 모든 문에 위치한 궁녀 중 한 명을 부른다. 곱게 묶어 올린 머리를 비녀로 고정한 단아한 인상의 미녀가 내 쪽으로 고개를 돌린다.

"저 소리는 뭐예요?"

"궁 안은 안전하니 불안해하지 마십시오."

"아니, 불안하다는 게 아니라."

"궁 안은 안전합니다."

그렇게만 말하고 단호하게 입을 다무는 궁녀의 모습에 혀를 찬다. 대부분의 경우 미소와 친절로 사람들을 대하는 그녀들이지만 대체 무슨 교육을 받은 것인지 항상 경직되어 있는 모습이 답답하다.

'지니.'

[잠시만 기다려 주십시오, 함장님. 셋, 둘, 하나. 어나더 플레인으로 이동을 완료하였습니다. 촬영 시도에… 성공하였습니다. 소음의 진원지를 디스플레이로 띄워 드리겠습니다.]

지잉.

내가 쓰고 있는 안경 형태의 마도병기 우자트가 가볍게 진동한다. 나는 신기해서 물었다.

'지금 표면 세계에 있다가 이면 세계로 넘어온 거야?'

[그렇습니다. 함장님.]

'생각 이상으로 빠르네.'

[알바트로스함은 아스트랄 드라이브를 장착하고 있으니까요.]

당연하다는 음성에 고개를 끄덕인다. 하긴 아스트랄 드라이브는 함선 자체를 다른 차원으로 보내는 기능이니 이상할 것도 없는 일이다. 이면 세계가 무슨 록이 걸려 있는 개별 차원 같은 건 아니었으니까.

삑.

대화하는 사이 처리가 끝났는지 내 시야 한편에 폐허가 되어 있는 세종문화회관의 모습이 비친다.

'바로 앞이네.'

[약 600미터 거리입니다.]

지니가 보여준 화면에는 그림자로 이루어진 늑대가 서 있다. 말이 좋아 늑대지 어지간한 호랑이보다도 훨씬 큰 덩치를 가지고 있는 녀석이었는데

[5레벨]
[굶주린 그림자 늑대]

성의 없어 보이는 이름에 혀를 찬다. 별로 강해 보이지도 않는다. 아까 그 붕대 놈하고 비슷한 수준.

물론 이건 어디까지나 주관적인 감상일 뿐 저 정도만 되어도 위험천만한 괴물이다. 만약 저 녀석이 표면 세계에 나타나서 그걸 현대 병기로 잡으려 한다면 농담이 아니라 수백 명 이상의 사상자가 나오게 되겠지. 권총 같은 건 먹히지도 않고 소총조차 간신히 가죽을 뚫는 정도가 전부일 테니까.

[그림자 늑대로군요. 최하급 마족이죠.]

'약해 보이네.'

[물론 함장님께는 그렇겠지만 너무 무시하지는 마세요. 마족은 위험한 종족입니다. 가장 약한 마족도 잘났다 설치는 능력자를 우습게 물어 죽이니까요.]

하긴 5레벨이나 되는 녀석이 하급 중에서도 가장 약한 최하급 마족일 정도니 더 말할 필요도 없겠지. 다만 그림자 늑대를 마주하고 있는 상대방이 감히 녀석과 비교조차 불가능한 수준

이라는 것이 문제다.

[대마법사 제논]
[16레벨]
[영혼거병(靈魂巨兵) 세종]

[대마법사 제논]
[16레벨]
[영혼거병(靈魂巨兵) 순신]

그림자 늑대는 연신 위협적인 울음소리를 내었지만 감히 덤벼들 생각을 못한다. 경복궁 앞, 정확히는 광화문 앞에 있는 두 개의 동상이 눈을 빛내고 있었기 때문.

잠시 조용히 있던 아레스가 놀랍다는 듯 말한다.

[제법 괜찮은 물건들인데?]

"캐앵!"

두 동상은 그저 제자리에 서 있었을 뿐이지만 그림자 늑대는 그것만으로도 겁을 먹고 도망간다. 당연한 일이다. 그야말로 격이 다른 수준이었으니까.

[이건… 순수한 마도 기술로 만들어낸 골렘입니다. 대단한 수준이군요.]

내 시야 한쪽으로 두 동상의 온갖 정보가 넘어오기 시작한다. 알바트로스함의 관측 장비가 작동하기 시작한 것이다.

'어느 정도인데?'

확인 겸 묻자 지니가 답한다.

[상세한 정보까지는 알 수 없지만 이 정도의 출력과 기능들이라면… 초월자의 작품입니다. 오직 대마법사만이 저런 명작을 만들어낼 수 있지요.]

아레스 역시 말을 보탠다.

[이건 그냥 대마법사라고 되는 게 아니야. 아이언 하트만 있으면 기가스도 만들 수 있을 정도의 기술력이라니… 이건 기술 공학 쪽에도 상당히 높은 소양이 있어야 가능한 일이지. 그냥 취미 생활 정도가 아니라 꽤나 전력을 다한 연구가 뒷받침되지 않으면 불가능해.]

아닌 게 아니라 16레벨짜리 골렘이면 레온하르트 제국에서도 그리 쉽게 볼 수 없는 작품이다. 그 말은 저 골렘이 그냥 심심풀이로 만든 게 아니라 꽤나 진지하게 만든 물건이라는 뜻이겠지.

'하지만 영문을 모르겠네. 지구에도 대마법사가 있다는 사실은 알고 있었지만 이건 너무 부지런한 거 아닌가?'

무슨 대마법사가 제조 회사 이름도 아닐 텐데 여기고 저기고 죄다 소속에 [대마법사 제논]이 붙어 있으니 뭐라 할 말이 없다. 심지어 그는 한국 출신도 한국 소속도 아니고, 딱히 한국을 우대하거나 하는 기미도 없다.

분위기를 보아하니 이런 물건, 혹은 생명체들이 지구 전역에 흩어져 있는 모양인데 아무리 대마법사라도 이 정도의 환경과 결과물을 마련하려면 엄청난 노력과 재화, 그리고 시간이 필요할 것이다.

'대체 왜?'

이해할 수가 없다. 대마법사인 그는 이런 하위 문명에서 신이나 다름없는 존재였을 텐데 구태여 왜 이런 '준비'를 했단 말인가?

지구에 그를 위협할 '적'이 있는 것도 아닐 텐데.

그리고 그렇게 잠시 생각에 잠겼을 때.

나는 무언가가 변했다는 것을 깨달았다.

"…뭐야?"

고개를 돌려 뒤를 바라본다. 경회루로 향하는 문에 서 있던 궁녀가 사라지고 없다. 장소가 변한 것은 아니다. 기와가 얹혀 있는 담벼락과 다듬지 않은 박석(薄石)으로 이루어진 바닥까지 모두가 그대로니까.

'하지만 달라.'

그렇다. 똑같아 보이지만 분명히 다르다. 원래부터 내가 살고 있던 표면 세계와 다른 차원에 존재하는 것이 바로 이 이면 세계였지만, 이 [장소]는 그 이면 세계와도 다르다. 공간 자체가 거품처럼 희미하고 불안정하기만 한 것이다.

[함장님, 지금 함장님이 관측되지 않습니다.]

'난데없이 그게 무슨 소리야?'

[차원 진동 감지! 위험합니다! 함장님께서는 지금 강제 이동되셨으니 당장…….]

푹!

그러나 그녀의 말을 채 끝까지 듣기도 전에 화끈한 무언가가 내 가슴팍을 파고 들어오는 것이 느껴진다. 이어 저항할 틈도 없이 내 몸이 번쩍 하고 허공으로 들어 올려진다.

"쯧쯧, 멍청한 표정하고는."

"작작해야지. 너무 까불었어."

"네… 녀석들."

나는 치밀어 오르는 고통에 인상을 찡그리며 뒤틀린 미소를 짓고 있는 두 사내를 바라보았다. 내가 그들을 모를 리는 당연히 없다. 헤어진 지 채 30분도 지나지 않았으니까.

"그러게."

순간 화끈한 고통과 함께 내 몸이 뒤로 밀린다.

"손가락을 잘랐어야지."

내 아래에서 슥 나타나는 붕대 녀석의 모습에 헛웃음을 짓는다.

이제 보니 내 가슴팍을 뚫고 들어와 나를 공중으로 들어 올린 것은 그의 몸을 칭칭 감고 있는 붕대 중 일부였다. 언뜻 하늘하늘해 보이는 천 쪼가리가 마치 강철처럼 경화(硬化)되어 내 몸을 꿰뚫은 것이다.

"일단 이건 내놓고."

녀석이 내 품을 뒤져 호랑이 모양의 옥패(玉佩)를 빼앗는다. 경은이 내게 넘겼던 소환석인가 하는 물건이다.

"아가씨도 참 순진하단 말이야. 소환석의 발동 조건을 누구보다 잘 아는 게 우리인데."

"솔직히 위험한… 멍청한… 정신 나간… 짓이지만 할 수 없나."

"어차피 격변의 시기야. 지금 이런 시기에 이가가 우리를 함부로 할 수는 없지. 그것도 이런 일반인 때문이라면 더더욱."

나는 마음속으로 양아치 삼총사에 대한 평가를 한 단계 높였다. 물론 경은이 경고했다고 해서 그들이 참고 넘어갈 것이라는 생각은 하지 않았다. 그들은 그 어떤 치졸한 수를 써서라도 보복할 인간성의 소유자로 보였으니까.

그러나 이렇게나 빠르게, 그것도 비능력자라고 알려진 나를 기습에 가까운 형태로 공격할 거라고는 미처 예상하지 못했다.

[비상! 비상 상황! 관제 인격의 권한으로 제1급 비상 상황을 선포합니다! 알바트로스함 하강 시작! '황금기사단' 전 기 출격! '황금사자' 부대 전 기 출격! 'R7' 비행대대 전 기 출격!]

요란스러운 경고음과 함께 위기감 가득한 지니의 외침이 머릿속을 울린다. 그러나 당연하게도 양아치 삼총사는 그것을 듣지 못했고, 이 공간의 특수성 때문인지 내 목소리 역시 그녀에게 닿지 못한다.

'난리 났네.'

알바트로스함의 주력이었던 하늘거인 기갑여단과 강철 십자 비행여단은 이제 없다. 나는 함선을 받은 것이지 그 구성원들까지 고용한 것이 아니기 때문이다. 다른 목적 없이 고향에 정착하려는 입장에서 남의 인생을 소비시킬 생각이 없기도 했고.

대신 나는 레온하르트 제국으로부터 알바트로스함을 지킬 무인 병기들을 제공받았다. 그리고 그것들이 바로 황제를 지키기 위해 존재하는 친위 기사단에 소속된, 레온하르트 제국의 모든 기술력을 집중시켜 만든 최신예급 전투 병기들이다.

'그야말로 돈지랄… 이지만.'

문제는 그것들이 가진 화력이다. 열 기의 황금기사단은 그 하나하나가 인(人)급 기가스에 준하는 전투력을 가지고 있고 50기의 황금사자 부대는 하나하나가 수(獸)급에 준하는 전투력을 가진다. 그리고 마지막으로 100대의 'R7' 비행대대는 비록 기(器)급에 불과한 영자력을 가지고 있지만 대신 온갖 특수전에 대비한 첨단 병기들과 폭격기들을 포함하고 있다.

농담이 아니라 지니가 1급 비상 상황에 대한 '해석'을 독하게 한다면 변경 지역의 원주민(레온하르트 제국의 관점)에 불과한 이가 따위는 그야말로 한 시간 만에 잿더미로 변해 버릴지도 모른다.

"얼씨구? 웃어?"

짜악!

거기까지 생각했을 때 오른쪽 뺨이 화끈하게 달아오른다. 자기들이 지금 무슨 일을 저질렀는지 전혀 짐작도 못 하는 머저리들이 나를 아니꼬운 눈으로 바라보고 있다.

붕대 녀석이 말한다.

"나는 너같이 현실감이 부족한 놈들이 정말 싫어. 우리가 장난하는 것 같아? 전혀 모르던 신비한 세계로 넘어오니 여기가 무슨 영화 세트장이고 네가 주인공같이 느껴져? 천만에! 넌 자격도 없이 평화를 누리던 머저리일 뿐이고 우리의 보호하에 살아가고 있었어! 알아?!"

영문 모를 짜증과 적의가 가득한 시선이다. 녀석 뒤쪽에

있는 막대기와 덩어리 역시 비슷한 시선으로 나를 바라보고
있다.

"제길! 빌어먹을 독재자 새끼! 왜 이런 힘을 가진 우리가 이
렇게 숨죽이고 살아야 해?"

"…그만. 잔말이 많아."

"흥! 이미 뒈진 노인네가 두려운 거야? 이 새끼 눈을 봐! 건
방진 놈! 상황 파악이 전혀 안 된다 이거지?"

콰득!

"윽!"

가슴팍을 꿰뚫고 있던 붕대가 우악스럽게 움직이며 갈비뼈
가 박살 나는 게 느껴진다. 우주에 나가 비인(非人)들에게 고문
까지 당했던 내가 못 버틸 고통은 아니었지만, 문제는 이 녀석
이 비인 녀석들과 다르게 내가 죽든 말든 상관없이 나에게 고
통을 주고 있다는 점이다.

"하."

나는 어처구니가 없어서 헛웃음을 지었다. 그리고 그 모습에
붕대 녀석의 기세가 더욱더 사나워진다.

"하? 하아아아아아???? 이 새끼가 또 웃어?"

붕대를 움직여 내 몸을 끌어당기는 녀석의 모습에 호흡을
가다듬는다.

'화낼 필요 없다.'

최악으로 보이지만 결국 다 해결될 문제다. 녀석들이 당장
내 목을 쳐 즉사시키지 않는 이상, 나는 결국 녀석에게 풀려나
복수할 수 있는 상황이 될 것이다.

아니, 오히려 지금은 다른 걱정을 해야 한다.

34지구가 레온하르트 제국과 어느 정도 수교를 맺은 것은 사실이지만 그건 대마법사를 포함한 최상위층만 아는 사실일 뿐이었다.

실제로 제법 강력한 능력자라고 할 수 있는 보람과 동민은 외계인에 대해 아는 바가 전혀 없었으니 거의 대부분의 존재들이 외계의 존재를 모른다고 해도 무방하겠지.

하강을 시작한 알바트로스함을 본 이가에서는 어떤 반응을 보일까?

농담이 아니라 그들은 외계인의 침략을 생각할 것이다.

'참아야……'

어떻게든 호흡을 가다듬는 나를 보며 붕대 녀석이 말한다.

"이제 세상이 바뀌어서 지금까지와는 다르다는 걸 알려줄 제물이 필요했는데 잘 걸렸어."

"하긴. 제논, 그 늙은이가 죽은 이상 지금까지와 같은 통제력은 없겠지. 지킴이들도 비활성화될걸? 애초에 그 녀석들도 제논 그 늙은이랑 계약한 거였잖아!"

"그래! 이제 다 바뀐다. 우리들 세상이라고! 하! 경은 그년! 금수저 물고 태어난 걸 제가 잘난 줄 알고 건방지게 구는데! 두고 봐. 내가……"

화낼 필요 없다.

나는 마음을 가다듬으려 노력했다. 그래, 화낼 필요가 없다. 다 해결될 문제다. 애초에 이가의 전력 따위로 알바트로스함을 막는다는 건 불가능하니 결국 그녀는 결국 이 장소를 찾아낼 것이다.

이곳은 일종의 개별 차원 같은 곳이었지만 몰래 정탐하는 게 힘든 거지 개별 차원을 깨고 들어오는 것 정도야 아이언 하트를 가진 기가스들에게 어려운 일도 아니니까.

그러니까 화낼 필요가······.

덜컹.

"···뭐라고?"

그러나 그 순간.

덜컹!

문이 흔들리기 시작한다.

"호오~ 이제야 좀 상황 파악이 되나? 지금··· 응?"

한참 신나서 떠들던 붕대 녀석이 멈칫한다. 녀석의 고개가 천천히 내려가고, 녀석의 가슴팍에 뚫려 있는 머리통만 한 구멍이 그의 시야에 잡힌다.

어느새 내 손에는 흑색의 총, 쉐도우 스토커가 윤기 나는 검은 몸체를 드러내고 있다.

"너··· 어, 그 시계··· 어? 총? 내가 총에··· 맞았다고?"

믿기지 않는다는 목소리가 떠듬떠듬 흘러나오자 이제야 상황을 파악한 두 녀석이 신음을 흘린다.

"뭐, 뭐야?! 현진아, 괜찮아?"

"···이게 무슨."

스르륵, 하고 내 가슴팍을 헤집고 있던 붕대가 몸 밖으로 밀려 나온다. 나는 피가 철철 흐르는 가슴팍을 손바닥으로 막고 속삭였다.

"책."

파라라락—!

말과 동시에 눈앞으로 한 권의 책이 떠올라 자동으로 펼쳐진다. 표지에는 아무런 글자도 없어 제목조차 알 수 없었지만, 펼쳐진 페이지에는 [나폴레옹]이라는 소제목이 쓰여 있다.

나는 그 책에 쓰여 있는 세 줄의 문장 중 하나를 읊는다.

"〈죽지 않는 황제〉."

웅!

순간 내 몸 주위로 보호막이 떠오르고 이내 무시무시한 속도로 가슴의 상처가 아물기 시작한다.

그러나 늦었다.

덜컹덜컹!

"안 돼."

덜컹덜컹덜컹!

"이런 미친……."

가슴 깊은 곳에서부터 무지막지한 힘이 몰아친다. 그러나 그건 절대 좋은 일이 아니다. 아니, 오히려 절대 있어서는 안 되는 일이었다.

나는 정신을 집중했다. 감정을 추스르고 스스로를 가다듬으려 발버둥 쳤다.

그러나 그 모든 것이 무소용.

내 알량한 자아(自我)는 해일처럼 휘몰아치는 신성 앞에 마치 각설탕처럼 녹아내린다.

"이."

이어 활화산 같은 분노가 끓어오르고.

벌

레

놈

들

이

신성이 터져 나온다.

번쩍!

내 몸을 중심으로 반경 수백 미터 안의 모든 것이 먼지로 변해 흩어진다. 양아치 삼총사는 이미 그 흔적조차 찾을 수 없다. 그저 신성이 휘몰아친 후폭풍만으로 그들의 존재는 물론이고 영혼마저 멸살(滅殺)된다.

'안 돼!'

나는 비명을 질렀다. 그러나 소용없다. 나는 이미 내 육체의 통제권을 잃어버린 상태였다.

'어떻게 된 거야?! 어째서 라에 두고 온 신성이! 심지어 상황이 악화되었잖아?! 아니, 아닌가? 이건 좋아졌다고 해야 하나?'

과거 내가 신성에 취했을 때에는 나 스스로가 변했다는 자각조차도 없었다. 마치 술에 취하면 스스로가 정상이라고 생각하면서도 평소에 절대 할 수 없는 미친 짓을 하는 것처럼 온갖 대사건을 닥치는 대로 저질렀던 것.

그러나 지금은 내 자아가 육신으로부터 유리(遊離)되어서 내면에서 외면을 바라보는 형태가 되었다. 적어도 내가 정상이 아니라는 것을 자각할 수 있는 환경은 마련된 것이다.

"후."

완전히 신성을 되찾은 [내]가 서늘한 눈으로 주변을 둘러본다. 경복궁이 박살이 났지만 정말로 이면 세계의 이가가 박살난 것은 아니다. 이곳은 일종의 개별 차원. 현실을 본떠 만들어진 거품과 같은 장소다.

'…잠깐. 안 돼! 야! 멈춰!'

순간 나는 [내]가 떠올린 생각을 눈치채고 마구 소리를 질렀다. 이 미친놈이.

'뭘 또 청소야!! 학살 좀 그만해!!'

과거 신성에 취한 나는 나를 죽이려 음모를 짰던 하워드 공작가 전부를 멸망시킨 전례가 있다. 하워드 공작가에는 초월지경에 오른 공작과 셀 수 없이 많은 전함, 그리고 기가스들이 있었지만 그 누구도 나를 막지 못했다.

그리고 그 결과, 하워드 공작은 물론 천만 명이 넘는 공작 가문의 구성원들 모두가 죽었다. 마치 밭에 해충약을 뿌리는 농부처럼, 나는 나를 적대하는 모든 존재를 멸하고 말았던 것이다.

그리고 당연하지만… 이제는 초월자조차 없는 34지구의 세력이 나를 막을 수 있을 리 없다. 당연하다면 당연한 것이 지금 내 스탯은.

성명: ????

클래스: ????

칭호: ???? ??레벨

근력: 100 체력: 100 생명력: 100 순발력: 100

마나: 1,054 마나력: 900 항마력: 1,025

회복력: 100 마나 회복력: 1,050 운: 900

상태: ??, ????, ???, ???, ????

'미친, 무슨 스탯이……! 999가 끝이 아니었던 건가?!'

신음이 절로 나온다. 마나에 관련된 모든 스탯이 미쳐 돌아가고 있다. 레온하르트 제국의 중추 중 하나라고 할 수 있는 하워드 공작가가 괜히 멸망한 게 아니다. 그야말로 초월적인, 신이나 다름없는 힘!

그러나 그런 나와 다르게.

"흠? 뭐지? 왜……."

내 육신을 차지한 [나]는 전혀 다른 감상을 내뱉었다.

"어째서 신성에 봉인이… 게다가 전지(全知)의 권능마저 사라지다니."

녀석이 당혹스러워하는 게 느껴진다. 내가 보고 경악한 스탯마저도 녀석에게는 온전한 상태가 아닌 모양.

그러나 그러한 사실은 조금의 위로도 되지 않는다. [내]가 아무런 문제 없다는 듯 말했기 때문이다.

"불러와야겠군."

'뭐라고?'

기겁하며 정신을 집중했지만 [나]는 그런 내 마음 따위는 들리지도 않는다는 듯 고개를 들었다.

"라, 내가 지금 명하노니."

하지만 [명령]이 발동하려던 그때.

"잠깐! 잠깐만!"

지금의 나를 막을 수 있는.

지구상의 유일한 존재가 모습을 드러낸다.

"아, 정말 역시 이렇게 되고 말았잖아!"

나타난 것은 작은 소녀였다. 굳이 나이를 말하자면 대략 중학생 정도로 짐작되는 어린 소녀.

그녀는 마치 보람이처럼 귀여운 외모를 가진 미소녀였지만 그 느낌은 전혀 다르다. 누구나 호감을 가질 만큼 밝고 귀여운, 그러면서도 뭐라 표현할 수 없는 성숙함과 현기를 함께 품고 있는 모순적인 존재.

나는 그녀를 보자마자 그녀가 누군지 알 수 있었다. 그리고 [나] 역시 그녀의 정체를 눈치챈 듯 차분한 목소리로 말한다.

"성계신인가."

"넌 조용히 있어봐. 아, 정말 어떻게 해야 하나. 이거 완전 개판이네… 아니, 내가 무슨 죄를 지었다고 내 별에서 선천신족(先天神族)이 두 명이나 태어났지?"

'두 명?'

내가 의아해하거나 말거나, 성계신은 짜증스러운 표정으로 [나]를 쳐다보았다. 마치 귀찮지만 처리해야만 하는 민원을 받은 공무원 같은 표정이다.

'다행이군.'

그리고 그 모습에 안도감이 밀려온다.

여러 번 말하는 바이지만 신성에 취한 [나]는 딱히 사악한 존재가 아니다. 약간 결벽증 증세가 있고 난폭한 기질이 있을 뿐 오히려 선량하고 지혜롭다고 할 수 있는 존재.

그러나 선량한 사람이라고 몸에 달라붙는 벌레에게 꼭 자비를 보이는 것은 아니다.

벌이 팔을 쏘아붙인 후 날아간 것도 아니고 그 위에 앉아 있는데 그걸 내버려 둔다면, 그건 선량한 게 아니라 정신이 이상한 사람일 것이다. 마찬가지로 신성에 취한 [나]는 자신에게 해를 끼친 하찮은 존재들을, 그것도 도망갈 생각조차 안 하고 어쩌면 계속해서 덤벼들지도 모를 벌레들을 내버려 둘 생각이 없다. 조금만 힘을 쓰면 그들을 모조리 절멸(絕滅)시킬 수 있는데 가만히 놔둘 이유가 어디 있단 말인가?

결국 문제는 격(格).

신성에 취한 [나]는 인간을 동급의 존재로 보지 않는다.

'하지만 성계신이라면… 지구상에서 유일하게 [나]와 동급. 아니, 그 이상의 존재야.'

성계신은 흔히 대우주에서 가장 [흔한] 언터쳐블이라 불리는 존재.

그러나… 흔하다는 게 약하다는 뜻은 아니다. 아니, 오히려 성계신은 언터쳐블(상급 초월자) 중에서도 아주 강력한 존재라고 할 수 있겠지.

전투에 특화되지 않아 흔히들 중급 초월자 정도의 전력을 가지고 있다고 판단하지만 그건 정말 단순한 시각일 뿐. 창조신의 위계(位階)를 가지고 있어 [신]으로서의 거의 모든 권능을 다 가지고 있는 성계신은 드넓은 대우주에서도 손에 꼽히는 힘을 가진 존재다.

"아… 이거 기술 문명이… 아니야. 이건 외부에서 들어온 힘이라고 해석할 수 있지 않을까? 아니지, 원래 품고 있던 가능성이니……."

짜증 가득한 표정으로 머리를 긁적이며 중얼중얼거린다. 그리고 그러다 획! 하고 고개를 돌려 [나]를 노려본다.

핑!

순간 그녀의 머리카락 한 가닥이 마치 더듬이처럼 빳빳하게 몸을 일으킨다.

"이얍! 사명 레이더!!"

삐비비!

일어선 머리카락이 진동하면서 그곳으로부터 뭐라 표현하기 애매한 파동이 퍼져 나간다. 파동의 간격은 시간이 지남에 따라 점점 짧아진다.

그리고 그 간격이 0에 수렴하는 순간.

띵!

무슨 전자레인지 알림음 같은 소리와 함께 진동이 멈춘다.

"으앙! 정명(正命)하다니!"

성계신이 하늘이 무너지는 것을 목격한 듯 절망적인 표정으로 털썩 주저앉았다. 그리고 그 앞에 서 있는 [나]는 그 광경을 그저 가만히 내려다보고만 있다.

그리고 그 순간.

[나]는 생각했다.

'뭐?'

잠시 내면으로 가라앉았을 뿐 여전히 녀석과 의식을 공유하는 나는 [내]가 한 생각을 알 수 있다.

아니, 아니다. 사실은 모르겠다.

[내] 생각이 머릿속으로 전달이 되었는데 이해가 안 된다.

'야. 아, 아니지? 내 착각이지? 이거, 뭔가 혼선이지?'

녀석에게 들리길 바라며 소리친다.

'멈춰! 그만둬! 이 미친놈아!'

그러나 내 비명 따위는 상관없다는 듯.

"너."

[나] 놈이 말하고 말았다

"내 아이를 낳아라."

"……."

"……."

끔찍한 정적이 사방을 뒤덮는다. 성계신, 그러니까 중학생 정도의 외양을 가진 소녀는 뚱한 표정을 짓고 있다.

[내]가 말한다.

"아, 너무 빨랐나?"

'속도가 문제가 아니라 방향이 문제야, 미친놈아!'

너무 어이가 없어서 말문이 턱 막힐 지경. 나는 전력을 다해 정신을 집중했다. 이건 녀석이 학살을 저지르는 것과는 다른 방향으로 끔찍한 일. 하지만 그러거나 말거나 [나]는 이내 고개를 끄덕거리더니 다시 입을 열었다.

"그럼 결혼부터 하지."

'육체의 통제권을 찾아야 해!'

이를 악물며 정신을 집중한다. 그러나 소용없다. 그저 술에 취한 것만 같던 지금까지와 전혀 다르다. 녀석이 완전히 제멋대로 움직이고 있는 것!

그런 [내] 모습을 가만히 지켜보고 있던 성계신은 짜증 가득한 표정으로 고개를 흔들었다.

"안됐지만 나는 사모하는 남자가 있어."

"양부(養父) 말인가… 그가 대단한 남자라는 건 동의하지만 그래 봐야 인간일 뿐이다. 우리같이 위대한 존재라면 당연히 격에 맞는 상대를 만나야지."

거만한 목소리에 어이가 두개골을 열고 뇌를 탈출하는 것만 같다.

'아니, 이 패륜아 새끼가 뭐라는 거야? 돌았냐?'

식겁하는 순간.

"미안하지만."

성계신이 웃었다.

"너같이 천지 분간 못 하는 애새끼는 딱 질색이야."

"……."

[나]는 태연한 모습으로 성계신을 바라보고 있다. 언뜻 보면 아무렇지도 않아 보이는 모습이겠지만… 그의 마음을 느낄 수 있는 나는 안다. 느낄 수 있다.

"어, 흠. 이해가 안 되는 모양인데."

태연한 척하려 하지만 입술이 파르르 떨리고 머릿속으로 유리창이 깨지는 것 같은 날카로운 소리와 함께 충격과 절망감이 몰아치는 게 느껴진다. 심장이 쓰라릴 정도로 가슴이 아파 온다.

"뭘 이해가 안 돼? 너 같은 애새끼는 싫다고."

"…어. 그, 어."

떠듬떠듬 중얼거리며 휘청거린다. 중급 신, 그러니까 황제 클래스에 해당하는 녀석을 아프게 하는 것은 성계신의 공격도, 뭔가 대단한 권능도 아니다.

그것은 그저… 첫 실연(失戀)의 아픔.

난 어느새 내 몸의 통제권을 되찾았다는 것을 깨달았다.

"……."

어이가 없어 잠시 멍하게 서 있는 나를 보고 성계신이 소녀의 얼굴로 웃는다.

"아, 우리 대하 정신 차렸구나?"

"우리 대하라니……."

"헤헤! 우리 일한 씨 아들이잖아!"

"일한 씨……."

방금 전과 완전히 달라진 그녀의 태도에 한숨 쉰다. 중학생 꼬마로밖에 안 보이는 애가 나를 남친 아들 취급하는 현실은 실로 개탄스러운 일이지만 그래도 할 말은 해야겠지.

"처음 뵙겠습니다. 관대하입니다."

꾸벅 고개를 숙인다. 건방을 떨 생각은 없다. 아버지와 썸(?)을 타고 있다는 점을 외면한다 하더라도 그녀는 34지구의 문명이 탄생하는 순간 태어나 수천 수만 년이 넘는 시간 동안 인류를 수호해 온 신이었으니까.

"그리고 감사합니다."

"응? 뭐가?"

"제가 날뛰는 걸 막아주었으니까요."

농담이 아니라 레온하르트 제국에서 했던 대학살이 또다시 반복될 뻔했다. 백번 양보해서 하워드 공작가의 경우 미래의 적, 그것도 강대한 적이 될 게 뻔한 세력을 정리한다는 변명거리라도 있지만 지구의 경우에는 그것조차 아니지 않은가? 그야말로 무의미한 학살을 저지를 뻔한 것이다.

"흠, 그건 고마워해야 할 일이긴 해."

"…보통 여기에서는 겸양을 보이지 않나요?"

어이없어하는 내 모습에 성계신이 어깨를 으쓱인다.

"하지만 사실인걸? 사실 지금 내가 이렇게 나선 건 꼼수에 가까운 행동이야. 너는 이 별에서 태어난 정명자(正命子)이기 때문에 원래대로라면 학살을 하건 외부 문명을 사용하건 난 지켜만 봐야 한다고. 그나마 친부가 외계의 존재라는 걸 근거로 움직이긴 했는데 이게 자의적 판단에 가까워서 꽤 부담이 된단 말이야."

꽤 불친절한 설명이었지만 대충 무슨 말인지 알 것 같다.

'좌자 녀석과 비슷한 경우인가.'

지닌 힘이나 수고가 문제가 아니다. 성계신인 그녀 역시 신선인 좌자처럼 지켜야 할 룰을 가지고 있는 거겠지. 그리고 사명을 마구 곡해한 좌자가 파멸에 이르렀듯 그녀에게도 지금 이

행위가 그리 좋지 않은 영향을 끼친다는 말이다.

"감사합니다."

"뭐 그렇게 감사하다면 말이야… 부탁 하나 들어줄래?"

"부탁 말입니까?"

전지전능에 가까운 그녀에게 내가 도울 만한 일이 있단 말인가? 의아해하는 나를 보며 그녀가 씨익 하고 악동 같은 미소를 지었다.

"엄마라고 불러보렴."

"……!"

멈칫한다. 순간 성계신의 모습에 [그녀]의 모습이 겹쳐진다.

'으아, 데자뷰가.'

나는 순간 떠오른 이미지를 고개를 흔들어 지워 버렸다. 하필 [그녀]도 성계신도 중학생의 외모를 가지고 있었기에 안 좋은 추억이 떠올라 버렸다.

"그건 좀…….'

"흥, 칫. 고맙다면서?"

"아… 음."

잠깐의 시간 동안 어마어마한 고민이 몰아쳤지만 결국 고개를 끄덕인다. 평소였으면 미친 소리 말라고 했겠지만 그녀에게 큰 은혜를 입은 건 사실이었기 때문이다. 실제로 그녀가 아니었다면 나는 지구의, 심지어 한국의 인간들을 학살하고 멘탈이 나가 버렸을 테니까.

"어, 어어…….'

입술이 부르르 떨리지만 할 때는 해야 한다.

"어, 엄마."

"어머━━━━━♡!!"

순간 성계신이 다다다 달려와 나를 와락 껴안는다.

"그래그래! 착하지, 우리 대하!"

"……."

자그마한 소녀가 내 엉덩이를 토닥토닥하는 느낌에 뭐라 말로 표현할 수 없는 기묘한 느낌이 든다.

"뭐, 어쨌든."

거기까지 한 성계신이 얼굴의 장난기를 버리고 말한다.

"네가 지금 위험한 상태라는 건 알지?"

"네."

세레스티아에게 씌워준 빛의 왕관, 라에 모든 신성을 담아내고 떠나옴으로써 모든 게 끝났다고 생각했다. 실제로 지금까지는 신성의 존재를 전혀 느끼지 못했으니까.

그러나… 양아치 삼총사 녀석들에게 공격당하고 내가 진심으로 [분노]하는 것만으로 나는 하급의 신성을 각성하는 게 가능했으며.

일단 하급이라도 신성을 각성한 순간, [나]는 절대명령권을 이용해 저 먼 우주 너머에서 신성의 원천을 품고 있는 라를 불러오는 것이 가능하다.

"문제는 두 가지야."

성계신이 오른손으로 V 자를 그린다.

"미약한 정신력과 허약한 육신."

"……."

육신이야 뭐 할 말 없다지만 나름대로 강철 멘탈이라 자부하던 나로서는 꽤 억울한 평가. 하지만 명색이 신이라는 존재가 하는 말이니 아마 맞을 것이다.

"지금의 넌 공기가 가득 찬 풍선이나 다를 바 없어. 바늘로 톡 찌르면 뻥 하고 터지지."

"터진다는 게 무슨 말입니까?"

"신성이 터져 나온다고. 지금도 봐. 부모 형제가 눈앞에서 고문을 당하는 것도 아니고. 그렇다고 믿고 있던 상대한테 배신을 당한 것도 아니고. 목숨이 위험한 것도 아닌데 그냥 한 번 찔렸다고 바로 터지잖아."

"......"

나는 기습을 당했고 그 기습은 나를 죽이기 위한 종류의 것이었지만, 그렇다고 내가 정말 위험했던 것은 아니다.

내 친부, 기계신 디카르마의 딸이라 주장하는 언터쳐블 하와는 나에게 [적어도 목숨 하나만큼은 어떤 상황에도 위험하지 않게 보호한다]라는 약속을 했다. 상급 초월자인 그녀의 약속은 그냥 약속이 아닌 반드시 지켜야 할 철칙이니 그녀의 방어를 뚫을 수 있는 초월적인 존재가 나오지 않는 이상 내 안전은 보장받았다고 해도 좋겠지.

어디 그뿐인가? 나에게는 나폴레옹의 어빌리티도 있고 확인은 못 해봤지만 [인류의 재앙]이라는 타이틀에는 부활 효과까지 달려 있으니 그 어떤 기습, 함정으로도 나를 즉사시키는 건 불가능하다고 할 수 있다.

그나마 일어날 수 있는 최악의 상황이 죽지 않은 채 납치를 당해 봉인을 당한다거나 하는 것이지만… 일이 그렇게 되면 내전함, 알바트로스함과 그 휘하 병력이 가만히 있지 않을 것이다. 실제로 양아치 삼총사 녀석들이 나를 납치했을 때 알바트로스함의 관제 인격인 지니가 가용 가능한 모든 병력을 출동시키지 않았던가?

'하지만 그럼에도 참지 못했어.'

화가 났다. 어마어마한 모욕이라도 당한 것처럼 치욕스러웠다. 물론 그게 잘못이라는 것은 아니지만 문제는 그것이 내 본연의 성정(性情)과 거리가 멀다는 것이다.

'원래의 나였으면 참았을 텐데.'

농담이 아니라 원래의 나는 평화를 위해 깡패들 다리 사이로 기는 행위까지 할 수 있는 녀석이었다. 그런데 지금은 어땠는가? 양아치 삼인방이 날 죽이려 든 것은 녀석들이 말종이기 때문이지만, 동시에 내가 그들을 도발하고 자극해서이기도 하다.

내 자아(自我)는 이미 변질되었고, 또 변질되고 있다.

"어떻게 해야 합니까?"

"문제가 두 가지인 만큼 방법 역시 두 가지야."

"육체와 정신?"

"그래. 첫 번째 방법은 육체를 강화하는 것이지. 외공(外功)이나 생체력(生體力)을 단련해 육신이 세계와 일치되는 경지에 이르면 신성의 범람으로부터 스스로를 지킬 수 있을 테니까."

"…두 번째는요?"

"두 번째는 방법은 정신을 단련하는 방법이지. 네 정신이 육체를 초월하는 경지에 이른다면 정신 그 스스로가 신성을 이겨낼 수 있을 테니까.”

“…….”

잠시 멍청한 표정으로 그녀를 바라본다. 뭐가 뭔지 전혀 감을 못 잡겠지만, 그럼에도 이야기가 이상하게 흘러간다는 사실을 깨달았기 때문이다.

“잠깐. 잠깐만요.”

“응? 왜?”

“아니, 흠. 그러니까. 그 [경지]라는 게 대충 어느 정도인 겁니까?”

“뭐, 그런 질문을.”

쯔쯔, 하고 혀를 차며 그녀가 말한다.

“당연히 초월지경이지.”

“…….”

“하급이면 돼.”

“…….”

＊　　　＊　　　＊

현실로 돌아오기가 무섭게 머릿속으로 지니의 다급한 음성이 울려 퍼진다.

[함장님! 괜찮으십니까?!]

‘아… 응. 괜찮아. 상황은 어때?’

[비상 상황 선포 후 병력 강습 중입니다. 현재 대기권에서…….]

‘아직도 도착을 못 했다고?’

의문을 표한다. 당연하다. 납치를 당해 이차원으로 끌려간 뒤 성계신을 만나 한참이나 대화를 나누지 않았던가? 시간으로 쳐도 족히 40분은 걸렸다. 농담이 아니라 이 정도면 알바트로스함이 지구를 쑥대밭으로 만들어도 이상할 게 없는 시간인데 아직도 강습 중이라니?

[함장님께서 납치당하신 지 24초, 강습 시작 후 6초 만입니다. 아무래도 시간축이 다른 차원으로 끌려 들어갔던 모양이로군요. 어느 정도의 시간을 체감하셨습니까?]

'30분 좀 넘어.'

그러나 그녀의 짐작과는 다르게 내가 들어갔던 이차원의 시간축이 달랐던 것은 아니다. 애초에 양아치 삼총사에게 그만한 능력이 있을 것 같지도 않고, 무엇보다 지니가 비상 상황을 발생했을 때에는 시간 배율에 차이가 없었으니까.

짐작이지만, 성계신이 시간을 조절했을 가능성이 크다. 절대 속성이라 불리는 시간이지만 상급 신인 그녀에게는 별로 어려운 일도 아니었겠지.

"무슨 문제라도 있으십니까?"

"아니에요, 누나. 고마워요."

제자리에 가만히 서 있는 내 모습에 경회루로 향하는 길목에 서 있던 궁녀 누나가 말을 건다. 계단마다 서 있는 누나들은 무슨 벙어리처럼 말이 없는데 그나마 건물 밖에 있는 궁녀들은 그나마 먼저 말이라도 거는 걸 보니 아무래도 그녀들 사이에도 계급 같은 게 있는 모양이다.

'일단 나온 병력들은 다 돌려보내. 알바트로스함도 다시 은

폐 모드로 들어가고.'

[이미 처리했습니다. 다만 함장님, 잠시 함 내로 돌아와 주실 수 있겠습니까?]

'왜?'

돌아가는 거야 어려울 것 없다. 알바트로스함에는 승무원들에 대한 리콜(Recall) 기능이 있으니 인적 없는 곳에서 귀환하면 그만이니까.

그러나 일단 함으로 돌아가면 다시 나올 수가 없다.

과학기술에서는 공간 제어가 제3문명 중반은 넘어서야 건드려 볼 수 있을 정도로 고난도 기술이지만 영능에서는 다르다. 리콜 기능이 발동되면, 이가에서는 반드시 그것을 감지할 것이다.

[개별 차원에서 잠시간 관리 시스템에서 벗어나셨지 않습니까? 신체적 정신적 문제가 생겼을 수 있으니 상황이 되는 대로 함선으로 돌아오셔서 건강검진을 받는 것이······.]

'아아, 괜찮아. 필요 없어.'

[하지만······.]

'멀쩡하다니까.'

[걱정되는데······.]

진심이 뚝뚝 묻어나는 지니의 음성에 헛웃음을 지으며 내가 묵고 있는 숙소, 강녕전으로 돌아간다. 문을 열고 들어가 문 바로 옆에 그림자처럼 대기하고 있던 궁녀에게 눈인사를 하고 그대로 걸음을 옮겨 위층으로 올라가는 계단을 밟는다.

그리고 그때였다.

[전신위광!]

'음? 뭔 소리야, 아레스. 그보다 웬일로 여태 조용히 있었어?'

그러고 보니 기습을 당할 때는 물론이고 성계신을 만나는 내내 단 한마디도 없었다. 물론 개별 차원으로 들어가는 순간 연결이 단절된 것일 수도 있겠지만, 아레스가 다음으로 한 말은 그렇지 않다는 사실을 알려준다.

[전신위광(戰神威光)이다, 대하. 전신위광을 익혀라!]

'그게 뭔데.'

[초월지경으로 가기 위한 가장 완벽한 길이지!]

왠지 모르게 흥분한 기색에 혀를 찬다.

'아, 안 사요, 안 사.'

[그런 거 아냐! 이 자식! 네가 태어나기도 전에 전신위광을 얻으려고 일어났던 전쟁에서는 말이야……]

주절주절 과거의 영광을 읊기 시작하는 아레스를 무시하며 3층으로 올라간다. 그리고 여전히 자리를 지키고 있는 궁녀에게 슬쩍 인사한다. 역시나 아까 방을 나왔을 때 마주쳤던 그녀다.

'도대체 몇 시간을 서 있는 거야. 내가 대신 노동부에 찌르고 싶어질 정도네.'

이가의 본거지, 경복궁에 가장 높은 비율을 차지하고 있는 직종이 바로 궁녀. 농담이 아니라 내가 목격한 이가의 인물들 중 2/3나 되는 인원이 궁녀일 정도니 더 말해 무엇하겠는가? 그녀들은 궁 안의 경비를 맡고 있는 것은 물론이고 이가의 소속원들뿐만 아니라 나 같은 방문자들에게 온갖 편의 관련 서비스를 제공하고 있다. 심지어 청소까지 도맡아 하고 있으니 궁녀라기보다 하녀나 만능 메이드에 가까운 존재라 할 수 있겠지.

위잉, 딸깍!

주문에 의해 봉인되어 있던 문이 열리고 내게 배정된 숙소 안으로 들어간다. 손님에게 준 것치고는 상당히 괜찮은 퀄리티다. 개인 방인데도 불구하고 30평이 넘어가는 규모를 가진 방은 개인용 PC나 TV를 비롯한 거의 대부분의 가전제품을 구비하고 있었으니까. 음식은 식당에 가서 먹을 수 있지만 궁녀들에게 부탁하면 방으로 가져다주기도 하고 세탁물도 내놓기만 하면 뽀송뽀송하게 건조까지 해서 되돌려 줄 정도니, 아버지를 잘 만나 부유한 삶을 살고 있었던 나로서도 아무런 불만이 없는 수준.

'손님방이라기보다는 무슨 호텔 같군. 궁궐 형태니 특이한 테마의 호텔이라고 생각해야 하나.'

옷장 안에 준비되어 있던 간편복으로 옷을 갈아입고 침대에 몸을 던진다.

그리고 그 와중에도 아레스는 계속 떠들고 있다.

[그러므로! 너는 전신위광을 익혀야 한다는 것이지!]

'아, 그래그래.'

[성의 있게 좀 들어줘…….]

아레스가 제법 불쌍한 표정을 지었지만 남정네가, 그것도 2미터가 넘어 보이는 회색 머리칼의 거한이 그래 봤자 아무런 감정이 안 든다. 차라리 지니가 그런다면 모를까.

어쨌든 너무 무시해도 삐칠 것 같았기에 물어는 보았다.

'좋은 거야?'

[나와 함께 태어난 신의 기예이니 당연하지! 사실 네가 날 너무 막 타긴 하는데 원래 전신위광을 충분히 숙련시켜야 탑승자로서의 자격을 주거든?]

여러 가지 의미로 조각 같은 외모를 가진 아레스가 뽐내듯 우쭐거린다. 실제로 존재하는 사람이 아니라 마도병기 우자트가 비추는 증강 현실임에도 실제로 그가 앞에 서 있는 것처럼 느껴질 정도로 자연스러운 표정.

그리고 그 모습을 보며 나는 잠시 고민했다.

'좋다고 하면 익혀도 나쁠 건 없겠지만.'

그러나 순간 애매한 [직감]이 들었기에 확인차 묻는다.

'어떻게 수련하는 거야? 무슨 무공처럼 심법 같은 걸 수련하나?'

[그런 저급한 것들과 비교하면 곤란하지! 전신위광은 그런 것들과 완전히 다른 수련법을 가진다!]

'다른 수련법이 뭔데?'

[전쟁! 오직 전쟁만이 전신의 위세와 빛을 키워 나가지!]

혀를 차며 고개를 흔들었다. 딱 봐도 전신위광의 스타일이 짐작되었기 때문이다.

'호전적인 이능이지?'

[그럼 세상에 평화적인 전쟁도 있단 말이냐?]

"에라이."

참지 못하고 입 밖에 말을 내고 말았다. 애초에 요번 사달이 왜 일어났던가? 잠잠해진 줄 알았던 신성이 어떤 이유로 폭주했냐는 말이다.

분노(忿怒).

그렇다. 단 한순간의 분노였다. 그저 마음에 안 든다는 이유 하나만으로 아무 힘도 없을 거라고 짐작되는 사람을 납치, 살해하려던 인간 말종들에게 진심으로 분노하는 순간 신성이 터져 나온 것이다.

내 신성을 분리해 완벽히 봉인했다고 생각했지만, 실상 그건 코끼리 우리를 나무 갈대로 짜놓은 것이나 다름없을 정도로 허술한 처리였다. 쉽게 얻었기에 신성이라는 개념을 너무 만만하게 본 것이다.

[왜, 왜?]

내 표정에 떠오른 짜증을 읽은 것인지 멈칫하는 아레스를 보며 의념을 전달한다. 무심코 말을 입에 담았지만 실수로 남들 앞에서 혼잣말을 할 수 있었기에 조심할 필요가 있었다.

'가뜩이나 신성이 불안정해서 극한의 명경지수(明鏡止水)를 완성해야 하는 판국에 전쟁 같은 소리를 하니까 그렇지. 분위기를 보니 정신에도 영향을 주는 힘이구먼.'

[왜, 왜 꼭 악영향을 주는 것처럼 말하는 거냐? 전신위광은 수련자의 내면에 숨어 있던 용맹을…….]

'그게 악영향이야.'

명색에 신급 기가스가 내장하고 있는 영능이니 무슨 흑마법이나 사법(邪法)처럼 심각한 문제가 생기지는 않겠지만 지금 이 상황에서 내가 호전성을 높였다가는 될 일도 안 된다. 그 전신위 광인가 뭔가를 익힌다면, 어쩌면 기다렸다는 듯 또 다른 [내]가 몸을 차지할지도 모른다.

나는 작은 소녀로밖에 보이지 않았던 인류의 수호자, 성계신의 말을 떠올렸다.

"조심해. 너의 본질과 자아가 지나치게 유리(遊離)되고 있어. 이대로라면 새로운 자아가 탄생한다."

"그런… 신성에 취했을 뿐 다른 자아는 아니지 않습니까? 당장 통제가 안 될 뿐 시간이 지나면 자각이 있는데."

"신성을 받아들였다면 그랬겠지만 이제는 아니지. 실제로 아까는 완전히 분리되어 있었지?"

"그런……"

"지금 이 구도로 가면 결국 시간문제야."

나는 드넓은 대우주에서도 유례가 없을 정도로 특이한 상태를 유지하고 있다.

상급의 신성, 하급의 신위, 그리고 필멸자의 격.

이해하기 쉽게 설명하자면 나는 전 세계를 호령하던 재벌의 자식이고 그 재산(神聖)을 고스란히 물려받았다. 그리고 그 재벌의 자식인 만큼 회장 자리(神位)에도 어느 정도 지분이 있다고 할 수 있겠지.

여기서 문제는.

스스로의 역량(格)!

사실 일반적인 필멸자라면 신성도, 신위도 다 역량으로 얻어내야 하지만 나는 그것들을 노력 없이 얻어내고 말았다. 마치 고대의 신족들처럼, 그저 권능과 신력을 가지고 태어난 것이다.

그리고 거저 얻어낸 그 재산이 재앙으로 변하는 것을 보고 싶지 않다면, 나는 그것을 컨트롤하는 방법을 익혀야만 했다.

"에휴."

불현듯 흘러나오는 깊은 한숨을 고개를 흔들어 떨쳐냈지만 암담한 기분까지 떨쳐낼 수는 없었다. 우주에서는 지구로 돌아오기만 하면 평화로운 삶을 살 수 있을 거라고 생각했는데 막상 돌아온 현실이 시궁창이라니.

뭔가 아득한 기분에 침대에 멍하니 앉아 있는 나에게 지니가 말한다.

[영능을 수련해야 한다면 생산계는 어떠십니까?]

'…생산계?'

[네, 함장님. 캔딜러족의 수련법이라면 가장 안전하며 평화적이고 적성에도 맞을 것으로 예상됩니다.]

'흠.'

[연구실에 수련법도 기록되어 있고 무엇보다 재료와 표본이 풍족하게 준비되어 있지요. 추구하셔야 할 가장 궁극적인 방향성도 제시되어 있고요.]

'황금기사단 말이군…….'

[그렇습니다.]

황제를 지키기 위해 존재하는 친위 기사단에 소속된, 레온하르트 제국의 모든 기술력을 집중시켜 만든 최신예급 무인 전투 병기 [황금기사]는 단 한 줄로 표현하자면 이렇다.

조종사가 필요 없는 인(人)급 기가스.

이는 레온하르트 제국에서도 쉽게 볼 수 있는 물건이 아니다.

애초에 무인 병기들이 유인 병기들보다 효율적이라면 제국이 막대한 연봉과 제반 시설, 그리고 전 우주적인 스카우트 시스템(우리 마을에 설치되어 있는 오락실 같은)을 유지하면서 기가스 조종사들을 운용할 리가 없지 않겠는가?

조종사가 필요 없는 인급 기가스, 즉 영자력을 다루는 마도 골렘은 틀림없이 존재하지만, 그건 극소수만이 존재하는 특수 제작품에 해당한다.

'하긴 그렇겠지. 황금기사단은 초월자들이 천문학적인 재화를 쏟아부어 만든 작품이니까.'

광화문 광장에 서 있던 두 기의 영혼거병을 떠올린다. 세종(世宗)과 순신(舜臣).

놀랍게도 녀석들은 황금기사단과 거의 동등한 출력을 가지고 있다. 물론 황금기사단과 그 영혼거병이라는 녀석들이 일대일로 싸우면 녀석들이 일방적으로 밀리겠지만 그건 대우주의 전쟁 역사를 새롭게 쓴 혁신적인 영자 기관, 아이언 하트가 없기 때문이지 영혼거병이라는 물건이 부족해서가 아니다. 저것들은 지구가 아니라 레온하르트 제국에 납품해도 손색이 없을 수준의 명품들인 것이다.

[물론 황금기사단을 재현할 수는 없으실 겁니다. 아이언 하

트는 대우주에서도 오직 캔딜러족만이 만들 수 있는 물건이니까요.]

그 콧대 높은 용종들도, 온갖 보패를 자랑하는 신선들도 아이언 하트를 재현하지 못해 모조리 수입에 의존하는 실정이다. 제작계 능력이 초월자에 이르더라도 황금기사단 같은 기가스를 만들어낼 수는 없다는 뜻. 물건이 필요한 것이라면 힘들게 능력을 갈고닦을 게 아니라 그냥 제국에서 괜찮은 기가스를 삥뜯어 오는 게 더 합리적인 행동이라 할 수 있겠지.

하지만 지금 나는 무기가 필요한 게 아니다. 스스로를 단련할 [수단]이 필요한 것이다.

'그래. 한번 생각해 보지.'

[훌륭한 판단이십니다, 함장님.]

[저, 저기. 전신위광은⋯⋯.]

'시끄러.'

[⋯나쁜 놈. 치사한 놈.]

'시커먼 남정네가 칭얼거리기는.'

찡얼거리는 아레스를 가볍게 무시하며 베개에 머리를 묻는다.

"하⋯ 초월지경이라니."

기가 차는 현실에 한숨만 나온다.

"초월지경⋯⋯."

재능 감별 🌙 ✦ ✦

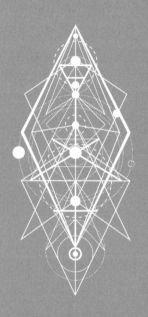

"응애! 응애!!"

간호사에게 엉덩이를 얻어맞은 아이가 우렁찬 울음을 토해낸다.

"하하! 건강한 딸이군요!"

TV 속에서 흔히 봐오던 것과는 전혀 다른, 온몸이 쪼글쪼글한 아이가 우는 모습은 사실 그렇게 아름답지 않다. 뽀얀 피부는 어디에도 없고 온통 새빨갛기만 한 아기의 모습은 언뜻 징그럽게까지 보이겠지. 하지만 그 아기를 보는 산모의 눈에는 감사와 사랑이 가득하다. 눈물을 글썽이다 숫제 훌쩍거리기 시작한 남편은 그보다 더하면 더했지 절대 덜하지 않은 상황.

그런데 탄생의 기쁨과 감동이 함께하는 그 자리에는, 그 모든 광경과 너무나 다른 이질적인 존재가 섞여 있었다.

"뭐야."

특이한 외양의 사내다. 계절에 맞지 않는 가죽 코트에 허리까지 늘어지는 기나긴 장발을 지닌 사내. 심지어 그 장발은 밝은 연둣빛을 띠고 있었고 무슨 샴푸 광고의 한 장면처럼 물결치고 있다. 머리카락 한 올, 한 올에 바람을 휘감고 있다고 느껴질 정도였다.

"아니… 왜 이런 결과가 나오는 거지? 시온의 눈이 고장 났나?"

사내는 이해가 안 간다는 표정으로 쓰고 있던 외눈 안경을 벗어 손수건으로 닦았다. 그러나 그렇다 하더라도 안경이 가리키는 결과는 변하지 않는다.

"판정 불가라니, 이 무슨."

사내는 간호사의 품에 안긴 아기의 모습을 바라보았다. 특이한 점은 그가 그러고 있어도 산부인과의 그 누구도 신경 쓰지 않는다는 점이다.

"지금 빈 자리가… 아, 그래. 사영(四影)."

사내의 나직한 읊조림에 공간이 일렁이더니 그와 똑같이 생긴 존재가 생겨난다. 완전히 같은 외형과 복장, 그리고 장비를 지닌 그는 잠시 가만히 서 있다가 이내 깊은 한숨을 쉬었다.

"장기 임무로군. 적어도 20년은 걸리잖아?"

"휴가라고 생각해. 비교적 평화로운 세계이기도 하고."

"여기가 평화롭다고?"

"비교적 그렇다는 거지. 게다가 지구기도 하잖아. 익숙할 테니 녹아들기 쉽겠지."

"신분은?"

"친구."

"하."

새로이 모습을 드러낸 사내, 즉, 분신(分身)이 다시 한숨을 쉬었다. 본체와 완전히 동일한 기억과 능력을 갖추고 있는 그였기에 상대가 무슨 판단을 내렸는지 정확히 인지하고 있었다.

"대상은?"

"마침 이 병원에 사산아(死産兒)가 하나 막 생겼어. [씨앗]과 같은 지역에 사는 부부의 자식이기도 하지."

"진심이냐……."

출력에 제한이 있을 뿐 본체와 완전히 같은 권능과 경지를 지닌 그는 갓난아기의 겉모습이 아니라 그 영혼 깊숙한 곳에 있는 높디높은 세계의 씨앗을 눈치챌 수 있다.

그것은 그녀의 안에 있지만, 그렇다 하더라도 그녀와 별개의 존재다. 땅이 씨앗을 품었다고 해서 땅과 씨앗을 동일시할 수 없는 것처럼, 그 씨앗은 그저 그녀의 영혼 안에 잠들어 있을 뿐이다.

"…아무리 그래도 갓난아기라니."

분신은 가볍게 투덜거리며 어머니의 품에 안겨 있는 핏덩이의 모습을 다시금 내려다보았다. 이제, 그는 그녀와 함께 자라야 할 것이다. 어쩌면, 평생을 그녀와 함께해야 할지도 모른다. 그녀를 보호하고, 지켜보고, 그리고 마침내 씨앗에 담긴 창조의 힘이 각성할 때 그에게 주어진 목적을 달성해야 하리라.

"잘 부탁해. 나는 제니카를 도와주러 가봐야 하니."

"일루전을 모방한 육성 시스템을 만든다고 했던가. 아주 대우주 전체에 난리가 났구먼. 여기저기에서 다 만든다고 설치고 있으니."

"원래 누군가 대박을 치면 아류작이 우수수 쏟아지는 법이 니까."

말과 함께 분신의 주위로 대여섯 개의 마법진이 떠오른다. 기척도 뭣도 없이 발동된 그것들은 하나하나가 세계의 법칙을 뒤트는 궁극 마법.

애초에 그가 말한 대우주 모두가 경악을 금치 못했던 [대박]이 누구인가? 바로 그 자신이다.

황제 클래스의 존재 중에서도 최강이라 불리는 만능의 전 사. 대우주의 멸망을 막아냈던 위대한 영웅이자 인간의 몸으 로 육계의 지배자들과 나란히 선 존재.

인중신(人中神). 올 마스터(All Master).

밀레이온 더 윈드리스.

그래 봤자 황제 클래스(중급 초월자)라고 격하하는 이들이 없 는 건 아니었지만, 대전쟁 중 그의 검에 죽어간 언터쳐블(상급 초월자)이 열을 넘어가는 시점에서 무의미한 헛소리일 뿐. 그는 이미 세상 전체에 명성을 떨쳐 울리는 우주적인 강자이다.

스르륵—

분신의 본질이 녹아내려 다른 분만실에서 숨을 거뒀던 사산 아의 몸 안으로 스며들었다. 창백한 얼굴로 아이를 들고 있던 간호사가 기침과 함께 숨을 토해내는 아이의 모습에 비명을 지 른다.

"아, 아이가 기침을 했어요!"

"뭐? 그게 말이 돼?"

"선생님!!"

"아, 그, 그래! 이럴 때가 아니지!!"

초상집 분위기였던 분만실에 소란이 인다. 그리고 그 순간이었다.

콰릉!!

"아, 깜짝이야!! 아니, 비도 안 오는데 웬 벼락이야!"

"선생님!!"

"알았어! 알았다고!"

비명과 함께 다시 움직이기 시작한다. 혼란과 안도, 경악과 기쁨으로 범벅이 된 어느 순간.

바로 그것이—

이 모든 사건의 시작이다.

*   *   *

"벌써 35년도 넘었군."

일한은 한 고층 빌딩 옥상에서 등교 중인 대하를 내려다보았다. 오랜만의 학교가 어색한 듯 이곳저곳을 둘러보는 아들의 모습이 반갑다.

"하지만… 이건 예상외의 상황인데."

일한은 대하의 영력을 읽어내고는 난감한 표정을 지었다. 왜냐하면, 그의 영력이 너무나도 보잘것없었기 때문이다. 그가 품고 있던 오롯하고 강대한 신성은 흔적조차 찾을 수 없다. 연결은 남아 있는 걸 보니 우주에 두고 온 모양이다.

"설마 상황이 이렇게 되다니."

그가 지구에 남겨졌을 때, 그의 [본체]가 그에게 부여한 목적은 그의 아내가 죽음을 맞이하며 끝났다. 그의 목표는 은정의 영혼을 명확히 파악하는 것뿐으로, 그 외 어떤 부가 조건도 달지 않았기 때문이다. 원래 정한 원칙대로라면 그는 벌써 분신을 해제하고 본체로 기억을 전송했어야 한다. 혹시라도 본체조차 도달하지 못한 새로운 깨달음을 얻을 가능성이 보인다면 그것에 매진할 수도 있겠지만, 이제 와서 그런 일이 가능하겠는가?

하지만 그는 그러지 않았다. 그는 여전히 [일한]으로서 여기에 있다.

그저 은정의 부탁 때문은 아니다. 그것은 은정이 죽기 1년도 전, 그가 고등학생이 되었을 때 즈음, 34지구에서 벌어진 상상도 못 할 돌발 사태 때문이다.

세상 누가 감히 짐작이나 할 수 있었겠는가?

이런 변방의 행성에 최상급 신격이 [둘]이나 추락했을 것이라고.

"은정아, 예지가 틀렸잖아. 대하가 언터쳐블이 되어 지구로 돌아올 거라면서."

이제는 죽어 없는 아내의 이름을 부르며 일한은 깊은 한숨을 쉬었다. 그러나 어쩔 수 없는 일이다. 저렇게나 높은 격을 지닌 존재를 이 정도까지 예지해 낸 것만 해도 대단한 일이었으니까.

"심지어 이 상황에 본체 쪽에서 연락까지 와버리고……."

일한이 품에서 구슬 하나를 꺼내 들었다. 적당한 크기를 가지고 있는 하얀색 구슬은 겉으로 보기엔 공장에서 찍어낸 양산품으로밖에 보이지 않는다. 그저 외양만 그런 것이 아니라 느껴지는 기운조차 전혀 없으니, 본체 쪽에서 상당한 수고를 감수하고 보낸 물건이 아니었으면 그냥 버려뒀을지도 모르겠다는 생각이 들 정도다.

"아, 정말 계획이 엉망진창이구먼……."

텅 빈 옥상에서 아무도 듣지 않을 혼잣말을 중얼거린다. 이미 모든 조건이 계획과 틀어졌다. 충분하다고 자신할 정도로 많았던 준비는 허사가 되었고 그는 위태로운 상황에 부닥치게 된 것이다.

하지만 어째서일까.

일한은 어째서인지 그다지 분노하지 않는 자신을 느꼈다.

"참, 너도 너다."

그는 교실로 들어서는 제 아들을 내려다보았다. 탄생 비화부터가 대우주에서도 손에 꼽힐 정도로 비범했던, 그러나 그런데도 누구보다 평범하고 또 평범하길 바랐던 아이를.

"푸홋!"

문득 웃음이 터져 나온다. 일한은 입을 막고 낄낄거리며 웃었다.

"아니, 아무리 그래도 그렇지 어떻게 신성을 버리고 오냐? 미친 거 아냐? 하하하!"

재벌이 자신의 모든 재산을 사회에 기부하는 건 죽기 직전에나 일어나는 일이고, 권력자는 곧 죽어도 권력을 손에서 놓지 못한다. 심지어, 그마저도 '고작' 돈과 권력의 이야기.

원초적인 힘. 그리고 권능이 불러일으키는 욕망과 충족감은 실로 절대적이다. 그저 약간의 영력, 1갑자도 늘려주지 못하는 영약, 남들이 모르는 지식이 담긴 책 한 권으로도 죽고 죽이는 게 인간이라는 존재일진대 신의 힘을 버릴 수가 있다니.

"과연, 우리 아들."

피식 웃으며 일한은 눈을 감았다. 대하가 태어나던 날이 떠오른다. 그를 받던 자신의 모습을. 걸음마를 하던 모습. 그를 아버지라 부르던 모습. 울며 떼쓰는 모습. 밤새 고통받으며 비명을 지르던 모습까지.

"…그렇다면 어쩔 수 없지."

일한은 다시 눈을 떴다.

"내 식대로 상황을 해결하는 수밖에."

나직한 목소리와 함께 일한의 모습이 흔적조차 없이 사라진다. 그가 서 있던 자리를 맴도는 건 지나가던 바람뿐이었다.

*　　　　*　　　　*

"우리 배신자께서 드디어 귀환했구먼! 친구를 버리고 벌컥벌컥 마신 미국 물은 달콤하더냐?"

"달콤은 무슨, 밍밍하지 뭐."

크하하 하고 웃으며 어깨동무를 하는 재석의 모습에 나 역시 미소로 답한다. 꽤 오랜 시간 헤어져 있었던 탓인지 녀석의 경박한 모습조차 반갑다.

"이야, 그나저나 영어 제대로 배웠는데? 고작 반년 만에 얼마나 했을까 했는데."

"영어?"

영문 모를 소리에 의아해하는 나에게 지니가 설명한다.

[우자트의 자동 통역 기능이 활성화 중입니다. 현재 저 학우분은 영어로 말을 걸었고요.]

전혀 생각지도 않았던 기능에 내심 휘파람을 불었다. 하긴 알바트로스함에도 거의 모든 종족의 언어를 포용하는 언어 통일 장치가 설치되어 있었다. 레온하르트 제국에서도 쉽게 보기 힘든 마법과 과학의 융합품. 마도병기 우자트에 언어 관련 기능이 있다고 이상할 건 없겠지.

[다만 발성과 입 모양이 차이가 날 수 있다는 점은 고려하셔야 합니다.]

'주의하지.'

지니와의 대화를 마치고 재석을 바라본다. 괜히 영어로 더 대화할 필요는 없었기에 내 안경, 우자트를 간단히 제어해 한국어로 말했다.

"그나저나 어떻게 지냈냐? 성적은 좀 올랐어?"

"으으… 반년 만에 돌아와서 하는 질문이 너무 실망이다, 친구여!"

실망하거나 말거나 나는 녀석의 상처에 다시 칼을 꽂았다.

"학원은 여전히 다니고 있냐?"

"으아! 으아아, 제기랄! 망할 학원들 진짜 극혐이야! 학생이 세 명밖에 없어 농땡이도 안 되고! 심지어 그 세 명 안에서 비교질까지 하다니!"

분통을 터뜨리는 재석이었지만 이내 주변을 두리번거리고는 묻는다.

"그런데 네 형은 왜 안 온 거야? 어차피 고3이니 그냥 외국 학교 계속 다니려고?"

재석의 질문에 어깨를 으쓱인다.

"나도 몰라. 나는 미국으로 간 거고 형은 독일로 간 거라."

"아니, 너희 집 왜 그러냐? 뜬금없이 왜 가족이 뿔뿔이 흩어져? 뭔 사채를 쓴 것도 아닐 텐데 난데없이 집도 없어지고."

"나도 그건 황당하더라고."

뭐라 해줄 말이 없어 쓰게 웃자 재석이 머리를 긁적인다.

"뭐, 각자 사정이 있겠지. 그 위대하신 관일한 님 문제니."

꽤 어렸을 때부터 친구였던 만큼 아버지의 사기성을 어느 정도 알고 있는 재석이 대충 상황을 넘겨준다.

그러나 사실 난 아니었다.

'아빠.'

나는 그의 모습을 떠올렸다. 앞치마를 입은 채 부엌에 서 있던 반듯한 뒷모습이 떠오른다.

그것은 내가 가진 [집]의 이미지.

그러나 그 이미지의 중심인 아버지의 존재는 의혹투성이다.

'아빠는 대체 뭐예요?'

미스터리하던 출생의 비밀과 대우주적인 스케일을 가지고 있는 친부의 비밀까지 알아냈음에도 나는 여전히 아버지, 관일한에 대해 아는 것이 없다.

물론 그에게 친부를 뛰어넘는 엄청난 [정체]가 있을 거라고는 생각하지 않는다. 아무리 뛰어나다 해도 그는 틀림없이 인간일 뿐이었으니까. 설마하니 정보와 문명의 신, 기계신(機械神) 디카르마(Dekarma)를 뛰어넘는 정체가 있을 리 없지 않은가?

하지만.

'하지만 그렇다면… 왜 사라진 거지? 집은 또 왜 없어진 거고? 대체 무슨 일이 있었던 거야?'

어리석은 생각이지만 내가 직접 버린 전지(全知)의 권능이 아쉬울 정도다. 혹시나 하는 생각에 성계신에게도 물어봤지만, 그녀는 다만 웃기만 할 뿐 대답해 주지 않았다.

'일단 성계신이 별말 없는 이상 살아계신 거라고 생각이 들기는 하는데.'

하지만 그렇다면 지금 내 앞에 모습을 드러내지 않는 이유를 짐작할 수가 없다. 아니, 대체 왜? 무슨 이유가 있어서 숨는단 말인가?

'지구를 떠났나?'

말이 안 된다. 지구를 떠나야 했으면 차라리 내가 레온하르트 제국으로 나왔을 때 동행했을 것이다. 아빠 정도의 능력이라면 충분히 제국에서도 적응할 수 있었으리라.

'아니면 설마 성계신이 납치했나?'

불가능한 일은 아니다. 무엇보다 성계신은 아버지에게 고백했다가 뺑! 하고 차인 경력이 있다 하지 않은가! 내가 없는 틈을 타서 아버지를 납치해 본인의 욕망을…….

"하아……."

깊이 한숨 쉰다. 생각이 진행이 안 되니 말도 안 되는 개소리가 자동으로 흘러나오는 느낌이다.

"뭔 일이 있긴 하구나? 뭔데?"

"나도 잘 모르겠다."

한숨 쉬며 뜨거운 햇볕이 쏟아지는 도로를 걷는다. 등교 시간이었던 만큼 수십 명의 학생이 앞서거니 뒤서거니 하며 마치 물결처럼 흘러가는 모습이 보인다.

'그런가. 돌아온 건가……'

고작 반년 만의 귀환임에도 그 모든 것이 이질적이다. 분명 그들의 모습이 반년 전의 내 모습이었으며, 그들의 일상이 반년 전의 내 일상이었음에도 지금 그들을 보는 내 관점은 과거와 완전히 다르다.

오랜만에 맞춰 입은 교복이 너무나 어색하다. 차라리 몇 번 입지도 않은 파일럿 슈트가 더 익숙할 것 같다는 생각이 들 정도였다.

"자, 전학생은 전학생인데 신상은 아니고 중고품이다. 다들 기억하지?"

"잠시 외국에 나갔다 왔어. 다들 오랜만."

반년 전 인사를 나눴던 학생들에게 다시 한번 나를 소개하고 자리에 앉는다. 진도에는 변화가 없다. 전학생 하나 새로 끼어든다고 뭔가 변화가 있을 정도로 고등학교 수업이 유연하지는 않을 테니까.

"자, 이번 단원에서 중요한 부분은……."

나는 가만히 수업을 들었다. 그리고 놀랐다.

'쉽다.'

진도를 꽤 많이 놓쳤음에도 수업을 듣는 데 아무런 어려움이 없다. 내가 신의 핏줄, 그러니까 신혈(神血)을 거듭 각성시키면서 육체 능력의 전반적으로 상승하였다는 사실은 알고 있었지만, 설마 지능에도 이만한 영향이 있을 줄은 몰랐다.

"수고하셨습니다!"

수업을 마치고 자리에서 일어난다. 반년이나 외국(정확히는 외계지만)에 나가 있던 탓에 아직 데면데면한 친구들을 잠시 둘러보다가 한 학생에게 말을 건다.

"오랜만이야."

"으, 응. 다시 보게 돼서 반가워."

그리 크지 않은 신장과 동글동글한 외모를 가지고 있는, 미인이라고 부르기에는 많은 부족함이 있어도 제법 편안한 인상을 가진 여학생이 머뭇머뭇 대답한다.

그녀는 1학기 때 내 짝꿍이었던 이선애다.

"잘 지냈어?"

"그냥 뭐 지냈어… 저기, 나 집 가야 하는데."

"아, 응 그래."

"안녕."

쭈뼛쭈뼛 몸을 돌리더니 그대로 교실을 나가 버리는 선애의 모습에 황당해한다.

"아니, 뭐야. 나에 대해 안 좋은 소문이라도 돌았나?"

내 기억이 잘못되지 않았다면 1학기 때에는 좀 더 친절하고 수줍은 반응이었던 것 같은데 지금의 그녀는 노골적으로 나를 피하고 있지 않은가? 하지만 나를 피하는 그녀를 굳이 쫓아가는 것도 이상한 일이었던 만큼 미련을 버리고 교실을 나선다.

"수업 끝. 리하이요."

"아, 배재석."

190에 가까운 신장, 떡 벌어진 어깨, 그리고 네모반듯한 머리 스타일 때문에 교복을 입고 있음에도 무슨 조폭처럼 보이는 재석은 책가방을 멘 채 설렁설렁 손을 흔든다.

"등교도 같이하더니 하교도? 너도 같이 다니는 친구 꽤 있을 텐데."

"뭐 그렇긴 하지만 오랜만에 돌아와서 애들하고 데면데면할 게 뻔한 중생을 내가 구제해야 하지 않겠냐?"

"구제는 무슨."

헛웃음을 지으며 녀석과 함께 계단을 내려간다. 중앙에는 엘리베이터가 있지만, 교실 위치상 계단이 편했기 때문이다.

잠시 감상에 빠졌을 때, 저 멀리에서 드륵 하고 교실 문이 거세게 열리는 소리가 들린다.

"대하야! 같이 가야지!"

"으응?"

내 옆에서 조잘조잘 떠들고 있던 재석이 멈칫한다. 그는 믿을 수 없다는 표정으로 천천히 고개를 돌렸다. 마치 고장 난 마네킹 같은 삐걱거림이다.

"이경은?"

"아, 배재석."

순간 둘의 시선이 매우 어색하게 마주했다가, 다시 흩어진다.

'아니, 사실 어색한 것은 재석 쪽뿐인가?'

재석이 녀석은 마치 갑자기 밝은 빛을 마주한 바퀴벌레처럼 샤샤샥 내 등 뒤로 붙어 귀에 속삭인다.

"뭐야, 무슨 일이야. 왜 경은이가 너 같은 걸 불러?"

"야, 아무리 그래도 그렇지. 너 같은 건 뭐냐, 너 같은 건?"

"으아… 있을 수 없는 일이야……."

"같은 반 친구야, 이놈아."

기가 차서 고개를 절레절레 흔드는 내 옆으로 경은이 다가온다. 그녀는 내 뒤에 서 있는 재석을 투명 인간처럼 무시하며 내게 말을 걸었고, 재석이는 무슨 햇볕을 피하는 바퀴벌레처럼 인사도 없이 스리슬쩍 사라져 버린다. 미처 인사할 틈도 없다. 아니, 왜 경은을 이렇게 무서워하는 거야? 평소 그리 미소녀, 미소녀 노래를 부르더니.

"혼자 가면 어떻게 해. 집으로 가는 길도 모르면서."

합당한 자원만 있다면 언제든 만들어내고 또 출입할 수 있는 개별 차원과 다르게 지구와 완벽히 동일한 크기를 가진 이면 세계는 특정한 장소에 설치된 [문]을 통해서만 출입이 가능하다.

'뭐 알바트로스함이라면 언제든 넘어갈 수 있지만.'

[당연한 일입니다, 함장님. 차원에 균열을 내 고정하는 원시적인 술법과 아스트랄 드라이브를 비교할 수는 없는 일이니까요.]

[흥! 저런 종잇장같이 얇은 차원벽 따위 그까짓 아스트랄 드라이브 없어도 언제든 넘을 수 있거든?]

잘난 척하는 두 관제 인격의 대화를 들으며 경은에게 말한다.

"뭐, 전에 갔던 그 집으로 가면 되는 거 아니야?"

당연한 말이지만 차원 문들은 표면 세계의 사람들이 보기에 어색하지 않도록 위장되어 있다. 그리고 이미 한 번 경은의 손에 이끌려 이면 세계에 들어간 적이 있는 나는 그 문의 위치를 알고 있는 상태.

'주상복합 단지였지.'

[그뿐이 아니더라도 많은 차원 문이 한국을 비롯해 전 세계에 흩어져 있습니다. 탐지되는 숫자만 해도 3,000개가 넘고 숨겨진 것들은 그 2배 이상이라고 예상되지요.]

"바보야. 거긴 이가의 직계(直系)만 사용할 수 있는 곳이야. 혼자 쫄레쫄레 찾아갔다가는 큰일 난다고."

턱 하고 내 팔을 잡은 경은이 그대로 걸음을 옮긴다. 늘씬늘씬한 손가락들은 언뜻 고와 보이지만 거기에 담긴 힘은 거인의 그것이나 다름없어 끌려갈 수밖에 없다.

"얼른 가자, 선별사(選別師)를 불렀어."

"선별사?"

"타인의 재능을 읽어내는 데 특화된 마법사들이지. 사실 원래 없는 계파인데 대마법사께서 더 많은 인재들을 찾아내기 위해 술식을 창안하시고 계파를 키워내셨다고 해. 거의 지킴이만큼이나 많은 율법(律法)에 묶여 있어서 보안만큼은 믿을 만한 사람들이지."

우리는 그대로 학교를 나와 교문까지 걸어 나왔다. 교문 앞에는 육중한 검은색 세단이 우리를 기다리고 있다.

차 옆에 대기하고 있던 건 멀리서도 볼 수밖에 없을 정도로 압도적인 덩치를 가지고 있는 사내다. 대충 봐도 3.2미터가 넘는 신장을 가진 주제에 완벽한 비율을 가진, 정신에 문제가 있는 사람이 아닌 이상 누가 봐도 정상이 아닌 형태의 인간인 것이다.

'술법이 걸려 있나?'

내 생각을 전달받은 지니가 대답한다.

[가벼운 인식 장애 술식입니다. 정말 약간의 영감(靈感)만 있어도 꿰뚫어 볼 수 있을 정도로 질 낮은 기초 주문이지요.]

이번에는 아레스가 끼어든다. 어이없어하는 목소리다.

[아니, 아무리 그래도 이따위 술식을 대놓고 쓰고 다니는데 아무도 못 느끼나? 계속 느끼는 거지만 이 34지구의 사회구조는 도저히 알 수가 없군. 이능이 아예 없거나 극소수만 다루고 있다면 차라리 이해를 하겠는데, 천만 명이 넘는 능력자들이 있는데 나머지 인간들은 전혀 모른다고?]

[표면 세계와 이면 세계가 완벽하게 분리되어 있습니다. 물질적인 효과만 없다면 일반인들 사이에서 이능을 마구 사용해도 상관없을 정도로… 이쯤 되면 표면 세계가 난장판이 되지 않는 게 오히려 신기할 지경입니다. 능력자들은 기본적으로 에고가 높아서 통제가 힘들다는 걸 생각해 보면 더더욱 그렇지요.]

인간의 욕망은 끝이 없고 언제나 같은 실수를 반복한다.

누군가 너무나 간단히, 아주 작은 힘으로 사회의 룰을 깨부술 수 있다면 과연 그 유혹을 참아낼 수 있을까?

공간 이동 능력을 가지고 있다면 은행을 터는 일 따위 숨 쉬듯 간단하다.

정신 계열 능력을 가지고 있다면 아무런 저항 능력이 없는 일반인 따위 수백 수천 명도 조종할 수 있다.

이능력을 가지고 있는 이들에게 현실의 룰을 파괴하는 일 따위는 너무나 간단한 일이다. 능력자의 수가 소수라면 또 모르겠지만 지니의 조사에 의하면 지구에 살고 있는 능력자의 숫자는 무려 천만 명이 아니던가?

'아니, 아무리 그래도 백 명도, 천 명도 아닌 능력자들이 얌전하게 지내다니.'

나는 지구에서 살면서 이능력자가 사고 치는 뉴스 같은 건 본 적도, 들은 적도 없다. 즉, 지구의 이능자들 모두가 자발적으로 이면 세계의 룰을 지키든가, 그게 아니면 언론과 미디어를 완전히 장악했든가, 그것도 아니면.

'뭔가 통제할 수단이 있겠지.'

거기까지 생각했을 때 차 옆에 서 있던 사내가 꾸벅 고개를 숙인다.

"수업 마치셨습니까, 옹주(翁主)님."

"하아… 산검(山劍), 왕도 공주도 없는데 옹주는 뭔 옹주야? 그냥 아가씨라고 부르랬잖아."

"제가 어찌……."

"아아, 됐어 됐어. 진짜 속 터지네."

경은은 짜증을 부리며 세단에 올라탔고 그 뒤를 따라 나 역시 차 안으로 들어간다. 그리고 드러난 광경에, 나도 모르게 입을 벌렸다.

"오."

"멋지지? 우리나라에 딱 세 대만 있는 차야!"

들어선 차 안은 널찍한 공간을 가지고 있다. 그냥 넓은 정도가 아니라 족히 30평은 되어 보이는 복층 형태의 구조물이었는데 그 중앙부에는 근사한 형태의 바(Bar)가 자리하고 있고 뒤편으로는 푹신해 보이는 소파가, 그리고 그 너머에는 널찍해 보이는 침실이 보인다.

천장은 꽤 높아서 족히 5미터는 되어 보인다.

[공간 확장 주문이 걸려 있군요.]

'하긴 운전사가 3.2미터짜리니 당연히 필요한 기술이긴 하겠다.'

인식 장애 주문은 대상을 바라보는 사람들의 시선에 장애를 줘 착각을 일으키는 것일 뿐 물리적인 크기에 변화를 주는 주문이 아니다. 만일 차가 평범한 물건이었다면 3미터도 넘는 녀석은 운전석에 들어서지도 못했겠지.

"공간이 확장되어 있구나."

"…야."

"음?"

뜬금없이 뚱해지는 목소리에 고개를 돌리자 눈을 가늘게 뜬 경은이 보인다.

"뭐야, 너. 왜 이렇게 안 놀라?"

약간의 경계심까지 담겨 있는 물음에도 당황하지 않는다. 어쩌면 그녀가 나의 '비밀'을 눈치챌지도 모를 위기라고 생각

될지 모르지만, 그렇다 해도 나는 상관없다.

내 비밀은 비밀이 아니다.

헛소리처럼 들리겠지만, 그리고 지구에 돌아올 때만 해도 내가 이런 마음을 먹게 될 거라고는 상상도 하지 못했지만… 이미 나는 내 비밀을 반드시 지켜야 한다는 절박함을 잃어버렸다. 굳이 밝히지는 않겠지만 힘들게 숨기고 싶지도 않은 것.

때문에 나는 되는 대로 둘러댔다.

"궁에도 비슷한 기능들이 있었잖아."

이면 세계의 경복궁은 사실 외관으로만 보면 표면 세계의 경복궁과 큰 차이가 없다. 광화문을 들어서면 조선왕조 500년의 역사를 증언하는 경복궁 근정전이 있고, 향원정이 있고, 경회루와 아미산 굴뚝이 있다. 또 궁궐 양쪽으로 고궁박물관과 민속박물관이 있다. 하늘에서 내려다본다면 차이점을 전혀 찾을 수 없겠지.

그러나 다르다.

내가 거주하고 있는 강녕전만 해도 지상으로 5층, 지하로는 13층의 규모를 가지고 있다. 이것은 경복궁의 건물 전체에 대단위의 결계가 설치되어 있다는 뜻으로, 그 결계의 힘으로 경복궁은 1만 명이 넘는 사람들이 [생활]하는 삶의 터전이 될 수 있었다.

"음. 아니. 뭐 그렇게 말하면 틀린 말은 아니긴 한데. 하. 이거 참. 흠, 흐음……."

경은은 이해할 수 없다는 표정으로 고개를 갸웃거리며 나를 요리조리 뜯어보았지만 나는 뻔뻔하게 푹신한 소파에 앉아 목적지에 도착할 때까지 침묵을 지켰다.

"도착했습니다, 옹주님."

"…아 진짜 패고 싶다. 꼴통 새끼. 노친네들한테 세뇌돼서 말이 안 먹히네."

경은이 문을 걷어차듯 열어젖히며 차에서 내린다. 도착한 곳은 종로구에 있는 한 고급 아파트 단지였다.

삑삑삑!

차에서 내리자마자 정면에 보이는 아파트로 들어선다. 그리고 그대로 승강기에 타 최상층으로 올라간다.

[함장님, 최상층에 있는 1701호부터 1704호까지 모두 비어 있습니다.]

'뭐 그럴 거라고 생각했어.'

지니의 말을 들으며 경은의 뒤를 따른다. 그녀는 1703호로 향하더니 초인종을 눌렀다.

딩동!

"나야."

[반갑습니다, 아가씨. 궁으로 연결해 드리겠습니다.]

철컹.

문이 열리고 안으로 들어간다. 평범한 고급 아파트 단지의 모습을 하고 있었고 실제로 단지 안쪽을 돌아다니는 사람 대부분이 일반인이었지만 우리가 문을 열고 들어간 곳은 궁의 내부였다.

"짠! 도착했어!"

"뭐, 매일 이동하는 거 같은데 새삼스레 '짠'까지야."

"…와, 너 진짜 재미없는 거 알아? 뭔 표면 세계 출신이 이래?"

기막혀하는 경은과 함께 돌바닥을 따라 걷는다. 그리고 그러다 문득 궁금해져서 물었다.

"그나저나 왜 경복궁이야?"

"응? 뭐가?"

"이가의 근거지 말이지. 다른 좋은 고층 건물들 많은데 굳이 궁을 쓰는 것도 그렇고. 뭐 상징성 때문에 그렇다고 하면 이해할 수는 있지만 다른 궁들도 있잖아?"

현재 서울에 남아 있는 조선 시대의 5대 궁궐은 경복궁, 창경궁, 창덕궁, 덕수궁, 그리고 경희궁이다. 물론 경복궁이야말로 5대궁 중 으뜸인 정궁이지만 능력자들의 숫자가 적은 것도 아니고 수천 명이 넘는다면 영향력을 굳이 경복궁의 성벽 안으로 한정할 이유가 없지 않은가?

그런데 들려오는 답변은 뜻밖이었다.

"궁의 결계(結界)가 아니면 스스로의 안위를 지킬 수 없을 정도로 약하니까."

"음?"

멈칫하는 내 모습이 재미있는 듯 경은이 웃는다.

"약해서라고. 그거 말고 무슨 다른 이유가 있겠어."

"이가의 힘이 약하다니……."

나는 경회지의 깊은 곳에 잠들어 있던 이무기들을 떠올렸다. 마스터를 넘어서는 힘을 가지고 있음에도 고작 식당 아줌마를 하고 있던 아귀족도, 초월자의 작품일 것이 분명한 광화문 광장의 세종과 순신까지.

지금 내 눈앞에 있는 경은조차 대우주에서 장교는 무리라도 부사관 역할을 수행할 수 있는 능력자인데, 고작 변방의 행성에 불과한 34지구에서 이가가 약하다고? 내가 살던 지구가 그렇게나 빡센 세상이었단 말인가?

"하하하! 저 거들먹거리는 것들이 약하다고 하니 의외로구나? 하지만 사실인걸. 우리가 왜 황가(皇家)는 물론 왕가(王家)도 자처하지도 못하고 스스로를 이가(李家)라고 부르는지를 생각해 봐. 우리 한국은……."

거기까지 말했을 때였다.

"적당히 하세요, 경은 옹주. 더 이상 황실 모독은 용납할 수 없습니다."

"하! 황실 모독? 정신 차려요. 선. 배. 님. 아무도 인정 안 하는 그딴 호칭에 무슨 의미가 있지요?"

날카로운 대화에 슬쩍 고개를 돌리자 훤칠한 신장의 여인이 눈에 들어온다. 그녀는 은은하게 빛나는 백색 저고리와 백호와 청룡이 그려진 보라색 치마를 입고 있었는데, 그 단아한 외모와 달리 냉기가 뚝뚝 떨어지는 표정을 짓고 있다.

"…학생회장?"

기억에 있는 얼굴에 무심코 입을 열었다. 자연스럽게 칭호에도 눈이 간다.

[대한제국]

[9레벨]

[황녀 이민경]

'본명이 한민경이 아니라 이민경이라는 거야 예전에도 알고 있었지만… 나 참, 완성자 직전의 능력자였다니.'

이런저런 생각을 하는 동안에도 두 여인은 매서운 눈으로 서로를 노려보고 있다. 당장에라도 싸움이 날 것 같은 일촉즉발의 분위기. 그러나 그것은 민경의 뒤에 서 있던, 무슨 역사 드라마에서나 볼 것 같은 근사한 디자인의 비늘 갑주를 입고 있는 무사의 개입으로 깨어졌다.

"대사가 이미 기다리고 있습니다, 공주님."

"후우, 알겠어요. 지검(地劍)."

"아니, 한동안 잠잠하더니 또 저러네. 제국 선포라도 하려고 하는 거야? 신하국 하나도 없는데 허세도 정도껏 해야……."

"나중에 다시 이야기하지."

그 말을 마지막으로 획 하고 몸을 돌려 궁 안으로 사라진다. 그러고 보니 궁 안의 분위기가 꽤나 어수선하다. 수십 명의 궁녀들이 바쁘게 길을 오가고 있고 궁 여기저기에 온갖 무기와 장비를 걸친 능력자들의 모습이 보인다.

"난리도 아니네. 화랑단에 지리산 야차들, 거기에 마탑의 마법사들까지… 대마법사가 죽자마자 이 꼴이라니 정말 기가 찬다."

"무슨 일이야?"

묻는다. 아무래도 상황이 꽤 복잡해 보였기 때문이다. 경은을 옹주라 부르는 사람들, 그리고 그 호칭 자체를 인정하지 않는 경은, 뜬금없이 모습을 드러낸 학생회장이 공주라는 사실까지.

특히나 똑같은 단체에 속한 경은과 민경이 각각 이가(李家)와 대한제국(大韓帝國)이라는 각기 다른 단체명을 달고 있다는 점은 꽤 흥미로운 주제가 아니던가?

그러나 경은은 대답해 주는 대신 고개를 흔든다.

"집안 문제야."

가볍게 일축하는 그녀의 모습에 순순히 고개를 끄덕인다. 하긴, 사실 이게 당연한 것이다. 그녀는 패키지 게임의 NPC 따위가 아니니 툭 건들면 자기 사정을 주절주절 늘어놓고 도움을 바라지는 않겠지.

"뭐, 그렇다면야."

"가자."

나는 다시 그녀를 따라 걸었다. 맨 처음 도착했던 근정전을 돌아 나와 근정문을 통과한 후 영제교를 건너 흥례문을 나선다. 그리고 그대로 광장을 가로질러 우측에 있는 국립고궁박물관으로 이동한다.

경회루가 식당으로 쓰이고 강녕정이 숙소로 쓰이듯 고궁박물관 역시 표면 세계와는 다른 용도로 쓰이고 있다.

"만나서 반갑습니다. 선별사 율(律)입니다."

꽤 널찍한 방에 들어가 만난 이는 서글서글 웃는 눈매가 인상적인 사내였다. 잘 갖춰 입은 양복 때문에 마법사라기보다 대기업에 근무하는 직장인같이 보인다.

[이제 와서 양복이라니. 몇 번이고 느낀 거지만 이 이가라는 곳 정말…….]

'일관성이 없지? 나도 그렇게 생각해.'

지니의 말에 호응한다. 왜냐하면 며칠 동안 봐온 궁의 모습이 납득이 안 갈 정도로 해괴했기 때문이다.

이 이가라는 곳은 정말 뒤죽박죽인 곳이다.

궁(宮)이라는 환경 때문인지 궁녀복을 입고 있는 궁녀들이 돌아다니는 것을 보고 역사와 전통을 지키는 단체라고 생각했는데, 정작 다른 사람들의 복장은 그야말로 가지각색. 심지어 누가 봐도 한국인인데 중국 전통 복장을 입는 이도, 서양 갑주를 입고 다니는 이들도 있다.

어디 그뿐인가? 다른 좋은 고층 건물들이 많은데도 굳이 경복궁을 근거지로 삼은 주제에 그 취급도 제멋대로다. 왕이 독서와 휴식, 그리고 신하들과 면담을 하던 강녕전이 손님들 숙소로 쓰이고, 나라의 경사가 있을 때마다 연회를 베풀던 경회루가 그저 매일매일 밥 먹는 식당으로 쓰이고 있으니까. 심지어 나오는 음식들도 한식(韓食)이 아니라 양식(洋食)이 아니던가?

'도대체 콘셉트를 어떻게 잡은 거야, 이 이가라는 곳은?'

[아, 내가 잠깐 머물렀던 알타 성운의 행성에 이런 나라가 있긴 했지.]

뭔가 좀 알겠다는 아레스의 반응에 의문을 표한다.

'뭐 하는 나라였는데?'

[대여섯 개 정도 되는 강대국에 번갈아 가며 점령지가 되었던 약소국.]

'......'

잠시 멍하니 서 있는데 율이라는 양복 입은 사내에게 경은

이 인사한다.

"시간 내줘서 고마워요, 아저씨!"

"요새 신입이 많지 않아서 한가할 즈음이었습니다, 아가씨. 하지만 대마녀의 자식이라면 이미 몇 번이나 조사를 한 걸로 기억하는데."

"달라졌을 수도 있잖아요."

"무슨 기연을 얻은 것도 아닐 텐데 타고난 재능이 들쑥날쑥 변하지는 않겠지요. 기존의 조사 결과와 다르게 영능을 깨우쳤다는 말씀에 준비는 해왔습니다만."

그렇게 말하며 율은 들고 온 가방을 열었다.

'뭘 꺼내려나? 지팡이? 마법이 걸린 청동판?'

[약물이나 기파를 읽어내는 측정기일 수도 있지요. 과학 문명도 제법 발달한 세상이니.]

[사실 최고의 측정기는 캔딜러족이 만들어낸 뉴 월드지! 가상의 공간에서 자신의 재능을 읽어내고 수련까지 할 수 있는…….]

지니와 아레스가 각자 떠들어댔지만 율이 가방에서 꺼낸 것은 전혀 다른 종류의 물건이었다.

"…양초?"

그렇다. 그것은 꽤 두터워 보이는 큼직한 크기의 양초였다.

"네. 당신의 재능을 읽어내는 데 필요한 물건이죠."

"무슨 마법의 양초 같은 건가요?"

전혀 예상치 못한 물건의 등장에 황당해하는 나를 보며 율이 옅게 웃는다.

"다이소에서 산 겁니다. 개당 2,000원짜리죠. 제가 자주 사용하는 제품인데 사과 향이 향긋해서 좋지요."

"……."

내가 황당해하거나 말거나 율은 태연한 표정으로 분필을 하나 꺼내더니 방 한쪽에 있는 나무 책상에 육망성(六芒星)을 그리고, 여섯 개의 꼭짓점에 양초들을 한 개씩 올려놓았다.

율이 설명한다.

"저희 선별사들은 영능의 재능을 총 6가지로 분류합니다. 이건 대마법사님의 분류이기도 한데, 신마기영응체(神魔氣靈應體)라고 부르지요."

"신마기영응체?"

"신성력, 마력, 기력, 영력, 호응력, 체력입니다. 이능을 익히는 데 가장 기본이 되는 재능들이지요."

율은 테이블 아래에 있는 의자를 꺼내 앉더니 그대로 설명을 시작한다.

"우리들이 무공이나 마법이라는 힘을 다루고 있다는 사실 정도는 이미 알고 있겠지요?"

"모를 수가 없지요. 자기를 마법사라고 소개하는 여자애는 물론이고 미사일이 날아다니는 시대에 창칼을 들고 덤벼들던 녀석들도 있으니."

보람이 황금용신과 계약한 마법 소녀라는 사실은 이면 세계의 능력자들에게도 전혀 생소한, 완전히 다른 차원의 문제였지만 적어도 그녀가 속해 있는 지고의 마탑은 이면 세계에서 모르는 이가 없다는 강대한 세력이라고 들었다. 한국 최대 세력인 이가라면 내 뒷조사를 안 했을 리 없으니 확인 겸 언급한 것.

과연 우리의 대화를 지켜보고 있던 경은이 고개를 끄덕인다.

"그러고 보니 용병들한테 습격을 당했다고 했었지. 에휴… 다른 곳도 문제지만 흑월회 놈들이 요새 너무 설치고 있어서."

"뭐, 그런 지방 세력 따위는 제가 알 바 아니니 이야기를 계속하죠."

"아, 너무하네. 이게 약소국의 설움인가."

투덜거리는 경은을 두고 율이 설명을 시작한다.

"위대하신 대마법사님은 고고한 마력과 끝도 없는 지식, 그리고 성계신의 축복을 이용해 두 개의 율법 단체(律法團體)를 만들었지요."

"…이야기 흐름상 그중 하나는 당신들이겠군요."

내 대답에 율의 가느다란 눈가가 부드럽게 휘어진다. 아무래도 나와의 대화가 재미있어지기 시작한 것 같았다.

"맞습니다. 이면과 표면을 구분하시려는 대마법사님의 뜻을 강제하는 [지킴이]. 그리고 지구에 존재하는 모든 인류의 재능을 감지해 선별해 내는 저희 [선별사]. 이 두 세력은 이면 세계의 다른 세력과도 완전히 구분된 역할을 가지고 있지요."

"다른 세력?"

"삼대 마탑과 오대 무파, 그리고 칠대 가문이라 불리는 세력들을 말합니다."

"여기 이가는 그중 칠대 가문에 속하지."

둘의 설명에 고개를 끄덕인다. 세계의 이면(裏面)인 어나더 플레인(Another Plane)을 지배하는 세력들에 대한 대략적인 정보는 나 역시 알고 있었으니까.

율이 말한다.

"인류의 구원을 위한 인재들을 찾아내고 선별해 내는 과정은 우리 선별사들의 절대적인 의무이자 권한, 때문에 저희는 의무에 대한 권한을 허락받았지요. 그것이 바로."

우우우—

율이 가볍게 손을 내젓자 여섯 개의 양초에 파르스름한 영기가 휘돌기 시작한다. 그것은 그저 단순한 기운의 발현일 뿐이었지만, 거기에 담긴 신비(神祕)는 이치를 초월한 격(格)!

율이 말한다.

"[선별의 빛]."

웅!

뭔가 대단한 일이 벌어지지는 않았다. 그저 여섯 개의 양초에 흐르는 기운이 안착되었을 뿐. 그러나 그걸 보는 경은은 굳어진 얼굴로 신음했다.

"역시… 되는 건가. 설마 대마법사님께서 돌아가신 이후에도 제대로 작동하다니."

가볍게 신음하는 경은의 모습에 율이 웃는다.

"그분은 예전부터 자신의 죽음을 예지하고 계셨으니 대비하지 않는 게 오히려 이상한 일이겠지요."

"그렇다면 지킴이들도 다 정상이겠네요?"

"물론이지요."

"다행이에요. 잘못 판단한 녀석들이 있는 모양이지만."

"뭐, 누구나 판단을 잘못할 수 있지요."

전체적으로 웃는 상의 얼굴을 가진 율의 표정이 순간 서늘해진다.

"그 잘못된 판단에 책임을 질 수만 있다면."

그들이 뭔가 심각한 분위기로 대화하는 동안 나는 내 머릿속을 울리는 호들갑 소리를 듣고 있었다.

[놀랍군요. 이건 설마……]

[아니, 이건 궁극 마법이잖아? 그것도 고유 주문! 아니, 여기 사는 대마법사는 대체 뭐 하는 놈이기에 이렇게 열심히 살아? 설사 그 녀석이 대마법사라고 해도 이 시스템을 제대로 구축하려면 거의 100년 이상의 시간이 들어가는 건 물론이고 나라 하나는 살 만한 자본까지 필요할 텐데?]

[수집한 자료에서 해당 정보를 찾아냈습니다. 하지만 이런 변방 행성에서 궁극 마법을 대리할 수 있는 시스템이라니.]

그들의 호들갑 소리를 들으며 율의 칭호를 확인한다.

[대마법사 제논]
[0레벨]
[선별사 율]

'0레벨이라……'

1레벨은 수두룩 **빽빽**하지만 0레벨은 나로서도 처음 본다. 짐작이지만, 그는 스스로 존재하는 인물이 아니라 어떠한 시스템의 [단말]인 것 같았다.

"저기."

"그러니까… 응? 왜?"

"언제 시작하는 거야, 이거?"

한참 심각한 이야기 중인 둘의 대화에 끼어들자 이제야 정신을 차린 경은이 멋쩍게 웃는다.

"아, 미안 미안. 간다는 게 계속 떠들고 있었네."

"간다고?"

"선별 과정은 개인정보라서 가족도 스승도 아닌 내가 지켜보긴 좀 그렇거든. 개인적으로 할 일도 있고."

경은의 말에 육망성을 내려다보고 있던 율의 얼굴에 쓴웃음이 떠오른다.

"…그렇군요. 슬슬 대국(大國)이 움직일 즈음이지요."

"사자(使者)가 왔다고 하더라고요. 적당히 했으면 좋겠는데."

하여간 힘없으면 서럽다니까, 라고 중얼거리며 경은이 방을 나선다. 작별 인사 겸 휘적휘적 흔들리는 손바닥이 왠지 처량해 보인다.

[확인했습니다. 율이라는 사내가 설명하는 지킴이라는 단체 또한 비슷한 시스템을 등에 업고 있습니다. 소속원은 대략 1,000명. 행성 전체에 흩어져 있는 것이 확인됩니다.]

[꽤 많은 초월자를 봐왔지만 이 행성 대마법사는 그중에서도 거의 역대급이야. 한 명밖에 없었고 그것도 이제 죽었다는데 이건 뭐 여기저기 안 낀 데가 없잖아?]

[매우 특수한 케이스입니다. 아마도 이곳 34행성의 지배자였던 대마법사는… 흠, 함장님.]

뭔가를 감지한 듯 지니가 하던 말을 멈추고 말했다.

[2번 타깃이 궁으로 이동할 것으로 짐작됩니다.]

지구로 넘어오면서 지니에게 몇몇 인물들을 수색시켰다. 그
중 1번은 성계신이 숨기기라도 한 것인지 어디에서도 찾을 수
없는 아버지이고 2번은 다른 장소에 있던 영민이 형, 관측한
바에 따르면 잘 지내고 있는 것 같아서 일단은 지켜보게만 시
켰었는데…….

'북한 쪽에 있다면서?'

[네. 북한의 이면 세계에 존재하는, 지고의 마탑이 위치한
지역에서 생활하고 있었는데 그곳에 위치한 텔레포트 타워에
방문했습니다. 수집된 정보에 따르면 약 3시간 이후 이곳으로
공간 이동을 시행할 것입니다.]

'돌아오는 건가.'

거기까지 생각했을 때 율이 말을 걸었다.

"꽤 특이하군요."

"뭐가 말입니까?"

"아가씨를 대하는 태도 말입니다."

흥미롭다는 듯 웃는 율의 말에 대답한다.

"그냥 평범히 대하고 있는데요. 반 친구 대하듯이."

"죄송하지만 아가씨의 다른 반 친구들도 아가씨를 그렇게
대하지는 못할 거라고 생각됩니다만. 실제로 지금도 그녀가 나
가거나 말거나 관심도 없지 않습니까?"

그의 말에 고개를 갸웃한다. 경은이가 나가면 나가는 거지
내가 뭘 어쨌어야 한다는 건가? 인사라도 하라고? 어쨌든 별로

잘못을 했다는 분위기는 아니었기에 어깨를 으쓱인다.

"청소년이라고 다 불타는 성욕에 어찌할 줄 모르는 건 아니니까요."

"…뭐라고요?"

율의 표정이 멍하게 변한다. 귀를 의심하는 표정. 그러나 이내 그의 얼굴이 일그러지고 입이 벌어지더니 이내 박장대소를 터뜨렸다.

"하, 하하! 하하하하! 당신, 정말 대박이군요!"

뭐가 그렇게 재미있는지 눈물까지 글썽인다. 그리고 다시 표정을 가다듬었을 때 실처럼 가늘어 잘 보이지도 않는 그의 눈동자에 흥미가 깃든 상태였다.

"당신, 정말 표면 세계에서만 살던 일반인 맞습니까?"

"넘어온 지 며칠 안 되었죠. 태어나서 이면 세계에는 온 적이 한 번도 없으니까."

단지 우주에 갔다 왔을 뿐이지.

나는 이 주제로 더 이야기를 끌고 나가기 귀찮아 책상 위에 그려져 있는 육망성 앞으로 다가갔다. 육망성의 꼭짓점에 위치한 양초들이 은은한 존재감을 흩뿌리고 있다.

"이 촛불들에 불을 붙이는 건가요?"

"눈치챘군요. 맞습니다. 다만 라이터나 양초를 쓰는 건 아니지요."

"그러면?"

"기도하십시오. 불이 붙으라고."

"……."

어이가 없어 돌아보자 웃고 있는 율의 모습이 보인다.

"진짭니다. 저희 선별사의 영기가 깃든 양초는 지정 대상의 염원을 있는 그대로 받아들이거든요. 다만 모든 초가 그런 것은 아닙니다."

"신마기영웅체."

내 나직한 중얼거림에 율이 고개를 끄덕인다.

"이해가 빠르니 좋군요. 이 여섯 개의 초에는 각기 상징하는 힘이 있습니다. 아주 희귀해 그 재능을 타고난 이가 거의 없는 신성력의 초, 그 어떤 재능을 가진 것보다 촉망받는 미래가 보장되는 마력의 초, 중국인들이 가장 사랑하는 기력의 초, 초능력자들이 타고나는 힘을 파악하는 영력의 초, 무당이나 예언자들이 타고나는 호응력의 초, 그리고 그 모든 바탕이라고 할 수 있는, 신체 능력을 읽어내는 체력의 초까지."

"그냥 초에 불만 붙일 수 있으면 되는 겁니까?"

"물론 아니지요."

그렇게 말하며 율이 여섯 개의 초를 향해 가볍게 손을 휘저었다.

파팟!

여섯 개의 초에 동시에 불이 켜진다. 다만 평범한 불꽃은 아니었다. 빨. 주. 노. 초. 파. 남색. 비록 보라색이 없다는 게 옥의 티였지만 이 색이 무엇을 의미하는지 파악하기는 어렵지 않다.

"무지개색?"

"맞습니다. 이 초들은 각각의 재능을 색으로 구별시켜 주지요. 아, 물론 지금 이게 내 재능이라는 건 아닙니다. 사실 남색 이상의 재능은 전 세계를 뒤져도 한 명도 없거든요."

"기준치가 높은가 보네요."

내 말에 율이 고개를 끄덕인다.

"대마법사께서는 보라색 재능을 가진 자라면 해당 영역에서 초월자에 도달할 가능성이 있다고 말씀하셨지요."

"그럼 빨간색은 어느 정도죠?"

"입문이 가능한 재능입니다. 예를 들어 기력의 초가 최하급 인 붉은색으로 켜지기만 해도 기감이 눈뜨는 게 가능하지요. 흔히 적(赤)급 기력 적성이라고 부르는데, 단지 그것만으로 무공을 수련해 나가기에는 부족하지요."

"적어도 주황색은 되어야 한다는 말입니까?"

"그게 아니라 육체 또한 받쳐줘야 한다는 겁니다. 설령 기력 적성이 녹급이라고 하더라도 신체가 받쳐주지 못하면 그는 제대로 된 성장하기 어려울 테니까요."

하긴 단순히 내공만 다룬다고 훌륭한 무인이라고 할 수는 없을 것이다. 무술에 대한 소양과 그것을 펼칠 만한 육신이 필요한 게 당연하겠지.

"다른 능력은요?"

"생체력의 경우 신체 재능이 주황 이상이어야 한다는 제한이 있는 대신 다른 재능의 영향을 안 받는다는 장점이 있습니다. 마법은 마력의 초만 켤 수 있으면 입문이 가능한데 그와 별개로 지능이 높아야 성장할 수 있다는 특이점이 있고 소환술이나 정령술은 영력과 호응력이 둘 다 있어야 하지요. 그 외에도⋯⋯."

파앗!

막 율이 이것저것 설명하려던 순간 여섯 개의 양초 중 신체의 초에 불이 붙었다. 색은 초록. 말을 멈춘 율이 놀랍다기보다 어이없다는 표정을 짓는다.

"아니, 대마녀의 자식인데 왜 체력 적성이 초록⋯⋯."

"초록색이 놀랄 만한 일인가요? 중간이잖아요."

7색 무지개라면 빨주노초파남보니 초록색이면 정확히 중간. 그러나 율은 무슨 소리를 하냐는 듯 고개를 흔든다.

"일반인은 붉은색조차 뜨지 않습니다. 주황색만 되어도 흔치 않은 재능이고 노란색만 되어도 충분히 기재의 재능이지요. 이해하기 쉽게 설명하자면 세계 정상급 운동선수의 재능이 초록색인데."

그렇게 말하고는 다시 나를 바라본다. 하긴, 이상하긴 할 것이다. 별로 운동과 연관 없어 보이는 내가 세계 정상급 육체 재능을 가지고 있다는데 어찌 의아하지 않겠는가?

'별로 운동을 한 적도 없는데.'

사실 이건 부작용에 가까운 현상이다. 내 영혼의 격이 너무나 높아지면서 그것을 담고 있는 육신과의 괴리가 너무나 커져 거의 억지로 끌어올려진 것이니까. 건강한 육신에 건강한 정신이 깃든다는 격언의 반대 현상이라고나 할까. 그래 봐야 [인간의 한계] 수준에 불과하겠지만.

"첫 번째 방법은 육체를 강화하는 것이지. 외공(外功)이나 생체력(生體力)을 단련해 육신이 세계와 일치되는 경지에 이르면 신성의 범람으로부터 스스로를 지킬 수 있을 테니까."

성계신이 했던 말을 떠올린다. 내 문제 중 하나는 영혼과 육신의 부조화이니 육신을 초월지경까지 단련하면 지금의 문제가 해결된다는 말. 하지만 그 부조화 때문에 오히려 생체력에 대한 재능이 생긴다니 아이러니한 일이다.

"이 정도면 당장 이가에, 아니, 이가보다는 오대 무파 중 하나인 금강파(金剛派)에서 모셔 갈 정도입니다. 여기에 기력 적성까지 높다고 하면 그야말로 모든 무파에서 러브 콜을 보내겠지요."

거기까지 말한 율이 손가락으로 책상을 톡톡 잠시간 두들기더니 말했다.

"하지만 놀랍군요. 후천적인 각성이 없는 건 아니지만 꽤나 드문 일인데 진짜였다니… 이렇게 되면 정말 대마녀의 피를 깨웠다는 전제하에 안내가 필요하겠어요."

"안내요?"

"네. 당신은 그냥 단순한 [선별 대상]이 아니라 [선별자]가 될 것 같으니까요."

선별자라니… 정말 뻔하디뻔한 명칭이다. 선별사의 선별을 받아 선별자라는 말 아닌가? 그래도 굳이 이렇게 말해주는 건 나름 특별한 존재라는 것일까.

"현재 지구에 존재하는 영능력자는 대부분 저희들의 관리하에서 각성한 이들이지요."

"대부분이요?"

"적어도 98%. 숫자로 치면 대략 1,000만 명이 넘는 엄청난 숫자인데 그중에서도 선별자는 고작 47만 명에 불과하죠."

'에이, 뭐야. 겨우 20분의 1 정도의 비율이잖아.'

"아무나 선별자가 되지는 못합니다. 선별자는 빛나는 재능을 가진 존재. 대부분 이면 세계의 고위직에 올라가기 때문에 여러 가지 혜택을 받게 되는데……."

율이 뭐라뭐라 설명을 시작했지만 나는 흥미를 잃고 그의 말을 흘려보냈다. 당연하다. 이제 와서 지구에서의 직위나 혜택 따위에 관심 가질 이유가 없었기 때문이다.

때문에 나는 그의 말에 귀 기울이는 대신 다음 초에 기도한다.

'불타라.'

그리고 그 순간이었다.

화악!!!

"뭣?!"

여섯 개의 촛불 중 하나가 맹렬한 기세로 타올랐다. 한순간이지만, 그 크기가 거의 횃불에 필적할 정도였다.

"대행자의 이름으로 명하니! 폐하라!!"

비명과 같은 고함과 함께 쩡, 하고 유리 깨지는 소리가 울리고 이내 주위의 모든 사물이 회색으로 물들었다. 마치 흑백영화의 그것처럼 주변의 모든 것을 정적(靜寂)에 잠기게 하는 힘. 그러나 타오르기 시작한 촛불은 그 모든 게 상관없다는 듯 홀로 뚜렷한 존재감을 뽐내고 있다.

후욱!

양초가 순식간에 거의 절반까지 타버리자 어지러울 정도로 자욱한 사과 향이 주변을 휘감는다. 나는 가만히 서서 타오르는 불꽃을 바라보았다.

"가장 낮은 빨간색이군요."

"아니, 이건. 이건."

거칠어지는 호흡을 가다듬으며 율이 이마를 찡그린다.

"이건 뭔가 다릅니다. 아무리 색이 빨간색이어도 이 크기는……."

팟!

순간 촛불의 색이 바뀐다. 주황색. 율의 얼굴이 창백하게 변한다.

"색이… 변한다? 확인 중간에 변화가 있다고?"

그러나 그런 그의 반응 따위 아무래도 상관없다는 듯 초의 색은 계속해서 변했다.

노란색, 초록색, 파란색.

남색, 보라색.

그리고 마침내.

"이건 무슨 색이죠? 흰색? 아니, 은색이라고 해야 하나."

"이, 이, 이게 무슨……."

"아, 또 바뀌네. 이번에는 금색인가."

나는 자꾸자꾸 바뀌는 색이 신기했지만 거기까지다.

팟!

촛불이 꺼져 버렸다. 무지막지하게 덩치를 키우던 불길 때문에 심지가 다 타버린 것이다. 책상 위에는 녹아버린 촛농만이 지저분하게 흩어져 있을 뿐이었다.

"흐음, 신성력의 초인가."

놀라지 않는다. 그럴 이유가 없었다. 이 초에 담긴 기능이 신성 적성을 읽어내는 것이라고 가정했을 때, 신성력의 적성이라는 것은 결국 신성력을 제어할 수 있는 재능과 신의 힘을 받아들일 [그릇]의 수준을 나타낼 것이 명약관화했기 때문이다.

'일반적으로 이 신성의 초가 읽어내는 재능은 신의 힘을 받아들이는 영적인 재능일 테지만……'

그러나 스스로 상급의 신성(神聖)과 하급의 신위(神位)를 가진 나는 그런 틀 자체를 부숴 버리는 존재가 아니던가? 당연한 결과에 나는 금방 관심을 잃고 다음 초에 기도했다.

피시식…….

피식!

"아, 역시. 이 두 개는 안 될 거 같더라니."

마법이나 무공을 쓸 팔자는 아니었던 모양인지 마력의 초와 기력의 초는 불꽃을 일으키는 데 실패한다. 다행히 다음 기도는 잘 먹혔다.

팟! 팟!

"호응력은 체력과 마찬가지로 초록색이고… 영력은 보라색인가."

나는 생각을 정리했다. 이곳에서 체크가 가능한 재능의 종류는 신마기영응체. 그리고 그 여섯 가지 힘의 재능 중 가장 강렬하다고 할 수 있는 신성력을 수련해서는 안 된다는 걸 생각하면, 결국 내 재능은 초록색의 재능을 가진 체력과 호응력, 그리고 보라색을 가진 영력일 것이다.

"당신."

마침내 모든 초를 꺼버리고 몸을 돌린 내 눈에 온몸에 회색의 영기를 뿜어내고 있는 율의 모습이 비친다. 지금까지의 여유는 다 날아가 버린 듯 안색이 창백하다.

"괜찮으세요?"

"당신은… 뭡니까?"

그의 얼굴을 보니 양초가 고장 난 것 같다고 너스레를 떤다거나 이게 왜 이러냐고 오히려 되물어봤자 별 소용이 없을 것 같다는 생각이 든다.

그리고 사실 별로 그럴 생각도 없었다.

"고등학생이요."

"아니, 그게———!"

황당한 얼굴로 따지려 하는 율의 말을 끊는다.

"평범하게 태어나 십몇 년 동안 평범한 학생으로 살아왔어요."

이건 틀림없는 사실이다. 단지 어릴 적부터 특이한 능력을 가지고 있었고, 올 봄에 우주로 나가서 제국의 황제가 되었을 뿐이지.

"뭔가 특이한 점이 있다면 제가 타고난 핏줄에 있겠지요."

이것도 틀림없는 사실이다. 지금 내가 가지고 있는 이 힘들이 내가 간절히 원해서 손에 넣은 게 아니라는 것 정도는 분명히 자각하고 있으니까. 이것들은 문명과 정보의 신이라는 위대한 자리에서 영락해 떨어졌던 나의 친부, 기계신 디카르마의 유산일 뿐이었다.

"하지만 대마녀의 혈통이 어째서 신성력을 가질 수 있……."

거기까지 말한 율이 문득 말을 멈춘다. 그의 얼굴이 굳었다가 찡그려졌다가 다시 창백해진다. 그의 가느다란 실눈이 까만색의 눈동자를 드러냈다가 감추기를 반복하기를 그대로 1분여. 마침내 정신을 차린 율이 알았다는 표정으로 말한다.

"그렇군요. 그랬어요. [마스터맨]은 역시 인간이 아니었어요."

"…네?"

"그래요! 그는 인간이 아니었던 겁니다! 모든 조사가, 모든 이론이 그를 인간이라 가리키고 있다 해도 그 비범함은 인간일 수가 없는 수준이었어요! 그래! 애초에 성계신께서 일개 인간에게 빠진다는 것 자체가 말이 안 되는 일이었지요. 그래! 역시 그래서……."

중얼중얼. 정신이 나간 듯 방을 서성이는 율의 모습에 나는 그가 아버지를 알고 있다는 사실을 알았다.

'아니, 아버지. 보통 사람이라면서 왜 여기서 유명해요.'

헛웃음이 나올 만한 일이지만 아버지는 원래 그런 사람이었다. 어디에 있어도 빛나는 사람. 뭘 해도 완벽한 사람. 그 누구라 할지라도 감히 경시할 수 없는 그런 존재.

단지 이능을 사용할 수 없다고 해서 폄하하기에 아버지, 관일한이라는 인간은 지나치게 뛰어나다.

'하긴. 그러니까 [인간 대표]지.'

아버지의 어처구니없는 칭호 중 하나를 떠올리며 피식하고 있는 사이 율이 다시 내 앞으로 와 앉는다. 잠시간의 혼란은 어느 정도 가라앉힌 것 같았다.

"후우… 추태를 보였군요. 워낙 예상외의 사태라."

그는 쓰게 웃으며 테이블 위를 가볍게 훑었다. 꺼진 양초와 녹아 흘러내린 촛농으로 지저분했던 테이블이 마술처럼 깨끗하게 변한다.

"선별은 이걸로 끝인가요?"

"물론 아닙니다. 촛불은 그저 해당 영적인 적성을 알려줄 뿐이니까요. 예를 들어 마력에 대한 재능을 가지고 있다 하더라도 지능이 떨어진다면 위저드(Wizard)가 될 수 없고 지능이 높더라도 영성을 타고나지 못한다면 소서러(Sorcerer)가 될 수 없듯 그 외의 변수는 무궁무진합니다. 아주 높은 등급의 신성력을 타고났다 하더라도 신심(信心)이 부족한 무신론자라면 성직자보다 차라리 소환 마법을 익히는 게 나은 것처럼."

그의 말에 나는 잠시 고민하다 말했다.

"일단 신성력을 제외한 재능을 찾는다면 어떨까요?"

"뭐, 어차피 일곱 빛깔을 벗어난 재능은 전례가 없어 가이드를 제시하기도 어려우니… 좋습니다. 그렇다면 소환사와 정령사가 가장 먼저 떠오르는군요. 영능 적성과 호응력이 함께 있다면 영력을 거래 대상으로 삼아 외계의 존재를 부를 수 있으니까요. 영능을 극대화한다면 오오라 단련도 노려볼 만하고 호응력을 연마한다면 박수가 되어서 채널링을 목표로 할 수도 있겠지요. 그리고 또……."

"호오."

뭔가 체계적이고 다양한 선택지에 휘파람을 분다. 가만히 듣고 있던 지니와 아레스도 기가 막힌 모양이었다.

[이건 거의 제국에 맞먹는 다양성이군요. 이런 변방 행성이…….]

[역사도 얼마 안 되는, 그것도 표면과 이면이 나눠진 행성에서 발달할 수준이 아닌데? 그 대마법사, 아무래도 아카식 레코드에 접속한 것 같아.]

[하지만 이 정도 규모의 다운로드를, 심지어 수많은 사람들한테 전파까지 하는데 성계신이 놔두는 건 이해가 안 되는군요.]

뭔가 자기들끼리 수군수군거리지만 이내 흘려 넘기고 율을 바라본다.

"혹시 그중에서 율 님이 가르쳐 주실 수 있는 이능이 있나요?"

"선별사는 가르침을 내리지 않습니다. 새로운 세력을 만드는 것은 선별사들의 기본 가치를 훼손시키는 일이니까요. 대신."

"대신?"

의문을 표하는 내 손등에 율이 손을 얹는다.

웅!

가벼운 울림과 함께 손등 위로 육망성이 그려진다.

"이건?"

"일종의 자격증입니다. 신분증이기도 하고요. 대하 님은 알 수 없을 테지만 그 문양에는 꽤 많은 정보가 담겨 있거든요."

왠지 모르게 우쭐해하는 율을 두고 왼쪽 손등을 내려다본다. 육망성은 마치 파스텔로 그린 듯 뿌연 질감을 가지고 있었는데 그 네 번째 꼭짓점에는 보랏빛이, 다섯 번째와 여섯 번째 꼭짓점에는 녹색빛이 감돌고 있고 그 중앙에는 숫자 27이 쓰여 있다.

'재능의 증명인가.'

다만 다행인 게 있다면 신성력에 대한 표시는 없다는 것이다. 율이 빼준 것인지, 아니면 상정 외의 상황이기에 표시할 수 없는 것인지 알 수 없지만 귀찮은 일이 적을 것 같다는 점에서는 마음에 든다.

"그런데 실력이 아니라 재능을 증명으로 삼는 겁니까?"

"하하! 물론 아닙니다. 지금 보이는 색은 대하 님과 선별사만 알고 있는 것이고 이제부터 거기에 깃들 색은 직접 쌓은 경지에 대한 것들이 표시되게 되죠. 물론 그마저도."

팟.

율이 내 손등을 툭 치자 육망성이 사라진다.

"직접 보이고 싶을 때에만 표면으로 드러나게 될 겁니다."

친절한 설명에 고개를 끄덕인다. 하긴, 이가에 이런 육망성을 새기고 다니는 녀석이 없었다는 걸 생각해 보면 당연한 기능이다. 1,000만 정도 되는 능력자들 중 선별자가 47만 명이나 된다는데 이가에 한 명도 없다는 건 누가 봐도 이상한 일이니까. 아마 다들 숨기고 다니는 상태일 것이다.

"아, 물론 대하 님의 [별]은 그중에서도 특별합니다."

"특별대우인 겁니까?"

"네. 당신에게는 그만한 가능성이 있다고 선별사인 제가 판단했으니까요. 아까 제게 이능을 가르쳐 줄 수 있냐고 물으셨지요?"

가져온 가방을 챙긴 율이 자리에서 일어난다. 어느새 그의 얼굴에는 은은한 미소가 맺혀 있다.

"그게 대답입니다."

"……."

"하하하! 무슨 소리를 하느냐는 표정이군요. 너무 태연해서 잊고 있었는데 표면 세계 사람이 맞긴 맞아요."

'두 자릿수 [별]을 받고 이런 반응이라니' 라며 잠시 허탈한 웃음을 짓는 그였지만 이내 자세를 고치고 진지한 표정을 지었다.

"아마 모든 게 생소할 겁니다. 표면 세계에 살았던 당신에게… 이면 세계는 이해도 납득도 되지 않는 수라장처럼 보일 테니까요."

그의 말대로다. 당장 나만 해도 단지 건방지게 굴었다는 이유 하나만으로 살인을 하려던 망나니들과 만난 것이 바로 얼마 전이 아니던가? 법과 질서가 살아 있는 사회에서 살던 표면 세계의 인간에게 이면 세계, 어나더 플레인은 이해도 납득도 되지 않을 정도로 난장판이었던 것이다.

"범인(凡人: 평범한 사람)은……."

율은 나를 보며 말했다.

"범인은 새로운 세상에 적응해 나가지만, 영웅은 그 세상을 변혁시키고 이끌어 나가지요."

"…저보고 영웅이 되라는 건가요?"

"소망 정도는 할 수 있겠지요."

가느다란 실눈을 부드럽게 휘어 사람 좋아 보이는 미소를 그려낸 율이 말한다.

"모쪼록 인류의 수호를 위해 힘써주시기를."

딸깍.

율이 나가고 나는 잠시 방 안에 앉아 있었다. 율이 밖으로 나갔음에도 딱히 날 찾으러 오는 사람은 없다. 다만 궁녀들과 능력자들이 바쁘게 돌아다니는 걸 보아 이가에 무슨 중대한 일이라도 생긴 분위기다.

"나 참, 어쩌라는 건지."

문득 헛웃음이 나왔다. 내가 이곳에서 무얼 하고 있는 것인지 알 수가 없는 상황.

그런데 그때, 불현듯 손등이 뜨거워지기 시작하더니 내 눈앞으로 무언가가 떠올랐다.

—미션 시스템에 접속하신 것을 환영합니다.

—현재 등급: 튜토리얼

—넘버 확인 중… 확인되었습니다. 27.

—담당자: 율

—현재 접근 가능 영역: 신. 영. 응. 체.

"엥?"

너무나 뜬금없는 등장과 내용에 신음 소리가 절로 나온다. 나는 나도 모르게 자리에서 벌떡 일어났다.

[함장님? 무슨 일이라도 있으신 겁니까?]

"아니, 아니… 아니 이건… 어? 어어? 이 텍스트……."

당황해 버벅거린다. 그저 눈앞에 뭐가 나타났다고 놀라는 것이 아니다. 고작 그런 걸로 놀라기에 요 반년간 너무 험난한 삶을 살았으니까. 내가 놀라는 건 조금 다른 부분이다.

"이건."

텍스트의 내용 따위에는 관심 없다. 오히려 내 신경을 잡아 끈 것은 텍스트의 색감과 투명도, 그리고 글자체와 줄 간격 등이었다.

그 모든 것들은, 나에게 있어 너무나 익숙한 것이다. 농담이 아니라 24시간, 언제나 봐오던 문자 배열.

그것은.

"이거, 내 거잖아?"

내가 평소 봐오던 칭호에 사용되는 문자들이었다.

대국과 소국 🌙 ✴ ✴

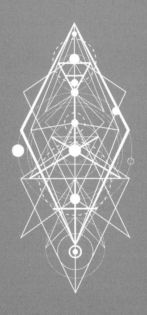

한 발짝 내디딘다. 모래 바닥에서 자욱한 먼지가 인다.

쿵!

다시 한 발짝 내디딘다.

쿵!

광화문과 흥례문 사이. 표면 세계라면 오른쪽에 매표소가 있어야 할 광장 위로 7명의 일행들이 천천히 걸어가고 있다.

걸음은 느리다.

아니, 사실 이건 그냥 느리다고 할 수준이 아니었다. 고작 한 걸음 내딛는 데 거의 3초에 가까운 시간이 소모될 정도로 그는, 그리고 그들은 천천히 걷고 있다.

'아, 정말.'

안경 형태의 마도병기 우자트를 통해 알바트로스함의 [시점]으로 내려다보고 보고 있던 나는 주변의 모든 존재를 위압하고 있는 사내의 모습에 헛웃음을 흘렸다.

'시대착오적인 복장과 행동들이네.'

어이없게도 그는 사극에서나 볼 법한 관모를 쓰고 있었는데 거기에는 쏟아지는 햇빛을 받아 다양한 색으로 빛을 반사하는 공작의 꽁지깃이 달려 있다. 꽁지깃을 고정하는 부분은 금빛을 뿌리는 꽃과 구름으로 세심하고 정성스럽게 세공이 되어 있고, 꼭대기에는 아주 붉고 투명한 루비가 박혀 있다.

입고 있는 의복은 남색 바탕의 관복이었는데 가슴팍의 흉배(胸背: 조선, 명나라, 청나라 등에서 특정 계급이 입는 의복의 가슴과 등에 붙이던 표장)에는 무관 1품을 나타내는 금빛 기린이 수놓아져 있다.

―크릉!

'오. 저거 봐.'

신기하게도 사람이 수놓았을 게 틀림없는 기린은 사나운 기색을 숨기지 않으며 으르렁거리고 있다. 심지어 슬금슬금 눈을 굴리며 이곳저곳을 쏘아보고 있기까지 하는 게 아닌가? 그것을 입고 있는 사내가 조종하는 분위기는 아니니 그 스스로가 생명과 의지를 가지고 있다는 뜻.

놀라워하는 내 기색을 느낀 듯 지니가 설명한다.

[제작계 능력자가 만든 의복이로군요. 제법 잘 만든 물건입니다.]

'그러고 보니 꼭 제작계가 꼭 무기만 만드는 건 아니라고 했었지… 하지만 아무리 그래도 비단옷을 만드는 제작계 능력자도 있는 거야?'

[상상력만 풍부하다면 모든 게 가능하지요. 능력자가 어떤

속성을 타고나느냐가 유일한 제약이라면 제약이겠지만.]

쿵!

쿵!

내가 지니와 잡담을 나누는 와중에도 계속해서 땅이 울린다. 중세 사극에서 튀어나온 것 같은 옷차림의 중국인들은 거의 완전히 동일한 움직임으로 걸어가고 있었는데, 그들의 한 걸음 한 걸음마다 묵직한 기운이 사방으로 뿜어져 나가는 것.

그리고 그들 중에서도 가장 앞에 위치한 사내의 기세는 꽤 특출하다.

[완성자급 내공 사용자입니다, 함장님. 레온하르트 제국에 투신하면 1년 정도의 군사 훈련만 받아도 대위부터 군 생활을 시작할 수 있을 만한 실력자이지요. 성실하기만 하다면야 언젠가 별도 달아볼 만하니 앞날이 꽤 창창한 편입니다.]

'앞날이 창창이라고 해봐야.'

나는 헛웃음을 흘렸다.

'여기서는 고작 별 정도가 아닌 것 같은데?'

190센티미터가 넘을 것 같은 건장한 신장에 부리부리한 눈매가 인상적인 그는 무인치고는 꽤나 화려한 치장을 하고 있다. 절대, 누가 봐도 낮은 위치에 있는 이가 갖출 만한 복색이 아닌 것이다.

'특히, 저 목걸이를 보라고.'

가슴을 지나 복부까지 길게 내려오는 목걸이는 붉은 산호석들이 촘촘하게 꿰어져 있었는데 어이없게도 그 사이사이로 은은한 빛을 흩뿌리는 구슬들이 보인다. 농담이 아니라 항상 환한 조명에 둘러싸여 있는 경복궁 안에서도 뚜렷이 보일 정도로 선명한 빛. 만일 이곳이 어두운 곳이었다면 그의 주위로 형광등 100개를 켜놓은 듯한 오라가 뿜어져 나왔을 정도이니 그 화려함을 더 말해 무엇하겠는가? 분위기를 잡고 무겁게 걷고 있지만 그가 움직일 때마다 목걸이의 산호석들이 서로 부딪쳐 나는 차르릉 차르릉 소리는 차라리 우스꽝스럽기까지 하다.

쿵!

"쿨럭……!"

홍례문을 여유롭게 통과한 그가 영제교를 지나고 근정문까지 건너 근정전 앞에 늘어진 박석(薄石) 위에 도달하였을 때, 마침내 주변에 도열해 있던 이가의 능력자들이 피를 토하며 무릎을 꿇기 시작한다. 그들, 그러니까 중국의 무인들이 뿜어내는 기세를 이겨내지 못한 것이다.

"흠."

나는 무심코 손을 들어 턱을 쓸었다. 안경을 통해 보이는 광경이 잘 이해가 가지 않는다.

"무슨 구도지, 이건."

"뭘 그렇게 중얼거리고 있어?"

"응?"

나는 난데없이 끼어드는 목소리에 고개를 돌린다.

"…재석아?"

전혀 뜻밖의 등장인물에 놀라 자리에서 일어났다. 항상 주변을 지키고 있던 궁녀들까지 모조리 사라진 국립고궁박물관에는 몸에 착 달라붙는 양복을 입고 있는 내 친우, 배재석이 있었다.

"그래. 나다, 이 녀석아. 너, 왜 여기 있어?"

"그냥 어쩌다 보니, 그렇게 됐어요. 조폭님."

웃는다. 말이 좋아 고등학생이지 저 모습을 어느 누가 학생으로 보겠는가? 얼굴선이 굵직굵직한 데다 어깨도 떡 벌어진 녀석이 양복까지 갖춰 입으니 미성년자가 아니라 조직폭력배 행동대장으로밖에 보이지 않는 상태.

그러나 재석은 그런 말 하지 말라는 듯 고개를 절레절레 흔든다.

"조폭은 무슨. 난 여기 길 가는 궁녀분들하고 싸워도 처맞아야 하거든? 아니, 그보다 얼른 따라와! 여기 있으면 안 돼!"

"뭐?"

내가 의문을 표하거나 말거나 재석은 내 팔을 잡아 질질 끌어 광화문과 흥례문 사이의 광장으로 이동했다. 한적하던 평소의 모습과 다르게 광장에는 사람이 가득하다. 중국인 일행이 광장을 가로지를 때에는 감히 접근조차 못 하던 사람들이 흥례문 앞에 잔뜩 모여 있는 것이다.

"뭐야. 나도 여기에 와야 했던 거야?"

"나도, 가 아니라 전부가 다 모이라는 왕명(王命)이 있었어. 아무리 외부인이라지만 사람이 눈치가 있어야지! 문이란 문에는 다 서 있던 궁녀들까지 싹 다 사라진 걸 보면서도 이상한 느낌이 안 들어?"

거기까지 말한 재석이 주변을 휘휘 둘러본다.

"아니, 그보다 궁녀들은 왜 너를 그냥 놔둔 거야? 결계사들까지 전부 끌려가서 외부 결계마저 일시 중단된 상태라던데! 아니, 이것들이 관계없는 일반인이라고 차별하는 거야?"

신경질을 부리는 녀석이었지만 그 목소리에서 나를 향한 걱정이 담겨 있다는 것을 느꼈기에 웃으며 답한다.

"일이 좀 있어서."

"아니, 왕명이라니까? 일이 있건 없건 다 끌려간 상황인데 이게 무슨… 새로 들어온 인원이라 누락이 됐나?"

이해할 수 없다는 표정의 재석이었지만 나는 대충 상황을 알 수 있었다.

'율 때문인가.'

아무래도 이면 세계에서 [선별사]라는 조직이 가지는 위상이 꽤나 대단한 모양이다. 정말 필수적인 인원조차 불려가는 상황에서 모두 약속이라도 한 듯 내 존재를 무시한다는 것은 그와 관련된 문제가 이면 세계의 대부분의 권위를 넘어선다는 말일 테니까.

그런데 그렇게 우리가 대화를 하는 와중에도 이가의 사람들이 웅성웅성거리는 소리가 들린다. 분위기는 꽤 심각했다.

"젠장… 대륙 놈들……."

"무도하다, 무도하구나. 황제 폐하가 이 꼴이 돼야 하다니."

"아니, 지금 이제 와서 황제는 무슨."

"맞아. 지금 이 꼴을 보고도 황제 이야기가 나와? 왕도 못 되는 가주에 불과하구먼."

젊은 청년들의 말에 한복을 입고 있는 노인들이 곱게 다듬은 수염을 부르르 떤다.

"뭐, 뭐라고? 네놈들이 대한제국의 명예를……!"

"시끄러워, 꼰대. 누구에게도 인정받지 못하는 칭제(稱帝: 스스로를 황제라고 선포함)에는 아무런 의미도 없다고. 아니, 그걸 넘어서 칭제 자체가 매우 중국적인 개념이라는 걸 몰라? 지들부터가 이미 사대적인 사고를 가진 주제에 대한제국의 명예 같은 소리를 하고 있으니."

마치 양아치처럼 빈정거리는 사내였지만 그 역시 보통의 사람은 아니다. 내공, 즉 기를 육신 안에 사역해 인간을 초월하는 운동능력을 가진 강력한 무인.

"아니, 그보다 제국이라면 제후국이 필요한 거 아냐?"

대꾸하는 사내 역시 보통의 인간이 아니다. 인간이 아닌 이종(異種)의 피를 받아들여 늑대익 머리를 가진, 밤의 괴수.

표면 세계에서 미쳐 날뛴다면 단신으로 수천 단위의 사상자를 낼 괴물의 말에 무인이 답한다.

"왜? 탐라국(제주도에 있었던 옛 나라)이 있잖아, 탐라국."

"크크크… 미친놈."

"그나저나 진짜 짜증 난다. 병신들이 뭘 하지도 않으면서 주둥이는 아주 그냥 대마법사야."

고개를 절레절레 흔드는 웨어울프의 말에 노인이 다시 부들부들 떨었다.

"네, 네놈들……."

"시끄러워. 자위를 할 거면 아무도 안 보는 방구석에서 혼자 하라고. 대한제국 따위는 모르지만 적어도 이가의 일원으로서 쪽팔림을 견디기 어려우니까."

목소리를 크게 높이지도 못한 채 수군거리는 이가 사람들의 말을 들으며 흥례문 쪽으로 다가간다.

"많구먼……."

"그러게. 이가에 사람이 이렇게 많았나."

아까 봤던 대로 광화문과 흥례문 사이의 광장에는 수많은 사람들로 발 디딜 틈 없이 들어차 있다. 심지어 흥례문 너머로 보이는, 과거 왕의 공간을 나누는 선이라고 할 수 있는 영제교에도 사람들이 우글우글 서서 웅성거리고 있는 상태.

어디 그뿐인가? 과거에는 문무백관들이 자리했던 품계석(品階石)이 세워진 조정(朝廷)마저도 질서 없이 들어찬 온갖 능력자들이 가득해 무리 뒤쪽에 있는 우리는 감히 그 안을 들여다볼 수도 없다. 애초에 근정문은커녕 흥례문에조차 들어서지 못했으니 조정에 사람이 가득하다는 사실조차 광화문 앞 즈음에서 문 안쪽으로 보이는 광경을 언뜻언뜻 보이는 장면으로 파악하고 있을 뿐이다.

"그나저나."

그리고 그렇게 벅적거리는 사람들 속에서 나는 물었다.

"너도 [이쪽] 사람이었어? 초능력자나 마법사나, 뭐 그런?"

클래스메이트라는 게 꼭 서로에 대해 모든 걸 아는 건 아니지만 재석이를 이가에서 만난다는 상황은 나조차도 미처 예상치 못한 일이다. 왜냐하면 재석은.

녀석은 틀림없이.

"일반인이야."

고개를 절레절레 흔들며 깊은 한숨을 내쉰다. 녀석의 말투에는 왠지 모를 체념과 탄식이 섞여 있었다.

"이면 세계로 넘어올 최소한의 자격 때문에 약간의 마력을 사역했지만… 그게 무슨 효과를 발휘하는 수준은 아니지. 나는 정말 전혀, 완전히, 아무런 재능도 없는 일반인이거든."

"…그럼 왜 여기 있는 거야?"

"왜긴 왜야."

쯧, 하고 재석이 혀를 찬다.

"집에 돈이 많아서 그렇지."

"……."

녀석의 집안에 돈이 많다는 것은. 그러니까 나름대로 부자들만 다닌다는 우리 학교에서도 탁월할 정도로 돈이 많다는 사실은 이미 예전부터 알고 있었다. 녀석이 별로 부자 티를 내지 않고 산다 하더라도 그의 [집안]은 틀림없이 녀석의 중요한 상태 중 하나니까.

나는 슬쩍 고개를 들어 녀석의 칭호를 분류해 변경해 보았다.

[원일고등학교]

[1레벨]

[재벌 3세 배재석]

그것이 녀석의 [대표] 상태가 아니라는 것은 꽤 재미있는 사실이었지만, 어쨌든 나의 친우, 재석은 대한민국 최대 재벌 그룹인 일성(一星)의 회장 배진만의 손자였다. 녀석이 평소 소탈하게 지내고 심지어 점심시간에 나한테 매점 빵을 얻어먹는 만행을 저지르는 파렴치한이라 하더라도 그것은 틀림없는 사실.

하지만 그 사실에 어이가 없어진다.

"초능력자들이 수천 수만 명이 있는 세상에서 용케 재벌들이 무사하구나."

"초능력자들이 수천 수만 명이 있는 세상이라도 돈은 어쩔 수가 없으니까."

"…그렇구나."

"아니, 그보다 너야말로 어떻게 된 거야?"

홍례문과 광화문 사이의 광장. 표면 세계였다면 매표소가 위치해 있어야 할 벽에 등을 기댄 재석이 어이없는 표정을 짓는다.

"너야말로 완전 일반인 아니었어? 관일한 선생님과 그 친아들이 모두 일반인이라는 건 이면 세계에서도 유명한 일인데."

"…일반인이라는 게 어떻게 유명할 수가 있어?"

왜 아버지를 선생님, 이냐고 부르냐, 예전에는 안 그랬지 않느냐, 같은 질문은 굳이 하지도 않는다. 왜냐하면 재석이 녀석은 표면 세계에 있을 때에도, 그리고 이면 세계에서 만난 지금도 아버지에 대해 말할 때마다 존경과 찬탄을 금치 못할 표정을 짓고 있기 때문이다.

"특별할 수 있지. 왜냐하면 그저 일반인이라고 외면하기에 관일한 선생님은 너무나 비범한 분이시니까. 애초에 신의 마음을 아무나 **빼앗을** 수 있겠어?"

"……."

그렇다. 이면 세계에서 아버지의 별명은 [신의 마음을 훔친 자]. 그리고 그것은 무슨 비유 같은 것이 아니라 문자 그대로의 의미를 가지고 있다.

보람과의 대화를 떠올린다.

"우리 별의 성계신이 선생님께 홀딱 빠졌거든요."

"…성계신?"

"벌써 세 번이나 차였다고 하더라고요."

"……."

그리고 바로 그 [성계신]. 지구인들 입장에서 보자면 그야말로 문명의 시작부터 인류를 돌봐온 어버이와 같은 존재에게 [내가] 했던 말 역시 떠올린다.

"내 아이를 낳아라."

"……."

빨리 뇌를 파내서 이놈의 기억을 지워 버리든지 해야지.

"흠, 그럼 그 소식이 사실인가?"

"소식?"

"그래. 네 어머니 쪽이 굉장한 분이었는데 그 피가 이제 와서 각성(覺醒)했다는 이야기. 경은이랑 같이 가는 걸 보고 설마 하긴 했지만… 진짜 여기서 만나게 되다니."

그가 기가 차다는 듯 신음할 때였다.

쿵!

멀리에서, 익숙한 발자국 소리가 울린다.

"컥!"

"으으윽!!"

"맙소사… 이런… 심후한 내공이라니."

저 앞쪽에서 신음과 비명 소리가 들린다. 하지만 거리가 멀어서일까? 나에게 전해지는 타격은 없고 일반인이라는 재석 역시 별다른 타격을 입은 것 같지는 않은 상황.

그러나 그와 별개로 재석의 표정은 심각하다.

"역시 저우홍이… 스타일대로 하는군."

"저우홍?"

"검성(劍聖) 저우홍이(周鴻□). 대국에도 고작 일곱밖에 없는 마스터급 무인이야."

"검성이라니."

너무나 무협지스러운 명칭에 고개를 흔들었지만 그러거나 말거나 재석이는 진지하다.

"하지만 우리는 그를 다른 별명으로 부르지."

"다른 별명? 뭔데?"

"규칙 파괴자. 룰 브레이커라고."

그는 우려 섞인 눈으로 흥례문을 바라보았다. 정확히는 그 너머의 근정문, 그리고 그 너머의 근정전의 상황을 우려한 것이겠지.

가만히 상황을 지켜보고 있던 지니가 나에게 전달한다.

[저우홍이. 북경 중산층에서 태어나서 10살의 나이에 이

면 세계로 진입한 무예 능력자로, 고작 28살의 나이에 지검대장(地檢大將)의 자리에 오른 입지전적인 인물입니다. 지검대장의 직위는 중국의 부장(部長)과 동급으로 이는 한국의 장관과 같은 위치이며 현재 그 위치를 30년 가까이 지켜오고 있지요.]

'맨주먹으로 시작해서 28살에 장관이라고?'

현대사회에서는 있을 수 없는 일이다. 그 어떤 대단한 위업을 세운다 하더라도 젊은 청년에게 그만한 권한과 위치를 주지는 않겠지.

그러나 이곳에서는 다르다. 오직 힘이 전부인 이곳에서는.

[많은 사람들이 그에 대해 이야기하고 있습니다. 중국 전 대륙을 통틀어 다섯 손가락 안에 드는 뛰어난 실력자라고 하는군요. 그는 지검대장으로서 수많은 나라에 방문하고, 또 그만한 '성과'를 만들어내 왔다고 합니다.]

'성과.'

의미심장한 단어를 곱씹는데 재석이 탄식한다.

"아… 대마법사께서 돌아가시자마자 이 모양 이 꼴이라니. 대마법사님이 맨날 사람들을 보고 머저리에 어리석은 짐승들이라고 입버릇처럼 말할 때마다 발끈했었는데 상황이 이렇게 되면 역시나 대마법사님다운 통찰력이라고 해야 하나."

쿵!!!

다시금 저 멀리에서 발 구르는 소리가 들린다. 그리고 땅으로부터 전해지는 묵직한 진동에 사람들이 술렁인다.

"으으! 저 미친놈! 아무리 대륙에서 왔다고 해도 황제 폐하의 어전에서 이게 무슨 폭거란 말인가!"

"왕이시여……."

"상황이 웃기게 되었군. 과연 가주가 이 난관을 이겨낼 수 있을지."

수군거리는 사람들의 모습을 본다. 전체적으로 우중충한 분위기였지만 전부가 그런 것은 아니다. 오히려 기대감을 품은 듯 흥분한 사람들도 보이고 개중 몇은 뭔가 기회를 노리는 듯 눈을 날카롭게 빛내고 있다.

그리고 그런 모습들은.

'개판이구먼.'

그렇다. 그야말로 개판. 그리고 그 광경에 기막혀하는 내 마음을 짐작한 것일까? 잠시 한심하다는 듯 다른 사람들을 둘러보던 재석이 입을 열었다.

"대하야, 세계 최강국은 어디라고 생각해?"

"음? 미국 아냐?"

상식적인. 그리고 당연한 대답이다. 달러를 찍어내는 기축통화국으로서의 위상과 압도적인 자본력, 외교력, 그리고 무력을 가진 강대한 국가가 바로 미국이 아니던가?

그러나 뜻밖에도 재석의 의견은 달랐다.

"중국이야."

"…진짜?"

"그것도 그냥 강대국 정도가 아니라… 미국이랑 유럽 전체가 힘을 합쳐도 중국이 더 우세할 정도지."

재석의 말에 놀라움보다 의문이 먼저 들었다. 왜냐하면 내가 아는 상식과 너무나 동떨어진 이야기였으니까. 물론 중국은 대단한 강대국이기는 하지만 아무리 그래도 그렇지 유럽과 미국이 합친 것 이상의 국력을 가진다는 게 가능한 일인가?

과연 내 의문을 이해한 듯 재석이 말한다.

"무파(武派)때문이야. 너무나 위대하시고 위대하셔서 인간 세상의 세력 분포 따위는 전혀 신경 쓰지 않으신 대마법사님의 안배 때문에."

세계의 이면(裏面)인 어나더 플레인(Another Plane)은 15개의 세력에 의해 지배되고 있다.

삼대 마탑.

오대 무파.

칠대 가문.

각 세력들 중 가장 강대한 힘을 가진 것은 마탑들이지만 바로 그 아래에 위치하는 게 바로 무파들이다. 칠대 가문도 강성한 세력인 것은 틀림없지만, 엄밀하게 말해서 그들의 위치는 지역의 유지(有志) 정도로 삼대 마탑과 오대 무파를 지원하는 보조적인 단체들일 뿐.

"물론 칠대 가문들도 사력을 다해 무력을 키우고 조직을 정비해 왔지만… 아무리 그래 봐야 대마법사께서 직접 정성을 다해 키워낸 마탑과 무파들에 비교할 수는 없어."

"아."

그거라면 이해가 된다. 이 34지구에 살고 있었던 대마법사가 초월자라는 걸 감안하더라도 [지나치게] 유능하고 부지런했기 때문이다. 필멸자들이 아무리 발버둥 친다 하더라도 그가 준비해 온 안배를 등에 업고 있는 세력을 따라잡을 수는 없겠지.

물론 이가에도 대마법사의 안배가 존재하기는 한다. 경회지 깊은 곳에서 잠들어 있는 이무기는 물론이고 광화문 광장에 서 있는 영혼거병(靈魂巨兵)들까지. 대우주에서 활약하는 레온 하르트 제국의 시점으로 봐도 절대 가볍지 않은 무력들.

그러나.

'아무리 봐도 비상용이라는 느낌이란 말이지.'

그렇다. 내가 봤을 때 그것들은 이가에서 활용할 수 있는 전 력이 아니다. 하긴 그것들을 활용할 수 있었으면 고작 소드 마 스터 하나에 이가 전체가 휘둘릴 이유가 없겠지. 게다가 저 안 배들은 이가에만 있는 게 아니라 전국 각지에 흩어져 있는 것 들이니 더욱 그럴 테고.

재석이 말했다.

"전 세계에 다섯 개밖에 없는 오대 무파 중 3개가 중국에 위 치해 있어. 삼대 마탑 중 하나인 지고의 마탑도 사실상 중국이 장악했지. 비록 지금까지는 대마법사님의 통치 아래에서 감히 이빨을 드러내지 못했지만……."

"이제는 상황이 다르단 말이지?"

"그래. 솔직히 믿기 힘들지만… 대마법사님의 수명이 끝났 다는 건 벌써 수십 년 전부터 알려져 있던 사실이니까."

그때, 암담하다는 듯 무거운 목소리로 늘어놓는 재석의 말 을 끊는 목소리가 있었다.

"표면 세계 출신한테 너무 많은 이야기를 하는 것 아닌가?"

사람들을 헤치고 여섯 명의 사내들이 모습을 드러낸다. 말쑥하게 양복을 차려입은 30대 중반의 사내가 하나. 무슨 전국시대에나 볼 법한 일본식 전신 갑주를 입고 허리춤에 일본도를 차고 있는 노인이 하나. 그리고 근육질의 육체를 그대로 드러내고 있는 네 명의 거한들.

'인간이 아니네.'

사람들 사이에 있어도 눈에 확 들어오는 3미터의 신장을 가진 거인들은 회색빛 피부에 창백하게 굳어 있는 얼굴을 가지고 있었는데 누가 봐도 살아 있는 생명체가 아니다. 아니, 그 정도를 떠나서.

[언데드로군.]

[34지구에도 사령술사들이 있군요. 편견을 안 가지려고 하지만 언제 봐도 기분 나쁜 종파입니다.]

두 관제 인격의 말을 듣고 있을 때 잠시 낯빛이 굳었던 재석이 얼굴에 억지로 미소를 채워 넣으며 그에게 고개를 숙인다.

"아, 현석이 형님 돌아오셨군요."

"때가 때니까. 그나저나… 네가 소문의 그 녀석인가?"

그렇게 말한 양복의 사내가 슬쩍 나를 위아래로 훑어본다. 그리 마음에 드는 시선은 아니다. 마치 뱀 같은, 먹잇감을 보는 시선.

"소문?"

"선생님 이야기를 하는 거야."

내 질문과 재석의 답, 그리고 그런 우리의 대화를 들은 양복 사내가 말한다.

"마스터맨은 이쪽 세계에서도 유명하지. 하도 튀어서 성계신을 후리지 못했으면 벌써 옛날에 죽었을 정도거든."

"죽는다고요?"

"그야 죽겠지. 너무 나대서 매 벌기 딱 좋은 녀석이거든."

"……."

혀를 날름, 내밀어 입술을 핥는 그의 모습을 어이없는 표정으로 바라보았다. 아니, 이 아저씨는 당사자의 자식을 눈앞에 두고 뭔 정신 나간 소리를 하고 있는 거야? 하지만 내가 기막혀하거나 말거나 상관없다는 듯 그는 나를 모로 돌아보며 말했다.

"혹시 현진이를 봤나?"

"현진이?"

영문을 알 수 없는 소리에 의문을 표하자 그가 서늘한 목소리로 말했다.

"식당에서 만났을 텐데?"

"아, 그 붕대……."

나는 그제야 그의 칭호를 확인했다.

[이(李)가]

[7레벨]

[사령술 전문가 이현석]

'아, 그러고 보니 찾겠구나.'

그다지 중요하지 여기지 않아 잊고 있었을 뿐 사실 당연한 일이다. 어깨에 힘 좀 쓰는 세력이, 그것도 다른 장소도 아니고 이가의 심장부라고 할 수 있는 경복궁에서 행방불명되었으니 어찌 찾는 사람이 없겠는가? 그리고 그들과 마지막에 있었던 나는 분명히 가장 유력한 용의자일 것이다. 만일 녀석들이 나를 미행하기 전에 흔적을 남기기라도 했다면 더더욱.

이건 틀림없이 문제가 될 것이라는 직감이 들었다. 그 붕대 녀석이 돌연변이처럼 사악한 심성을 타고났을 리는 없으니, 대놓고 내 손가락을 자른다고 협박하거나 그 협박을 비웃자 바로 뒤쫓아와 살해하려던 시도 모두가 그들이 속한 집단의 [성향]인 것.

하지만 순간.

'뭐 어때?'

아무래도 상관없다는 생각에 그냥 대충 부정했다.

"잘 모르겠는데요. 그때가 처음이자 마지막으로 본 거라."

"하? 뭐라고?"

대번에 사내의 얼굴이 사납게 변한다. 아무래도 내 말투가 마음에 들지 않는 모양. 하지만 적어도 동생보다는 차분한 성격인지, 아니면 그저 주변에 사람이 많아서인지 몰라도 깊은 심호흡으로 스스로를 가다듬고 말한다.

"하긴."

"……?"

"너 같은 버러지가 감히 내 동생을 어찌할 수는 없겠지."

비웃는 목소리. 그리고 그 모습에.

순간 울컥, 하고 속에서 뭔가가 올라오고.

'…감히?'

이어 당연하다는 듯 머릿속에서 [문]의 형상이 그려졌으며.

쿵.

[무언가]가 그 문을 두들겼다.

"헉?"

기겁해 신음이 절로 나온다. 이마에 식은땀이 맺혔다.

'뭐, 뭐야. 고작 이 정도로?'

그야말로 기가 막힌 일이었다. 고작 말 한마디 들었다고 다 치워 버리고 싶다는 충동이 일어나다니, 이게 대체 무슨 분노 조절 장애 말기 같은 소리란 말인가? 나는 이를 악물며 문에 사슬을 두르는 이미지를 그렸다.

'아니야.'

지금은 아니다. 아니, 나중에도 아니다.

쿵쿵!

마음을 진정시킨다. 호흡을 고르고 집에서 책을 보거나 TV를 보며 소일하던 일상을 떠올린다.

쿵쿵…….

천만다행히도 문을 두드리는 소리가 점점 약해진다. 그리고.

"훗."

식은땀을 흘리는 내 모습이 맘에 들었는지 사령술사, 현석이 씨익 하고 만족스러운 미소를 지었다.

"배재석."

"네, 형님."

대한민국에서 최상위 권력층, 흔히 일성 공화국이라 불리는 재벌 회장의 손자라는 직위가 무색하게도 재석은 고작 사령술사 하나에게 고개를 숙였다. 이 장소, 이면 세계에서 무엇보다 힘이 우선이라는 것을 단적으로 증명하는 광경이었다.

"따라와."

"네? 하지만……."

"뭘 하지만이야? 사업 이야기니 따라와. 진만이 영감도 관심 있어 할 거다."

일성 회장을 무슨 옆집 아저씨 부르듯 하는 현석. 그리고 그의 말에 난감해하는 재석이. 나는 잠시 그 광경을 보다가 고개를 끄덕였다.

"…가봐. 난 걱정할 필요 없어."

"응, 미안. 학교에서 보자."

재석은 내 손을 한 번 잡아주더니 사령술사 녀석들과 함께 사람들을 헤치고 홍례문 안으로 들어선다.

"일진한테 끌려가는 친구를 보는 기분이구먼……."

썩 기분 좋은 광경은 아니지만 그보다 문제는 따로 있었다.

'야, 큰일 났다.'

[무슨 문제가 있으십니까, 함장님?]

기다렸다는 듯 대답하는 지니의 목소리를 들으며 한탄한다.

'나, 감정 조절이 안 돼.'

[…그건.]

대번에 지니의 목소리가 심각해졌다.

[위험하군요.]

레온하르트 제국 소속의 함선인 지니는 내가 하워드 공작가를 멸망시킨 대부분의 과정을 알고 있다. 애초에 비밀이라고 할 것도 없는 것이, 나는 그 모든 과정을 공개적으로 진행했으니까.

'그런 무자비한 학살을 하고도 정점의 자리에 오를 수 있다니.'

많은 나라가 민주주의를 표방하는 지구에서는 감히 상상할 수도 없는 일이겠지만 대우주시대에서는 오히려 개인의 힘과 능력에 더 관대한 면이 없지 않아 있다. 지구보다 훨씬 더 앞선 문명을 가지고 있음에도 강대한 초월자들과 재앙, 그리고 신들과의 접촉으로 인해 야만적인 폭력의 필요성을 인지하고 있기 때문.

그리고 그 야만 문명의 정점에 위치한 미래 병기, 아레스가 흥미진진하다는 목소리로 답한다.

[와, 이 별도 박살 나는 거야?]

너무 천연덕스러운 반응에 눈살을 찌푸린다.

'…무슨 말을 그렇게 하냐?'

[못 할 건 뭐야. 내가 날린 행성이 몇 개고, 멸망시킨 문명이 몇 개인데.]

'뭐라고? 야.'

[놀리는 거 아니라.]

날카롭게 반응하자 내 앞에 떠 있던 아레스가 고개를 슬쩍 흔들었다. 그리고 어울리지 않게 묵직한 목소리로 입을 연다.

[나는 그냥… 너무 부담을 갖지 말라고 말하는 거다. 스스로를 통제하는 데 최선을 다해야 하는 건 당연하지만 그렇다고 스스로의 힘에 공포를 느껴서는 아무것도 안 돼. 중심을 제대

로 잡지 않으면 너 자신도, 그리고 네가 중요하게 여기는 것들
도 모두 날아가게 될 테니. 그리고 기억해라. 관대하.]

아레스가 나와 눈을 마주하며 말을 이었다.

[너는 이딴 행성 수십 수백 개보다 훨씬 더 가치 있는 존재라
는 걸.]

그의 말에 퐁, 하고 얇은 천을 몸에 두른 폭발적인 몸매의
여인이 모습을 드러낸다. 알바트로스함의 관제 인격인 지니
였다.

[전체적으로 마음에 안 들지만… 그의 말에 어느 정도 동의
합니다. 함장님께서는 위대한 황제이시니까요.]

'……'

나는 잠시 두 관제 인격을 바라보았다. 살아 있는 생명체도
아닌 존재에게는 어울리지 않는 감상일지도 모르겠지만… 그
들의 표정과 말투에서 그들의 [마음]이 느껴진다. 나를 향한 무
조건적인 호의와 믿음이 내 가슴 한편을 간지럽게 한다.

—콰앙!!

그런데 그때 굉음과 함께 땅이 울렸다. 흥례문 안쪽에 뭔가
묵직한 것이 떨어진 것 같은 소리였다.

"뭐, 뭐야? 무슨 일이야?"

"안쪽으로 들어갈 수 없어?"

"흥례문은 몰라도 근정문은 통제되고 있어서 모르겠는데.
대륙 녀석들이 뭔가 한 건가?"

난데없이 땅이 울리자 주변이 소란스러워지기 시작한다. 별로 관심 없는 문제였던 만큼 무시하고 내 문제에 집중하기로 했다.

'어쨌든 내 성격이 너무 다혈질이 돼서 큰일이야. 옛날에는 안 이랬는데.'

그렇다. 예전에는 안 이랬다. 아닌 게 아니라 난 스스로도 인정할 정도로 튼튼한 강철 멘탈의 소유자였으니까. 보통의 고등학생이 외계의 괴물들에게 납치당해 고문을 당하면서도 버텨낸다는 게 어디 정상적인 상황이겠는가?

그러나, 지금의 나는 조금만 화가 나도 이성이 날아가고 내면의 문을 열어젖히려 한다. 그리고 '문 열림=대학살'이라는 사실을 알고 있는 만큼 걱정이 안 될 수가 없었다.

'이거… 생산계고 뭐고 일단 불경부터 외워야 하는 거 아니야?'

[정신력 강화가 필요한 겁니까?]

'응.'

고개를 끄덕이자 지니가 곰곰이 생각에 잠긴다. 사막의 무희를 연상케 하는 얇은 재질의 옷이 바람에 휘날리는 것처럼 하늘하늘 흔들린다.

[정신력 강화로 유명한 건 역시 성법(聖法) 수행이나…….]

'그건 안 돼.'

지금도 신성이 문제인데 직접적인 연결을 시작했다가는 무슨 일이 벌어질지 모른다.

[도가(道家), 불가(佛家)쪽 무공이나.]

'내공에 재능이 없다고 하잖아.'

물론 무공을 익히지 않는다 하더라도 공부 자체는 가능하다. 지금 당장에라도 절에 들어가서 벽을 보며 금강경을 외울 수도 있긴 하겠지. 그러나 이능의 영역이 아닌 공부로 정신을 초월지경까지 단련하는 게 과연 가능한 일일까?

연속된 거절에 지니가 잠시 고민하는 게 느껴진다. 그리고 잠시 후, 그녀가 말한다.

[…그렇다면 소환술을 단련하는 게 나을 겁니다.]

'소환술?'

[정령 소환술을 포함해서요. 원래 외차원의 존재를 불러들이는 훈련은 집중력과 정신력 강화에 효과적이니까요. 그리고 아까 패스하셨지만 생산계도 스스로의 마음을 가다듬는 데 나쁘지 않습니다. 최고 경지에 이른 생산계 능력자는 몇 달이고 명경지수를 유지하는 경우마저 있다고 들었으니까요.]

'결국 이거 저거 다 해봐야 감이 잡힐 거 같은데.'

왁자지껄 시끄러운 사람들 속에 서서 고민에 잠긴다. 우주로 가서는 기가스 조종사가 되고 지구에서는 이능력자가 되어야 한다는 사실에 어이가 없었지만, 또다시 학살을 저지르지 않으려면 어쩔 수 없는 일.

하지만 나는 이내 고민에서 빠져나올 수밖에 없었다. 손등이 뜨거워지기 시작했기 때문이다.

[미션 발생!]

"음."

멈칫한다. 그러나 놀라지는 않았다. 왜냐하면 슬슬 뜰 거라고 예상하던 내용이었으니까.

'미션 시스템.'

마음속으로 중얼거리자 오른쪽으로 새로운 창이 떠오른다.

—미션 시스템에 접속하신 것을 환영합니다.
—현재 등급: 튜토리얼
—등급: 27
—담당자: 율
—현재 접근 가능 영역: 신. 영. 응. 체.
—진행 중인 미션: 0

기다렸다는 듯 익숙한 형식의 텍스트가 떠오른다. 내가 항상 봐오던 [칭호]와 동일한 글자체와 줄 간격, 색감과 투명도를 가진 문자의 나열.

'이해가 안 되네. 칭호를 보는 내 능력은 내 친부에게서 나온 걸 텐데.'

이미 확인이 다 끝난 문제라고 생각하고 있던 나에게 있어 이런 연결점은 매우 당황스러운 일이었다. 애초에 최상급 신위를 가졌던 기계신, 디카르마의 정보 획득 능력이 어째서 이런 변방 행성의 시스템과 연관이 있단 말인가?

'그러고 보면 친부가 죽은 곳이 바로 지구였지… 그 와중에 어머니를 만났을 테고.'

그저 외면하고 있었을 뿐 나는 여전히 부모님에 대한 정확한 사정을 모른다. 물론 나는 친부가 하계로 [추락]한 후 겪었던 기쁨과 슬픔, 화합과 반목, 희망과 절망을 무려 300년짜리 꿈으로 강제 시청하였지만 그건 지구에서의 기억이 아니라 수천 수만, 아니, 어쩌면 그 이상으로 까마득한 과거의 일일 뿐. 그 이후 친부가 어떤 일로 연합의 대적(大敵)인 리전의 수장이 되었는지, 또 어떤 일로 죽게 되었는지 알지 못한다.

'아무래도… 알아봐야겠군.'

그렇게 생각하며 새롭게 떠오른 창을 바라본다.

[미션 발생!]

[대한제국의 혼]

[이가의 역사는 억압과 굴종의 세월이었습니다. 그들은 언제나 분열과 외압에 휘둘려 칠대 가문이라는 강대한 힘에도 불구하고 제대로 자립하지 못했지요.

이가는 창립 그 당시부터 주가(朱家)를 황실로 모셨으며, 양명가(陽明家)의 침략과 지배를 당했었고 록펠러(Rockefeller) 가문의 수혜자였습니다. 그리고 그 모두의 영향력 아래에서 줄타기를 하며 긴 시간 유지되어 왔지요.

그리고 지금. 지고의 마탑과 3개의 무파, 그리고 주가를 품고 있는 중국이 대마법사의 죽음과 함께 이가를 지배하고자 하는 욕망을 드러냈습니다. 과거 양명가가 그러했듯 말이지요.

시대의 거대한 격변. 그리고 그 격류에 휘말린 당신! 과연 당신은 중화제국의 야욕을 꺾고 대한(大韓)의 혼을 지켜낼 수 있을까요?]

[나는 종사(宗社)의 죄인이 되고 2천만 생민(生民)의 죄인이 되었으니, 한목숨이 꺼지지 않는 한 잠시도 이를 잊을 수 없다. 노력하여 광복하라. — 융희황제 유조(遺詔)]

[성공 보상 — 대한제국의 혼 5단계(반영구 버프)]
[실패 벌칙 — 패배자의 낙인 3단계(반영구 디버프)]
[현재 (15)명 진행 중]

"이거야… 원."

나는 실소를 흘리며 미션 내용을 다시 한번 정독했다. 간단한 내용이지만 이가가 처해 있는 상황을 핵심적으로 알려주는 미션. 자연스럽게 경은의 말이 떠오른다.

"하하하! 저 거들먹거리는 것들이 약하다고 하니 의외로구나? 하지만 사실인걸. 우리가 왜 황가(皇家)는 물론, 왕가(王家)도 자처하지도 못하고 스스로를 이가(李家)라고 부르는 건지를 생각해 봐."

표면 세계와 이면 세계는 분리되어 있지만 그렇다고 전혀 영향이 없지는 않은 모양이다.

어쩌면 한국이 일본 제국의 식민지가 되었던 것도 이면 세계에서의 싸움의 결과일지도 모르지. 내 기억에 양명가(陽明家)는 틀림없이 일본의 오대 섭관가 중 하나인 고노에가(このえけ)를 뜻하는 말이었으니까.

잠시 생각에 잠겨 있는데 새로운 텍스트가 눈앞으로 떠오른다.

[분기 발생!]

[대중원(大中原)]

[비공개입니다]

[비공개입니다]

[조건이 충족되지 않아 진행할 수 없습니다]

[조건 — 국적(중국)]

[현재 (1,217)명 진행 중]

중국 쪽 미션은 국적 문제 때문에 거의 정보가 드러나지 않는다. 드러난 건 오로지 미션 제목과 참가 인원뿐!

그런데 그 참가 인원이 문제다.

"차이 봐라……."

15명 대 1,217명. 무려 80배가 넘는 숫자. 그리고 거기에서 추론되는 정보는 두 가지다.

첫째, 이면 세계의 선별자들이 이 미션의 승패를 뻔하다고 생각하거나.

둘째, 대중원 미션이 대한의 혼 미션보다 먼저 시작되었거나.

'지니.'

[네, 함장님.]

'내 손등에 새겨진 문양에 대해 조사할 수 있어?'

내 물음에 지니가 예상했다는 듯 준비한 답을 말한다.

[일종의 단말입니다.]

'단말?'

[네. 어떤 거대한 설비를 중심으로 실행되고 있는 강대한 궁극 마법과 연결된 단말. 다른 초월자들과 제대로 된 교류조차 할 수 없는 이런 변방의 대마법사가 이 정도의 시스템을 만들었다니 경악스럽기까지 하군요.]

그녀의 말을 들으며 나는 내 손등을 바라보았다. 지금은 비활성화 상태였기에 아무것도 보이지 않지만, 내가 원하는 순간 내 재능과 현재 경지를 나타낼 수 있는 육망성이 드러나게 될 것이다.

'지구에 존재하는 선별자가 47만 명이라고 했던가.'

그렇다면 과연 그 47만 명 모두가 이 미션이라는 걸 받을 수 있는 것일까? 하지만 그렇다고 판단하기에는 두 미션에 참가하고 있는 숫자가 너무나 적다. 율이 내 육망성이 특별한 물건이라고 했었는데 그런 이유 때문일까.

고민하고 있는데 잠시 침묵을 지키던 지니가 말을 걸었다.

[함장님, 중국의 완성자가 연설을 시작했습니다.]

'여전히 진행 중인 건가… 사정 정도는 알아야겠지. 보여줘.'

나는 쓰고 있는 안경. 우자트를 조절해 근정전을 바라보았다. 그리고 그제야 볼 수 있었다.

누군가는 황제(皇帝)라 부르고.

누군가는 왕(王)이라고.

그리고 누군가는 가주(家主)라 부르는.

오합지졸의 우두머리를.

*   *   *

한국의 왕, 이성엽의 악문 입술에서 피가 흘러내린다. 그는 충혈된 눈으로 자신을 내려다보는 저우홍이를 노려보고 있다.

그는 최대한 조심했고, 예를 갖추었다. 주가와 이가는 둘 다 칠대 가문의 자리를 차지하고 있었지만 그건 대마법사가 규정(規定)한 위치일 뿐 두 가문의 위치는 절대 동격이 아니었으니까. 주가가 자타공인 주황가(朱皇家)나 주 황실(朱皇室)로 불리는 데 비해 이가는 왕실의 이름조차 제대로 못 지키는 상황이 아니던가?

때문에 성엽은 직접 나와 저우홍이와 그 일행의 마중했다. 과거 문무백관들이 자신의 품계석 앞에 고르게 줄지어 있었던 근정전 앞 조정(朝廷)에 이가의 온갖 이능력자들이 난잡하게 모여 웅성거리고 있자 잠시 눈살을 찌푸리기는 했지만, 이내 억지로 납득한 듯 고개를 끄덕이고 저우홍이를 환대하였으니 일국의 왕으로서 나름대로 최선의 성의를 보인 것.

[하지만 검성 저우홍이가 바라는 것은 그 이상인 것 같군.]

[그렇습니다. 애초에 목표 자체가 굴욕을 주는 방향이라고 생각됩니다.]

[점령군인가. 전쟁 한 번 없이 저런 태도를 보일 수 있다니 왠지 짜증 나는데? 내가 화살이라도 한 방 쏠까?]

'쓸데없는 짓 하지 마. 시선 끌기 싫으니까.'

마도병기 우자트를 통해 동영상을 돌려보며 두 관제 인격과 대화를 나누었다.

쿵!!!

'아, 아까 못 봤던 부분이다.'

강대한 내공이 담긴 발걸음에 저우홍이를 마중하려던 성엽이 제대로 움직이지도 못한 채 신음하는 모습이 보인다. 그건 그저 외교 결례라는 말로 표현할 수 없을 정도로 무지막지한 폭거였지만, 저우홍이는 그를 쳐다보지도 않는다.

그는 그저 계속 걸어서.

한국의 [왕]을 지나쳐.

[자리]에 앉았다.

그리고 그 모습에 이가의 모든 이들이 술렁거렸다.

"저, 저저! 저 방자한······!!"

"완전히··· 막가기로 했군."

"맙소사."

그저 자리에 앉았을 뿐이지만 이가의 모든 능력자들이. 심지어 저우홍이를 반기는 듯 싱글벙글하던 이들까지 얼굴을 굳힌다.

"당신··· 아니, 네놈! 지금 무슨 짓을!"

집중적인 마크를 당해 기혈이 얽힌 것인지 입가에 핏물을 흘리는 성엽의 얼굴에 마침내 경악이 아닌 분노가 깃든다.

너무나 당연한 일이다. 저우홍이가 앉은 자리란 바로 그가 앉아야 할 자리.

어좌(御座)였으니까.

[오! 이건 맘에 드는군. 그래. 저렇게 해야 전쟁이 일어나지! 여기에서 참으면 그건 왕이 아니라 찐따 머저리야! 자, 싸우는 거다! 전쟁이야! 신나는 전쟁을 하는 거다!]

'뭘 응원하고 있냐⋯⋯'

기가 차서 혀를 차는 사이 동영상이 현실을 따라잡는다. 배속을 1.5배 정도로 가속한 상태였기 때문에 자연스러운 흐름이었다. 그리고 안경을 통해 보이는 영상 속에서 저우훙이가 수하로 보이는 인물 중 하나에게 뭔가를 받아 든다.

아메리카노였다.

'와, 진짜 깬다.'

아니. 아무리 그래도 그렇지, 저 복장에다 아메리카노라니? 내가 기막혀하거나 말거나 그는 한 모금 마신 아메리카노를 탁자에 내려놓고 입을 열었다.

"다 모였군."

얼떨결에 근정전 안까지 따라 들어온 이가의 중진들과 활짝 열린 근정전의 문밖에 있는 이가의 능력자들이 당혹과 분노가 가득한 눈으로 저우훙이를 올려다본다. 보통 사람이라면 그 엄청난 숫자 차이에 압박감을 느낄 만할 텐데도 그의 태도는 완전히 깔아보는 시선에 하대(下待)까지, 완벽한 안하무인이다. 반발 따위는 신경조차 쓰지 않는 모습.

그리고 그 모습에 이가의 일원들이 술렁이기 시작한다.

"황제 폐하⋯⋯!"

"아, 그 지긋지긋한 황제 개드립 진짜⋯ 하지만, 아무리 황제가 개드립이라고 해도 이건 좀 지나친데."

"되놈들이······."

"이가를 완전히 무시한다. 이건가."

슬금슬금 다가오는 이가의 인물들에게서 살기(殺氣)가 흘러 나오기 시작했다. 실로 흉흉한 분위기. 그러나 그런 분위기 따위는 아무런 관심도 없다는 듯 저우홍이는 말을 이었다.

"내가 이렇게 직접 발걸음한 이유는 좋은 소식을 알리기 위함이다. 우리 황실보다는 이가에 더 희소식이지."

"후우··· 소식이라는 게 뭐요?"

극도의 분노에 손끝을 부들부들 떨면서도 스스로를 수습한 성엽이 혼란스러워하는 이가의 사람들을 자제시키며 앞으로 나선다. 그리고 그 모습에 가만히 있던 지니가 말했다.

[제법 자제심이 있군요. 눈치가 느린 것도 아니고.]

'맞아.'

그렇다. 이가의 가주. 성엽은 눈치를 챈 것이다. 노골적인, 이가의 자존심을 깡그리 짓밟는 이 무지막지한 폭거. 과연 그가 이 엄청난 결례를 그저 단순하게 혈기가 넘치고 앞뒤 생각을 안 하기 때문에 저질렀을까?

'그게 아냐. 단순 혈기라고 하기에··· 녀석의 눈이 너무 침착하다.'

시비를 걸고 있다. 그것도 가볍게 신경을 건드리는 수준이 아니어서 도저히 그냥 넘어갈 수 없을 정도로 노골적인 시비.

저우홍이는 그저 외교적인 결례가 될 발언이나 행동으로 이가를 자극하는 게 아니라 [이렇게까지 해도 참을 거야? 이래도 안 덤벼?]라는 말이 귀에 들려올 정도로 노골적인 도발을 하고 있다. 지금 당황스러워하는 성엽의 반응이나 이가 구성원들의 반응을 보아 예전에는 이렇지 않았던 것 같은데, 어째서인지 이 자리에서 파격적인 행보를 보인 것!

'그렇군. 규칙 파괴자인가.'

지니가 수집한 정보에 따르면 그는 중국 전 대륙을 통틀어 다섯 손가락 안에 드는 뛰어난 실력자로 지검대장으로서 수많은 나라에 방문하고, 또 그만한 '성과'를 만들어내 왔다고 한다. 단순한 애송이는 아니라는 말인데, 그런 그가 이렇게 행동한다는 건 그만한 이유가 있다고 봐야 한다.

"아직 하루도 지나지 않았소."

성엽의 눈이 차분하게 가라앉는다.

"대마법사께서, 세계의 수호자께서 세상을 떠난 지 아직 하루도 지나지 않았단 말이오!! 그분이 그토록 다짐하고 또 다짐하셨는데 이런 짓이라니!"

'무슨 대화를 하고 있는 거야?'

[대마법사의 예지에 대한 이야기입니다.]

지니가 차분한 어투로 자신이 수집한 정보를 풀어놓았다.

인류의 수호자이자 34지구의 유일한 초월자였던 대마법사 제논 호 키프리오스(Zenon ho Kyprios)는 인류의 멸망을 예지했다.

그리고 그것을 막기 위해 온갖 수단을 강구해 왔다.

'아니, 인류 멸망은 또 뭐야······.'

싫은 느낌의 문장에 눈살을 찌푸리자 지니가 답한다.

[인류의 멸망, 이라는 위험천만한 어감 때문에 기밀로 분류

되어 있지만 이면 세계의 고위 능력자들, 그리고 상위층 인물들은 대부분 대마법사가 자신의 죽음까지 유예해 가며 뭘 준비하고 있었는지 알고 있습니다. 이가의 가주가 수호자를 언급하는 건 그런 의미에서이겠지요.]

'그런 위기가 예정되어 있는데 인간끼리의 다툼을 유발하느냐, 뭐 이런 건가.'

성엽이 핏발 선 눈을 하고 있으면서도 필사적으로 스스로를 자제하는 모습이 보인다. 이가의 가주에 대한 평가는 그리 좋지 않았지만, 그래도 한 단체의 장으로서 나쁘지 않은 태도.

그러나 그 [나쁘지 않은] 정도로는 부족했다.

그의 앞에 선 상대는, 그리고 그 뒤의 국가는 겨우 그 정도로 상대할 수 없는 광기의 소유자인 것이다.

"그래서 힘을 합치자는 것 아니오? 함께 힘을 합친다면 두려운 역경도 이겨낼 수 있을 테니."

"…뭐라고?"

영문을 알 수 없는 말에 이가의 가주, 성엽과 이가의 능력자들이 어안이 벙벙한 표정을 짓는다. 그러나 그러거나 말거나 저우훙이는 쿵, 소리가 나도록 강하게 집현전 바닥을 밟고는 커다란 목소리로 소리쳤다.

"모두 축하한다!!"

"윽……!"

"무슨 내공이……!"

멀리서 지켜보던 나조차도 귀가 윙윙 울릴 정도로 커다란 외침에 웅성이던 모든 이들이 저우훙이를 바라본다. 저우훙이가

만면에 오만한 미소를 지으며 말을 잇는다.

"지금 이 순간 이가의 중화연맹 가입을 선언하노라!!"

쿠우우우!!!!

순간 저우홍이를 중심으로 묵직한 파동이 터져 나간다. 그저 단순한 내공의 울림이 아닌, 뭔가 다른 외부적인 힘에 의한 파동!

그리고 그 순간이었다.

[미션 발생!]

[점령이 시작되었습니다!]

[전투 형식: 총력전, 제한전, 대장전]

[압도적인 전력 차로 인한 페널티가 발생합니다!]

[전투 형식 ― 대장전 결정!]

[승리 횟수 ― 주가: 0/1, 이가: 0/3]

"올～"

보는 순간 참지 못하고 육성으로 감탄을 흘릴 수밖에 없었다.

"이것들 완전 생양아치인데?"

이어 사방에서 나보다 좀 더 심각한 분위기의 비명들이 터져 나온다.

"아니, 이런 미친……? 뭐라고? 점령?"

"미션 시스템에 이런 기능이 있었다니…….."

"게다가 조건들이 왜 이래! 이건 너무 불공평하잖아!"

잔뜩 모여 있던 이가의 능력자들이 경악성을 토한다. 다만 전부가 그런 건 아니고, 모여 있는 이가의 능력자들 중 대략 1/3 정도의 반응. 나머지 사람들은 '뭔데? 무슨 일인데?' 하며 당황해 하고 있는 걸 보니 이 미션 시스템을 모두가 볼 수 있는 건 아닌 모양이다.

"미친놈들! 도저히 못 참겠다!"

"개새끼들!"

"감히 근정전에서 이딴 짓거리를 해?!"

도저히 참지 못한 이가의 능력자들이 앞으로 나선다. 주가의, 그리고 중국의 국력이 한국과 비교조차 할 수 없는 수준이라 해도 상황이 심상치 않았기 때문. 그러나 그 순간.

[전투 형식이 대장전으로 결정되었음으로 다수의 전투 참여는 불가능합니다!]

경고라도 하듯 텍스트가 떠오른다. 그 텍스트를 확인한 이가 능력자들의 표정이 사색으로 변한다.

"대장전… 그렇군! 대장전!!"

"아니, 이게 설마……?!"

"미친!!"

그들은 이제야 저우훙이가 몇 되지 않는 숫자로도 자신의 안위를 전혀 걱정하지 않았던 근거를 알게 되었다. 저우훙이가 소드 마스터의 경지로 이가의 모든 전투원들을 이겨낸다거나 그가 특별히 대범해서가 아닌, 물리적으로 이가의 존재들이 그에게 해를 끼칠 수 없기 때문!

"지검대장! 이게 대체 무슨 짓이오! 점령이라니!"

공기가 부풀어 오르는 것 같다. 술렁이던 이가 능력자들의 시선이 일시에 저우훙이와 그 일행에게 쏟아진다. 어지간히 담력이 센 사람이라도 버티지 못할 정도의 기세였는데 저우훙이는 눈썹 하나 까딱하지 않고 답했다.

"어려운 말이 아니오. 이가가, 그리고 대한민국이 중화연맹에 가입했다는 말이지."

"중화연맹?"

"우리 주 황실을 중심으로 한 세계 최강의 무력 연합체요. 현재는 주 황실과 3개의 무파가 가입되어 있을 뿐이지만 앞으로 점점 더 세력을 키워 나가겠지. 이가는 자랑스러워해도 좋소. 다른 칠대 가문 중 첫 번째로 주 황실과 함께하게 되었으니 말이오. 황제 폐하께서는 중화연맹 안에서 이가를 이 왕실로 격상시켜 제후국으로 인정한다고 하셨소."

"왕실? 허락한다고? 지검대장 당신, 지금."

"이왕."

저우훙이가 성엽의 말을 끊는다. 이미 결정되었다는 듯 성엽을 향한 호칭도 바뀌었다.

"한 집단의 우두머리라면 정신 차리고 현실을 보시오. 이건 영광스러운 일이니까."

묵직한 위압감이 퍼져 나간다. 검성 저우훙이는 전 세계를 기준으로 해도 열 손가락 안에 든다고 알려진 강대한 무사. 개인적 기세로 따지자면 성엽이 감히 비빌 수 있는 존재가 아니다. 그나마 이곳이 이가의 본진이고 숫자 차이로 그를 압박할 수 있었지만… [대장전]이라는 명목으로 1 : 1이 강제된다면 그것조차 소용없는 일이다.

"왕께선 한국이 대단한 나라인 줄 착각하는데 우리 중국은 한국이라면 북한 아래의 작은 나라라고 생각하오. 대(大)라는 문자가 우스울 정도지."

그렇게 말하고는 저우훙이가 웃었다.

"솔직히 한국 같은 소국(小國)이 우리 대국(大國)에 흡수된다면 영광이지 않겠소?"

"……."

"……."

근정전이 침묵에 빠진다. 경악과 혼란, 모멸감과 분노가 폭풍처럼 휘몰아치고 있는 상황.

그리고 그때.

맑은 목소리가 근정전을 울린다.

"선포한다."

"응?"

"어?"

순간 근정전 입구를 가득 메우고 있던 사람들이 우르르 밀려나며 새로운 무리가 모습을 드러내었는데, 그 무리의 맨 앞에 있는 이는 눈에 익은 모습을 하고 있다. 훤칠한 신장을 가진 차가운 인상의 여인, 품이 넓은 백색의 저고리와 백호와 청룡이 그려진 보라색 치마를 입고 있는 그녀는 그 단아한 외모와 달리 냉기가 뚝뚝 떨어지는 표정으로 저우훙이를 올려다보았다.

'와, 여기서 이렇게 나타나네.'

나는 꼿꼿이 서 있는 학생회장을 바라보았다. 현역 여고생이라고는 도저히 생각할 수 없을 정도로 성숙한 매력을 뿜어내는 미녀. 그러나 지금 나에게 있어 그녀는 문제가 아니었다.

문제는 바로 그녀 뒤에 그가 서 있는 소년.

'형.'

그렇다. 그야말로 나의 하나뿐인 형제.

영민이 형이었다.

"그대가 소문이 자자한 빙화(氷花)로군. 과연 듣던 대로 빼어난 미색이오. 아직 어리다고 들었는데 이 정도라면 충분히 후계를 볼 정도로 성숙했군."

학생회장, 민경의 느닷없는 난입에도 저우훙이는 당황하지 않았다. 아니, 오히려 만족스럽다는 표정으로 그녀의 전신을 음미하듯 훑어 내렸다.

그러나 그러거나 말거나 민경은 전혀 신경 쓰지 않는 모습이다.

"쓸데없는 소리 그만하고 본론으로 넘어가지."

"넘어가지?"

거의 원어민에 가까운 수준으로 한국말을 구사하는 저우훙이였던 만큼 민경의 반말에 민감하게 반응한다. 그러나 그의 눈썹이 꿈틀거리거나 말거나 상관없다는 듯 민경은 즉시 움직였다. 잠깐의 고민조차 하지 않는 걸 봐서 이 상황을 예상하고 있던 모양새다.

콰직!

2미터는 됨직한 환도(環刀)가 근정전 바닥을 부수며 박힌다. 동시에 민경의 날카로운 고성이 울려 퍼진다.

"방위전을 선포한다!"

[미션 발생!]
[이가 측에서 대장전을 받아들였습니다!]
[진행 — 주가: 0/1, 이가: 0/3]

새롭게 떠오른 텍스트에 저우훙이의 표정이 변한다.

"[명령어]를 알고 있군. 썩어도 칠대 가문이라 이건가."

예상외의 상황이라는 듯 입술을 뒤트는 그였지만 그렇다고 그 태도는 별다를 바 없다. 일이 조금 귀찮아졌다는 정도.

그리고 그런 그를 보며 민경이 말했다.

"그래. 너희 주가와 똑같은 칠대 가문이지."

"…네년."

여유롭던 저우훙의의 얼굴이 험악하게 변한다.

"너무 입을 함부로 놀리는군."

그러나 민경은 아랑곳하지 않았다.

"왜? 너희는 칠대 가문 중 하나인 주가가 아니라 주 황실이라는 말을 하고 싶은 건가? 그렇다면 어째서 그 말을 대마법사께는 하지 못하고 여기에서 이러고 있지?"

카득!

바닥에 꽂았던 환도를 뽑아낸 그녀의 안색이 서늘하다. 아름다운 외모를 가지고 있음에도, 아니, 오히려 아름다운 외모를 가지고 있었기에 더욱 뒤틀려 보이는 차가운 미소.

그녀가 말했다.

"찌질하게."

"……."

순간 어수선하던 근정전에 침묵이 내려앉는다. 험악하게 변했던 저우훙이의 표정은 숫제 차분하게 가라앉아 버리고 말았는데, 당연히 그것은 그의 분노가 사라져서가 아니다.

"…이왕, 주 황실의 대리자로서 좋게 가고 싶었지만 이제는 그럴 수가 없겠군."

"이왕이라고? 왕 대접을 하긴 했었나?"

온화한 것을 넘어 호구 소리를 듣지 않으면 유지할 수 없는 것이 이가의 가주직이라는 것을 생각해 보면 전례 없는 냉소였지만 저우훙이는 오히려 눈을 번뜩인다.

"그게 싫다면 꼭두각시 노예 대접을 해줄 수도 있다. 실제로 지금 상황이 그렇게 흘러가고 있군."

"네놈……!"

이가의 가주, 성엽이 충혈된 눈으로 부들부들 떨고 있는 모습이 보인다. 국가와 국가의 외교 현장이라고 보기에는 너무나 폭력적이고 비참한 모습.

그리고 그 모습에 나는 헛웃음을 지었다.

'와, 중국 장난 아닌데? 고작 장군 하나가 이 정도인데 중국 황제라고 자칭하는 놈이라도 오면 아주 난리가 나겠다. 삼궤구고두례(三跪九叩頭禮)라도 시키려나.'

한국에 대한 애국심이랄 게 별로 없는 나조차도 좀 짜증이 날 정도로 막무가내의 현장이다. 농담이 아니라 내가 피가 펄펄 끓는 애국지사였으면 이미 중국은 쑥대밭이 되어버렸겠지.

왜 쑥대밭이 되나 하면.

[함장님, 쏠까요?]

[오! 좋지, 좋아! 영자 폭탄 떨구자, 영자 폭탄! 입자포로 좍 그어주는 것도 좋지!]

[쏠까요?]

[아! 여기 결계 방어 수준이 상당하니 극대 소멸탄을 갈기는 건 어때? 알바트로스함 군수창고에 스물여덟 발이나 있더라고!]

[쏩니다!]

[그래, 쏘자! 쏘는 거야!]

'아, 시끄러. 이것들아.'

흥분한 지니와 신나 있는 아레스를 제지한다. 아니, 무슨 관제 인격이 인간인 나보다 더 감정적이야?

'별로 연관되고 싶지 않으니 신경 꺼. 나한테 직접적으로 피해를 끼친 것도 아닌데.'

[하지만 기휘(忌諱)에 저촉됩니다! 무례한 것들! 감히 황제 폐하 소유의 나라에!]

'아, 황제 아니라고. 때려치웠다고. 그리고 한국이 왜 내 소유야?'

벌써 몇 번이나 한 이야기였거늘 먹히지 않는다. 지니는 평소 차분한 이미지지만 [황제]라는 직위에 어마어마한 애착과 외경심(畏敬心)을 품고 있던 것이다. 관제 인격의 형태는 사막의 무희라도 태생은 엄연히 군용이라는 것일까.

[하지만 함장님, 제가 조금만 힘을 써도 이 꼴을 지켜볼 이유가 없습니다.]

'그렇긴 하지.'

내가 레온하르트 제국으로부터 증여(라기보다는 강탈해 온 것에 가까웠지만)받아 지구로 끌고 온 알바트로스함은 대우주에서도 흔히 볼 수 없는 천문학적인 가치를 지닌 함선이다. 테라급 아이언 하트를 내장하고 있는, 제대로 된 방어 시스템이 없는 지구 따위 고작 수십 분이면 쑥대밭으로 만들어 버릴 정도로 강대한 미래형 다목적 전함.

심지어 알바트로스함에는 레온하르트 제국에서 챙겨준 열 기의 황금기사단(人)에. 50기의 황금사자(獸) 부대, 100대의 'R7' 비행대대(器)까지 있다. 사실 알바트로스함이 아니라 이기가스 부대만 잘 굴려도 3대 마탑이고 5대 무파고 다 뒤집어 엎을 수 있겠지.

[그렇다면 어째서 아무것도 아닌 대중 사이에 섞여 계신 겁니까? 원하기만 한다면 모두가 함장님만을 우러러볼 텐데.]

담담하나 왠지 모를 열망을 담은 목소리였지만 나는 고개를 저었다.

'왜냐하면 그런 것들에… 내가 별다른 가치를 느끼지 못하니까.'

내가 부와 권력을 탐했다면 굳이 지구로 돌아올 필요도 없었을 것이다. 지구에서 그 어떤 사치와 향락을 누려봐야 그것은 제국의 황제로서 누릴 수 있는 것들의 만분의 일도 되지 않을 테니까.

내가 지구에서 찾았던 것은 그저 [집].

그저 평온하고 지긋지긋한 매일매일을 보내길 바랐다. 다른 사람이 들으면 비웃겠지만… 나는 게임이나 하고 TV나 보고 인터넷이나 돌아다니면서, 그냥 그렇게 평범하게 인생과 능력을 낭비하며, 그저 고요히 아무런 스트레스 없는 인생을 살다가 삶을 정리하려 지구에 돌아온 것이다.

'그런데.'

쓰게 웃는다. 왜냐하면, 막상 지구에 와서 마주한 현실이 시궁창이었기 때문이다. 집은 없어져 식객 신세고 나라에서는 전쟁이 벌어지게 생겼다.

'지니, 이가와 주가의 전력 차이는 어떻지?'

[그렇게 압도적이지는 않습니다. 숫자 차이가 좀 있긴 하지만 고작해야 네 배에서 다섯 배 정도에 불과하지요.]

[그 이상인 것 같은데?]

[그렇게들 인식되고 있지요. 왜냐하면 주가에는 외부 세력이 있으니.]

주가의 진정한 힘은 주가 그 자체가 아니라 스스로를 [중화제국]이라 생각하는 외부 구성원들에 있다고 한다. 오대 무파 중 중국에 존재하는 금강파(金剛派), 흑암파(黑暗派), 진천파(振天派)가 주가를 지지하고 있고 삼대 마탑 중 북한에 위치한 지고의 마탑 또한 중국이 장악한 것이나 다름없는 상태이기 때문. 그렇기에 다른 가문들과는 차원이 다른 규모를 가진 능력자들의 지지 위에서 주가는 주씨 가문이 아닌 주 황실로 스스로를 지칭할 수 있는 힘을 가지게 된 것이다.

"좋다! 굳이 권주를 마다하고 벌주를 마시겠다면 내가 직접 벌을 줄 수밖에!"

내가 설명을 듣고 있는 사이에도 이야기가 진행된 듯 새로운 텍스트가 떠오른다.

[주가 측 대장이 결정되었습니다!]

순간 저우홍이의 머리 위로 화살표가 떠오르더니 그의 발밑으로 붉은색의 원이 그어진다. 그 선명한 그래픽에 헛웃음이 나온다.

"진짜 게임으로 가네……."

내가 기막혀하거나 말거나 저우홍이가 날이 시퍼렇게 서 있는 검을 뽑아 든다. 1미터가 조금 넘는 길이에 곧게 뻗은 검신을 가진 검이었는데 손잡이 부분에는 은빛으로 화려하게 빛나는 수실이 달려 있다.

"이가의 쌍화(雙花)가 후기지수 중에서도 특별할 정도로 강하다는 말은 들었지! 그러나 지금 이 중대한 자리에서 경거망동한다는 게 얼마나 섣부른 일인지 내가 직접 가르침을 내리겠노라!"

저우홍이의 말대로 학생회장은 강하다. 이가 전체를 둘러보며 내가 봐온 [인간] 중에서는 틀림없이 최상위권의 레벨을 가지고 있었으니까.

[대한제국]

[9레벨]

[황녀 이민경]

'하지만 그래 봐야 완성자가 못 되었단 말이지.'

9레벨과 10레벨은 고작 1레벨 차이지만 그사이에는 어마어마한 격차가 있다. 완성자, 즉 마스터의 경지는 하나의 경지를 완성해 일반적으로는 얻을 수 없는 권능의 편린을 획득하기 때문에 격하의 존재는 감히 넘볼 수 없는 존재인 것.

다행히도 그 정도는 민경도 알고 있는 문제인 듯 그녀는 즉시 한 발 뒤로 물러선다.

"대리인을 지정한다!"

[이가 측 대장이 결정되었습니다!]

[대장전을 시작합니다!]

"호오, 대리인인가? 대리인이라고 해봐야."

저벅.

비웃는 저우훙이 앞으로 한 소년이 앞으로 나선다. 그렇다. 소년이다. 그것도 귀여운 소년.

아니, 굳이 말하자면 [예쁜] 소년에 더 가깝겠지.

그렇다. 그야말로 우리 학교, 아니, 어쩌면 우리나라 최고 미소년 중 하나.

관영민.

내 형이다.

"안녕, 아저씨. 대리인이야."

우리 형은 내가 언제나 봐오던 사람 좋은 웃음이 아니라 뒤틀린 미소를 매달고 있다. 형이 그런 표정을 지으니 일견 퇴폐적으로까지 보이기까지 한다.

"…네놈?"

순간 당당하던 저우홍이의 표정이 변한다.

"그래, 나 놈이시다."

"뭐, 냐. 너… 네놈은 누구냐?"

"알아서 뭐 하게? 덤비기나 하면 되지."

껄렁껄렁한 태도에 저우홍이가 굳은 표정으로 버럭 소리를 지른다. 여태까지의 여유는 이미 날아가고 없다.

"이 건방진! 여기가 어느 자리라고! 어허! 그야말로 정중지와(井中之蛙)로구나! 네놈은 나설 때 안 나설 때를 가려야 할 것이다!"

"덤비라니까?"

"너 같은 애송이가 감히 오대 고수인 나에게……!"

"안 덤벼?"

"……."

마침내 저우홍이의 입이 다물어진다.

"뭐야, 무슨 일이야?"

"저우홍이가 왜 저러지?"

주변에 포진하고 있던 이가의 능력자들이 뭔가 이상하다는 사실을 깨달은 듯 의문을 표하기 시작한다. 심지어 저우홍이를 따라온 6명의 무사들의 눈에도 의혹이 떠오른다.

그리고.

쿵!

묵직한 진각과 함께 무언가가 바닥을 뚫고 솟구친다. 대번에 그걸 알아본 아레스가 휘파람을 분다.

[오호, 이건 또 비싼 녀석이군.]

'뭐가? 땅에 숨겨져 있던 무기가?'

[정신 차리고 봐. 저건 땅에 숨겨 있던 게 아니야.]

나는 안경에 비치는 영상에 집중했다. 과연 아레스의 말이 맞다. 그건 땅을 뚫고 모습을 드러낸 것이 아니다. 땅이 솟구쳐 [형태]를 갖춘 것이다.

"지룡신검(地龍神劍)……."

"장군님?"

마치 목석처럼 침묵을 지키고 있던 무사들이 처음으로 입을 열었다. 그 안에 당혹스러움이 깃든 걸 보니 아무래도 저우홍이의 행동을 이해할 수 없었던 모양이다.

"어째서 저런 애송이를 상대로 지룡신검을……."

"장군님, 1급 위기 상황이 아닌 이상 신검초래(神劍招來)에는 황제 폐하의 재가가 필요합니다. 자칫 다른 가문들이 간섭할 수 있……."

"닥쳐라."

"…장군님?"

느닷없는 폭언에 당황하는 무사들이 당혹스러워하거나 말거나 저우홍이는 돌처럼 굳은 얼굴로 영민이 형을 노려본다.

나는 웃었다.

'나름 고수라 이건가. 뭔가를 느낀 모양이니.'

둘의 머리 위를 바라보았다. 마주 본 둘의 칭호가 나란히 보인다.

[중원]
[11레벨]
[검술 완성자 저우훙이]

[대한민국]
[15레벨]
[천살검귀 관영민]

어이가 없다.

그래, 어이가 없는 일이었다.

지구에 와서 목격한 [최고 레벨]의 인간이.

바로 우리 형이라는 사실은.

*　　　　*　　　　*

저우훙이는 확실히 중국이 자신감 있게 내밀 만한 강자였다. 중국 전체, 그러니까 주가는 물론이고 3개의 무파와 지고의 마탑에 소속되어 있는 수없이 많은 중국인들 중에서도 다섯 손가락 안에 뽑히는, 전 세계 모든 능력자를 줄을 세워도 열

명 안에 들 수 있다고 알려진 절대 강자.

그러나 지금 이 자리, 그런 중국인들의, 아니, 어쩌면 세계 모든 능력자들의 통념이 틀렸다고 생각하는 걸로 보이는 한 소년이 있다.

그리고 그 소년의 생각은 사실이다.

'오랜만에 봐서 그런가, 아니면 뭔 일이 있었던 건가? 인상이 엄청 달라 보이네.'

영민이 형이 어지간한 아이돌보다도 예쁜, 농담이 아니라 그냥 보이쉬한 스타일의 미소녀라고 해도 좋을 정도의 외모를 가지고 있다는 건 진작 알고 있던 사실이지만 지금은 그저 그 외모만 가지고 평가할 수 없는 기묘한 분위기가 형의 주변을 휘감고 있다. 너무나 퇴폐적이고 살벌한, 보는 것만으로 눈을 뗄 수 없는 모습.

그리고 그런 모습의 형이 품속에서 뭔가를 꺼냈다.

끼리릭!

그것은 중화제국의 삼대신기(三大神器) 중 두 번째 자리를 차지한 지룡신검에 대항할 그의 무기였다.

딸깍!

"……."

"……."

"……."

순간 근정전에 침묵이 감돈다. 당연한 일이다. 왜냐하면 지금 형의 손에 들린 건.

'아레스, 저 무기 말이야.'

[무기? 저게 왜 무기야?]

[저건 무기가 아닙니다. 무구도 아니고요. 말하자면… 문구(文具)입니다, 함장님.]

'아니, 그럼 저걸 왜 지금 꺼내?'

나는 어이없어하며 형이 든 [그것]의 칭호를 확인한다.

[다이소]

[오다가 산 커터 칼]

"큭, 크하하! 크하하하하!!!"

자욱한 침묵을 헤치고 저우훙이의 광소가 터져 나온다. 경복궁 전체가 쩌렁쩌렁 울리는 게 아닐까 싶을 정도로 시원스러운 웃음소리지만, 당연히 그가 기분이 좋다는 뜻은 아니다.

과연 웃음으로 활짝 펴졌던 그의 얼굴이 이내 흉신악살처럼 일그러지고—

"이 하루살이 같은 애송이가!!"

꾸구궁──!

두꺼운 얼음에 거대한 균열이 생기는 소리를 들은 적 있는가? 그 낮고, 무겁고, 섬뜩한 굉음.

"저, 저거……."

"세상에."

저우훙이의 뒤쪽에 서 있던 무사들은 물론 이가의 능력자들까지 신음을 토한다. 그들은 지룡신검과 마주하고 있는 얇은 커터 칼을 믿을 수 없다는 표정으로 바라보고 있다.

쾅!

"으악?!"

"피해!"

근정전을 거의 반파하다시피 하며 저우홍이의 신형이 조정으로 튕겨 나가고, 문 앞에 빼곡히 모여 있던 이가의 능력자들이 메뚜기 떼처럼 흩어진다.

탁.

그리고 뒤이어 가볍게 조정의 중앙에 내려서는 형. 저우홍이는 이런 전개를 전혀 생각하지 못한 듯 볼이 푸들푸들 떨리고 있다.

"너, 네놈… 왜……."

"아, 왜 굳이 이걸 정면으로 받아쳤느냐고?"

팅!

형의 얇고 긴 손가락이 칼날 끝을 가볍게 꺾어 끊어내자 깨진 커터 날이 핑그르르 날아 조정의 박석 위로 떨어져 내린다. 놀랍게도 손상된 커터 칼의 날은 단 한 칸뿐이었다.

"뭐, 별 이유는 아니고."

끼릭!

형은 가볍게 손목을 풀며 커터 칼을 한 칸 더 뽑아냈다.

"방심했다가 졌다고 개소리할까 봐."

"네놈……!!"

쩌저정!! 촤장!!

곧 무시무시한 굉음과 함께 격돌이 시작된다. 꽤 먼 거리에 위치한 내 귀가 윙윙 울릴 정도로 격렬한 충돌.

그리고 당연한 말이지만.

'하나도 안 보인다.'

뭔가 번쩍거리고 굉음이 난무한다고 느껴질 뿐 형과 저우홍이가 어떻게 싸우는지 하나도 알 수가 없다. 당연한 일이다. 나는 국가대표급 신체 능력을 가지고 있을 뿐 [초인]의 영역에 들어서지는 못했으니까. 영능을 활용하지 못하는 일반인이 완성자급 무인들의 치열한 접전을 어찌 볼 수 있겠는가?

기가스에 탑승했을 때와는 상황이 좀 다르다.

일단 기가스에 탑승하고, 그래서 아발론(Avalon) 시스템이 작동해 아이언 하트와의 동조(同調)가 시작되면 조종사의 육체 능력 따위 아무런 의미를 가지지 않는다. 기가스에 탄 것이 완성자건 초월자건 기가스의 전력은 철저하게 조종사의 역량이 좌우하는 것.

기가스에 탑승하는 순간 기가스의 인지 능력이 곧 나의 인지 능력이고 아이언 하트의 영력이 곧 나의 영력, 우주전에서 나는 광자탄을 눈으로 보고 피해내고 반경 십수 킬로미터 내의 모든 것을 보지도 않고 인식할 수 있었다.

하지만 기가스에 내린 난 다르다.

그냥 인간인 것이다.

[슬로우 영상으로 다시 보시겠습니까?]

'됐어, 그걸 다시 봐서 뭐 해. 누가 유리한지만 알면 되지.'

그리고 그건 굳이 검로(劍路)를 볼 수 없어도 충분히 알 수 있다. 보이지 않는 건 검로뿐, 중간중간 멈춰 서는 저우홍이와 형의 얼굴 정도는 눈으로도 볼 수 있었기 때문이다.

"네놈… 네놈이……!"

"오! 검 진짜 좋다. 하지만 너무 신외지물에 기대는 거 아냐?"

"건방진!!!!!"

쩌정!!

쾅쾅쾅!

거세게 맹공을 쏟아내던 저우훙이였지만 그것도 잠시뿐 점점 밀리기 시작한다. 허공에는 점점 저우훙이의 황토색 검기가 아닌 흑색 검기가 안개처럼 깔리기 시작하는 것이다.

팅!

키릭!

다시 한번 커터 날을 한 칸 날리고 새로이 뽑아낸다. 그리고 그 모습에 아레스가 기막혀하는 목소리로 말한다.

[와 미친, 저런 변태가 있을 줄이야.]

'뭐? 형이 왜 변태야?'

[변태 같은 기술을 쓰니까 변태. 내 조종사들이 저걸로 수련하는 걸 몇 번 본 적은 있지만 설마 실전에서 쓰는 놈이 있을 줄이야.]

'네 조종사들?'

아레스의 말에 놀란다. 지금이야 나한테 매일 갈굼이나 당하는 처지지만 녀석은 광대한 대우주의 수많은 무구들 중에서도 최상위에 위치한 초월병기 제613번, 전쟁의 신 아레스가 아니던가?

당연한 말이지만 신급 기가스인 녀석을 아무나 탈 수는 없다. 아마 아레스가 말하는 조종사들은 하나같이 초월지경의 강자들이겠지.

'형이 초월지경도 쓰기 힘든 기술을 쓴다고?'

[왜 변태 같은, 이라는 수식어를 무시하고 초월지경에만 포커싱을 두는 거냐?]

'하여튼 초월지경도 쓰기 힘든 고난도 기술이라는 거잖아!'

[아니, 이 녀석, 은근히 행복 회로 돌리네.]

어이없어하는 아레스를 무시하고 형의 모습을 바라본다.

[내 말 듣고 있는 거야? 저건 대단한 기술이 아니라 이상하고 변태 같은…….]

뭐라 뭐라 덧붙이는 아레스의 말을 무시하고 다시 형을 본다.

왠지 기쁘다. 기특했다. 가족이 중요한 시험에 합격하거나 좋은 직장에 합격하거나 유명인이 되는 걸 보면 이런 기분일까?

'형이 지구 최강급이라니.'

물론 대우주에 다녀온 내 눈높이에서 보면 그리 대단한 수준은 아니지만 가족이 피나는 노력 끝에 5급 공무원 시험에 합격했는데 '그래 봤자 대통령 아래 아니냐?' 라는 미친 소리를 하는 사람이 없듯이, 나 역시 형을 보며 장하다는 생각밖에 들지 않는다.

그리고 그 [장한] 우리 형이 마침내 싸움을 끝내 버렸다.

촤아아아———!!

피가 분수처럼 뿜어진다.

"컥… 크억……"

"장군님!!"

"감히……!"

뒤로 물러나 있던 주가의 무사들이 버럭 소리를 지르며 형과 지검대장의 사이로 끼어든다. 아니, 정확히는 끼어들려 했지만.

[전투 형식이 대장전으로 결정되었음으로 다수의 전투 참여는 불가능합니다.]

"큭!"

"이런!"

불과 수십 분 전만 해도 그들을 지키던 시스템이 이번에는 발목을 붙잡는다. 때문에 저우훙이는 누구의 도움도 받지 못한 채 죽어간다.

"크륵……."

왼손으로 찢어진 목을 억눌러 보지만 아무런 효과가 없다. 삽시간에 새파래진 저우훙이의 얼굴은 그의 등 뒤에 사신의 낫이 드리워졌다는 걸 알려주고 있다.

"억울해 보이네."

예쁜 얼굴로 방긋방긋 웃으며 형이 저우훙이의 앞으로 다가간다. 손을 내뻗으면 닿을 정도로 가까운 거리지만 반격 따위는 전혀 걱정하지 않는 태도다.

"억울하지? 그렇지? 이런 약소국 따위 그냥 맘대로 쳐들어와서 털도 안 뽑고 삼키는 게 당연한데 말이야. 그것이야말로 머저리들이나 지키는 규칙을 농락해 완벽하고 뛰어난 결과를 만들어내는 지혜로운 규칙 파괴자의 업적일 텐데. 안 그래?"

"네놈······."

"몰랐을 거야."

팅!

끼릭!

커터 칼을 한 칸 날리고 한 칸 뽑아낸다. 이제 심이 다 떨어져 마지막 칸이었다.

"이렇게 죽을 줄은."

"머, 멈춰라. 날 해치면 황—"

핑!

흑색의 선이 허공을 가로지른다. 그리고 머리가 떨어져 바닥을 구른다.

'다, 단호하네.'

[캬! 좋구먼! 자! 그럼 이제 전쟁인가? 전쟁이지?]

'아, 시끄러.'

자꾸 심란한 소리를 떠들어대는 아레스를 무시한 채 형의 얼굴을 바라본다. 언뜻 여유 넘치는 표정으로 보이지만 단단히 다물어져 있는 입술은 결코 그가 지금 상황을 장난으로 여기지 않고 있다는 것을 알려준다.

긴 시간 형을 봐온 나는 알 수 있다. 지금의 공격은 그저 충동이 아니라 단단한 각오하에 행한 결단이라는 것을.

'역사의 흐름에 몸을 던지기로 했구나······.'

내게는 애국심이라는 것 자체가 없다. 어쩌면 인류 자체에 대한 소속감이 없을지도 모르지. 때문에 나는 중국이 한국을 쳐들어오건 말건, 한국이 중국 때문에 굴욕을 당하건 말건 아무런 관심이 없다. 만일 내가 중국의 침략을 막아냈다 해도 그건 [한국]이라는 나라에 대한 애국심 때문이 아니라 나 본인에게 가해진 위해에 짜증을 내서였겠지.

결국 나는 방관자.

신혈을 각성해 인간의 틀을 벗어난 순간, 어쩌면 이건 당연한 수순이었을지도 모른다.

'하지만 영민이 형은 달라.'

형은 나와 다른 길을 택했다. 그에게는 애국심이라는 게 있었고 국가를 침략하는 세력에 대해 방관이 아닌 저항을 선택했다.

[이가의 대장이 승리하였습니다!]
[진행: 0/1, 1/3]

"네놈! 감히! 감히 주 황실의 지검대장을!!"
"아, 다음 상대는 너라고? 대장전 속행!"

[대장전을 속행합니다!]
[진행: 0/1, 1/3]

"······!!"

주가 무사들의 얼굴이 사색으로 변한다. 이미 지검대장이 패한 이상 그들이 감히 형의 상대가 될 리 없다는 사실을 잘 알고 있을 것이기 때문이다. 단 한 번만 패하면 패배인 이가와 다르게 주가에게는 두 번의 기회가 더 있었지만, 지금 이 상황에 두 번의 기회라는 건 그저 시체 두 개를 더 만들 기회에 지나지 않는다.

"빨리 승낙해. 어차피 제한 시간은 5분밖에 안 돼."

"네놈… 네놈……!"

"아, 그러고 보니 이제 주가는 이가에 [점령]되는 건가?"

형의 말에 지금까지 죽은 듯 침묵을 지키며 전투를 지켜보고 있던 이가의 능력자들이 술렁이기 시작한다.

"그, 그러고 보니… 이거 점령전이었지."

"설마, 우리가 주가를 점령한단 말인가?"

"맙소사. 그런 게 정말로 가능하다고?"

그야말로 그 누구도 상상도 못 했던 충격적인 전개. 심지어 승자 측인 이가의 능력자들조차 당혹스러워할 정도니 주가의 무사들의 심정이 어떻겠는가?

"3분 남았어. 빨리 다음 상대를 내보내."

"…강제 명령권을 사용한다! 대장전 무효!"

[주가가 강제 명령권을 사용하셨습니다! 남은 횟수 2회.]

[대장전 무효에는 강제 명령 사용이 불가능합니다!]

[강제 명령. 대장전 무효가 랭크 다운. 일시 정지가 실행됩니다!]

번쩍!

순간 눈부신 빛과 함께 주가의 일원 전부가 사라져 버린다. 너무나 어이없는 결말에 이가의 능력자들이 멍한 표정으로 주가의 무사들이 있던 자리를 바라본다.

"흥. 역시나 졸렬한 놈들이군."

"뭐 만일을 대비한 방법이 있을 거라는 건 알고 있었잖아. 그게 명령어라는 건 뜻밖이지만… 나 참. 강제 명령어라니. 이 가에는 그런 거 없어?"

"적어도 난 처음 들어."

보통 사이가 아닌 듯 나란히 선 학생회장과 형의 대화. 그리고 이어 새로운 텍스트가 떠오른다.

[일시 정지 중. 점령전 재시작까지, 앞으로 71시간 59분.]

"하, 하하하! 이게 뭐야! 무효가 안 되었는데?"

"크하하! 중국 놈들! 아니, 설마 일이 이렇게. 크하하!"

"맙소사! 미쳤어! 우와!!"

상상도 못 한 전개에 얼이 빠져 있던 이가의 능력자들에게서 마침내 환호성이 터지기 시작한다. 물론 이가의 모든 구성원이 같은 뜻을 가진 것은 아니다.

"어떻게 되는 거지……."

"전쟁이군. 주 황실이 우리를 가만두지 않을 거야."

"좋다고 떠들긴 멍청한 놈들. 재앙이 다가오는 걸 모르고."

"저 새끼는 어디서 튀어나온 잡종이야?"

나는 패배를 인정하지 않고 도망쳐 버린 주가와, 승리했음에도 그다지 기뻐하지 않는 일부 이가 능력자들의 표정, 그리고 기뻐하고는 있어도 난데없는 강자의 등장에 경계심을 보이는 중진들의 모습을 둘러보다 그대로 우자트를 종료했다.

"일단."

얼마 되지도 않는 시간에 많은 일이 있었기에 혼란스러웠지만 잘 생각해 보면 상황은 단순하다.

"형을 만나야겠다."

어쩌면 더 이상 방관자로서 있을 수 없을지도 모르겠다고 생각하며 천천히 걸음을 옮긴다.

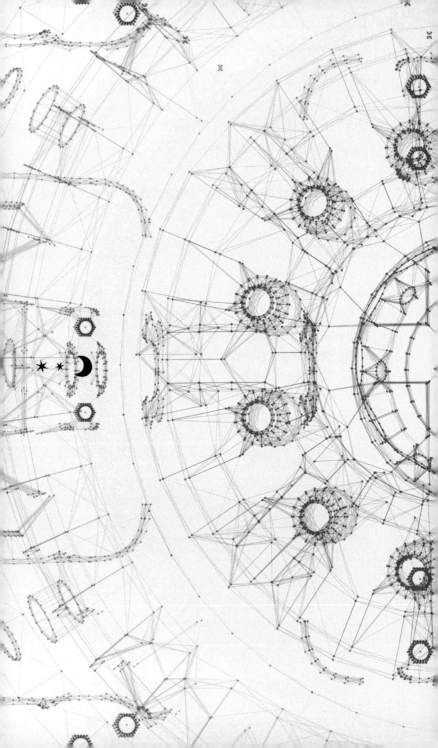

튜토리얼

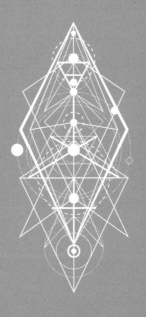

그러나 내가 형을 만나는 일은 없었다.

대신 내 가방에 어느새 들어가 있는 한 통의 편지를 읽고 있다.

「대하에게.

너도 결국 이 빌어먹을 세계에 발을 들이게 되었네. 이런 날이 오지 않기를 바랐지만, 또 이렇게 될 수밖에 없다는 사실을 알고 있었기에 허탈하다. 표면 세계에서만 살아가기에 넌 너무나 비범한 아이였으니까.」

'아니, 뭐라고?'

황당한 문구에 할 말을 잃는다. 아니, 이게 무슨 소리야? 내가 어떤 아이라고?

어이없어하면서도 편지를 읽는 걸 계속한다.

「나는 싸우기로 결심했어.

미안해. 네가 평온을 바란다는 걸 예전부터 알고 있지만 그럼에도 도저히 그럴 수 없었어.

정말.

참을 수가 없어.

쥐꼬리만 한 힘으로 약자를 갈취하는 것들. 타인의 피와 눈물을 비웃으며 짓밟는 것들이 그 강자존이라는 명분하에 맘대로 하는 모습을 더 이상 지켜볼 수가 없어. 대마법사님의 말이 맞았던 거지.

인간은 어리석은 머저리면서 동시에 탐욕스러운 짐승. 내가 이제 그놈들하고 같은 진창에서 굴러야 한다는 사실이 절망스럽지만… 그놈들에게 그 잘난 강자존이 마냥 편리하기만 한 전가의 보도가 아니라는 사실을 알려줘야겠지.」

'…뭔가 많은 일이 있었나 본데.'

형이 내가 우주로 나가 있는 동안, 아니, 어쩌면 그보다 훨씬 전부터 이면 세계에서 무슨 일을 겪었는지에 대해서는 알 수 없었지만, 그럼에도 편지에서 진한 분노가 느껴진다.

「황녀님께 네게 대한 부탁을 해놓았어. 이가의 전력을 다해 네 생활에 불편함이 없도록 해주신다고 말씀하셨으니 아주 조그마한 문제라도 생기면 즉시 궁녀들에게 이야기해. 어떤 부탁이든 무조건 들어주는 방향으로 진행한다고 하셨어..」

'어떤 부탁이든 무조건 들어준다… 파격적이긴 하지만 그것 도 당연한 일인가.'

아무런 저항조차 못하고 주가에 이가 전체를 빼앗길 뻔한 상 태에서 오직 형 개인의 힘으로 회생한 것이다. 이건 단순한 빚 이 아닌 구명지은(求命之恩).

심지어 지금 이 상황에서 형이 손을 떼기라도 한다면? 농담 이 아니라 이가는 그냥 주가에 먹히는 것보다 더 심한 나락으 로 떨어지고 말 것이다.

지금 이가에게 있어 형은 천상에서 내려온 동아줄인 동시에 생명 줄.

형으로 인해 이가는 주가와 당당히 마주할 수 있는, 극도 로 유리한 협상 테이블에 앉을 수 있게 되었지만 대신 형에게 목줄을 잡힌 상황이기도 하다. 나머지 2전에서 중국 측 [선별 자]를 이겨낼 수 있는 강자가 없는 이상, 이 상황은 변하지 않 을 것이다.

「아버지께서 잠적하기 전에 말씀하셨어. 네게는 엄청난 잠재력 이 잠들어 있고… 지금쯤 그것이 깨어났을 것이라고. 한 번도 틀린 말 한 적 없는 아버지의 말씀이지만, 설사 그게 사실이라 하더라도 네가 이 전쟁 통에는 들어오지 않았으면 좋겠어. 너는 싸우고 죽이 는 일과는 거리가 먼 녀석이었으니까.

다만 수련은 해놓도록 해. 아무리 강대한 잠재력이라 해도 개화 시키지 않으면 무용지물이니 적어도 몸을 지킬 정도의 힘은 갖춰놓

앗으면 좋겠어.

아, 다시 회의가 시작된다. 등신들의 합창을 들으러 가야지.

미안하고, 걱정된다.

언젠가 다시 웃으며 만나길 바라며.

형이.」

'뭐 이렇게 비장해.'

쓴웃음이 절로 나왔지만 어쩔 수 없는 일이다. 그는 약소국의 장수로서 대국(大國)에 맞서기로 한 상태였으니까.

'지니, 24시간 형의 상태를 마크하고 황금사자단을 즉시 출격 상태로 대기시켜 줘. 긴급 상황이 발생하면 선조치 후보고하고.'

[알겠습니다, 함장님.]

지니의 대답을 들으며 편지를 다시 가방에 넣는다.

드르륵!

"그나저나."

나는 교실을 나서며 주변을 둘러보았다. 어제와 달리 오늘은 다가오는 사람이 없다.

"다들 정신없는 모양이구먼."

재석이도 경은이도 없다. 나를 보러 안 오는 정도가 아니라 그냥 학교에 안 온 상태. 아니, 사실 그 둘뿐만이 아니다.

"아니, 뭔 뜬금없는 바이러스성 눈병이야? 어제만 해도 다들 멀쩡하지 않았어?"

"개 어이없네. 거의 전교생 중 1/4이 빠진 거 아니냐?"

"나도 눈병 걸리고 싶다."

"아, 눈병 분양 좀 받으려 했더니 찬석이 놈은 연락이 안 돼."

"어? 걔도 안 돼? 지선이도 연락이 안 돼. [아파서 요양 중ㅠㅠ] 뭐 이딴 프사가 걸려 있긴 하던데 되게 심한 바이러스인가?"

하교하는 학생들이 수군수군거리는 소리가 들린다. 그들도 뭔가 묘하다는 사실을 감지한 듯 분위기가 어둡다.

"좀 이상하지?"

"응. 선생님들도 꽤 많이 빠졌잖아. 학교 온 선생님들도 뭔가 마음이 콩밭에 간 느낌이고……."

표면 세계는 이면 세계와 분리되어 있지만 그 구성원들에는 틀림없이 교집합이 존재한다. 이능력자들이라고 해도 24시간 이면 세계에 있는 것은 아니며 현실의 신분을 가지고 있는 경우 역시 많으니까.

'특히 우리 학교는 더하지.'

애초에 이가의 두 공주가 같은 학교에 다니고 있는 것만 봐도 알 수 있는 일 아니겠는가? 이곳은 이가가 직접 운영하는 장소이고, 때문에 이가 소속 능력자들의 자식 역시 다수 등교하고 있다.

'지니, 결석한 학생 중에서 이능력자로 짐작되는 녀석은 몇이나 되지?'

[거의 없습니다. 혹 능력을 각성했더라도 미약한 수준이죠. 다만 능력자들이 전쟁에 대비해 자신의 가족들을 피신시킨 걸로 예상됩니다.]

'뭐, 거기에 그냥 관련자들도 있을 테고.'

이면 세계 관련자가 꼭 이능력자일 이유는 없다. 당장 재석이만 봐도 고작(?) 재벌 3세일 뿐임에도 이가와 깊은 관계가 아니던가?

"관대하."

"음?"

잠시 서서 생각에 잠겨 있다 나를 부르는 소리에 고개를 돌린다.

[원일고등학교]

[3레벨]

[우울한 이선애]

"…안녕."

친한 사이는 아니다. 그냥 친구라고 부르기도 애매한 관계. 클래스메이트로 바로 옆자리에 앉아 있는 짝꿍이지만 내가 지구로 귀환한 뒤로는 쭉 나를 피했기에 별다른 대화조차 나눠 본 적이 없다.

"너도야?"

"나도… 그래. 나도. 맞아, 나도야. 태어날 때부터 '나도' 였지. 그나마 학교는 다닐 수 있어서 좋았는데."

허탈하게 중얼거리며 걷기 시작하는 그녀를 따라 교문까지 나선다.

경은이 없음에도 교문 앞에는 어제 보았던 육중한 검은색 세단이 기다리고 있었는데, 어제와는 달리 산검은 운전석에 앉아 있는 상태다.

"타라."

별다른 설명 없이 문이 열린다. 나도 별 질문 없이 거기에 탔고 그 옆으로 선애가 따라붙는다.

팟!

그리고 그 순간 선애의 복장이 순식간에 변한다.

변신 같은 건 아니었다. 그저 단순한 환복(換服). 다만 그렇게 갈아입은 복장이 몹시 익숙한 종류의 것이다.

"…너, 궁녀였어?"

"왜, 궁녀가 학교 다니고 있으니 이상해?"

묘하게 날카로운 반응에 고개를 흔든다.

"그런 건 아니지만."

그렇다. 우리 학교 학생 중 궁녀가 있다는 사실 자체에 놀란 건 아니다.

다만 내가 지금까지, 그러니까 레벨 시스템이 추가되기 전까지 그녀가 능력자라는 사실을 전혀 몰랐던 이유 때문에 놀란 것이다.

'궁녀인데도 소속이 이가가 아니라 학교라.'

나는 세레스티아를 떠올렸다. 나의 '전' 아내. 헤어진 지 얼마 되지도 않았음에도 본 지 엄청 오래된 것 같은 우주 최고의 아이돌을.

세레스티아는 레온하르트 제국의 황녀였지만 그럼에도 그녀의 [대표적인] 소속은 레온하르트 제국이 아니라 완전히 엉뚱

한 데트로 은하 연합, 그리고 그중에서도 일개 돌격대였다. 앙겔로스 3세와 레온하르트 제국의 치부인 키메라 사이에서 태어나 학대를 받으며 살아온 세레스티아가 레온하르트 제국에 먼지만큼의 소속감도 가지고 있지 않았기 때문에 나타난 현상이었다.

'즉, 이 녀석도 마찬가지라는 거군.'

"거기 궁녀, 손님께 무례를 범하지 마라."

"네, 산검 님."

즉시 고개를 숙이는 선애. 이내 차가 출발하고 큰길까지 나간 산검이 다시 입을 열었다.

"인사가 늦었군요. 산검이라고 합니다. 뭐라고 불러야 할까요?"

"그냥 대하라고 하세요."

"네, 대하 님. 영능을 선택하셨습니까?"

그의 말에 잠시 고민한다. 이건 비밀인가, 아닌가? 하지만 이내 별 상관 없다는 생각이 들었다.

이미 형이 어그로를 끌대로 끌어놓은 상태라 내가 몸 사려 봐야 소용없다.

"네."

"그럼 정해졌겠군요. [스승]이."

산검의 말에 미션 시스템을 활성화시킨다. 왼쪽 손등이 뜨끈해지고 눈앞으로 텍스트가 떠오른다.

[미션 발생!]

[영능을 습득하자!]

[정령사, 대장장이(오오라), 강체사를 선택하셨습니다!]

[사제를 매칭합니다. 매칭 중… 매칭 성공!!]

[군기시(軍器寺)의 이도검이 스승으로 매칭되었습니다! 오후 6시까지 군기시로 이동해 영능에 입문하십오!]

[제1목표: 정령 계약]

[제2목표: 오오라 개방]

[제3목표: 생체력 인자 각성]

[성공 보상 — 정령사(1차 직업). 대장장이(1차 직업). 강체사(1차 직업)]

[실패 벌칙 — 없음]

어젯밤에 내 [직업]을 선택하고 떠오른 미션을 보고 맨 처음 한 생각은 생각 이상으로 친절하다는 점이었다. 그저 시스템 안에서 끝나는 게 아니라 사람과 사람을 연결해 주는 방식이었기 때문이다.

'하긴 고작 텍스트로 영능을 습득시키는 게 가능할 리 없으니… 이 시스템이면 스승에게도 뭔가 보상이 있겠군.'

"군기시의 이도검 님이라는군요. 오후 6시까지 이동하라는데."

"뭐라고요?"

산검이 당황하는 표정을 짓는다. '어째서 그분에게 튜토리얼 안내 따위가?' 라고 중얼거리고 있다.

"문제가 있나요?"

"아니… 아닙니다. 이동하지요."

세단은 조용히, 그러나 매끄럽게 이동해 처음 보는 주택가로 들어갔고 전과 비슷한 과정을 거쳐 이면 세계로 진입, 이가로 이동했다.

"잘 안내해라."

"네, 산검 님."

이가에 도착해서는 산검 대신 선애가 나를 안내했다. 장소는 율을 만나러 갔던 국립고궁박물관이다.

"군기시라는 것도 여기 있는 거야?"

"응. 지하 4층이야."

경복궁의 건물 구조는 특이하다. 겉으로 보기에는 단층처럼 보인다고 해도 실제로는 전혀 아니었으니까. 내가 숙소로 이용하던 강녕전만 해도 지상으로 5층. 지하로는 13층짜리 건물이 아니었던가?

게다가 이놈의 건물들은 그 엄청난 높이를 가진 주제에 공간 이동 장치는커녕 엘리베이터조차 없다. 오직 계단. 그것도 성인 남성이라면 단둘조차 어깨를 나란히 하고 걸을 수 없을 정도로 좁은 계단만이 유일한 통로인 것이다.

"아, 여기 계단 너무 좁아. 답답하게."

"방범을 위한 구조야."

"방범이 아무리 좋아도 생활할 사람들이 불편함을 감수하다니."

어이없어하면서도 선애를 따라 지하 4층까지 내려가 긴 복도를 지났다. 지하 4층에는 총 8개의 문이 있었는데 선애는 그중

한 문 앞에 섰다.

"여기야."

"넌 여기서 기다리는 거야?"

"원래 궁녀가 하는 일이 그거야."

"흠."

확실히 그렇긴 하다. 경복궁 여기저기에서 마치 인형처럼 서 있는 게 바로 궁녀라는 존재였던 것이다.

드륵.

그저 손을 댔을 뿐인데 마치 기다렸다는 듯 문이 활짝 열린다.

깡! 깡! 깡!

문이 열리자 후끈한 열기와 함께 쇠를 두드리는 소리가 들린다. 귀가 아플 정도로 쩌렁쩌렁한 소리였는데 문밖에서는 전혀 안 들렸다는 점이 신기하다.

"뭐야? 대체 누가 이런 시간에⋯ 아, 그렇군. 네가 바로 그 [제자]인가."

"네. 반갑습니다. 저는⋯⋯."

"됐어. 말이 좋아 제자지. 시스템일 뿐 나랑 너는 사제도 뭣도 아니니 굳이 소개 같은 걸 할 필요는 없다. 내가 가르치는 건 고작 입문에 해당하는 영역일 뿐 비전도 오의도 가르칠 생각이 없으니."

그의 표정에는 적의도 호의도 호기심도 없다. 그야말로 완벽히 비즈니스 관계라는 식.

"흠."

뜻밖의 상황이었지만 나로서는 나쁠 것 없는 반응이라는 생각이 들었다. 아니, 오히려 편하다면 편한 상황이라고 할 수 있겠지.

"뭐, 그렇다면 잘 부탁드립니다."

"알았으니 기다려. 아직 작업이 안 끝났으니."

그렇게 말하고는 내려놨던 망치를 잡아 들더니 작업을 재개한다.

깡! 까앙!

치이익!

피어오르는 수증기 너머로 근육질의 상체가 보인다. 190이 넘는 신장에 팔뚝이 내 허벅지보다 굵을 정도로 단련된 육신. 나는 고개를 들어 그의 머리 위를 바라보았다.

[군기시]

[9레벨]

[장비 제작 전문가 이도검]

'9레벨이라.'

칭호에서 이능의 경지는 입문자, 숙련자, 전문가, 완성자, 초월자로 분류된다.

굳이 레벨로 표현하자면 1~3레벨은 이제 막 이능을 사용할 수 있게 된 입문자, 4~6레벨은 그 이능에 대해 어느 정도 익숙해진 숙련자, 7~9레벨은 그 이능을 자유자재로 사용하는 전문가며 마침내 10레벨에 이르면 깨달음을 얻어 권능(비록 그 수준은 높지 않지만)과도 같은 초상 능력을 얻게 되는 완성자의 경지에 이르는 것이다.

즉 그가 지금 9레벨이라는 말은.

'벽에 막힐 즈음이군.'

어느 정도의 시간 동안 정체했을지는 나도 알 수 없다. 주름 하나 없이 팽팽한 그의 피부는 그의 나이를 추정키 어렵게 만들고 있었지만, 하얗게 센 머리카락과 고집스러운 눈매는 노인의 그것이었으니까.

치이익!

도검은 한참 담금질하던 검을 젤리 같기도 하고 묵 같기도 한 묘한 물질에 찔러 넣더니 손을 탁탁 털었다.

"저기, 그거 괜찮은 겁니까? 연기가 나는데……."

"신경 쓰지 마라. 우려내는 중이니까."

우려낸다? 이해할 수 없는 표현에 내가 의아해하거나 말거나 도검은 근처 작업대 위에 털썩 걸터앉았다.

그러고서 슬쩍 고개를 돌려 허공을 바라본다. 보통 사람이야 왜 갑자기 한눈을 파는가 생각하겠지만 나는 그가 뭘 보고 있는지 안다.

'미션을 보고 있군.'

과연 그는 이내 다시 고개를 돌린다.

"시작부터 정령사, 대장장이, 강체사를 동시에 선택했다고? 게다가 이왕 정령술을 익히는 데 정령력을 이용한 제작술도 아니고 오오라 제작술이라니 제정신이 아니군. 왜 튜토리얼 따위가 나한테까지 왔나 했더니… 아니, 그것보다."

도검이 고개를 모로 꼬아 나를 바라본다. 뭔가 상당히 불만이 많아 보이는 태도다.

"너, 백이 누구냐?"

"별다른 배경은 없습니다만."

"그런 게 없는데 미션 보상이 왜 이렇게… 아니, 아니다. 내가 관여할 바는 아니겠지."

그는 고개를 흔들어 보이고는 작업실 한쪽에 위치한 찬장을 뒤지더니 금빛으로 반짝이는 작은 사이즈의 의자를 꺼내 왔다.

금색 의자는 3개의 다리를 가지고 있었는데 각각 다른 색의 보석으로 치장되어 있다.

"정령술부터 시작하지. 정령술은 철저히 될 놈 될이니까."

"될 놈 될이요?"

"될 놈만 된다고. 무공이나 마법은 그저 입문하는 데에도 상당한 시간과 수련이 필요하지만 정령술은 다르거든. 될 놈은 가르쳐 주는 사람 하나 없어도 자연스럽게 쓰고 안 될 놈은 죽을 때까지 뭔 노력을 해도 안 되지."

그극.

금색 의자를 내 앞으로 밀어낸다. 이제 와서 다시 보니 금과 보석으로 치장된 예술품이나 다름없는 물건이었다.

"뭐, 그걸 감안하더라도 넌 꽤 운이 좋아. 이가에서 나만큼 정령 계약을 쉽게 주선해 줄 수 있는 사람은 없는데."

"이거, 설마 순금입니까?"

"그럼 도금일까. 헛소리 말고 앉아라."

그의 안내에 따라 의자에 앉자 도검은 웬 소주를 한 병 꺼내더니 뚜껑을 따 그대로 내 머리 위에 콸콸 부어버린다. 머리칼을 흠뻑 적신 소주가 얼굴과 목을 따라 온몸을 적시기 시작했다.

"앗, 차가. 뭐 하는 겁니까?"

"다 과정이다. 아, 계약은 어려울 것 없을 거다. 그냥 정령계에서 너한테 다가오는 최하급 정령을 만나 계약하면 끝이니까. 다가오는 녀석이 없으면 재능이 없다는 뜻이니 그때는 뭔 짓을 해도 소용없고."

콸콸콸.

두 번째, 세 번째, 네 번째 병을 들어 붓는다. 이제는 숫제 옷도 다 젖고 바닥까지 소주가 흥건하게 고인다. 자욱한 알코올 냄새에 머리가 띵해져 온다.

"저기 언제까지 소주를… 지금 뭐 하는 겁니까?"

싹둑.

벽에 고정되어 있던 드라이기를 꺼내 들더니 허리춤에 차고 있던 단검으로 전선을 잘라내는 도검의 모습에 불안감이 밀려온다.

"도검 님?"

내가 부르거나 말거나 그는 드라이기를 한쪽에 던지고는 전선을 풀어내 흥건히 고여 있는 소주 웅덩이에 던져놓았다.

그가 설명한다.

"다시 말하지만 네가 뭘 할 필요는 없어. 결정은 정령이 하는 거고 너는 고개만 끄덕여도 된다."

그리고 그는 그대로 전기 코드를 들어—

"아니, 아니, 잠깐만요. 지금 설마."

콘센트에 꽂았다.

파지직—!!

고통은 없었다. 느낄 틈조차 없었다.

"…이런 미친."

나는 전혀 새로운 장소에 서 있었으니까.

[오! 정령계는 나도 처음 와봐! 되게 신기한데?]

어느새 내 옆에는 조각같이 반듯반듯한 외모에 근육질의 몸을 가진 아레스가 구현되어 있었다. 우자트에 의한 증강 현실 따위가 아니라 사념을 구현해 만들어낸 염체(念體).

다만 지니는 그런 재주가 없는 듯 목소리만을 전한다.

[차원 이동을 확인했습니다. 현재 위치는 엘리멘탈 플레인(Elemetal Plane)의 73B 구역입니다. 그곳은 외차원으로 본 함선에서의 간섭이 불가능하며 극히 희귀한 확률이겠지만 언터쳐블을 만날 수도 있는 공간이니 각별한 주의를 요망합니다.]

'정령계로도 통신이 되는 거야?'

[외차원으로의 통신이 불가능하다면 아스트랄 드라이빙 중 외부 통신이 먹통이겠지요. 물론 정령계까지 연락이 가능한 건 현실에 있는 함장님의 육신이 중계기 역할을 하고 마도병기 우자트가 수신기 겸 관측기 역할을 수행하고 있기 때문입니다만.]

그녀의 설명을 걸으며 숲속을 걷는다. 겉모습만 보면 정령계가 아니라 지구의 어딘가로 이동한 게 아닐까 싶을 정도로 평범하지만, 그저 걸으며 숨을 들이쉬는 것만으로 온몸에 힘이 들어갈 정도로 생명력이 들어찬다는 점에서 뭔가 심상치 않은 숲.

"아, 차거… 어?"

졸졸졸 흐르는 연못에 발을 살짝 담갔다 꺼내다 미처 눈치채지 못했던 이질감의 정체를 깨닫는다.

"뭐야, 옷 다 어디 갔어?"

[옷은 없습니다, 함장님. 정령계로 넘어간 것은 함장님의 영혼이니까요.]

"우자트는 있잖아?"

[우자트는 마도병기니까요. 영력을 품은 장비는 정령계에도 가져갈 수 있습니다.]

"…그러고 보니 쉐도우 스토커도 있구면."

즉, 나는.

나체(裸體) 상태에서 안경과 시계만 차고 있는 것이다.

"어, 얼른 계약하고 나가야겠다."

그러나 그런 나의 희망과 달리 주변은 적막하기만 하다. 주변 어디를 둘러봐도 정령 따위는 보이지 않는 것.

도검은 이곳에서 적당한 최하급 정령을 만나 계약을 체결하면 끝이라고 했다.

정령 계약의 성사는 절대적으로 [재능]의 문제이므로 별다른 선행학습은 필요 없다 했던 것.

그러나.

내가 정령들을 만나 화기애애하게 계약을 맺는 일 따위는 없었다. 심지어 단순히 재능이 없다는 이야기조차 아니었다.

[와! 엄청난 기운이… 히익?!]

[으악! 저게 뭐야?!]

[꺅! 도망쳐!!]

땅을 파고 머리를 내밀었던 두더지 모양의 정령이 비명을 지르며 자신이 파놓은 토굴 속으로 머리를 처박는다. 나무 위에서는 다람쥐 모양의 정령이 나무를 놓쳐 바닥으로 떨어지고 근처에 흐르던 냇가에서 물장구치던 소녀 모양의 정령은 비명을 지르며 냇가로 뛰어든다.

그야말로 충격과 공포! 패닉에 빠진 정령들이 정신없이 도망가고 나자 생명력이 넘치던 숲에 적막이 내려앉는다.

[도망가는데?]

[도망가네요.]

"……."

무슨 침몰 직전의 배에서 탈출하는 쥐 떼처럼 사방으로 흩어지는 정령들의 모습을 잠시 어이가 없어 지켜본다.

[겁 없이 시비 걸던 인간들하고 다르게 정령들은 뭔가 느껴지는 모양이군.]

"아니, 그래도 그렇지 다 도망가 버리면 계약은 어떻게 해?"

기막혀하며 숲속을 걷는다. 딱히 추격은 아니다. 그저 이 정령계라는 곳이 어떤 장소인지 궁금했던 것뿐.

그러나 내 걸음걸음마다 시야 저편의 숲이 요동친다. 무슨 파도가 치는 것처럼 숲이 출렁출렁 흔들린다.

[꺅! 이쪽으로 온다!]

[아, 밀지 마!]

[차라리 좀 더 멀리 떨어지자!]

수없이 많은 목소리들이 들린다. 마치 속삭임 같은 웅성거림이 먼 곳에서부터 들려오고 있는 것. 그러나 이미 거리는 너무나 벌어져 이제는 목소리만 들릴 뿐 모습은 보이지도 않는다.

"이래서야 내 속성도 알 수가 없잖아……."

인간은 태어날 때 각각 하나, 혹은 그 이상의 속성을 타고나며 이능을 수련함에 있어 그 속성이 매우 큰 영향을 끼친다.

이능을 수련하는 자들은 모두 각자의 방법으로 자신의 속성을 확인하는데 정령사는 그중에서도 가장 쉽게 속성을 확인할 수 있는 존재다.

일단 정령계로 접속이 가능한 순간, 오직 해당 속성의 정령들만이 그에게 접근하기 때문이다.

[결국 계약은 꽝인가?]

[저기요…….]

[그냥 나오세요, 함장님. 대우주시대에 정령술이 웬 말이에요? 우주 공간에서는 가장 쓰기 힘든 힘이 자연력인데. 역시 답은 생산계뿐입니다.]

[저, 저기요…….]

"아니, 너희 너무 말 쉽게 하는 거 아니냐? 기껏 수련하려고 왔더니만."

아레스와 지니의 말에 기막혀하는 순간이었다.

[저기요!!!!!]

"깜짝이야."

느닷없는 고함에 놀라 고개를 돌린다. 그곳에는 1미터가 채 안 되는 신장의 소녀가 서 있다.

아니, 그걸 소녀라고 할 수 있을까?

"이, 이게 뭐야. 피규어?"

분명히 인간의 모습을 하고 있지만 그건 인간이 아니었다. 명백히 인간의 그것과 차이를 보이는 광택의 피부. 1미터의 작은 신장이지만 완벽한 비율의 늘씬한 몸매.

그렇다. 그녀는 인간이 아니라 미소녀의 모습을 하고 있는 금속 피규어였다.

[안녕하세요. 금속의 최상급 정령 핑크핑크입니다.]

[이름 봐…….]

지니의 신음 소리를 들으며 나는 내 앞에 선 피규어를 바라보았다.

"금속의 정령이라고? 피규어의 정령이 아니라?"

[아무리 세상에 미친놈이 많아도 피규어의 정령이 만들어질 정도로 많지는 않을 테지만… 아니, 그게 중요한 게 아니죠. 앗! 다가오지 마시고요!!]

한 발짝 앞으로 이동했다가 기겁해서 물러나는 핑크핑크의 모습에 당황한다. 금속 광택이 흐르는 그녀의 얼굴에서 명백한 [고통]이 느껴졌기 때문이다.

"괜찮아?"

[안 괜찮아요!! 아니, 그런데 당신 대체 뭐예요? 영압(靈壓)이 너무 강해서 폐가 오그라들 거 같아요! 물론 저한테 폐는 없

지만!!]

"아… 그럼 설마 나 정령 계약 할 수 없나?"

[최상급 정령인 저도 접근조차 힘든데 무슨 수로 계약을 해요? 그나마 당신에게 금속의 냄새가 물씬 풍겨서 조언이라도 해주는 거예요.]

핑크핑크의 말에 가볍게 입맛을 다신다. 이왕 영력과 호응력이 있는 이상 정령술을 배워보고 싶었는데 아무래도 어려울 것 같았다.

"정령왕은 어때?"

무심코 묻는다. 물론 정령계에 막 들어온 주제에 정령왕을 논하는 건 문자 그대로 양심이 없는 일이겠지만 최상급 정령 위에는 정령왕밖에 없으니 어쩔 수 없는 일.

그런데 핑크핑크가 뜻밖의 말을 했다.

[금속의 정령왕은 없는데요.]

"오행(五行)에 들어가는 금속성에 정령왕이 없다고?"

어이가 없어 되묻는다. 내가 정령술에 대해 잘 아는 건 아니지만 우주를 조성(組成)하는 다섯 가지의 원기(木火土金水)에 들어가는 금속성에 정령왕이 없다는 건 명백히 이상한 일이었기 때문.

그러나 그렇게 황당해하는 나를 보며.

[그게.]

핑크핑크가 핑크색 머리칼을 비비 꼰다.

[얼마 전에 다 돌아가셔서…….]

"…정령왕이라는 게 죽기도 하는 거야? 영원불멸의 존재가 아니라?"

[저희도 그렇게 믿었는데 실제론 아니더라고요. 대전쟁 때 정령계로 쳐들어온 체르노보그(Chernobog)에게 대항하시다가 많이들 소멸해 버리셨죠. 부끄럽지만 이제는 제가 금속 정령 중에 최고위예요.]

'또.'

또 그 이야기다. 400년 전 있었던, 온 우주가 휘청거릴 정도로 거대했다는 전쟁.

대전쟁(The Great War).

'이것 참, 이 시대에 태어나서 다행이라고 해야 하나? 그 시절에 태어났으면 이 우주 어디에서 살았건 휩쓸렸을 것 같으니.'

태초부터 대우주는 필멸자들이 감히 상상조차 할 수 없는 온갖 존재들을 품고 있었다고 한다.

우주의 창조와 함께 태어난 신수와 마수들. 우주를 멸망으로 몰아넣는 게 가능할 정도로 막대한 권능을 가진 고대의 신들. 행성보다도 더 거대한 덩치를 가진 우주 괴수들. 그 근원조차 불분명한 비설정(非設定)의 존재들. 그리고 스스로를 단련해 강대한 힘을 손에 넣은 초월자들까지.

그러나 그런 강대한 힘을 가진 그들이 할 수 있는 일은 극히 한정적이었다고 한다. 왜냐하면, 그들은 통제받고 있었으니까.

아수라(阿修羅).

창조신의 이면으로 불리는 그는 아주 엄격한 [법칙]으로 우주를 통제했고, 강대하고 무시무시한 권능을 가진 존재들조차 감히 그것을 어길 수 없었다.

창조신이 선정한 세상의 주역(主役)은 필멸자들.

초월자들, 그리고 그런 초월자조차 벌레처럼 학살할 수 있는 우주의 강자들은 [깃털]이라 불리는 기물을 소모해 간섭력을 획득하지 않으면 필멸자들의 운명에 간섭하기는커녕 정해진 자리에서 벗어나는 것조차 불가능할 정도로 억제되어 있었다.

그리고 그랬기에… 전쟁은 필연이었을지도 모른다.

아수라가 소멸하는 순간 그들에게 더 이상 참을 이유가 없어져 버렸으니까.

"죽은 건 그뿐이야?"

[스물두 정령왕 중 열아홉이 죽었지요. 정령신께서 직접 권능을 발휘해 다섯의 최상급 정령을 정령왕의 자리에 올렸지만.]

"…자리를 다 못 채웠구나."

[혼란의 도가니였죠. 정령계가 통째로 망할지도 모를 위기였어요.]

핑크핑크가 푹 한숨을 쉴 때였다.

번쩍!

[여기에 엄청난 기운이… 아, 깜짝이야!]

"…기린?"

나는 벼락과 함께 모습을 드러낸 빛나는 기린의 모습을 가만히 바라보았다.

말 그대로 느닷없이 나타난 녀석은 그 기다란 목을 모로 꼬아 나를 내려다본다.

[와, 이거 뭐야. 영압이 왜 이래? 속성력은 쩌는 거 같은데 막상 열 걸음 안쪽으로 다가갈 수가 없다니. 핑크핑크. 저거 뭐 하는 녀석이야?]

[사실 나도 잘 몰라. 신족 같은데. 아, 저기 이름이 뭐예요?]

"대하, 관대하야."

[네, 대하 님. 이 녀석은 엘라이카예요. 번개의 최상급 정령 이죠.]

녀석의 대화를 듣고 있을 때 잠시 조용히 있던 아레스와 지 니가 수군거린다.

[아무래도 그거인 거 같지?]

[네. 뭐, 극히 희귀하다고까지 말할 확률은 아니긴 하지요.]

"너희끼리 뭘 이야기를 하고 있는 거야?"

영문을 모를 소리에 의문을 표하자 아레스가 말한다.

[네가 금(金), 뢰(雷) 속성에 적성을 가진 다중 속성인 것 같다고. 하지만 특이하긴 하네. 금속성 정령사는 흔치 않은데.]

녀석의 말에 나는 핑크핑크와 엘라이카를 돌아보았다. 그러고 보니 주변 모든 정령들이 다 도망갔는데 이 둘만 다가온 걸 보면 내 속성을 굳이 확인할 필요는 없는 상황이긴 하다.

"그런데 금속성 정령사가 별로 없어?"

거기에 대답을 한 것은 엘라이카에게 대충 상황을 설명하던 핑크핑크였다.

[아무래도 그렇죠. 금속성을 타고나는 사람들은 투쟁심이 강해서 무사(武士)가 되는 게 일반적이거든요. 뭐, 꼭 자기 속성 정령만 계약할 수 있는 건 아니니 금속의 정령을 다루는 정령

사는 꽤 되지만, 금속성이 주 속성인 정령사는 정령사 중에서
도 0.1%가 안 돼요.]

그런데 그때 아주 멀리에서 큰 울림이 있었다.

쿵!

[특히나 당신처럼 정령계에 입성하자마자 이 정도의 파란을
일으키는 존재는 정령계 전 역사를 뒤져봐도 흔치 않은데 이런
경우…….]

쿵!

"잠깐, 잠깐만. 이 소리는 뭐야?"

[네? 무슨 소리요?]

"뭐? 이게 안 들려? 이 땅 울리는."

그리고 그 순간, 다시 한번 쿵! 하고 묵직한 울림이 울린다.
이번에 소리가 들린 장소는 코앞이라, 그 당사자의 모습이 바로
시야에 들어온다.

"이런."

신음이 절로 나온다.

"이런."

압도되어 제대로 숨도 쉬지 못한다.

"이런 미친……."

내가 지금까지 만난 이들 중 가장 높은 격(格)을 지닌 존재를
찾는다면 당연히 아담을 꼽을 수 있다.

최상급 신들 중에서도 특별한, 절대신에 가까운 존재였던
나의 친부가 [정보와 문명의 신]으로서 직접 이름 붙인 [최초의
리전] 중 하나.

그는 대전쟁이 벌어지기 전에 영멸(永滅)한 [기계신]의 신위(神位)를 수습함은 물론이고 자신의 남매나 다름없던 이브의 신격(神格)을 강탈함으로써 대우주에도 몇 없는 최상급 신의 자리에 올랐다. 물론 그 직후 그 막대한 신위의 압력에 잡아먹혀 광기에 휩싸이고 말았지만, 그렇다 하더라도 무지막지한 권능을 가진 초월자 중의 초월자라는 것은 누구도 부정할 수 없겠지.

그러나 나는 내 눈앞에 선 [그것]을 보는 순간 깨달았다.

다르다.

[그것]은 아담과도 완전히 다른 존재였다.

―오…….

그것은 산맥만큼이나 거대한 산 같은 덩치를 가지고 있다. 하체는 사슴의 그것과 비슷한 형태이며 상체는 아름다운 여인의 그것과 닮은 외양.

그러나 세상 누가 [그것]을 생명체라 부를 수 있을까?

마치 활화산처럼 이글거리고 있는 머리카락. 기암괴석으로 이루어진 네 개의 다리. 등에는 몸 전체를 다 덮을 것 같은 크기를 가진 빛과 어둠의 날개가 달려 있고, 사슴의 등 부분에는 먹구름이 매달려 폭풍과 벼락이 몰아치고 있다. 오른팔은 보기만 해도 상쾌할 정도의 담수와 접근만 해도 녹아버릴 것 같은 독수가 섞일 듯 섞이지 않고 출렁이며, 왼팔은 일그러지는 공간만이 그 형태를 간신히 드러나게 만들고 있다.

—너…….

나를 가만히 내려다본다. 눈동자는 무슨 아파트 단지만큼이나 커다란 보석으로 이루어져 있다.

'미친… 미친…….'

단 한 번도 느껴본 적 없는 위압감에 전신이 떨린다. 별다른 말 없이 내려다보는 시선만으로 영혼 깊숙한 곳까지 샅샅이 꿰뚫리는 기분.

그것은 한참이나 나를 내려다보았다. 천만다행히도 살의라든가 불쾌감이 아닌 호기심이 담긴 시선. 그리고 그렇게 벌벌 떨며 그것의 시선을 마주하고 있던 중.

[그것]이 말했다.

—선물.

"네?"

쿵!

그대로 떠나간다. 더 이상의 용무는 없다는 듯 뒤돌아보지도 않는 걸음걸음. 그리고 그렇게 그것이 사라지자 침묵에 잠겨 있던 천지사방이 들썩인다. 거의 폭발하는 거나 다름없는 반응이었다.

[꺅! 정령신께서 날 보셨어!]

[아냐, 신께서는 잘 자란 나무를 보신 거야.]

[정령신께서 나에게 미소 지으셨어!]

[아냐, 신께서는 한 송이 꽃을 보고 웃으신 거야!]

숲 전체가 술렁인다. 심지어 나와 같은 외부인인 지니와 아레스도 경악을 금치 못한다.

[괜찮으십니까. 함장님?]

[아, 아니. 세상에 정령신이라니. 저런 거물이 왜 갑자기······.]

[정말 대단하십니다! 계신(界神)과 동급이라는 정령신이 직접 만나러 오다니!]

[와, 순간 숨을 뻔했어. 제우스 놈도 저 녀석한테는 안 되겠네.]

"후······."

나는 다리에 힘이 풀려 주변에 있는 나무에 기댔다. 저 앞에 극도의 흥분 상태에 빠져 방방 뛰는 핑크핑크와 엘라이카의 모습이 보인다.

"정령신이라니."

물론 그런 존재가 있다는 건 알고 있었다. 정령계의 주인, 선계의 옥황상제와도 어깨를 나란히 한다는 절대신 중 하나.

"지니, 혹시 제국에서 정령신과 접촉한 적 있어?"

[그런 일이 있을 수가 없지요. 그야말로 신화, 혹은 전설에서나 나올 법한 존재입니다. 대정령사들이 남긴 목격담 정도야 남아 있지만 이렇게 관측된 건 제국 역사상 처음일 겁니다.]

[하지만 진짜 어이 터지는 등장이긴 하다. 무슨 대단한 대서사시 끝에 만나는 것도 아니고, 비밀스러운 공간에 진입해서

만나는 것도 아니고 개나 소나 다 들어오는 정령계에 진입하자마자 나오다니.]

그 말에는 나도 동감이다. 말하자면 관광차 미국에 놀러 갔더니 미 대통령이 공항에 마중 나오는 상황 아닌가? 아니, 사실 그것조차 어림없는 비유다. 대통령이라고 해봐야 결국 인간. 관광차 예루살렘에 갔더니 예수가 튀어나오는 쪽에 더 가깝겠지.

[아. 그런데.]

어이없다는 듯 너털웃음 짓던 아레스가 내 쪽을 돌아본다.

[너, 괜찮냐?]

"괜찮나니 뭐가… 어라?"

의문을 표하다 뭔가 다르다는 걸 깨닫는다.

"옷이 돌아왔잖아?"

그 말대로다. 어느새 내가 입고 있던 옷가지들이 다시금 내 몸에 걸쳐져 있다.

아니, 정확히 말하면 걸쳐졌다는 표현조차 정확치 않겠지. 사실 옷은 벗겨진 적이 없으니까.

고오오———

뭐라 표현할 수 없는 기묘한 기운이 내 몸 주위를 휘돌고 있다. 그리고 그 기운이 휘도는 범위만큼 주변 배경이 뒤로 밀려난다.

생명력을 가득 머금은 꽃과 나무들, 비옥한 토지와 보석 같은 자갈들이 마치 컴퓨터 그래픽처럼 왜곡되어 죽 밀려나 원을 그리는 것이다.

[어? 나 이 광경 본 적 있던 거 같은데… 아 맞아. 핑크핑크야. 저거 고유세계(固有世界) 아니니?]

[엥? 그건 공간계를 주 속성으로 가진 다중 속성의 대정령사들도 겨우 흉내나 내는 권능인데? 아니, 뜬금없이 왜 갑자기 저런 능력이 개발된 거야?]

뒤늦게 내 상태를 확인한 핑크핑크와 엘라이카가 수군거린다. 그리 흔치 않은 상황인 듯 당황이 느껴진다.

[설마 정령신께서 주신 건가? 하지만 왜?]

[게다가 저건 고위 정령과 계약하지 않으면 발동 자체가 안 되는 능력인데… 설마 우리보고 불이익을 감수하고 계약을 하라는 계시를 내리신 건가?]

[하지만 지금 접근도 못 하는데 계약은 무슨 계약이야?]

두 최상급 정령이 뭔가 말할 틈도 없이 둘이서만 떠드는 사이에도 내 몸에서 벌어지는 현상은 멈추지 않는다. 아니, 멈추지 않는 정도가 아니라 이제는 내 주변 공간과 정령계가 완벽하게 유리(遊離)되기 시작한다.

[저기, 대하 너 괜찮은 거냐? 뭔가 차원의 균열 같은 게 생기고 있는 것 같은데.]

[아!]

그때 소곤대던 핑크핑크가 불현듯 깨달았다는 듯 아레스에게 삿대질한다.

[아! 그렇구나! 저거, 정령이야! 게다가 위계가 꽤 높은걸! 저거라면 고유세계 발동이 가능하겠다!]

[오, 맞아! 그러고 보니 저 이상한 정령 녀석, 이 사람하고

속성 궁합이 천왕(天王)급이다!]

[게다가 금속성하고 뇌속성을 다 가진 정령이니 굳이 정령계에 올 필요도 없던 거 아냐?]

시끌시끌 떠드는 말이 거슬렸던 듯 여태껏 그들을 못 본 척하고 있던 아레스가 발끈한다.

[아니, 이것들이 무슨 소리를 하고 있는 거야? 내가 왜 정령이란 말이냐?]

[응? 정령이면 정령이지 왜가 어디 있어?]

[너, 정령 맞아.]

오히려 그를 이상한 눈으로 바라보는 두 최상급 정령의 모습에 아레스가 발끈한다.

[난 아레스다!! 정령 따위가 아닌!]

강대한 영력이 퍼져 나간다. 비록 염체에 불과하다고는 하지만 신급 기가스의 아이언 하트에 담긴 영력은 초월적인 수준.

그리고 그 엄청난 영력으로 아레스가 포효한다.

[위대한 신성을 가진 전쟁의 신이라는 것을 알아라!]

우우우————!!!

빛이 번뜩인다. 거대한 기세가 강림했다. 마주하는 모든 것을 무릎 꿇리고 함께하는 모든 이의 심장을 뛰게 만드는 패기(覇氣)!

그러나 아레스가 패기를 뿜거나 말거나. 핑크핑크와 엘라이카의 반응은 차갑다. 심지어 핑크핑크는 조막만 한 손을 들어 머리 옆에서 빙빙 돌린다.

[뭐라는 거야?]

[몰라. 돌아이인가 봐.]

[이, 이것들이……!]

뜬금없는 능욕에 부들부들 떠는 아레스를 진정시키며 앞으로 나선다.

"아, 잠깐 잠깐. 너희들끼리 떠들지 말고 설명 좀 해줘. 지금 뭐가 어떻게 된 상황이야? 정령신이 나한테 뭔 짓을 한 거지?"

[뭐라고? 뭔 짓?! 뭔 짓이라고?!]

콰르릉!!!

천둥과 벼락이 몰아친다. 그냥 벼락이 아니다. 강대한 영력과 그 이상의 압도적인 전압을 가진 무지막지한 힘의 폭풍은 우주전에서도 쉽게 볼 수 없는 규모였다.

'와, 겁나 세네. 이 정도면 성(星)급 기가스에 맞먹는 출력인데?'

솔직히 정령이라고 해봐야 얼마나 세겠냐고 생각했는데 그런 고정관념을 통째로 깨부술 정도의 힘이다. 생각해 보니 엘라이카의 레벨만 해도 무려 18레벨이니 두말할 필요도 없겠지.

'뭐, 그래도 정말 성급 기가스랑 싸우면 영자력의 [상성 우위]에 밀리겠지만.'

괜히 아이언 하트가 전 우주의 병기 역사를 새로 쓰게 된 게 아니다. 강대한 영력을 품은 자연력은 틀림없이 강대한 힘이지만, 그래 봐야 그 본질은 하위 에너지에 불과하기 때문이다. 영자력의 상성 우위에 손해를 보지 않는 것은 오로지 신력뿐.

[진정해, 엘라이카.]

파짓!

무지막지한 규모의 천둥 벼락이 1미터도 안 되는 크기의 핑크핑크에게 빨려 들어가 사라졌다. 그녀의 몸에서 쉴 새 없이 스파크가 튀었지만 별다른 타격을 입거나 하지는 않은 듯 내 쪽으로 고개를 돌려 꾸짖는다.

[일단 말리긴 했지만 당신도 말조심해요! 정령신께 은총을 받고 하는 소리가 무슨 짓이냐니… 고유세계 생성은 단독 정령계라 불리는 권능(權能)이에요. 어지간한 초월자들도 감히 넘보지 못할…….]

고오오—————!!

[…엑? 생성이 벌써 시작된다고?]

[이게 뭐야! 너무 빨라!!]

팟!

순간 시야가 암전(暗轉)한다. 녹음이 푸르렀던 정령계의 모습이 사라지고 다 타버린 잿더미처럼 칙칙한 회색의 사철(沙鐵)로 가득한 대지가 드러난다.

"…뭐야, 여긴."

생텍쥐페리는 자신의 소설에서 어린 왕자를 B—612라는 곳에 거주한다고 묘사했다. 머나먼 우주에 떠 있는 B—612는 집한 채보다 클까 말까 한 크기를 가진 작은 소행성인데, 그 크기가 너무나 작아 석양을 계속해서 보고 싶으면 그저 의자를 몇 걸음 옮기면 될 정도라 한다.

웃기지만, 내가 도착한 장소도 바로 그런 곳이다.

사방팔방. 360도 전부를 둘러봐도 죄다 지평선이 보이는 장소. 다행히 B—612만큼이나 작아 보이지는 않았지만 그래 봐야 고만고만한 크기다.

[차원 이동… 확인하였습니다. 다만, 함장님.]

"문제가 있어? 내가 지금 어디로 이동한 거야?"

[이동하지 않았습니다.]

"뭔 소리야 방금 차원 이동 확인했다고 했잖아."

영문을 알 수 없는 소리에 의문을 표한다. 그러나 지니도 상황을 정확히 파악하지 못한 듯 당황하는 게 느껴진다.

[좌푯값이… 중첩되어 있습니다. 아니, 세상에, 이런 건 데이터베이스에도 없는… 아니, 어떻게, 어떻게 이런 일이 가능할 수가 있죠? 영계도 아닌 물질계에서. 그것도 살아 있는 생명체의 몸으로…….]

"핑크핑크랑 엘라이카가 고유세계 어쩌고 하던데."

[확실하지는 않지만 고대 문헌에서 관련 단어가 등장한 적이 있습니다. 차크라 능력자가 소우주를 완성하여 고유한 세계를 만들었다는 기록이지요.]

"차크라? 난 그런 거 모르는데. 다른 기록은 없어?"

[특수한 존재와의 계약으로 비슷한 현상이 일어났다는 기록도 있습니다. 혹시 영적인 계약에 관한 대상이 감지되십니까?]

[…감지돼.]

[아레스 님? 죄송하지만 제가 말하는 계약의 대상은.]

쿵!

순간 묵직한 울림이 사철의 소행성 전체를 뒤흔든다. 놀라 고개를 돌려보니 은빛의 거인이 눈에 들어온다. 육중한 갑주를 걸친 전사의 모습을 하고 있는 30미터짜리 거인.

말이 나와서 말이지 엄청난 크기다. 브라질 코르코바도산 정상에 위치한 구원의 예수상보다 신장이 좀 작을 뿐 오히려 덩치는 더 커다랗다고 할 수 있을 정도니까.

하지만 지금, 그 전신 아레스의 모습은 평소만큼 커 보이지 않는다. 왜냐하면, 볼품없이 쪼그려 앉아 있었기 때문이다.

[나야! 나라고! 이 공간이 내 아이언 하트와의 계약으로 성립되어 있어! 아, 근데 이거 왜 이렇게 좁아?! 우주 공간처럼 보이는 주제에 천장이 있다니!]

아레스의 말대로 이곳은 소행성의 형태를 하고 있고 하늘로는 온갖 별들이 보임에도 우주 공간이 아니었다. 그 모든 것은 그저 이미지. 내게 주어진 고유세계는 우주 공간에 둥둥 떠 있는 게 아니라, 기본적으로 구(球)의 형태를 가진 폐쇄 공간이었던 것이다.

"아, 그런데 넌 왜 여기에 본체 상태로 왔어?"

[오긴 뭘 와! 끌려온 거지! 앗! 천장 부분에 너무 가까이 가면 엄청 불쾌한 기분이 들어서 고개를 못 들겠다! 악! 기분 나빠, 이게 뭐야! 천장 바깥으로 혼탁한 기운이 느껴져! 이거 튕겨 나갔단 죽을 거 같아!]

쪼그려 앉아 있던 아레스가 엄살을 피우며 숫제 엎드리자 사철의 대지가 쇳소리와 함께 밀리며 소행성에 난데없는 사철 언덕이 생겨난다.

하지만 그러거나 말거나 지니는 차분히 내게 설명했다.

[대략적인 형태를 파악했습니다. 소행성의 반지름은 5.7미터

이며 고유세계의 전체 반지름은 그 세 배 정도 됩니다. 소행성 위에 서 있는 형태라면 대략 10미터 정도 위에 천장이 있는 셈이지요.]

"바닥에 이건 뭐야?"

차르릉!

신발로 땅을 차자 쇳소리가 들린다. 지니가 설명했다.

[철과 티타늄이 다량 포함된 다수의 금속들로 이루어진 사철입니다. 소행성의 형태라고는 하지만 따로 핵은 없고, 그냥 거대한 사철 덩어리가 일정한 중력의 영향 아래에 뭉쳐 있는 걸로 짐작됩니다.]

"특이하네."

아레스는 좁다고 계속 구시렁거리고 있었지만 슥 걸어보니 그렇게 좁다고 불평할 정도는 아니다. 이 소행성의 지름이 11.4미터라고 했으니 11.4×3.14 해서 원주만 해도 36미터나 되는 셈이니까. 평평한 땅이 없는 게 문제라면 문제지만 바닥이 사철이니 잘 밀어서 자리를 만들면 집 한 채 마련하고 마당도 마련할 수 있을 것이다.

[지니, 아레스가 여기에 본체로 와 있는 거 보니 여기에 물건도 가지고 올 수 있는 것 같은데. 맞지?]

나는 도검에 의한 전기 충격으로 유체 이탈에 성공, 단박에 정령계에 접속하는 데 성공했다.

즉, 적어도 그 시점만 해도 나는 정신체(精神體)였다는 말이다. 내 육신은 군기시의 공방에 그대로 남아 있고 정신만이 정령 계약을 위해 정령계로 이동했던 상태.

그러나 지금은 다르다.

"지금 이 몸… 진짜 내 몸이야. 옷도 내가 입고 있던 거고."

[다만 유의하셔야 합니다. 경복궁에는 여전히 함장님의 육신과 장비가 남아 있으니까요. 함장님은 차원을 이동하셨지만, 여전히 경복궁에 남아 있기도 하십니다.]

"좌표가 중첩되어 있다고 했었지."

[네. 죄송하지만 가지고 계신 물건 중 아무거나 몸에서 떨어뜨려 주실 수 있습니까?]

"어려울 것 없지."

그녀의 말에 따라 나는 신발을 벗어 옆으로 밀어놓았다. 양말 아래로 사철이 닿는 느낌이 들었지만 그리 날카롭거나 하지는 않아서 밟는 느낌은 괜찮은 편이다.

[…역시. 함장님, 이 화면을 봐주십시오.]

마도안경 우자트를 통해 화면이 떠오른다. 그 화면에는 마치 잠이라도 든 듯 눈을 감고 황금 의자에 앉아 있는 내 모습이 비치고 있다.

팟!

순간 내 발에 신겨 있던 신발이 사라졌다.

"아."

그 모습에 대충 감이 온다. 그리고 그건 지니 역시 마찬가지로 보인다.

[이제 알겠군요. 이 고유세계라는 곳은 물질 세계와 정보 세계의 특성을 모두 가지고 있습니다. 함장님 소유의 차원이기에 근본의 법칙부터 개변(改變)시킬 수 있으면서도, 물질계와 소통

또한 가능합니다. 이런 만능의 공간이 있을 수 있다니 믿기지 않는 일입니다.]

"무슨 용도로 쓸 만하지?"

[많은 용도가 있겠지요. 심지어.]

[으아아, 제기랄 좁아!!!]

쿠구구―――――!

아레스의 고함과 함께 사철 대지가 흔들리기 시작한다. 그리고 그와 함께.

[특성 고유세계(Legend++++)가 랭크 업 합니다!]

[F랭크 → E랭크]

사철의 대지가 바람이 들어간 풍선처럼 부풀어 오른다. 소행성의 크기 자체가 커지고 있는 셈이었는데, 어쩐 일인지 그 위에 서 있는 나는 그냥 약간 흔들리는 것 이상의 부담을 느끼지 못했다. 마치 이 세계 자체가 나를 배려하고 있는 것처럼 느껴진다.

지니가 말했다.

[이 모습이 전부도 아닐 테고요.]

　　　　*　　　　*　　　　*

"후우……."

깊은 심호흡을 내쉰다. 고유세계에서 물질계로 돌아오는 과정은 뭐라 표현하기 애매할 정도로 미묘하다. 마치 TV를 보고 있다 채널을 돌리는 것처럼, 나는 한자리에 그대로 있는데 그 눈에 비치는 세상만 뒤바뀌는 느낌.

'좌표가 중첩되어 있다고 했던가.'

지니의 설명에 따르면 내 육신은 물질계와 고유세계에 동시에 존재한다. 그저 단순히 다중 차원의 존재라는 게 아니라, 나라는 좌표 자체에 하나의 세상이 포함되어 있다는 게 특이점.

마치 [정령계]라는 자신의 우주를 가진 정령신처럼 나 역시 나를 주축으로 한 하나의 세상을 가지게 된 것이다.

"초짜치고는 꽤나 오래 버텼군. 정령계는 물질계보다 영압이 높아서 정신체로는 10분도 버티기가 힘든데."

"제가 얼마나 이러고 있었죠?"

"어디 보자… 88분이네."

"시간 비율에는 차이가 없네요."

"그야 물론이지. 물질계에서 바로 넘어간 정령계는 그만큼 물질계와 가깝게 마련이니까. 상급 이상의 정령들이 머무는 심층은 시간이 수백 배 느리기도, 또 빠르기도 해."

도검의 설명에 나는 핑크핑크와 엘라이카를 만난 것이 어떤 우연한 만남이 아니라는 사실을 알 수 있었다. 그녀들은 내가 정령계에 들어서는 순간을 아주 멀리에서 [감지]하고 찾아온 것이다.

'아니, 무슨 전체 공지를 하고 들어간 것도 아니고……'

이건 무슨.

[전체 공지]관대하 님이 정령계에 입장하셨습니다!

관대하: 하이요!!

핑크핑크: !

엘라이카: !!

정령신(GM): ?

뭐 이런 느낌이 아닌가?

특히 정령신은 세계를 구성하는 섭리 중 하나인 절대신급 언터쳐블인데 그런 녀석이 장대한 에픽 퀘스트 최종장도 아니고 정령계 입성과 동시에 튀어나오다니. 길 가다 최종 보스랑 어깨빵을 하는 것만큼이나 어이없는 일이다.

"그나저나 계약은 성공한 거냐?"

"말하자면?"

"말하자면은 뭔데. 속성은?"

"잠시만요."

호흡을 고르고 정령력을 끌어올린다. 보통 영능을 익히면 영능을 쌓아가는 과정이 당연히 필요하겠지만… 나에겐 그런 게 없다. 인급 기가스, 나폴레옹의 아이언 하트가 내 심장 속에서 뛰고 있었으니까.

책을 불러낸 내 마나와 마나력은 각각 100(+600).

본 마나량보다 추가 마나가 훨씬 많다는 게 문제이긴 하지만 어쨌든 이 정도면 어지간한 고위 능력자에 맞먹는 힘이니 정령 소환 정도가 어려울 리 없다.

"아레스."

이름을 부르자 심장이 두근, 하고 뛰었다. 그리고 동시에.

파라락!

허공에 [책]이 떠오른다.

*오늘의 어빌리티!

[절약]

[수리]

[칼날 폭풍]

[점멸]

*소환 중

[없음]

끼기긱!

대장간 한편에 쌓여 있던 광석 더미가 들썩이더니 흐물흐물 녹아내려 하나의 덩어리로 변한다.

벌떡!

몸을 일으킨다. 그것은 8.5등신의 근사한 체형을 가진 남성의 형태를 하고 있다. 갑옷처럼 단단히 전신을 뒤덮은 근육과 조각상 같은 이목구비.

다만 그 모든 것이 은색으로 빛나는 녀석은.

"피규어."

[뭐, 뭐라고?]

"그것도 너무 골동품인데……."

그렇다. 새로이 모습을 드러낸 강철 인형은 무슨 고대 조각상 같은 형태를 가지고 있다. 게다가 그 크기가 고작 15센티미터에 불과하니 참으로 볼품없는 형태다.

[그럼 이건 어때?]

철컥! 키릭! 철컥!

아레스의 형태가 변형되더니 녀석의 전신에 은빛의 갑주가 뒤덮인다. 내가 익히 알고 있는. 신급 기가스 아레스의 형태다.

"오! 진열장에 전시하면 애들이 제발 사달라고 마트 한가운데 드러누울 정도야!"

크기는 똑같지만 그래도 이제는 골동품 대신 값비싼 고급 피규어 정도는 되어 보인다.

[칭찬이냐?]

"극찬이지."

[그럼 좋다!]

장난스러운 대화를 나눈다. 항상 우자트를 이용한 통신만 하다 이렇게 눈앞에서 아레스의 모습을 보고 또 대화하니 신기한 기분. 그런데 그 광경을 지켜보는 도검의 표정은 진지하기 짝이 없다.

"말을… 하다니……."

그는 테이블에서 안경 하나를 들고 와 쓰더니 심각한 표정으로 아레스에게 다가섰다.

"믿기지가 않는군. 자아를 가지고 있잖아……? 속성은 금속인가?"

파지직!!

말이 끝나기가 무섭게 스파크가 튄다. 아레스가 낄낄거리며 웃었다.

[와! 이거 전혀 다른 감각인데? 완전 신기해!]

"다중 속성……?"

도검의 얼굴에 경탄을 넘어 황당함이 깃들어 갈 때였다.

[정령 계약에 성공하셨습니다!]
[클래스: 정령술사(1차 직업)이 생성되었습니다!]

"오, 드디어 직업이."

클래스 [없음]을 본 지도 꽤 오래되었다. 상태창에서 [칭호]를 변경해 [스탯]의 증감을 확인한 지도 벌써 10년이나 지났으니까. 언젠가는 개방될지 모른다고 생각해 왔지만 우주로 나가면서 잊고 있었는데 그게 이제야 생겨난 것이다.

[레벨 시스템이 개방되었습니다!]
[레벨이 생성되었습니다!]
[현재 레벨: 1]
[경험치 배율: 100%]

"경험치 배율은 또 뭡니까?"

"어차피 선택한 직업이 세 개니 자동으로 알게 될 문제지만… 너, 대체 뭐냐?"

"도검 님의 말씀에 따르면 될 놈?"

정령술은 철저히 될 놈 될이라던 도검의 말을 그대로 가져다 썼지만 도검은 고개를 흔들었다.

"미친 소리. 허… 이건 될 놈 될 정도가 아니야. 정말 이해가 안 되는군. 어째서 이만한 재능이 여태껏 감지되지 않은 거지?"

"후천적인 각성이라고 하던데요."

"아무리 그래도 그렇지… 너, 아니, 아니야. 됐으니 여기나 앉아라."

기가 차다는 듯 절레절레 고개를 흔들더니 황금 의자를 내민다.

"엑. 또 그겁니까?"

절로 인상이 찡그려진다. 하긴 온몸에 소주를 붓고 전기로 지져지는 경험이 있으니 어찌 안 그러겠는가?

그러나 그러거나 말거나 도검은 엄격하고 진지한 표정이다.

"그래서 안 한다고?"

"아뇨, 해야죠."

투덜거리며 의자에 앉는다. 앉고 보니 아까 뿌려댄 소주 때문에 진동하는 술 냄새가 다시금 코를 찌른다.

"…특이하군."

"뭐가요?"

고개를 돌려 의문을 표하자 도검이 눈을 가늘게 뜨고 말한다.

"뭐긴 뭐야. 네놈이지. 네 녀석에게는 강해지고자 하는 열망이 안 보이거든. 하지만 그런 주제에 그 행보는 무리해서 강해지려는 바보들의 그것과 같지."

"흠."

강해지기를 원하지 않는다.

그래. 그의 말이 맞다. 나는 강해지려고 영능에 입문한 것이 아니다.

그저 내 영혼에 깃들어 있는 광포한 신성을 억누르기 위해, 내 자아를 지킬 만한 역량을 키우기 위해 스스로를 단련하려 는 것이니까.

'이건 지구를 지키기 위한 발버둥이기도 한데 말이야.'

내가 자칫 폭주하기라도 한다면 지구의, 그중에서도 인류의 운명은 그대로 끝장이다.

대학살이 벌어질 것이고 인류는 멸망, 혹은 멸망에 중하는 상황에 처하고 말겠지.

다수의 우주 전함까지 동원한 하워드 공작가조차 감당치 못 한 황제 클래스의 힘을 제2문명에 불과한 지구에서 감당할 리 는 없으니까.

[그래도 가장 중요한 건 함장님입니다.]

'중요고 뭐고 더 이상의 대학살은 사절이야…….'

[그냥 다 버리고 제국으로 돌아가시는 방법도 있습니다.]

'그것도 좀. 거기라고 사건 사고가 없을 것 같지는 않아서.'

"이봐?"

"아, 뭐, 그냥. 그냥……."

도검을 향해 대충 얼버무린다. 지금 내 상황을 그에게 털어 놓을 이유가 없었기 때문이다.

"그냥 자기 수양이 목표거든요."

나는 전투적인 역량을 키울 필요가 없다. 나에게는 백수십 기의 무인 기가스가 있고 테라급 함선인 알바트로스함이 있으며 제4문명의 결정체라는 쉐도우 스토커, 그리고 신급 기가스인 아레스가 있으니까.

영능으로 정신력과 육체를 얼마나 강화할 수 있고, 또 그게 얼마나 효과가 있을지 시험해 보기 위해 여러 가지 영능을 익힐 필요가 있다.

"특이하군. 정말 특이해."

그는 중얼거리며 황금 의자를 꺼냈던 찬장에서 새로운 물건을 꺼내 왔다. 푸른빛을 띠는 청동 잔과 날이 시퍼렇게 서 있는 단도였다.

스윽. 주르륵.

너무나 태연하게 자신의 손목을 긋더니 줄줄 흘러나온 피를 청동 잔에 받은 도검이 설명했다.

"네가 두 번째로 각성해야 할 영능은 생체력이다. 너는 생체력에 대해 알고 있나?"

"육체를 강건하게 한다는 정도만 압니다."

"잘 모른다는 말이군."

"뭐 그렇죠."

…라고 답변은 했지만 사실 대우주에 나가 가장 많이 목격한 영능이 바로 생체력이다.

생체력은 병사들의 영능.

재능이 없으면 입문조차 할 수 없는 다른 영능과 다르게 생체력은 강화 육체 시술을 받은 이라면 누구든 즉시 입문이 가능하다.

수련 방식도 현묘한 이치나 깨달음이 아닌 하드 트레이닝을 전제로 하기 때문에 전투에서 생환율을 높이기 위해 대다수의 병사들이 생체력을 다루곤 했었다.

“원래 강체사는 서브 클래스로 거의 선택하지 않는 직업이야.”

“문제가 있습니까?”

“강체사를 서브 클래스로… 그래, 듣기만 하면 마냥 좋아. 어떤 영능을 다루건 육체가 강건해서 손해 볼 건 없잖아? 육체 능력을 거의 안 쓰는 마법사라 해도 건강해서 손해 볼 건 없으니까.”

만약 내공과 생체력을 같이 연마할 수 있다면 그 시너지는 그야말로 상상을 초월할 것이다. 생체력의 육체 진화는 무학의 한 갈래인 외공(外功) 따위와 비교를 불허한다.

단적인 예로 내공과 생체력을 함께 연마한다면 마공을 자유롭게 연마하는 게 가능하다. 정말 어지간한 마공을 익혀도 육신 자체가 그 모든 부작용을 견딜 수 있는 방향으로 진화해 버리니 자폭기로 유명한 폭혈마공 같은 걸 익혀도 그 반동을 육신이 다 견뎌 버리는 것.

마법과 생체력을 같이 익혀도 효과는 엄청나다. 생체력 진화를 모조리 방어에 때려 박으면 굳건한 내구를 가지게 되어 마법의 완성을 누구도 방해하지 못하게 될 테니까.

“하지만 안 된다는 말이군요?”

"그래 안 돼. 오히려 다중 직업을 선택할 때 생체력은 절대 택해선 안 될 선택지지. 생체력의 인자(因子)를 받아들여 진화를 시작한 능력자는 영감이 둔해지거든."

그뿐이 아니다.

생체력은 '모든' 속성에 '저항'하며 나아가 '간섭'한다. 이는 생체력의 큰 강점 중 하나로 생체력을 수련하게 되면 약점이 되는 속성이 사라진다. 불길에 얻어맞아도 화상을 입는 일이 드물고 극저온의 냉기를 쏟아부어도 잘 얼지 않는다. 독에 당한다 해도 금세 내성이 생기며 벼락을 얻어맞아도 감전되지 않는 것.

그러나 모든 속성에 저항한다는 것이 마냥 좋기만 한 것은 아니어서 생체력 수련자는 스스로 타고난 속성에 대한 감각 역시 크게 둔화해 버리게 된다. 스스로의 속성력이 사라지는 건 아니지만 그것을 감지하기 어려워지는 것. 때문에 정령술사가 생체력 인자를 받아들이게 되면 설사 정령과 계약을 하게 되더라도 해당 속성을 컨트롤하는 것을 거의 포기해야 하는 상황에 부닥친다. 속성력이 재능 대부분을 차지하는 직업이 정령사라는 걸 생각하면 고위 능력자로서의 미래는 끝장나는 것인데…….

당연히도.

이미 다 알고 선택한 일이다.

"상관없습니다."

"내 말 뒷구멍으로 들었나? 정령사 & 강체사의 듀얼 클래스는 멍청한 선택……."

"하지만 도검 님은 하셨잖아요?"

"나는 상황이 다르지!"

"뭐가요?"

"나는!"

거기까지 말했다가 멈칫한다. 그는 잠시 더듬더듬거리다가 이내 고개를 흔들었다.

"그래, 참견이 심했군."

뭔가 복잡한 표정의 도검이 청동 잔을 내민다. 의자와 달리 마법의 기운이라고는 조금도 없는, 그저 보통의 청동을 적당히 주물하여 만든 물컵에는 도검의 손목에서 흘러나왔던 피가 가득히 찰랑이고 있다.

이것이 바로 인자.

단순한 피는 아니고 도검이 자신의 몸속에서 긴 시간에 걸쳐 생산해 낸 생체력의 씨앗이다.

"마시면 된다. 물론 섭취만으로는 아무런 소용이 없고 생체 인자를 각성시키기 위한 혹독한 단련이 필요하지."

"어떤 단련 말입니까?"

"종류는 상관없다. 근력, 순발력, 체력 등 그 어느 하나라도 육신의 한계를 맛보는 순간 인자가 각성되고 진화의 방향성이 결정……."

[생체 인자 각성에 성공하셨습니다!]

[클래스: 강체사(1차 직업)가 생성되었습니다!]

[현재 레벨: 1, 1]

[경험치 배율: 50%]

"하? 뭐라고?"

당황하는 도검을 두고 텍스트를 읽는다. 100%였던 경험치 배율이 50%로 줄어들었다.

"다중 직업이면 경험치 습득에 페널티가 생기는군요?"

"…두 직업만 가져도 사실상 4배의 경험치가 필요하지. 올려야 할 레벨이 두 개인데 경험치는 반절밖에 안 들어오니까. 게다가 직업이 여러 개여도 마나 스탯은 하나뿐이니 성장을 쪼개서 해야 해. 몬스터 판정도 안 좋게 들어와서. 아니, 그보다 지금 생체 인자를 각성시킨 거냐? 인자를 복용하자마자? 원래부터 육신을 극한까지 단련한 상태였다고? 보통 고등학생이?"

믿기지 않는다는 듯 묻는다.

당연한 일이다. 생체력이 병사의 영능이라 불릴 정도로 접근성이 낮은 영능이기는 하지만 그렇다고 입문이 쉬운 건 절대 아니었으니까.

생체력에 입문하기 위해서는 육신의 한계에 도달해야 하기에 입문에 성공했다는 것 자체가 내가 국가대표급 운동선수에 맞먹는 피지컬을 가지고 있다는 것과 같은 의미를 가지고 있다. 혼자 그냥저냥 운동해서는 절대로 도달할 수 없는 영역이다.

"이제는 오오라(Aura)입니다."

"너, 도대체 뭐 하는 놈이야? 설마 튜토리얼을 하루 만에 끝낼 셈이냐?"

"보통은 얼마나 걸리는데요?"

"정령사를 비롯한 몇몇 직업 말고는 아무리 빨라도 몇 달이다! 종류에 따라서는 몇 년도 걸리는데… 아니, 아니다. 적어도 오오라는 그럴 수 있는 영능이 아니지. 생체력은 어쨌든 준비가 가능하긴 하니까."

그렇게 중얼거린 도검이 오른손을 들어 올린다.

화악!

순간 열기와 함께 불꽃의 망치가 모습을 드러낸다. 현실감이 전혀 느껴지지 않는. 마치 CG처럼 현실과 명백히 분리된 무엇이다.

"오오라 구현이다. 나 같은 구현계(具現繼)는 내가 쌓아 올린 오오라를 굳혀 영적인 기능을 가진 물건을 구현해 낼 수 있거든."

"저도 구현을 해야 하는 건가요?"

"이제 입문하는 데 구현은 무슨 구현이야? 다만 오오라 개방을 시켜주려는 것뿐이다. 재능 있는 녀석이 외부의 오오라에 접촉하면 영성이 깨어나 내면의 오오라를 일으킬 수 있게 되니까."

그렇게 말하며 불꽃의 망치를 나에게 들이댄다. 후끈한 열기가 느껴졌지만 뜨거운 수준은 아니다. 공격성이 배제된, 뭔가 특이한 힘이 느껴진다.

고오오———

"오, 뭔가, 특이한 느낌이……."

나는 내면에서 뭔가가 변해가는 것을 느꼈다. 저항하려면 저항할 수 있었지만 그럴 이유가 없는 상황.

도검이 설명했다.

"네 안의 영성이 자극받았다는 증거다. 너는 대장장이라는 직업을 위해 오오라를 선택했으니 틈틈이 명상을 해서 내면의 이미지를……"

웅—!

"이미지를… 뭐?"

좌르륵—!

내 [안]에서 뭔가가 쑥 하고 빠져나가더니 허공에서 쇳소리가 들린다. 고개를 들어보니, 허공에 한 뭉치의 사철 가루가 떠 있다.

도검이 신음한다.

"속성 구현……."

[오오라 개방에 성공하셨습니다!]

[클래스: 대장장이(오오라 타입. 1차 직업)가 생성되었습니다!]

[성공적으로 튜토리얼을 완료하셨습니다!]

[활성화된 직업: 정령사, 대장장이, 강체사]

[현재 레벨: 1, 1, 1]

[경험치 배율: 25%]

나는 여태까지 중 가장 벙찐 표정인 도검을 보다 자리에서
일어났다.

튜토리얼의 끝이었다.

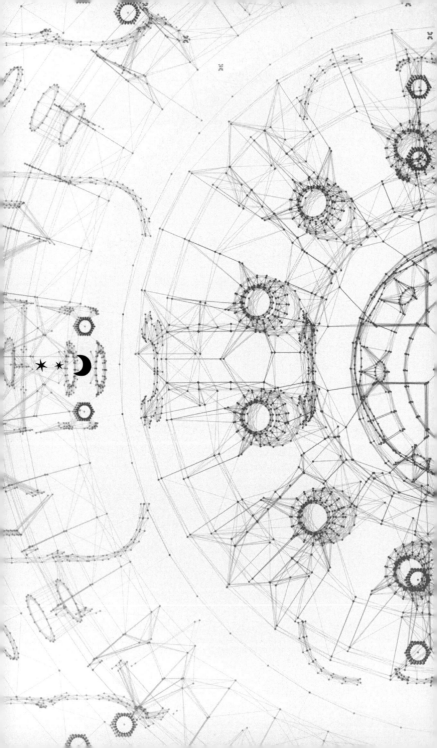

용을 잡아먹는 검의 귀신,
그리고 그 동생

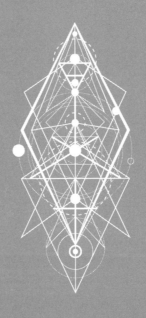

화요일, 수요일, 목요일, 금요일이 지났다.

그동안 내 일과는 똑같았다. 경회루에서 아침을 먹고 학교에 간다. 수업을 듣고 하교한 후 이면 세계에 진입해 경복궁으로 들어간다. 경회루에 가서 저녁을 먹고 고궁박물관 지하 1층에 있는 훈련장으로 이동한다.

"와, 오늘도 왔네."

"어이없군. 이면 세계에 온 지 일주일밖에 안 되었다는 녀석이……."

"야야, 쳐다보지 마. 지금 상황 몰라?"

날 보고 수군거리는 이가의 능력자들이 보였지만 신경 쓰지 않는다. 경은이가 건드리지 말라고 했던 때와는 다르다. 이가의 일원이라면, 감히 어떤 그 누구도 나에게 와서 시비를 걸 수가 없는 상황이 바로 지금이었으니까.

식룡검마(食龍劍魔).

지룡신검의 소유자인 검성(劍聖) 저우훙이(周鴻褘)와 중국이 천하제일인이라 자부했던 천룡신검의 소유자, 검황(劍皇) 쉬자인(許家印)을 해치우면서 형에게 붙은 이명이다. 그들이 중국 최고의 고수만이 황제에게 수여받을 수 있다는, 대마법사의 손으로 만들어졌으며, 그로 인해 사용에 여러 가지 조건이 붙은 봉인무구(封印武具), 용신검(龍神劍)의 소유자라는 걸 생각해 보면 그야말로 전 세계가 들썩일 정도로 충격적인 사건이었다.

'보통 난리가 아니지.'

사실 용신검들은 지구상에 존재하는 모든 무구들 중 최상위에 속하는 결전병기다. 아버지가 마법 소녀 보람에게 꺼내 오라고 했던 [궁니르]와 같은 급으로. 그저 그 무기를 가져오라는 말만으로 3차 세계대전을 할 생각이냐고 식겁할 정도의 무기. 그런데 그런 엄청난 병기를 들고 온 중국 최고 고수들의 목을 형은 커터 칼 하나 들고 다 날려 버린 것이다.

'누구도 이 상황을 예상치 못했을 테니.'

북한과 미국이 핵 문제로 갈등을 겪다 전쟁이 터졌는데 북한이 이겼습니다, 같은 허무맹랑한 전개다. 원래대로라면 저항조차 못 하고 주가에 먹혔어야 할 이가로서는 형에게 절절맬 수밖에 없으리라.

뿌득! 뿌드득!

가볍게 온몸을 푸는 것만으로도 살벌한 소리가 난다. 뼈에서 나는 소리가 아니라 근육이 뒤틀리며 나는 소리. 나는 온몸을 울리는 소리를 감상하며 영력을 일으켰다.

"아레스."

속삭였지만 무슨 현상이 일어나지는 않았다. 내 눈앞에 30미터짜리 신급 기가스가 나타나는 일도, 15센티미터의 정령이 소환되는 일도 없다.

대신 대답이 들린다.

[준비됐다.]

'부탁해.'

생각과 동시에 내 몸이 움직인다. 내가 직접 움직이는 건 아니었다. 내 정령, [아레스]가 가진 기능을 스킬화한 것이다.

[스킬: 꼭두각시(Uncommon)] [F랭크]

[합의하에 정령의 움직임을 제어한다. 혹은 정령에게 육신의 제어를 맡긴다.]

스킬화되었다고 내가 시스템에게 무슨 스킬 북을 받았다거나 하는 건 아니다. 그냥 내가 할 수 있게 된 일을 시스템이 평가하고 등급을 매겨주는 것일 뿐.

이 정령기를 발동하는 순간 나는 내 육신의 제어권을 내가 아닌 아레스에게로 넘길 수 있다. 어떻게 이런 능력이 생겼는지는 모른다. 전기 속성으로 신경계에 간섭하는 것일 수도 있고 아니면 조종사를 태워 [조종]받는 기가스로서의 특성이 반대로 발현되었을 수도 있겠지.

철컥!

아레스의 조종을 받는 내 몸이 두 다리에 고리 모양의 추를 매단다. 평범한 발찌로 보이는 고리지만 나름 마법 물품으로,

개당 100킬로그램짜리를 양 발목에 하나씩 착용하자 그것만으로 200킬로그램의 부하가 걸린다.

시작은 턱걸이. 100번마다 3분씩 쉬면서 어깨 근육과 가슴 근육에서 피멍이 들 때까지 반복한다.

다음은 스쿼트. 이번에는 팔에도 추를 달고 100개씩. 마찬가지로 세트 숫자는 따로 없고 육체에 이상이 생길 때까지 반복한다.

다음은 푸시업. 등 뒤에 수백 킬로그램짜리 추를 올리고 마찬가지로 팔이 맛이 갈 때까지.

다음은 전력 질주. 당연히 매달고 있는 추는 여전하고 마찬가지로 육신에 이상이 생길 때까지 달린다.

그리고 그 모든 과정이 끝나면 다시 턱걸이.

"…미쳤군."

"이게 대체 며칠째야? 이게 정말 가능한 건가?"

"저게 생체력 입문자라고?"

수군거리는 말을 무시한 채 나는 계속 그 모든 과정을 반복한다.

언제까지냐고?

당연히 아침까지였다.

그 이후에는 씻고 아침을 먹고 다시 등교를 한다.

'와, 진짜 남이 보면 미친놈으로밖에 보이지 않겠는데 이거?'

미친 운동량이고 미친 스케줄이다. 보통 사람이 이따위로 훈련했다가는 골병이 드는 정도가 아니라 장애인이 돼버리겠지. 아무리 생체력 수련자라 해도 훈련하다 죽고 싶은 게 아니라면 일과를 이딴 식으로 짤 수는 없는 것이다.

애초에, 하루 일과에 수면 시간이 단 1분도 없다는 게 말이나 될 법한 일인가?

[그런데 함장님에겐 그게 말이 된단 말이지요.]

"그렇긴 해."

대답을 할 때 이미 내 눈에 비치는 세상은 고궁박물관의 훈련장이 아니다.

그곳은 사철로 이루어진 소행성, 내 좌표에 포함되어 있는 내 고유세계이다. 현실의 내 육신이 열심히 트랙을 달리는 동안 나는 내 세상에서 시간을 보내는 것이다.

"그러고 보니 사철, 사철 하고는 있는데 이 소행성이 진짜 사철이기는 해?"

[정확한 표현이 아니기는 합니다. 철의 비율이 가장 높지만 티타늄과 알루미늄은 물론이고 금과 은, 구리도 상당량 존재하니까요.]

나는 잠시 사철의 대지를 둘러보았다. 특성의 등급이 올라서인지 고유세계의 크기는 상당히 확장된 상태다. 고개조차 못 들던 아레스가 당당히 서 있을 수 있는 높이는 물론이고 한 바퀴 도는 데 10분이 넘게 걸릴 넓이까지 가지게 되었으니까.

그리고 그 외에도 특이 사항이 한 가지 있었다.

치이이익! 철컹! 치이이익! 철컹!

드럼통 크기의 기기에 사철을 집어넣자 그 안이 시뻘겋게 빛나더니 철괴를 투투툭 뱉어낸다. 때에 따라서는 길쭉한 철골을 뽑아내기도 했다. 대체 무슨 기술인지는 알 수 없지만 드럼통에서 나올 때는 이미 차갑게 식혀 있는 상태.

뽑아낸 철괴들을 커다란 도장 비슷한 기기에 집어넣어 바닥에 쾅쾅 찍어댄다. 그리고 단지 그것만으로 바닥에 타일이 깔렸다.

[조심하세요. 함장님!]

"앗, 응."

기운차게 경고한 늘씬한 미녀가 커다란 철골을 번쩍 들고 내 옆을 지나친다. 가녀린 어깨와 섬세한 손가락과는 어울리지 않게도 무슨 깃발을 땅에 박듯 철골을 박고 손가락에서 뿜어지는 불길로 용접한다.

"엄청난 광경이구먼……."

내 옆을 스쳐 지나가는 여인의 갈색 포니테일이 살랑살랑 휘날린다. 쿵! 하고 건축 자재를 내려놓자 허리에 감겨 있던 반투명한 비단이 펄럭이며 있으나 마나 한 천 쪼가리를 드러낸다.

개방적이다 못해 발칙하기까지 한, 사막의 무희들이나 입을 복장이다. 하체는 속이 은은히 비치는 천을 두르고 상체에는 목에 거는 형식의 가슴 가리개를 걸쳐 허리와 배꼽은 물론이고 속가슴까지 훤히 드러내고 있으니 그 어떤 미치광이도 이게 공사장 인부가 갖출 옷차림이 아니라는 사실 정도는 알 수 있겠지.

"지니, 그 캐릭터 이미지(Character Image)는 도저히 변경이 불가능해?"

[앗! 이 모습이 불편하신가요?]

놀라며 몸을 돌리자 그녀의 얼굴만큼이나 거대한, 명백히 물리법칙에 위배된 가슴이 출렁인다.

"불편하거나 그런 건 아냐. 그냥 공사하는데도 그런 모습인 게 좀 그래서."

[하지만 어쩔 수가 없습니다. 제작자님께서 제 캐릭터 이미지에 자폭 코드와 동급의 보안등급을 설정해 놓으셨기 때문에… 이건 함장 권한으로도 변경이 불가능합니다.]

"도대체 그 제작자는 뭐 하는 사람인지."

분명 원하지 않거나 변경을 원하는 고객이 있었을 텐데 별 이상한 데에 불굴의 신념을 발휘해 놨다. 뭐 어차피 메탈 바디(Metal Body)에 홀로그램을 씌운 것뿐이지만 뭔가 가녀린 여인에게 노가다를 시키고 구경하는 악덕 주인이 된 것 같아 기분이 묘하다.

"그나저나 숙소를 다 만들려면 얼마나 걸릴 거 같아?"

[가지고 들어온 메탈 바디가 3개뿐인 데다 장비도 제한적이라서 아직 15시간은 더 걸릴 것으로 파악됩니다.]

"꽤 걸리는구나."

[그나마 원자재가 다 이 안에 있어서 다행이지요.]

그녀의 답을 들으며 특성을 확인한다.

[특성: 고유세계(Legend++++)] [E랭크]

[차원계 0급 권능]

"뭔 설명이 이렇게 부실한지. 스킬 포인트마저 없으니 이건 뭐, 있으나 마나잖아?"

내 고유세계는 여러 가지로 복잡한 능력이다. 일단 [나]라는 존재가 고유세계와 현실에 중첩되어 있다는 점이 그렇다.

나는 현실에 존재하지만 동시에 고유세계 안에도 존재한다. 즉, 동시간대에 두 차원에 겹쳐 존재하고 있다는 것.

이건 물리학으로도 영능학으로도 설명하기 어려운 현상이다. 그냥 단순히 두 육체에 정신이 왔다 갔다 하는 게 아니라 나라는 존재 자체가 물질 차원에서 자유로워졌다는 뜻이니까.

내 좌표에 포함된 세상이 그저 심상 세계가 아니라 물질계와 왕래가 가능한 차원이라는 점 역시 특이한 점이다. 원한다면 아공간으로도 사용할 수 있는 능력인데, 현실의 물건을 마음대로 고유세계로 가져올 수는 없었다.

[함장님, 다음 진입은 언제쯤 가능하겠습니까?]

"이게 감각적인 거라서 정확히는 모르겠어. 한 반나절 정도?"

나는 내 손에 닿는 모든 것들을 고유세계로 진입시키는 게 가능하다.

심지어 생명체나 마법 물품까지 가능할 정도였으니 제한은 없다고 봐야겠지. 다만 끝도 없이 진입시킬 수 있다는 말은 아니어서 제약이 있었다.

그것은 무게.

정확히는 질량이라고 해야 할까? 나는 현실의 물건들을 한 번에 수 킬로그램씩만 고유세계 안으로 들여보낼 수 있었고 그렇기에 지니의 메탈 바디도 부품 부품으로 진입시켜 조립해야 했다.

다만 이런 제약에는 두 가지 특이 사항이 존재했다.

첫째, 이런 [질량]의 제약은 생물보다 무생물에 더 엄격하다.

현실의 물건을 고유세계로 들여보내려면 한 번에 수 킬로그램이 한계지만 대상이 생명체라면 이야기는 달라진다. 적게는 스무 배, 많게는 서른 배까지 진입이 가능해서 이미 닭과 돼지 같은 가축들을 다수 집어넣었을 정도니까.

둘째, 외부 물질을 고유세계에 진입시키기 어려운데 반해 고유세계의 물질을 밖으로 꺼내는 데에는 아무런 제약이 없다.

때문에 이 안에서 금속으로 만들어진 거대한 빌딩을 만들어도 나는 그걸 어디에서든 꺼낼 수 있다. 문자 그대로 주머니에서 빌딩을 꺼내는 격!

다만 그렇게 한 번 꺼내면 다시 고유세계로 넣을 수 없다. 질량의 제약에 걸리기 때문이다.

'분명 대단한 능력인데 여러모로 애매하구먼.'

어쨌든 그런 까닭으로 고유세계를 거대한 아공간처럼 사용할 수는 없다. 건설을 위한 알바트로스함의 공구들을 옮기기에도 빠듯한 상황이라 가지고 다니는 현금조차도 아공간에 넣고 꺼낼 여유가 없는 상황.

때문에 현재 질량에 상관없이 이 공간을 자유롭게 오가고 있는 존재는 오직 하나.

[대하, 아침이다.]

나와 [계약]해 이 세계를 만든 당사자뿐이었다.

"헛, 벌써?!"

[네 이 녀석, 그 오오라 구현인가 뭔가 꽤 재미있나 보군? 나한테는 운동 다 떠넘기고.]

"하하, 고맙게 생각하고 있어."

멋쩍게 웃으며 자리에서 일어났다.

촤르르릉!!

내 오오라 제어가 풀리자 층층이 쌓아 올려져 가던 탑이 무너져 내린다. 현실의 육체가 달리는 동안 나는 여기에서 오오라 구현을 연마하고 있었던 것.

나는 한쪽에 마련되어 있는 침대로 올라가 누웠다. 이제 다시 현실로 나가면 그동안 내 고유세계의 육신이 지친 육신의 휴식과 수면을 대신해 줄 것이다.

푹신!

"역시 신기하단 말이야. 통짜 금속으로 만들어진 침대가 이런 감촉이라니."

내가 온몸이 묻히는 감각에 신기해하자 지니가 답한다.

[기술입니다, 함장님. 에켈 공법으로 가공된 터너 합금은 마치 직물과 같은⋯⋯.]

쏴아─!

지니의 말을 쏟아지는 물이 묻어버린다. 온몸을 적시는 뜨거운 열기를 받아들이며 나는 내가 현실로 돌아왔다는 것을 알았다.

"자, 그럼."

수건으로 물기를 닦고 방을 나선다.

"밥 먹으러 가야지."

절로 미소가 나온다. 지구의 운명이고 국가 간의 전쟁이고 뭐고.

충실하고 평화로운 하루하루였다.

*   *   *

등교한다.

평범하게 수업을 들으며 교과 내용을 필기한다. 같은 반 친구들은 뭔가 미묘한 학교 분위기에 술렁거리고 있었지만 나는 신경 쓰지 않고 선생님의 설명에 집중했다. 누군가에게는 따분하고 탈출하고 싶은 과정일지도 모르지만…….

'재미있다.'

그렇다. 재미있다. 그리고 무엇보다 그 모든 과정에서 마음이 평화롭고 차분히 가라앉는다는 점이 마음에 들었다. 누군가에게는 지겨울 학교 수업이 나에게 있어서는 엔간한 멘탈 케어 시스템보다 훌륭한 힐링 효과를 보이고 있었던 것.

'아, 이렇게 쭉 그냥 살았으면 좋겠다.'

평범하게 친구를 만나고 싶다. 우연히 만난 보통의 여자와 평범한 연애도 해보고 싶다. 집에 가서 게임하고 아무 생각 없이 TV를 보고 싶다.

중간고사를 보고 싶다. 지금 이 마음가짐으로 계속 공부하면 역대급 성적이 나오겠지. 그리고 그 성적표를 가지고 집에 가서.

집에 가서.

"……."

필기를 하던 펜을 멈춘다. 앞치마를 목에 건 채 부엌에 서 있던 반듯한 뒷모습이 떠오른다.

"흥."

고개를 흔들어 떨쳐 버린다. 다시 필기를 시작한다.

"아, 학교 쉬는 애가 이렇게 많으면 휴교 안 하나."

"으으, 나도 눈병 걸리고 싶다고 눈벼어엉……."

"거기 조용히 해! 병 안 걸리고 건강하면 감사한 줄 알아야지!"

나는 필기를 하다 고개를 들어 주변을 둘러보았다. 삼분의 일 넘게 비어 있는 자리들이 보인다.

내 평온한 매일매일과 다르게.

세계정세는 혼란의 도가니라는 증거다.

[중국이 병력을 집결시키고 있습니다.]

'결국 그렇게 가나?'

대장전 1라운드에서 규칙 파괴자라 불리던 검성 저우홍이 죽고.

대장전 2라운드에서 천하제일인이라 불리던 검황 쉬자인이 죽었다.

중국, 정확히는 중화제국을 지배하는 주가는 진퇴양난의 상황에 빠졌다. 그들은 한 번 더 강제 명령권을 발동하여 일시 정지를 실행했지만 그래 봐야 3일짜리 연장일 뿐이고 그마저도 코앞으로 다가왔다.

물론 대장전에서 주가가 패배한다고 바로 주가 소속의 능력자들이 이가의 노예가 되거나 하는 일은 없을 것이다. 이 시스템은 그렇게까지 강한 강제력을 가지고 있지 않으니까.

그러나 대장전에서 패배하는 순간 그들이 여태껏 이용해 온 대마법사의 [안배]에 대한 소유권은 이가로 이전되게 된다. 이가로 예를 들자면, 지금 잘 쓰고 있는 경복궁을 다른 나라에 빼앗기는 것이다.

[그럴 수밖에 없겠지요. 이대로 대장전에서 패한다면… 전력 차이와 별개로 주가는 이가에 목줄을 잡히고 마니까요.]

이면 세계에서 대마법사가 마련해 놓은 [인프라]의 힘은 막대하다.

그가 초월자라는 사실을 감안한다 하더라도, 지구의 대마법사는 너무나 특이하고 특수한 존재다. 대우주를 배경으로 활동하던 지니와 아레스마저도 대마법사가 지구 전체에 꼼꼼히 깔아놓은 인프라에 경악하며 혀를 내두를 정도였으니까.

이가만 해도 그렇다.

이가 전체에 깔려 있는 궁극의 결계는 대우주에서도 널리 쓰이는 [출입 제한]이다. 입구를 정해놓으면 그 문을 제외한 모든 방향이 봉쇄되는 절대 결계. 대신 입구로 정해진 공간은 그냥 뻥 뚫려 있다시피 하다는 단점이 있지만 경복궁의 입구, 그러니까 광화문 앞에 무엇이 있던가?

영혼거병(靈魂巨兵), 세종과 순신.

그저 아이언 하트와 조종사가 없을 뿐 그것들은 인급 기가스에 맞먹는 출력을 가진 마도 골렘이다. 사실 그 두 골렘만 해도 이가의 전체 전력에 맞먹을 정도니 더 말해 무엇하겠는가?

그뿐이 아니다.

경회지 깊은 곳에 잠들어 있는 이무기, 어지간한 도시 이상으로 확장되어 있는 무지막지한 규모의 공간 결계, 그리고 여기저기 숨어 있는 포격 결계와 긴급 물품들까지.

삼대 마탑, 오대 무파, 칠대 가문이라고 허울 좋게 말하지만 그들 중 그 누구도 감히 대마법사의 인프라를 재현할 수 없다. 그것들은 초월자가 엄청난 노력과 시간, 그리고 그 이상으로 막대한 재화를 쏟아부은 결과물인 것이다.

'정확히 뭘 할 수 있을지 예상할 수 있을까?'

[수집된 정보에 따르면 주가는 퇴출 명령어를 가장 두려워하는 것 같습니다.]

'자금성(紫禁城)에서 쫓아낼 수 있단 말이지?'

[네, 함장님.]

만일 그런 일이 가능하다면 그것은 주가 입장에서 도저히 받아들일 수 없는 재앙일 것이다. 기본적으로 이면 세계는 마족과 괴수들이 천지를 뒤덮고 있는 장소이며 그 안에서 완벽히 안전할 수 있는 장소는 극히 한정되어 있으니까. 만일 이가가 주가에 강제 퇴출 명령을 사용하게 된다면, 세계 최강이라는 주가의 명성은 그날로 끝나게 되겠지.

'하지만 아직 기회는 남아 있잖아?'

이 대장전은 애초에 불공정하게 짜여 있고, 단 한 번만 패배하면 끝장인 이가와 다르게 주가에는 세 번의 기회가 있다. 강제 명령으로 벌어놓은 시간에 형을 이길 만한 강자를 중국 대표로 세운다면 모든 것이 해결되겠지.

[그것도 이겼을 때 일이겠지요.]

그렇다. 그게 중국의 최대 문제다. 과연 이제 와서, 누가 형에게 승리를 장담할 수 있겠는가?

검성 저우훙이만 해도 중국에서 다섯 손가락 안에 들어가는 강자였고 검황 쉬자인은 중국이 자랑하는 천하제일인이었다. 형이 비겁한 수를 썼거나, 뭔가 기발한 수를 써서 이겼다면 모르지만 모든 결투는 정정당당했다. 천룡검과 지룡검이 다 패배했는데 이제 와 그 아래 무사들을 데려와서 패배하기라도 하면?

결국 중국은 다른 수를 쓸 수밖에 없다.

"자자. 다들 조심히 들어가고. 눈병 안 옮게 손 깨끗하게 씻어라."

"네~"

수업이 끝나고 하교한다. 교실을 나서는 내 뒤로 자연스럽게 내 짝꿍, 선애가 붙었다.

"내일은 결석이야."

"네가?"

"너도."

교내의 도로를 걸어 내려간다. 교재를 비롯한 학용품들은 학교에 다 놓고 다니기 때문에 몸은 가볍다. 아니, 몸이 가벼운 건 단지 그 이유뿐만이 아닐 것이다.

몸이 날아갈 듯 가볍다. 이대로 땅을 박차고 뛰어오르는 것만으로 수십 미터는 뛸 수 있을 것만 같다.

'아니, 실제로 뛸 수 있겠지.'

아직 일주일도 안 되었지만 성장 속도는 상당한 편이다. 이미 상당량의 영력을 갖춘 만큼 영력을 키우기 위한 필수적인 수련들도 상당 부분 건너뛸 수 있어 더더욱 그렇다.

"굳이 그래야 하나?"

"…너, 진짜 위기감이라는 게 없구나. 분위기 파악이 안 돼? 요새 이가 분위기가 뒤숭숭한 거 안 느껴져?"

선애가 어이없어하는 게 느껴진다. 하긴 그럴 만도 하다. 요새 경복궁 내부의 분위기는 용광로처럼 부글부글 끓고 있었으니까.

'하긴 말은 없어도 다들 느끼고 있겠지.'

전쟁의 기운을.

"지금 분위기가 도저히 외부 경호를 할 수 없는 수준이야. 안가가 정해졌으니 한동안 그곳에서 한 발짝도 나오면 안 돼."

"안가(安家)라."

대화하며 동안 교문을 나서자 교문 밖에 언제나처럼 산검이 기다리고 있는 모습이 보인다. 다만 산검 혼자는 아니다.

"왔군. 타라."

"사람이 점점 많아지네요?"

"네 안위가 이가 전체에 중요한 문제가 되었으니까."

육중한 검은색 세단 근처에는 양복을 입은 건장한 덩치의 사내 네 명이 서 사주경계를 행하고 있다.

"와, 저거 뭐야. 우리 학교에 조폭 아들도 다니나?"

"너 바보냐? 경찰청장 아들인 형수랑 검찰청장 손녀인 영미도 다니는 게 우리 학교인데 뭔 조폭이야?"

"기업형이면 그럴 수도 있지."

"하긴 분위기가 품에서 총 꺼낼 거 같은 분위기이긴 하네."

수군수군거리는 학생들의 모습에 얼른 차에 탄다. 여러 가지 의미로 쪽팔리다.

"으, 왜 차 근처에서 그렇게 서 있는 거예요? 다들 보잖아요."

항의했지만 사내들은 내 쪽을 쳐다보지도 않는다. 그저 명령에 따라 나를 지키고 있을 뿐 나라는 존재에 별다른 관심이나 호의는 없는 분위기다.

"학교는 결계로 지켜지고 있지만 교문만 해도 그렇지 않으니 당연한 일이야. 표면 세계에서 일을 벌이는 미친놈은 없겠지만… 지금은 대마법사님이 돌아가신 상황이라 또 어떻게 될지 모르니까."

"요란스럽구먼."

투덜거리며 차에 탄다. 이어 다른 경호원, 아니, 경호 무사들도 차에 타고 세단이 미끄러지듯 도시를 빠져나온다.

세단은 계속 도로를 달렸다. 그리고 어느 순간부터 도로에 가득하던 차량들이 하나둘 사라지기 시작한다. 정신을 차렸을 때는, 어느새 우리 차량은 텅 빈 도로를 시원스레 달리고 있는 상태였다.

[차원 이동을 확인했습니다. 다만 그 3인방에게 납치되었을 때와는 다르게 함장님을 관측하는 게 가능하군요. 고유세계의 함장님이 중계기 역할을 하고 있습니다.]

'그러고 보니 고유세계에 건물을 지을 때 통신 장비부터 마련했었지… 그럼 이제 불의의 사태로 통신이 끊기는 사태는 없는 건가?'

[확실하지는 않지만 거의 모든 방식의 전파 방해에서 자유

로올 거라고 짐작됩니다. 좌표 중첩을 해제하지 않는 이상…함장님은 언제 어디서든 저에게 육성으로 말을 걸 수 있으니까요.]

지니의 말을 듣고 있는데 선애가 조용히 입을 열었다.

"임시 채널이야. 표면 세계와 이면 세계의 중간 지점이지."

[자꾸 개별 차원을, 그것도 너무 빨리 만든다 싶었는데 거품 세계로군요… 하지만 원래 거품 세계를 만드는 건 상당히 높은 경지의 술법이나 영능이 동원되어야 하는데 이렇게나 쉽게 만들어 내다니 희귀한 케이스입니다.]

'대단한 능력이야?'

[최고위 결계이지요. 원래 저런 수준의 영능으로는 꿈도 못 꿔야 하지만 아무래도 이 행성에 있는 이면 세계라는 거대한 [환경]이, 그들이 손쉽게 거품을 일으킬 수 있게 도움을 주고 있는 모양입니다.]

"임시 채널이라……."

차창 밖으로 보이는 도시에는 생기가 없다. 당연한 일이다. 도시 안에서 움직이는 건 오직 우리가 타고 있는 차량뿐이었으니까.

"이면 세계와 비슷하구나."

"그렇지만 이 모든 게 임시라는 걸 잊으면 안 돼. 이곳은 생명체를 제외한 표면 세계의 모든 요소들이 구현되어 있지만 그것들이 다 임시일 뿐이니까. 옷 가게에서 옷을 꺼내 입는 건 네 마음이지만 임시 채널이 닫히면 표면 세계에 나체가 되어 나타난다는 말이야."

"이 세계의 것들은 현실로 가면 사라져 버린다?"

"그래. 이면 세계로 돌아가든 표면 세계로 돌아가든 똑같이 적용되는 문제지. 특히."

나른하던 선애의 목소리가 차분하게 가라앉는다.

"특히 혹시라도, 만약에라도, 그 어떤 상황에라도 절대 임시 채널의 음식을 먹으면 안 돼."

"음식?"

우리가 탄 차량이 어떤 마을로 들어선다. 선애가 갓길에 서 있는 푸드 트럭을 가리켰다. 주인 없이 덩그러니 서 있는 푸드 트럭은 아무래도 꼬치를 주력으로 삼고 있는 듯 메뉴들에 온 갖 꼬치가 가득한 상태.

그리고 그 메뉴판이 틀리지 않다는 듯 푸드 트럭 앞 테이블 에 놓인 꼬치들에서는 김이 모락모락 피어오르고 있다.

"그래, 음식. 임시 채널의 음식은 절대 건들지 마. 현실의 것 과 똑같은 향과 외향을 가지고 있고, 또 현실의 것과 똑같은 맛을 가지고 있어도 그것들 모두 임시일 뿐이야. 네가 표면 세 계로 돌아가게 되면."

"…마찬가지로 사라지겠군."

"그래."

나는 임시 채널에서 음식을 먹고 표면 세계로 돌아가는 상 상을 해봤다. 입을 통과해 식도를 따라 위장에까지 들어간 음 식은 섭취한 인간이 표면 세계로 돌아가는 순간 뿅! 하고 사라 져 버린다…….

'큰일 나겠군.'

이미 있던 음식물이 사라지는 순간 음식물이 있던 자리는 한순간 진공상태가 될 것이다. 진공상태가 된 위장은 한순간 확! 하고 쪼그라들겠지. 좀 더 늦으면? 소장이나 대장에 문제가 생길 것이다.

하지만 사실 그마저도 별거 아니다.

거기에서 더 늦게 되면. 그리고 그래서 섭취한 음식물이 온몸에 흡수된 뒤라면 상황이 어찌 될까?

멀리 갈 것도 없이 뇌만 해도 음식물 속의 당을 탐욕스럽게 빨아들이는 기관이다. 인간의 뇌는 노폐물이 나오는 지방이나 단백질을 에너지원으로 사용할 수 없어 깨끗한 에너지원인 당만을 사용하는 것.

그런데 그렇게 뇌에 흡수된. 혹은 흡수되고 있던 당이 난데없이 사라진다면 어떻게 될까? 그래서 뇌 속에 아주 미세한 빈 공간이 생겨 버린다면?

선애가 진지한 어투로 말했다.

"음식을 먹고 이면 세계를 바로 빠져나온다면 가벼운 복통이나 부상 정도로 끝나게 되지만… 음식을 먹고 긴 시간이 지나게 된 후 표면 세계로 튕겨져 나오면 최하가 중증 장애고 태반이 죽어. 이조차도 생명력이 강한 능력자들 기준이니 항상 조심해야 해."

"무슨 저승 세계 같군."

동양에는 이승의 사람이 저승의 음식을 먹으면 저승 사람이 되어버린다는 전승이 존재한다. 그리스 로마 신화에서도 비슷한 법도가 존재하기에 저승에서 고작 석류 세 알 먹었던 페르

세포네가 저승에 속한 존재가 되기도 하고.

하지만 그 이야기의 당사자가 내가 된다면 여러모로 곤란한 이야기였기에 슬쩍 걱정이 된다.

"그럼 난 뭐 먹고 살아야 해?"

내 물음에 선애가 작게 한숨 쉬었다.

"임시 채널에 들어온 건 추적을 피하기 위해서지 이곳에서 장기간 거주하기 위해서가 아니야. 임시 채널은 누구나 쉽게 만들 수 있지만 유지 시간은 [이면 세계에 진입한 인원]에 비례해 늘릴 수 있거든. 우리는 지금 10명이 안 되는 인원이니 오래 있고 싶어도 유지 시간은 한정되어 있지."

끽!

거기까지 말했을 때 드디어 우리가 탄 차량이 정지했다. 도착한 곳은 한적한 저택가였는데 차량은 그중 적당히 규모 있는 개인 저택의 주차장에 들어갔다.

철컹철컹.

위이잉!

놀랍게도 평범하게 보였던 주차장의 바닥이 아래로 내려앉기 시작하자 여태껏 한마디 말없이 운전만 하고 있던 이가의 무사, 산검이 입을 열었다.

"이곳은 이가가 가지고 있는 1급 안가 중 하나다. 가문의 큰 어른분들밖에 모르는 장소에, 공간도 꽤 넓고 미사일 폭격을 받아도 뚫지 못할 물리적, 주술적 방어 시스템이 갖춰져 있지."

"나름 귀한 몸 취급이라는 겁니까?"

"…그레. 너는 지금 이가의 약점이나 다를 바 없으니 우리로서도 최선을 다해 지킬 생각이다. 다시 인사하지. 나는 산 검(山劍). 이가의 수호십검 중 하나다."

거기까지 말했을 때 훅 하고 주변의 분위기가 달라진다. 겉 보기에는 달라진 게 전혀 없지만, 거품이 꺼지고 현실로 돌아 온 것이다.

그리고 그 순간.

와장창! 푹! 퍼걱!

"커억?!"

"끅??"

"컥!"

기다렸다는 듯 창문을 깨부수며 대여섯 개의 창이 차 안을 휘젓는다. 차 안에 타고 있던 이들도 영능을 수련한 능력자였 던 만큼 방어 자세에 들어갔지만 이미 작정하고 준비한 일격을 막아내지는 못했다.

"큭! 어째서 여기에 적이!!"

일행 중에서는 유일하게 회피에 성공한 산검이 신음하며 좌 석 아래에 놓여 있던 검을 뽑아 들었지만, 이미 그 순간 다음 창격이 내찔러 오고 있다. 심지어, 이번의 창격은 조금 전의 것 과 차원이 다르다.

콰드득!!

온갖 방어 마법으로 떡칠된 세단의 전면부가 통째로 박살 나며 산검의 몸이 배트에 얻어맞은 공처럼 날아간다. 그는 부 지불식간의 기습에도 반응할 정도의 고수였지만, 상대방은 그 이상의 강자였던 것이다.

"그래그래."

비명이 난무하는 상황 속에서 유일하게 공격받지 않던 나는 혀를 차며 고개를 흔들었다.

"이럴 줄 알았어. 내가."

반쯤 부서진 문을 억지로 비틀고 나갈 때 이미 상황은 다 끝나 있는 상태였다. 나를 지키겠다고 찾아온 무사들이 여기저기 쓰러져 있고 멀찍이 날아가 벽에 충돌한 산검은 양팔이 부러진 상태.

그리고 나의 클래스메이트, 짝꿍 이선애 양은.

"하악… 하악… 이게 대체 무슨……."

쿵.

쓰러지더니 그대로 혼절한다. 나는 황당해하며 말했다.

"아니, 팔을 찔렸는데 왜 기절해?"

"왜긴. 혼수(昏睡)가 핏속을 돌기 시작했기 때문이지."

검을 든 산검을 방어째로 벽까지 날려 버린 사내가 날이 시퍼렇게 서 있는 창을 휘릭휘릭 돌리며 내 쪽으로 다가온다.

"음?"

그런데 낯이 익다. 아니, 이쪽 세계 사람이 낯이 익을 리가 없는데?

[흑월회]

[9레벨]

[창술 전문가 마곤]

"아! 전에 나 습격했던 그 사람이죠?"

"오~ 기억력 좋군. 이 상황에도 활기차고."

나로서는 아주 오래전의 기억이다. 우주로 나가 온갖 일을 다 겪기 직전, 보람이 내게 어머니가 대마녀의 재능을 타고난 비범한 존재라는 것을 알려줬을 때 나를 습격했던 이면 세계의 존재들이 있었다.

그들은 용병들이었다. 돈을 따라 움직이는 이면 세계의 하이에나들. 다만 그들은 의뢰를 성공하지 못했었는데…….

"아! 이제 와서는 소용없어진 일이지만 혹시 알려줄 수 없어? 그때 우리를 방해했던 그 이상한 괴물들은 뭐였냐? 안드로이드? 아니면 골렘?"

그 이유는 세레스티아를 죽이기 위해 지구로 파견된 살육 병기들이 나타났기 때문이다. 즉, 나를 습격한 녀석들과 세레스티아를 습격한 녀석들이 서로 충돌해 둘 다 목적을 이루지 못했던 것이다.

"굳이 말하면 안드로이드지."

"오! 너, 역시 아는구나! 안드로이드면 역시 미국인가! 너 미국 갔었구나! 이 자식! 내가 그때 얼마나 난감했는지 알아! 우리 흑월회는 의뢰 성공률이 100%였는데 그때 그 일 때문에 완전 체면 구겨 버렸어! 진짜 황당하더라고. 땅으로 꺼졌는지 하늘로 날았는지 추적의 달인에 마법사들까지 동원해도 도저히 찾을 수가 없더라니까?"

떠벌떠벌 웃으며 말을 건다. 사람 몸에 푹푹 창을 꽂아 넣은 주제에 상당히 쾌활한 태도였다. 실제 나이는 어떨지 몰라도

30대 초중반의 외모에 2미터짜리 창을 제외하기만 한다면 평범한 회사원으로 보일 정도로 흔한 양복에 넥타이 차림.

"뭐, 아무래도 그랬겠죠. 멀리 갔었으니까."

"오! 미국보다 멀어?"

"훨씬 더."

마곤을 비롯한 사내들이 다가와 주위의 포진하기 시작한다. 다만 나를 공격할 분위기는 아니다. 하긴 내 짐작대로라면, 그들이 나를 죽이려 들 이유가 없다. 아니, 오히려 내가 죽으면 큰일이 날 것이다.

"크윽… 대체. 대체, 어떻게 네놈들이 이가의 안가에 들어와 있는 거냐!"

양팔이 부러지긴 했지만 그래도 입은 멀쩡한 산검이 버럭 소리를 치며 중단세를 취한다.

우웅!

외침과 함께 그의 내공이 발현되며 주변 공기가 파르르 떨린다. 꽤나 강렬한 기세지만 흑월회의 무사들은 전혀 신경 쓰지 않는 분위기. 부러진 양팔로 전투 태세를 취한 용맹은 감탄이 나오지만 단지 그뿐, 들려진 검 끝은 쉴 새 없이 떨리고 있다. 불시의 기습으로 심각한 내외상을 입고 만 그는 더 이상 전투를 수행할 만한 상태가 아니다.

"어떻게는 뭘 어떻게야? 저거 혹시 모자란 놈 아니야?"

"설마 우리가 너희를 추격해서 따라왔을까."

"네, 네놈들! 나를 속이려고 해도 소용 없……."

깡!

떠들던 산검의 검을 창대가 후려친다. 그야말로 찰나에 이어진 공격이었기에 그는 제대로 대응조차 못하고 검을 놓쳤다.

"크윽, 네놈."

"알 만한 분이 왜 이러실까. 죽일 생각은 없으니 곱게 항복해. 우리가 맘먹었으면 첫 기습 때 다 죽여 버릴 수도 있었다는 걸 알잖아?"

마곤의 말에 산검의 표정이 일그러진다. 마곤의 말에 담긴 의미를 눈치챘기 때문이리라.

"그럴… 수가. 정말로, 정말로 큰 어른들 중에 배신자가 있다고? 이가의 명운이 달린 이 중대한 상황에?"

"그게 아니면 여기에서 우리가 어떻게 기다리겠어?"

"웃기지 마라! 우리 이가의 구성원이! 이 씨 성을 달고 그런 짓을 저지를 리 없어!"

"저기요. 대화 중에 죄송하지만."

가만히 듣고 있던 나였지만 참견하지 않을 수 없었다.

"이완용도 이 씨인데."

"……."

"……."

"……."

순간 죽음과도 같은 적막이 내려앉는다. 산검이 황망한 표정으로 나를 바라보고 있고 습격자인 흑월회의 무사들조차 어이없는 표정을 짓는다.

"푸, 푸하하하하!! 와 이거 진짜 대박이다! 식룡검마의 동생이라더니 기개가 장난이 아니구나! 그래, 맞아! 이완용도 이 씨지! 크하핫!"

뭐가 그렇게 웃긴지 배를 잡고 포복절도한다. 그리고 그런 그를 따라 그의 수하들도 웃음을 터뜨렸다.

"크핫! 저거 미친놈 아냐?"

"푸하하! 와! 일 많이 해봤지만 이런 또라이는 또 처음이네!"

"아, 미칠 거 같아! 크하하! 헬조선의 진리를 단박에 깨친 녀석이로구먼!"

나는 박장대소하고 있는 흑월회의 무사들을 둘러보았다. 숫자는 정확히 열 명. 바닥을 살펴보니 쓰러진 호위 무사들도 다 살아 있다. 다들 결코 가볍지 않은 부상을 입은 상태라고는 하나 죽일 생각이 없다는 마곤의 말은 사실인 것 같았다.

뚝.

그리고 그러던 중 마곤의 웃음이 그친다. 그리고 약속이라도 한 듯 흑월회의 무사들 역시 단번에 웃음을 멈춘다.

그리고 이제, 웃음기 하나 없는 얼굴로 마곤이 말했다.

"뭘 가만히 있어? 꿇려."

"네, 회주님!"

흑월회의 무사 중 하나가 나를 향해 달려온다. 심지어 부하 중에서는 가장 높은 레벨의 소유자. 당연하지만 나를 위협이라고 생각하는 건 아니고 마곤의 심기가 뒤틀리기 전에 신속하게 상황을 처리하기 위해서인 것 같다.

'할 수 있을까?'

정신을 집중하자 동시에 육체가 [전투 태세]에 들어간다. 심장이 무지막지한 속도로 뛰기 시작하고 그것만으로 내가 인지

하는 시간이 급격히 느려졌다.

쐐엑!

창이 쏘아진다. 엄청난 속도였지만 가속된 내 인식을 벗어날 속도는 아니다.

'왼쪽!'

단박에 자세를 낮추며 왼팔을 들어 올린다. 그러나 그 순간!

빡!

"악!"

아찔한 고통에 황급히 스텝을 밟아 뒤로 빠진다. 오른쪽 관자놀이에서 연기가 피어오른다.

"아오, 아파!!"

"오호? 이것 봐라?"

나에게 창을 휘둘렀던 무사가 놀랍다는 듯 눈을 동그랗게 뜬다. 틀림없이 일격을 적중시켰음에도 멀쩡히 서 있는 내 모습이 의외였나 보다.

"뭘 놀라! 저 녀석이 생체력에 입문했다는 정보는 이미 들었으면서!"

"하지면 형, 아니, 회주님. 고작 며칠 되지도 않았잖아요?"

"형 놈처럼 천재인가 보지! 무시 말고 얼른 꿇려!"

"네!"

대답과 동시에 다시 달려든다. 나는 다시 자세를 낮췄다.

"와, 깜짝 놀랐네. 그게 변초라는 거 맞죠? 분명 왼쪽이었는데. 아, 하는 순간 오른쪽을 치네."

"넌 좀 맞아야 진지해지겠구나!"

핑!

아까보다 훨씬 더 은밀한 소리와 함께 창이 쏘아진다. 나는 가속된 감각 속에서 창끝을 똑바로 바라보았다.

'왼쪽!'

오히려 덤벼들며 왼손을 휘두른다. 전문적으로 무술을 배운 적은 없지만 요새 몸을 단련하며 나름 깔끔하게 정리된 동선.

그러나 그 순간.

팟!

창끝이 흐릿해지더니 시야에서 사라진다. 의식이 더더욱 가속한다.

'오른쪽!'

아까와 달리 창끝의 움직임을 가속한다. 나를 죽이려 하는 게 아닌 만큼 내 머리를 노리는 것은 창날이 아닌 면 부분.

'좋아, 막⋯⋯!'

빡!

그러나 그 순간 다시 휘청거리며 뒤로 밀려난다. 정수리에서 연기가 피어오른다. 파손된 육신이 회복되는 과정이다.

"아파!!"

뒤로 물러나 신음을 지른다. 머리가 윙윙 울린다.

"야! 봐주지 말라니까?"

"안 봐줬어. 형! 이 자식 엄청 튼튼하다고! 생체력이란 게 며칠 사이에 이렇게까지 단련되나? 아니, 내공으로 강화를 해도 정신을 안 잃는 게 말이나 돼?!"

기막혀하는 사내를 보며 아직도 얼얼한 정수리를 주무른다.

"에이."

마지막까지 창끝을 봤는데도 맞아버렸다. 상대의 기기묘묘(奇奇妙妙)한 초식에 당해 버린 것. 내가 단련한 건 그저 육신일 뿐 전투 경험을 쌓지 않았기에 벌어진 패착이었다.

"나름 열심히 했는데."

"뭐, 열심? 네놈 무학을 너무 무시하는 거 아니냐? 삼십 년을 매일같이 수련한 내 공격을 고작 며칠 열심히 수련한 네놈이 막으려 해?"

"맞는 말이에요. 너무 건방졌어요."

물론 나는 정령술도 있고 오오라도 사용할 줄 안다. 그러나 내 오오라는 제작을 위한 영능학이고 정령술은 너무나 이질적인 방식으로 정립되어 버렸다. 사실상 본신 전투 능력을 위한 능력은 생체력뿐인 것.

"뭐 그래도 잡혀갈 수는 없으니."

챠라락!

마치 SF 영화의 한 장면처럼 검은 광택이 흐르는 근사한 디자인의 메탈 워치가 권총의 형태로 변한다.

"너… 뭐냐, 그거?"

"허? 총? 지금 저놈 총 꺼낸 건가?"

"하! 어이가 없어서."

"아니, 근데 좀 신기하긴 하네요. 시계가 총으로 변하다니. 마력 반응도 없었는데 무슨 기계장치 같은 걸까요?"

총을 들거나 말거나 전혀 긴장하는 기색 없이 자기들끼리 떠드는 무사들을 보며 헛웃음 짓는다. 몸싸움하다가 총 꺼낸 내 비겁함을 욕하는 자는 아무도 없다. 무식한 귀신이 부적을 몰라본다더니 무도가의 세계에 비겁하고 폭력적인 병기를 꺼내든 나를 아무도 규탄하지 않는 것이다.

"아, 부끄럽다."

이런 원시인들한테 제4문명의 결정체를 써야 하다니.

내심 속으로 탄식하며.

철컥.

방아쇠를 당겼다.

*   *   *

과거, 나는 생각했었다.

이 세상은 가짜일 거라고.

그건 아주 오래전부터 해오던 의심이었다. 그저 어린아이의 치기 어린 생각이 아니라, 공포와 두려움을 가지고 주변의 사람, 역사와 전통, 사회의 시스템과 사건 사고, 마침내는 세상 전부를 의심해 온 것이다.

'그럴 수밖에 없었지.'

어린 내 눈에 비치는 세상은 내 상식으로는 도무지 납득이 되지 않는 형태를 가지고 있었다. 그것들의 형태는 너무나 뻔하고 우스꽝스러워서, 나는 언제고 그것이 깨어질 날이 올 것이라는 예상을 자연스레 하게 된 것이다.

마치 모피어스를 만난 네오가 세계의 진실을 깨닫듯, 나는 빨간 약과 파란 약 중 하나를 선택해야만 하는 순간을 항상 상상하고, 또 두려워해 왔다. 고요하고 평화로운 삶을 사랑하던 나는 일상이 파괴되는 것을 원치 않았으니까.

그리고 나이가 들어, 나는 마침내 세계의 진실을 깨달았다.

깨달았는데.

"게임이 아니었단 말이지. 가상현실이 아니었다니……."

내가 [외계인]을 만났을 때 놀라고 당황했던 데에는 그런 이유도 어느 정도 있었다. 칭호와 스탯이 존재하는 이 세상은 당연히 가짜고, 언젠가 그 진실을 깨닫게 될 거라는 예상과 전혀 다른 전개를 마주했기 때문이다. 나는 수많은 미래를 예상했지만, 지구를 벗어나 대우주에서도 흔치 않은 우주 제국 소속으로 전쟁을 치르고 마침내 황제가 되는 미래 따위는 비슷하게라도 예상할 수 없었으니까.

"크, 크윽… 너, 너 뭐냐. 대체 뭐야? 지금 대체 무슨 짓을 저지른 거야?"

여기저기에서 경악에 찬 신음이 들려왔지만 나는 그것들을 무시한 채 눈앞에 떠오른 텍스트를 읽었다.

[미션 발생!]

[플레이어 킬러]

[선별자는 공동의 목표를 가진 동지이자 라이벌입니다. 그리고 그들 사이에서의 [경쟁]은 대부분 피를 흩뿌리는 것으로 끝나곤 하지요. 하지만 설사 그렇다 하더라도 그 모든 것은 정당한 절차 위에서 행해져야 할 일입니다.

당신은 플레이어 킬러를 처리했습니다!

그들은 시스템의 암적인 존재. 더 이상의 성장을 포기한 자들입니다. 플레이어 킬러들을 사냥하는 만큼 인류는 더 나은 방향으로 나아갈 것입니다.

과연 당신은 얼마나 많은 플레이어 킬러들을 살해할 수 있을까요?]

[뭔 쓸데없는 걱정을 하고 있어? 현상금이라도 걸면 되지 — 마도황녀]

[성공 보상 — PK 사냥꾼 1단계(반영구 버프. 사냥 숫자에 따라 승단 가능)]
[실패 벌칙 — 없음]
[현재 (1,270)명 진행 중]

텍스트가 일렁인다.

[미션 클리어!]
[PK 사냥꾼 1단계를 획득했습니다!]
[현재 전적 — 3킬]

'뭐야, 이게. 아무도 안 죽였는데 왜 죽였다는 것처럼 말하지? 게다가 킬은 또 애매하게 3킬이야? 여기 사람이 몇 명인데.'

고개를 갸웃거린다. 그들의 내공을 폐한 것을 죽은 것으로 판단한 것인지 아니면 다른 이유가 있는지 알 수 없었기 때문이다.

혹시 녀석들 중 몇 명이 쇼크사라도 한 건가 하고 고개를 돌려봤지만 그런 기미는 전혀 없다. 나에게 [살해]당한 녀석들은 멀쩡히 살아 주절주절 입을 놀리고 있었으니까.

"내가, 우리가, 지금 우리가 총을 맞고 쓰러진 건가? 고작 총알 따위가 내 호신기를 뚫고 들어왔다고?"

"추워… 추워요, 회주님……."

"어째서, 어째서 내공이 안 움직이는 거야……."

한 대씩 총을 맞은 흑월회의 무사들이 부들부들 떨며 바닥을 기어 다니고 있다. 그들은 주먹질 한 방에 바위를 부수고 창질 한 방에 특수 합금을 뚫어버리는 초인들이지만, 그래 봐야 소멸탄(消滅彈)을 맞은 이상 무력화를 피할 길이 없었다.

'좀 비겁하긴 하지만 지금 전력으로는 별다른 수가 없네.'

캔딜러 성인들이 레온하르트 황제에게 선물한 쉐도우 스토커는 그들이 제4문명의 정점에 도달한 자신들의 기술을 증명하기 위해 만들어낸 초과학의 산물이다. 격(格)을 넘어서지 못해 초월병기의 수준에는 이르지 못했지만, 그 바로 아래 단계에는 충분히 랭크될 수 있는 미래 병기.

리볼버의 형태를 가지고 있는 쉐도우 스토커의 여섯 약실에 시(時), 공(空), 무(無)의 효과가 2개씩 적용되어 있다.

첫 번째와 두 번째 약실에는 시간 정지와 시간 가속.

세 번째와 네 번째 약실에는 공간 생성과 공간 절단.

다섯 번째와 여섯 번째 약실에는 창조와 소멸.

나는 굳이 탄환을 장전하거나 하는 과정 없이 그저 쉐도우 스토커의 공이를 당기는 것만으로 준비된 탄환에 필요한 효과를 적용시킬 수 있었고, 그중 여섯 번째 약실에 담긴 소멸의 힘을 담아 발사했다.

소멸탄(掃滅彈)은 그저 명중해 몸에 파고드는 것만으로 그들이 가진 모든 영력을 깡그리 소멸시켜 버렸다.

어디 그뿐인가?

그들의 몸에 박혔던 소멸탄은 어느새 그들의 혈액 안으로 녹아들었다. 쉐도우 스토커 내에 존재하는 [군수공장]에서 제작된 나노 로봇은 이미 그들의 모세혈관까지 흩어졌기 때문에, 현대의 수술 기술로는 도저히 배출해 낼 수 없다.

그들로서는 실로 끔찍한 일일 테지만 알 바 아니다. 소멸 설정을 조금만 틀어도 그들의 육신 자체가 소멸했을 텐데 살려준 것만 해도 엄청난 자비다.

"이 아저씨들을 어떻게 해야 하려나……."

"너… 관대하? 지금 대체 무슨?"

우리 일행 중 유일하게 정신을 차리고 있는 산검의 어안 벙벙한 표정이 눈에 들어왔지만 무시하고 지니에게 말을 걸었다.

'어쩔까?'

[현재 알바트로스함에는 남는 방이 수만 개가 넘습니다, 함장님.]

'흐음, 굳이 거기에 태우고 싶지는 않아.'

뭐 예쁜 아저씨들이라고 우주로 올려 보내준다는 말인가? 죽이지 않는 것만 해도 고마운 줄 알아야 할 상황이다.

"에이."

결국 나는 혀를 차며 고개를 돌렸다.

"산검."

"앗, 으, 응?"

"저 갈게요."

칠대 가문이고 뭐고.

이것들 보호는 그냥 안 받는 게 낫겠다.

"간다고?"

"네. 아, 이것들은 아무 데나 묶어두세요. 내공을 잃어 위협
이 되지는 않을 테니."

그렇게 대충 말해놓은 후 바닥에 쓰러진 선애를 챙겨 근처에
있는 차량 시트에 눕혔다. 산검은 어안이 벙벙한 표정이다. 내
말을, 나아가서 이 상황 자체를 전혀 이해하지 못하는 모양이
었다.

"너, 어? 무슨… 지금 정말 총을 쏴서 녀석들을 쓰러뜨린 거
냐? 게다가 내공을 잃었을 거라고?"

"아저씨."

문득 짜증이 났다.

"정신 좀 차려요."

"……."

내 짜증에 산검의 얼굴이 한순간 돌처럼 굳는다. 그러나 그
는 분노를 터뜨리는 대신 잠시 생각에 잠겼다가 무겁게 고개를
끄덕였다.

"미안하다. 못 볼 꼴을 보였군. 하지만 간다는 건 무슨 말
이지?"

"말 그대로죠, 뭐."

그렇게 말하며 몸을 돌리는데 기껏 차 시트에 눕혀놓은 선애

가 벌떡 뛰어오른다.

"안 돼! 멈춰!!!"

우웅————!!

선애의 몸에서 묵직한 기파가 퍼져 나간다.

"이건 또 뭐야. 너도 숨겨놓은 정체 같은 게 있냐?"

기가 막혔지만 그렇다고 놀랍거나 하지는 않는다. 봉인이 걸려 있던 마법 소녀 강보람과 제석천의 힘을 강신시켰던 동민에 비하면 [겨우] 이 정도 정체 따위 아무것도 아니었으니까.

[원일고등학교]

[8레벨]

[합성 마수 니케]

"크르르르!!!"

자세를 낮춘 선애가 짐승처럼 으르렁거린다.

탕!

일시 정지 탄환에 짐승이 쓰러진다. 나는 문득 그리워졌다.

"보람이랑 동민이는 잘 지내고 있으려나……."

녀석들은 알바트로스함을 이용해 통신을 시도하더라도 닿을지 알 수 없는 머나먼 장소로 떠났다.

'드래고니안이라고 했던가. 용들이 무지 많이 사는 세계라고 했었지.'

나는 녀석들이 그냥 함께 돌아오길 바랐지만, 녀석들의 생각은 달랐다. 대우주에서 감당 불가능한 적들과 드넓은 세계를 목격한 녀석들은 좀 더 많은 것들을 겪고 경험하길 원했던 것이다.

당연한 말이지만, 그들을 그냥 내버려 두고 올 수는 없었다.

녀석들은 지구에서나 강력한 능력자지 대우주에서는 애매한 수준에 불과하다. 물론 나이에 비해 빼어난 실력을 갖추고 있지만 좋게 봐도 후기지수에 불과했으니까.

그 때문에 난 레온하르트 황제에게 부탁해 녀석들을 노블레스와 연결해 주었다. 이왕 유학(?)을 갈 거면 제대로 된 곳으로 가는 게 나을 것이라 생각했기 때문이다.

"어디 보자… 이거였던가."

딸깍!

위이잉!!

벽에 있던 스위치를 누르자 묵직한 기계음과 함께 닫혔던 천장이 열리기 시작한다. 흑월회의 무인들을 묶고 있던 산검이 놀라 묻는다.

"기다려. 지금 뭐 하는 거냐?"

"간다고 말했잖아요."

"밖은 위험하다."

"안은 안전하고요?"

그가 안가라 안내한 장소는 함정이었다. 이가에서도 몇 알지 못하던 내 동선이 그대로 읽혔다는 걸 생각하면 이가에서도 상당히 높은 녀석들이 날 노리고 있다고 봐도 되겠지.

"그건."

나와 같은 생각을 한 것인지 확언하지 못하고 머뭇거리는 산검. 하지만 이내 그는 고개를 거세게 흔들더니 나와 눈을 마주쳤다.

"설사 그렇다 하더라도, 아니, 오히려 그렇다면 더더욱 이곳에 있어야 한다. 혼자서 움직이면 매국노들이 더 쉽게 널 노릴 테니까."

양팔이 부러지고 전신이 피투성이가 된 상태에서도 진중한, 그렇기에 호소력 있는 목소리. 나는 적어도 지금 그 말이 진짜로 나를, 나아가 이가를 향한 그의 진심이라는 것을 알았다.

뭐, 그렇다면 걱정은 덜어주는 게 좋겠지.

"지난주에 성계신을 만났는데."

"…뭐? 뭐라고? 누구? 누굴 만나?"

너무 놀라서 말을 더듬는다. 그러나 정말 놀랄 말은 이 다음이다.

"저한테 엄마라고 불러보라고 하더라고요."

"……??!!"

산검의 눈동자가 사정없이 흔들린다. 쩍 벌어진 입은 제대로 된 말조차 만들어내지 못하는 상태.

나는 그런 그에게 웃어주었다.

"절 걱정하실 필요는 없습니다."

고개를 들어 완전히 열린 천장을 본다. 애초에 차량이 들어오기 위해 만든 장소였던 만큼 꽤 넓어서 거의 5미터나 되는 높이다.

"어디 보자."

상체를 바짝 숙인다. 거의 가슴이 땅에 닿을 정도. 그리고 그 상태에서 양다리에 힘을 주었다. 피가 무지막지한 속도로 혈관을 달리고 전신 근육이 꾸욱, 하고 죄이는 느낌이 들었다.

그리고 그대로.

팡!

고무공을 바닥에 내던진 듯 둔탁한 소리와 함께 몸이 날아오른다. 너무도 간단하게, 나는 지하에서 빠져나와 지면에 도달할 수 있었다.

"…괜찮은데?"

온몸에 힘이 넘친다. 영능이라기에는 신비감이 떨어지고 직관적이라 공략되기 쉽다는 단점을 가지고 있어 '병사의 영능'이라 불리는 생체력임에도, 어쩐지 점점 마음에 들기 시작했다. 단지 몸이 강건해지는 것만으로 늘 내 정신을 좀먹던 이질감이 줄어들고 뭐라 표현하기 힘든 고양감이 피어오르는 것이다.

[함장님.]

'응, 지니. 무슨 일이라도 있어?'

[현재 이면 세계에 진입해 계신 상태입니다.]

'음?'

그녀의 말에 나는 이제야 주변의 모습을 둘러볼 수 있었다. 시간은 어느덧 6시. 저녁에 가까운 시간이라고는 하나 아직 여름이라 해가 길 때인데도 주변은 어두컴컴. 해도 달도 없는 하늘은 검은 크레파스로 범벅이 된 도화지처럼 새까맣기만 하다.

'하지만 그런 것치고는 시야에는 문제가 없네.'

광원 하나 없이 어두운 세계임에도 주변 건물들과 사물들의 윤곽이 뚜렷하게 보인다는 점이 기묘하다. 명백하게 현실과 동떨어진 다른 차원의 지구인 것이다.

'언제 차원 문을 넘었지?'

[조금 전에 계셨던 안가에 시설이 존재했습니다.]

'마침 잘되었군.'

도로로 나와 걷기 시작한다. 주택가는 침묵에 잠겨 있다. 살아 있는 것이라고는 개미 한 마리도 보이지 않는다.

[사냥을 진행하실 생각입니까?]

'해봐야지. 경험치를 벌어야 하니.'

경험치.

무심코 내뱉은 단어에 자연스레 한 사람의 이름이 떠오른다.

제논 호 키프리오스.

이제는 죽고 없는, 인류의 수호자였다는 대마법사.

그는 지구에서 그는 절대적인 존재였을 것이다. 그 누구도 범접할 수 없는, 하고자 하면 지구의 모든 인류를 노예로 만들어서 부리는 것조차 가능했던 초월자.

그러나 그는 그러지 않았다.

그는 사람들의 존경과 사랑을 받는 대신 자신을 숨겼다. 사치를 누리는 대신 전 세계를 대상으로 무지막지한 규모의 인프라를 설치했다. 스스로의 경지를 갈고닦아 더 높은 곳으로 향하려는 향상심을 만족시키는 대신 이면 세계에 거주하는 거의 모든 능력자들을 선별하여 성장할 수 있는 시스템을 만들어냈다.

시스템.

그래. 이 [게임] 같은.

내가 평생 봐오던 칭호와 너무나 닮은 시스템을.

"그냥 우연히 닮았다고 말하기에는 너무 많은 부분에서 겹쳐. 연관이 있다고 판단할 수밖에 없는데."

과연 그는 어떻게 이 시스템을 만들었을까?

과연 그 시스템에는 나의 친부가 얼마나 관여하였을까?

나는 나의 친부, 디카르마의 기억을 무려 300년 치나 가지고 있지만, 그것은 아주 머나먼 과거의, 대우주 어디에 박혀 있을지도 모를 행성의 것이다. 내 기억에서의 친부는 인간으로 영락(零落)해 약간의 권능과 초능력을 가지고 있는 존재였을 뿐 레온하르트 제국의 역사서에도 나오는 기계신 디카르마가 아니었으니까.

"대체 무슨 일이 있던 건지."

인간으로 영락했던 친부는 어떤 수를 써서 다시금 최상급 신위를 획득할 수 있었을까? 그는 왜 리전을 이끌고 온 우주와 싸워야 했을까?

그리고 대체 무슨 일이 있었기에… 최상급 신과 인간의 혼혈이라는 이레귤러가 태어날 수 있었나?

지금 생각해 보면 어이없을 정도로 모르는 것투성이다. 고작 친부의 정체를 안 것만으로 더 이상 의문을 가지지 않았다는 사실이 우스울 정도. 어쩌면 나 스스로가 그런 의문점들을 애써 무시했는지도 모른다.

이런저런 생각으로 머리가 복잡할 때, 불현듯 지니가 말한다.

[13시간 남았습니다.]

"뭐가?"

[관영민 님의 마지막 대장전이 시작하기까지 말입니다.]

"아, 그거."

주가는 단 한 번의 대장전으로 이가를 잡아먹으려 시도했다. 그건 나쁘지 않은 방법이었다. 아니, 정확히는 아주 괜찮은 방법이라고 할 수 있었겠지.

이가와 주가에는 그 엄청난 전력 차만큼이나 커다란 정보 격차가 존재했다.

실제로 이가는 명령어는 물론이고 점령전이라는 것 자체에 대해 아는 바가 없지 않았던가?

만일 주가의 계획대로 되었다면 주가는 아무런 피해 없이 이가를 꿀꺽할 수 있었을 것이다. 털도 안 뽑고 칠대 가문 중 하나를 통째로 삼키는 것이다.

"세상을 회로 보는 것도 아니고."

그러나 이가를 날로 먹으려던 그 계획은 형의 등장으로 박살이 나버렸다. 이가에 파견되었던 주가의 대표, 검성 저우홍이와 비상 상황을 해결하기 위해 찾아왔던 검황 쉬자인이 모조리 형에게 패배하면서 세계 최강의 세력이라 인정받는 주가가 백척간두의 위기에 처한 것이다.

[감히 함장님을 납치하려 시도한 것도 그들이겠지요. 간단한 포격으로 징벌할까요?]

"쓸데없는 말은 됐고 내 상태나 확인해 줘. 생체력 수준은 어때?"

내 질문에 내가 쓰고 있는 안경, 마도병기 우자트에서 위잉하고 묘한 파장이 전신으로 퍼져 나갔다가 다시 안경으로 돌아간다.

지니가 말했다.

[상당히 빠른 성장 속도입니다. 그 정도면 제국군에 입대하는 것도 가능하겠군요.]

"장교?"

[병사입니다. 이등병.]

"역시 아직은 그 정도인가."

하지만 그 정도만 해도 상당한 성장이다.

맨몸 전투에 한한다면, 지금의 나는 일주일 전의 내가 한 10명쯤 덤벼도 웃으면서 때려눕히는 게 가능하다고 판단될 정도였으니까.

슬쩍 거울을 꺼내 내 머리 위를 비춘다.

[지구]

[3레벨]

[인류의 재앙 관대하]

레벨이 3이 되었다. 일반적으로 1~3레벨까지가 입문자 수준이니 숙련자의 경지를 눈앞에 두었다는 뜻이기도 하다. 영능을 익히고 직업을 얻은 지 얼마 되지도 않았다는 걸 생각하면 꽤 빠른 성장.

다만 문제가 있다.

[활성화된 직업: 정령사, 대장장이, 강체사]

[현재 레벨: 1, 1, 1]

"달라."

나는 며칠 전 만났던 도검과의 대화를 떠올렸다. 오오라와 정령술에 대한 조언을 듣기 위해 찾아갔던 나에게 그는 설명했었다.

"경험치는 이면 세계의 마족(魔族)과 괴수(怪獸)들을 잡으면 얻을 수 있다. 아, 참고로 PK(Player Killing)나 퀘스트로는 얻을 수 없으니 괜한 시도는 하지 마. 이 시스템은 대마법사께서 이면 세계를 억제할 전사를 키워내기 위해 만들어내신 것이다. PK를 하면 오히려 페널티를 받지."

"페널티요?"

"죽인 플레이어의 전체 경험치의 30%. 레벨 다운 같은 건 없어서 약해지지는 않지만 PK가 쌓이기라도 하면 사실상 레벨 업은 포기해야 해."

"흐음."

[게임]의 형식을 취하고 있다고는 하지만 시스템은 놀자고 만든 것이 아니었기 때문에 인간들끼리의 살인을 지양하고 있었다. 시스템의 목적이 수익이 아닌 이면 세계의 유지와 위험 제거라고 한다면 어쩌면 당연한 일이다.

때문에 나는 확인했다.

"도검 님은 지금 레벨이 몇이죠?"

그리고 도검이 답한다.

"5레벨."

도검의 머리 위에 떠 있던 텍스트를 떠올린다. 그의 칭호는 장비 제작 전문가.

레벨은 9였다.

"그래. 다르단 말이지."

이 시스템의 레벨은 칭호의 그것처럼 대상의 현재 수준을 보여주는 것이 아니다. 그것은 일반적인 온라인 게임이 그러하듯, 철저히 벌어들인 [경험치의 총량]으로 결정되는 것.

즉 이 직업 레벨을 올리기 위해서는 그저 수련하는 것뿐이 아니라 시스템이 바라는 바를 충족시켜 줘야 한다는 것이다.

"크릉!!"

"그래. 슬슬 나올 줄 알았어."

커다란, 어지간한 호랑이보다도 훨씬 큰 늑대를 보며 가볍게 몸을 풀었다.

[5레벨]

[굶주린 그림자 늑대]

나보다 높은 레벨을 가진 녀석이었지만 질 거라는 생각은 들지 않는다. 사실, 내 칭호의 레벨 역시 정말로 지금 내 수준을 나타낸다는 생각은 들지 않았으니까.

"테스트해 봐야겠다."

*   *   *

나는 정령력, 오오라, 생체력이라는 세 가지 영력을 각성했다. 〈정령사〉이면서 〈대장장이〉이고 거기에 〈강체사〉라는 트리플 클래스.

지니는 이게 꽤 드문 케이스라고 이야기해 주었다. 인간의 재능과 노력에는 한계가 있으며 영력을 다중으로 각성한다 해도 결국 그걸 펼쳐내는 육신과 정신은 하나뿐이었기 때문이다.

여러 종의 영력을 각성한다는 건 그만큼 더 많은 힘을 쓸 수 있는 게 아니라 그저 한정된 영력을 이리저리 나눠 이도 저도 안 되는 게 일반적이라는 것이다.

실제로, 지금 이 전투에서 내가 활용할 수 있는 힘은 생체력뿐이다.

팡!

공기가 터지는 소리와 함께 그림자 늑대가 쏘아진다. 호랑이만큼이나 커다란 덩치를 가지고 있음에도 한 점의 무게감조차 느껴지지 않는 쾌속의 돌진! 나는 그림자 늑대를 향해 마주 덤벼들었다. 어차피 회피는 불가능하다. [최하급]이라는 수식어가 붙어 있다 하더라도 상대는 마족. 대우주의 거대 세력들조차 감히 경시하지 못하는 마계의 일원이다.

퍽!

"끅!"

둔탁한 소리와 함께 세상이 핑그르르 돈다. 나는 그저 기세만 좋았을 뿐 짐승 같은 감각을 가진 그림자 늑대의 돌진을 막아내지 못했기 때문이다.

나는 덤프트럭에 치인 고라니처럼 형편없이 하늘을 날아 근처 건물에 처박혔다. 단 일격이었지만 어마어마한 타격에 온몸이 덜덜 떨린다. 숨이 턱 막히고 머리가 빙빙 돌 정도로 매서운 몸통 박치기. 방어 자세를 취했던 양팔은 부러져 덜렁거린다.

"아이고, 아파라……."

[함장님, 괜찮으십니까?]

"괜찮아. 생각보다 고무적이야."

어차피 이번 충돌로 이득을 볼 생각은 없었던 만큼 담담히 대답한다. 그런데 그 모습이 아레스에게는 황당하게 보였나 보다.

[고무적이라니? 그냥 일방적으로 얻어맞고 양팔이 부러졌는데 뭐가 고무적이야?]

"고무적이야."

나는 머릿속의 문을 가만히 그려보았다. 문은 고요하게 단단하게 자리를 지키고 있다.

"적어도 화가 나지는 않거든."

경복궁에서 붕대 녀석에게 공격당했을 때. 그 모든 상황이 나에게 위기가 아니었음에도 나는 분노를 참지 못했다. 마치 절대 침범당해서는 안 되는 최후의 선을 침범당하기라도 한 것처럼. 뭔가 대단한 치욕이라도 당한 것처럼 활화산 같은 분노가 터져 나왔던 것.

그러나 생체력을 익히고 그림자 늑대에게 공격당한 지금은 그렇지 않다.

이것은 전투.

싸우다 한두 대 맞는 건 절대 치욕스러운 일이 아니다. 그저 전투의 과정인 것이다.

"책."

파라라락——!

말과 동시에 눈앞으로 한 권의 책이 떠올라 자동으로 펼쳐진다. 표지에는 아무런 글자도 없어 제목조차 알 수 없었지만, 펼쳐진 페이지에는 [나폴레옹]이라는 소제목이 쓰여 있다.

나는 그 책에 쓰여 있는 세 줄의 문장 중 하나를 읊는다.

"죽지 않는 황제."

웅!

순간 내 몸 주위로 보호막이 떠오르고 이내 무시무시한 속도로 부러진 양팔이 원상태로 돌아오기 시작한다. 원래부터 회복력이 빠른 생체력 수련자인 내게 어빌리티의 보정이 붙자 치유는 그야말로 순식간. 부러졌던 뼈와 끊어진 근육이 삽시간에 복구되고 전신에 기력이 가득 찬다. 오히려 다치기 전보다 더 완벽한 컨디션이었다.

쾅!

적의 회복을 두고 보지 않겠다는 듯 그림자 늑대가 다시 덤벼들었지만 죽지 않는 황제가 만들어낸 보호막을 뚫지는 못했다. 고작 5레벨인 최하급 마족 따위가 인급 기가스 나폴레옹의 아이언 하트에서 뿜어져 나오는 영력을 이겨낼 리가 만무했으니까.

나는 스탯창을 확인했다. 책을 불러냄과 동시에 영력, 영자력, 항마력, 마나 회복력이 각각 600포인트씩 상승해 있다.

그냥 버프라고 간단히 말하기에는 너무나 어마어마한 보정. 어디 그뿐인가?

*오늘의 어빌리티!

〈관통〉

〈관통〉

〈관통〉

〈점멸〉

〈은폐〉

"아니, 3관통은 또 뭐야. 배리어 펼치는 적들도 없는데. 뭐 그래도 점멸하고 은폐는 좋다만."

투덜거리며 자세를 낮춘다. 그리고 그와 동시에 심장이 뛰고 온몸의 근육이 수축과 이완을 반복하기 시작했다.

뿌득.

무공이 그러하듯, 그리고 마법이 그러하듯 당연히 생체력에도 기술과 체계가 존재한다. 싸울아비의 십이식(十二式)이나 화랑의 천지화랑도(天指花郎道), 조의선인의 무절(武絶) 같은.

그리고 당연히.

레온하르트 제국에도 식(式)이 존재한다.

경천칠색(驚天七色).

청(靑).

윙!!

한순간 대기가 일그러지며 푸른 파동이 내 몸을 중심으로 퍼져 나간다. 그것은 진동(振動)의 힘. 나는 대지를 박차 그림자 늑대에게 달려들었다.

쾅!

"켕!"

외마디 개 소리와 함께 그림자 늑대가 튕겨 나가 근처에 있던 편의점을 박살 내며 틀어박힌다. 이것은 레온하르트 제국에서도 오직 황족과 하워드 공작가만이 수련을 허락받을 수 있는 최상급 투법이다.

'내가 직접 멸문시킨 가문의 수련법을 익히다니 양심에 좀 찔리지만 말이야.'

레온하르트 제국에는 엄청난 숫자의 가문들이 존재하지만 그중 가장 거대하고 강한 힘을 가진 건 5개의 공작 가문일 것이다.

그중 레온하르트에게 황위를 양도하고 뒤로 물러난 페인 가를 제외한 나머지 공작가들은 대전쟁 시절 레온하르트 황제의 옆에서 외계의 존재들과 싸워 제국을 일구어낸 개국공신(開國功臣)들이 만든 가문들이다.

신검의 수호자, 아몬가.

태양 마탑의 주인인 일음(日陰) 정가(在家)

제국 최대의 군벌 가문, 하워드가.

황금 마탑의 주인인 오스만가.

그들은 제국에서 무소불위의 권력과 금력, 그리고 무력을 가진 존재들이었다. 레온하르트 제국의 황제마저 함부로 어찌할 수 없던 강대한 세력.

그러나─

그 오대 공작가는 현재에 이르러 사대 공작가로 변하고 말았다. 황제의 자리를 넘보았던 하워드 공작이 황녀와 혼인한 부마를 해치려 했기 때문이다.

물론 그까짓 부마 하나 죽인다고 공작 가문에 무슨 문제가 생길 수 있을까 의문을 가질 수 있겠지만 안타깝게도 문제가 생겼다. 왜냐하면, 그가 해치려 했던 부마가 대우주에도 몇 없을 언터쳐블(상급 신)이었으며─

언터쳐블은 홀로 문명을 부수는 것조차 가능한 초월자였으니까.

고도로 발달한 문명을 지닌 여럿의 행성을 지배하고 있는 하워드 공작가라 하더라도 상식을 벗어나는 힘을 지닌 언터쳐블을 상대로는 멸문지화(滅門之禍)의 비극을 피할 길이 없었다.

더 길게 말해 무엇하랴.

하워드 공작 가문을 멸문시킨 게 바로 나이며.

이 투법은 그 하워드 공작가의 유산이다.

"…음?"

경천칠색(驚天七色), 녹(綠)을 준비시키고 방어 자세를 취했던 난 고요한 침묵에 고개를 슬쩍 내밀었다.

"뭐야. 왜 반격이 없어?"

그림자 늑대가 날아가 박히면서 박살 난 편의점을 훑어본다. 녀석이 달아나는 기색은 없었기에 이해할 수 없는 상황.

다행이랄까? 아레스가 그런 내 의문에 답해주었다.

[뒈졌어.]

"뭐라고?"

[죽었다고. 머리통이 다 찌그러졌는데 어떻게 사냐?]

아레스의 말에 쓰고 있던 우자트를 조정해 증강 현실을 작동시킨다. 능력자답게 감각으로 적의 존재를 감지하고 싶었지만, 아직 강화된 감각을 다루는 데 익숙하지 않았기에 별수 없다.

"…진짜네."

나는 쓰러져 있는 그림자 늑대의 모습에 방어 자세를 풀고 편의점 안으로 들어갔다. 그 안에는 우자트에서 본 대로 쓰러진 그림자 늑대가 있었는데, 그 형태가 처음 나타났을 때와 사뭇 다르다.

"뭐야, 이게."

황당하게도 죽은 그림자 늑대의 몸은 뼈와 근육이 아닌 통조림 캔과 가구용 목재, 그리고 아스팔트로 이루어져 있다. 그림자 늑대의 몸을 휘감고 있던 까만 기운도 벗겨져 마족이 아닌 환경 보호 단체가 환경오염을 경고하기 위해 쓰레기를 모아 만든 조형물 같다.

[그림자 마족은 본래 물리적인 육신을 지닌 종족이 아닙니다. 음(陰)차원 에너지 형태로 공간을 이동하다가 주변의 질료로 육체를 조성하여 물리력을 얻는 녀석들이지요.]

[하지만 특이하네. 최하급 마족이 약하긴 해도 너무 쉽게 죽었어.]

지니와 아레스가 중얼거릴 때였다.

파스스————!

쓰러진 마족의 몸에서 검은색 기운이 피어오르더니 그대로 슉 날아와 내 왼손을 휘감았다.

팟!

손등으로 빨려 들어가는 기운. 내 [몸]으로 흡수되는 느낌은 아니고 내 손등에 새겨진 육망성을 통해 시스템에 흡수되는 것으로 보였다.

[레벨 업!]

[자유 스탯을 10포인트 획득했습니다!]

[현재 레벨: 1, 1, 2]

[경험치 배율: 25%]

"아니, 1레벨이 5레벨짜리를 잡았는데 겨우 한 직업에서 1레벨 오르네."

억울한 기분이 들었지만 트리플 클래스를 가지고 있는 만큼 어쩔 수 없는 일이다. 경험치 효율이 25%밖에 안 되는데 레벨 업이 더딘 게 당연하겠지.

그리고 이어서 새로운 텍스트가 떠올랐다.

[칭호. 최하급 마족 슬레이어를 획득했습니다!]

"오?"
깜짝 놀라 재빨리 칭호를 확인한다.

[최하급 마족 슬레이어]
—마력 +40
—최하급 마족을 쓰러뜨린 영웅에게 주어지는 타이틀. 마력을 늘려준다.

"성능 좋은데?"
효과는 심플하지만 마력의 중요성을 생각해 보면 상당한 효과다. 당장 칭호만 바꿔도 유의미한 전력 상승이 있을 거라고 생각이 들 정도인 것.
하지만 아무리 그래도 부활과 공간 이동의 메리트를 포기할수 없었기에 그대로 치워 버린다. 더 높은 단계. 그러니까 마족사냥꾼이나 마족 학살자 같은 칭호를 얻은 뒤 다시 생각해 봐야겠다.
와르르!
발로 슬쩍 차자 그림자 늑대의 육체를 구성하고 있던 잡동사니가 무너지고 그 안에서 금이 간 검은색 구슬 하나가 떨어진다.

[마석(魔石)입니다. 하지만 파괴되어 있군요.]

"원래 마족이 죽으면 파괴되는 거 아냐?"

[그렇지 않습니다. 일부 특이종을 제외하고는 오히려 마석은 마지막의 마지막에 파괴되지요. 치명적인 부상에서 마족을 회복시킬 최후의 보루니까요.]

지니의 말을 들으며 마석을 주워들었다. 은은한 파장을 뿌리는 검은색 구슬은 금이 가 그 기운이 크게 훼손되어 있다.

"어빌리티 때문이겠네."

오늘 내 어빌리티에는 3관통이 달려 있다. 꿰뚫는 효과 하나만 치면 어지간한 전설(Legend)급 어빌리티보다 훨씬 강하겠지.

"배리어를 안 쓰는 적이라 없는 셈 치려 했더니 나름대로 쓸모가 있네."

"크르르!!!"

"크륵!!"

"캬아!!"

중얼거리는 사이 여기저기에서 짐승의 울음소리가 울려 퍼진다. 고개를 들어보니 편의점 밖으로 다섯 마리의 그림자 늑대가 모여 위협적으로 으르렁거리는 모습이 보인다.

철컥! 철컥! 철컥! 철컥! 철컥!

방아쇠를 다섯 번 당겼다.

와르르!

다섯 개의 잡동사니 더미가 무너진다.

[야, 너 자꾸 그렇게 총 쓰면 훈련이 되냐?]

"실험이야, 실험."

쉐도우 스토커를 다시 시계 형태로 변형시키고 잠시 기다려 보지만, 역시나 반응은 없다. 1레벨에서 2레벨 오르는 경험치와 2레벨에서 3레벨 오르는 경험치가 압도적으로 차이 나거나 할 리는 없으니 결론은 뻔하다.

"역시 장비로 죽인 건 인정 안 해주는 건가……."

아쉬움에 혀를 찬다. 인정된다면 10렙, 20렙도 우습게 찍을 수 있을 테지만 역시나 세상에 마냥 쉬운 일은 없다는 모양이다.

[사실 나폴레옹의 아이언 하트를 쓰는 것도 반칙이야. 솔직히 지금 네 수준에 아무리 최하급이라고 해도 마족을 이긴다는 게 말이 되냐?]

"그건 인정."

순순히 고개를 끄덕였지만 중요한 것은 이 시스템이 아이언 하트의 영자력을 신경 쓰지 않는다는 점이다. 내 [책]을 고유의 능력으로 인정한 것인지 아니면 그냥 인지 자체를 못하는 건지 알 수 없지만, 어쨌든 이 정도만 되어도 여유롭게 레벨링을 하는 게 가능하겠지.

"지니."

[네, 함장님.]

"형 근처에 대기시켜 놓은 황금기사를 통해서 나는 안전하다고 안심시켜 줘. 괜히 걱정시킬 필요는 없으니."

[알겠습니다, 함장님.]

지니의 대답을 들은 나는 그림자 늑대의 잔해 속에서 마석들을 챙기고 도로를 걸었다. 이미 육신은 완전한 전투태세. 걸음걸음마다 진동이 켜켜이 쌓여간다.

그것은 경천칠색, 적(赤). 온몸에 진동의 힘이 감기고 또 감겨갈수록 내 몸 주위로 붉은색의 파동이 번져 나간다. 매질 입자의 떨림이라고 할 수 있는 진동이 빛의 형태로 눈에 보인다는 건 있을 수 없는 일이지만, 애초에 영능을 물리학만으로 이해하려는 건 어리석은 시도다.

우웅!!

하워드 공작가의 경천칠색은 진동을 다루는 식(式)이다.

진동을 축적하여 육신에 저장하는 적(赤)색. 축적된 진동을 방출하는 주황(朱黃)색. 피부에 닿은 물체의 고유진동을 파악해 구현하는 황(黃)색. 외부 에너지를 진동으로 전환하는 녹(綠)색. 내부 에너지를 진동으로 전환하는 청(靑)색. 육신에 닿는 물질을 진동시키는 남(藍)색. '닿지 않는' 존재마저 진동시키는 자(紫)색까지.

경천칠색은 경지가 높아지면 높아질수록 거대한 규모의 힘을 다루게 되며 궁극에 이르면 이름 그대로 경천동지할 힘을 발휘한다. 하워드 공작은 단 한 번의 발 구름으로 지진까지 일으켜 어스퀘이커라는 별명을 가지고 있을 정도.

극단적인 방향성으로 약점이 뚜렷하지만, 그 이상으로 무시무시한 장점을 가진 이 투법이, 바로 지금부터 내가 평생을 연마해야 할 전투 능력이었다.

"크르르!!"

"컹컹!"

골목길, 건물 옥상, 심지어 건물 안에서부터 하나둘 모습을 드러내기 시작하는 그림자 늑대들.

"형의 대장전까지 얼마나 남았다고 했지?"

[12시간 12분 남았습니다.]

"충분하네."

몸 주위로 퍼져 나가는 진동에 대기가 일그러진다.

레벨 업의 시작이다.

＊　　　＊　　　＊

"크아아앙……."

쿵!

머리통에 뾰쪽한 뿔을 달고 있는 그림자 늑대가 쓰러진다. 덩치도 기질도 다른 그림자 늑대와 비슷한 주제에 검은 벼락을 떨구는 힘을 가지고 있어 꽤나 나를 고생시킨 녀석이다.

[레벨 업!]

[자유 스탯을 10포인트 획득했습니다!]

[현재 레벨: 1, 1, 5]

[경험치 배율: 25%]

"아니, 이게 뭐."

그리고 레벨 업 메시지를 보며 나는 혀를 내둘렀다.

"아, 필요 경험치가 왜 이래? 미친 거 아냐?"

10시간이 넘게 서울 외곽을 쭉 돌면서 그림자 늑대들을 학살했는데도 이제 겨우 5레벨이라니 기가 차다. 잡은 그림자 늑대가 수백 마리인데 이 지경이라는 건 1레벨 오를 때마다 필요한 경험치가 대충 계산해도 5배 이상은 뛴다는 말이다.

[10레벨을 찍으려면 훨씬 더 많은 시간이 필요하겠군요.]

"거의 치트를 친 거나 다름없는 내가 이 지경인데 다른 사람들은 레벨 업을 어떻게 하지?"

[몇 개월, 몇 년, 혹은 몇십 년이나 평생에 걸쳐서 하는 거지.]

"그런가."

고개를 끄덕이며 근처에 있던 벤치에 걸터앉았다. 멀찍이 세종대왕, 이순신의 동상이 보이고 그 너머로 광화문이 보인다.

이미 목적지로 도착한 상황이지만 이대로 들어갈 수는 없다. 그럴 만한 상황이 아니었기 때문이다.

쉬이이―――

온몸에서 수증기가 피어오르고 있다. 피부가 쩍쩍 마르고 0.1%의 지방조차 없는 근육들이 모조리 그 형태를 드러낸 상태.

꽤나 볼만한 모습이지만 생체력 수련자로서 별로 좋지 않은 상태다. 이미 인간을 초월해 버린 이 육신은 그저 현 상태를 유지하는 것만으로 무지막지한 열량을 소비하기 때문이다. 만일 이대로 아무런 조치를 취하지 않는다면 내 육신은 근육을 분해해 에너지원으로 만들 테고, 그렇게 발생한 근 손실은 하루 이틀에 복구할 수 있는 종류의 것이 아니겠지.

레온하르트 제국의 생체력 수련자들 사이에 유명한 말이

있다.

생체력에 첫째로 중요한 건 보급이며.

둘째로 중요한 건 식량이고.

셋째로 중요한 건 보급받은 식량이라고.

우스갯소리지만 이게 바로 생체력의 결정적인 단점 중 하나다. 생체력은 공격력과 방어력 모두 뛰어난, 모든 이능을 통틀어 가장 강력한 전투 능력을 갖춘 이능이지만 그 강력한 장점만큼이나 명확한 단점을 가지고 있는 것이다.

생체력은 물리력에 치중했기에 영적인 공격 능력이 부족하며, 혹시라노 보급이 끊기게 되면 그 전투력이 절망적이다 싶을 정도로 급락한다. 물론 [진화]의 방향을 통제한다면 전투 지속력을 높이는 방향으로 전투 스타일을 확립할 수 있겠지만, 그렇게 되면 생체력 특유의 폭발적인 전투 능력을 살릴 수 없게 된다.

윙!

벤치에 앉아 있는 내 옆으로 흰색 박스를 매달고 있는 드론이 내려선다. 나야 어차피 [본질을 보는] 능력을 갖추고 있기에 그 모습이 또렷하게 보이지만 이래 봬도 특급 광학 위장으로 사람들은 물론 날카로운 감각을 가진 괴수들도 감지할 수 없는 수송 드론이다.

철컥! 취익!

수증기와 함께 박스가 열린다. 나는 익숙하게 박스 안에 포장되어 있던 에너지바를 뜯어 우적우적 씹어 먹었다.

"으, 달아."

[에너지바의 맛 구성을 변경해 드릴까요? 여태까지는 제국군이 가장 선호하는 맛으로 보내 드리고 있었습니다만.]

"아니, 이걸 가장 선호한단 말이야? 뭔 여고생도 아니고 무슨 단맛을 이렇게 좋아해?"

어지간한 케이크나 파르페보다 훨씬 단맛에 혀를 내두르자 지니가 답한다.

[그럼 두 번째로 인기 있는 '바비큐' 맛으로 변경해 드리겠습니다.]

"그래, 차라리 그게 낫겠다."

고개를 끄덕이면서도 계속해서 에너지바를 뜯어 먹는다. 고작 손바닥 반만 한 크기지만 하나당 무려 1만 kcal에 해당하는 열량을 가지고 있다. 대략 햄버거 20개에 해당하는 열량인데, 이런 에너지바를 앉은 자리에서 서른 개나 뜯어 먹는다.

30만 칼로리.

이미 인간이 감당할 수 있는 식사량이 아니다. 햄버거로 치면 600개를 몸 안에 때려 박은 셈이고 무게로 쳐도 내 체중을 가볍게 넘어설 정도!

사실 생체력 수련자라 하더라도 이런 극단적인 식사량을 유지하지는 않는다. 생체력 수련자의 식사량은 늘리면 늘렸지 줄이기는 어려우므로 그 누구도 이런 미친 식사량을 설정하지 않는 것이다.

만약 비상 상황이 와서 이 식사량을 유지할 수 없는 상황이 되면 어찌한단 말인가?

완성자의 경지에 올라 육체를 1차적으로 [완성]하게 된다면 또 모르겠지만 성장기의 생체력 수련자라면 동일한 식사량을 유지하는 것이 최선이다.

윙! 철컥! 취익!

꿀꺽! 꿀꺽! 꿀꺽!

새롭게 도착한 박스에서 캔 음료를 꺼내 죄다 마신다.

[청령수(靑靈水)입니다.]

"영약이라니 호강하는구먼. 이렇게 먹어도 되나?"

[제국군에 보급할 용도로 100톤 넘게 저장되어 있으니 걱정하실 필요 없습니다. 영약이라고 해도 양산이 가능한 성분이니까요.]

지니의 설명을 들으며 청령수를 벌컥벌컥 마셨다. 식사를 진행하면 진행할수록 몸 안에서 피어오르던 수증기가 사라지고 메말라 있던 육신에 점점 생동감이 차오른다.

"후."

그리고 마침내 식사를 마친다.

뿌득! 뿌드득!

새로이 들어온 영양소를 탐욕스럽게 빨아들인 육신이 점점 변해가는 게 느껴진다. 더욱더 강한 힘, 더욱더 강한 [진동]을 만들어내고 견딜 수 있게 진화하고 있다.

"좋군."

이것이 생체력 수련자의 성장이다.

지닌바 힘을 모조리 소모하고 다시 먹고 마셔 텅 비어버린 육신을 채우는 것. 다른 수련자들에게도 마찬가지겠지만 이 과정은 생체력 수련자에게 그 무엇보다 중요하다. 실제로 그림자 늘대들과 싸우면서 내 육신은 엄청난 진화를 이뤄냈지.

그뿐이 아니다.

10시간이 넘는 전투로 경천칠색의 사용법에 점점 익숙해지고 있다. 물론 경천칠색은 내 [고유세계]에서도 계속 수련해 왔던 힘이지만 역시 실전이 제일이다.

[그래 봤자 기급 기가스 하나 못 이기는 수준 아니냐? 어휴, 내가 이런 변방까지 와서 이런 좁밥 싸움을 봐야 한다니.]

"아, 좀."

찬물을 뿌리는 아레스의 말에 짜증을 부리자 아레스가 묻는다.

[그런데 너, 왜 안 맞아?]

"왜 안 맞아는 무슨 말이야? 잘 피하고 잘 막은 거지."

[내 몸에 탔던 생체력 수련자들은 피할 수 있는 공격도 맞으면서 싸우던데?]

"아니, 그게 무슨 멍청……."

거기까지 말하고 멈칫한다. 생각해 보니 일리 있는 말이었다. 생체력은 [진화]의 영능학이었기 때문이다.

생체력 수련자는 더 큰 힘을 쓸수록 점점 힘이 세지고.

오래 움직일수록 지구력이 높아지며.

많이 다치고 많이 회복하면 재생력과 내구력이 높아진다.

생체력 수련자의 육신은 육신의 주인이 [필요]한 방향으로 [진화]한다는 점을 생각해 보면 많이 맞는 것 또한 중요하다. 내 목숨을 끊지 않는 모든 경험은 그저 성장의 재료가 되기 때문이다.

"흠……."

육신이 진화를 진행하는 동안 잠시 생각에 잠겼다. 그리고 고개를 흔들었다.

"그냥 안 맞을래."

[뭐, 네가 그렇다면 그런 거겠지]

쉽게 물러선다. 경험이 많다 해도 아레스는 생명체가 아닌 기가스. 수련자인 내 판단을 존중해 주는 것이다.

'방어력은 올릴 필요가 없어.'

사실 생체력 수련자가 가지는 일반적인 포지션은 탱커, 혹은 세미 탱커나 딜탱이다. 공격도 되지만 방어도 되는. 혹은 굳건한 육신으로 방어를 전담하는 강건하고 튼튼한 존재.

그러나 나는 굳이 그럴 필요가 없다. 나는 무슨 파티 플레이를 할 생각이 없으니까.

뿐인가? 나에게는 부활 기능이 달린 [인류의 재앙] 칭호가 있다. 물론 죽어본 적이 없어서 확신할 수는 없지만 칭호가 설마 사기를 치지는 않겠지. 아니, 사실 부활이 없더라도.

'하와.'

리전의 수장 중 하나인 언터쳐블. 하와의 [약속]이 있다. 자신의 말을 어길 수 없는 상급 신의 약속은, 이깟 부활 능력보다 훨씬 강력한 보험일 것이다.

"좋아."

육체의 진화가 끝나고. 육체의 성능이 한층 높아진 것을 느끼며 벤치에서 일어났다. 일을 마친 수송 드론들은 다시 하늘 위에 있는 알바트로스함을 향해 날아가 버렸다.

[그나저나 괜찮으신 겁니까?]

몸을 일으켜 광화문을 향해 걷기 시작한 나를 향해 지니가 물었다.

"뭐가?"

[황금기사를 관영민 님에게 드러내신 것이요. 외계 문명을 드러내는 걸 꺼리고 계신 것 같았는데.]

합당한 걱정이긴 한데 너무 늦은 질문 아닌가?

하지만 생각해 보니 지니는 내가 언제든 이가를 떠날 수 있다고 전제하고 있을 것이다. 그녀에게 이가는 우주의 변방에 존재하는, 그 안에서도 작디작은 세력일 뿐. 때문에 고개를 끄덕이고 답했다.

"형이나 아버지한테는 상관없어. 게다가 어차피 지구에도 마도 골렘들이 있잖아? 등급 자체는 황금기사나 대마법사가 만든 골렘이나 비슷한 수준이고."

물론 그렇다 해도 실제로 지구의 마도 골렘들과 황금기사가 싸우게 된다면 전투는 황금기사의 일방적인 승리로 끝나게 될 것이다.

출력도, 장갑 수준이나 내구력도, 그리고 적용된 수많은 기능들이 모두 비슷해도 어쩔 수 없다. 황금기사에게는 세종과 순신에게는 없는 아이언 하트가 있는 것이다.

[문명의 차이지요.]

"그래, 문명의 차이지."

오백 년 전만 해도 우주 전투에는 온갖 무기가 다 쓰였다고 한다. 이중 양자포나 하전 입자포, 핵탄두나 고폭탄, 반물질

미사일이나 빔 병기 등등.

그러나… 지금으로부터 약 300년 전, 그러니까 대전쟁이 한참 진행되던 시점에 대우주의 병기 역사는 대변혁을 맞이하게 된다. 대우주 최고의 과학 문명에 도달해 있는 캔딜러 종족이 영자력(靈子力)을 생산해 내는 강철의 심장, 아이언 하트를 만들어내는 데 성공해 버렸기 때문이다.

아이언 하트의 정확한 명칭은 [기계식 영자 기관].

기능은 단순하다. 마치 심장이 뛰듯 아이언 하트가 뛰면, 아이언 하트 내부에서부터 막대한 양의 에너지가 생성되는 것 뿐이니까. 지구의 과학자들이 그걸 본다면 '아니! 그건 영구기관이잖아?!' 라며 경악하겠지만, 온갖 권능과 대마법이 횡행하는 대우주에서는 그리 놀랍지도 않은 기능이다. 대우주에 스스로 에너지를 생산해 내는 기물들이 얼마나 많던가? 아니, 굳이 그런 기물들이 아니더라도 마나를 수련하는 이능력자들 전부가 하루 세 끼 밥만 먹고도(생체력 제외) 무지막지한 에너지를 생산해 내는, 살아 있는 발전기라고 봐도 무방한 존재들이었으니까.

그러니까 결국 문제는.

생산되는 에너지의 [종류]와 [규모]다.

영자력은 무슨 신력처럼 예외적인 힘이 아니다. 특수한 기공을 연마한 무술인이나 특정 계파의 마법사들, 혹은 태어날 때부터 특별한 힘을 타고난 소수의 초능력자 정도나 다루는 힘이었던 만큼 흔히 볼 수가 없을 뿐 특별하다거나 대단한 힘은 아니었으니까. 탁월한 장점만큼 크나큰 단점(제어가 어렵고 성장이 늦다) 또한 가지고 있었기에 언제나 주류에 낄 수 없었던 매니악한 수련법.

그러나⋯ 양산 가능한 기계장치, 아이언 하트가 그 영자력을 [대량]으로 생산할 수 있게 되면서 상황은 완전히 다른 차원으로 넘어가고 말았다.

캔딜러족의 시연회에서 아이언 하트가 처음 공개되었을 때, 대우주 전체에 이름을 떨치는 황제 클래스의 강자들은 물론이고 언터쳐블의 신격들조차 경악해서 할 말을 잃었다고 한다. 높은 지식과 안목을 가진 그들은 아이언 하트의 발명이 대우주 전체에 어떠한 변화를 불러올지 단박에 깨달았기 때문이다.

만일 대전쟁이라는 거대한 혼란이 대우주 전체를 뒤흔들고 있지 않았다면, 어쩌면 강대한 존재들에 의해 매장되었을지도 모를 대발명이 바로 아이언 하트인 것이다.

문제는 [상성 우위].

그것은 폭력에 가까울 정도로 절대적인 효과를 가진 영자력의 특성이다.

영자력은 불과 마주하면 불을 꺼뜨리는 물과 같다. 물과 마주하면 물을 빨아들여 한껏 생동하는 나무와 같고, 나무과 마주하면 그것을 태워 버리는 불과 같다.

어디 그뿐인가?

영자력은 마력과 마주하면 항마(降魔)의 기운을 띤다. 내공과 만나면 산공(散功)을 유발하며 신성력을 만나면 마치 신력처럼 상대를 억압한다.

영자력은 신력을 제외한 모든 에너지 체계에 우위를 가지며 그 강도는 해당 에너지의 영적인 [격]과 차이가 날수록 증폭된다.

영적인 격이 없는 단순한 하위 에너지의 경우는 상성 우위가 절정에 달해 단순한 우위 정도가 아니라 [무시]나 [면역]에 가까운 수준에 도달해 버리고 마는 것이다. 완전 면역은 아니지만 거의 그에 근접하는 수준이기 때문에 영자력으로 배리어를 만들면 핵폭탄 수십 발을 우습게 막아내는 지경에 이르고 만다.

때문에 영자력을 적용하지 못한 기존의 우주 병기들은 아이언 하트를 장착한 전함이나 기가스들을 만나면 처참하게 패배할 수밖에 없었다. 적의 기본 공격에도 뚫리는 실드와 적의 기본 실드도 뚫지 못하는 미사일만 쏟아내야 하는데 어찌 싸움이 되겠는가?

마력을 사용하는 마도 골렘의 경우 이런 물리 병기들만큼 절망적이지는 않지만, 그렇다고 하더라도 상성 우위를 피해 갈 수는 없다. 거의 다섯 배에 가까운 마력을 사용해야 비등한 전투를 이어갈 수 있는 것인데, 심지어 아이언 하트에서 생산되는 영자력이 적은 것도 아니다.

아니, 오히려 출력으로만 치면 훨씬 더 강하다. 마법 코어보다 훨씬 더 강한 기세로 영자력을 뿜뿜 뿜어내는 것. 그렇지 못했다면 테라급 거대 전함들이 아이언 하트를 에너지원으로 삼을 수가 없겠지.

"멈춰라!"

두 마도 골렘, 세종과 순신을 지나쳐 광화문을 향해 이동하는 내 앞을 열댓 명의 일행이 막아선다.

"뭡니까?"

정말 뜬금없는 등장이다. 차라리 경복궁 안으로 들어가서 나타났으면 그런가 보다 할 텐데 나와서 기다리고 있다니.

"지금 이가는 역사적 기로에 서 있다! 이씨가 아닌 상것들의 출입을 금한다!"

"……?"

순간 화도 나지 않고 그냥 어이가 없었다.

아니, 뭐야. 이 등신들은?

[곱게 자란 가문의 후계자들이군요. 하나같이 어립니다.]

'어리긴 무슨. 나한테는 다 형, 누나들이거든?'

앳된 얼굴들이지만 그렇다고 정말 어린 나이들은 아니다. 내 앞길을 막고 서 있는 이들은 20대 초반부터 중후반까지. 그러니까 대충 대학생 정도 되는 연식의 청춘 남녀들이었으니까. 아직 사회인이라 말할 수는 없는 한참 배워가는 와중의 애송이들이지만 어쨌건 술 담배 다 할 수 있는 법적 성인들이다.

"하석, 그렇게 말하면 안 되네. 시기가 어느 시기인데 그런 말을 하나?"

"죄송합니다. 선배님. 상황이 상황이다 보니 너무 흥분해 있던 것 같습니다."

"그래. 얼마 전까지 표면 세계에 살던 외부인이 아닌가. 아직 신분에 대한 이해도가 떨어질 텐데 너무 강압적으로 굴지 말게나."

자기들끼리 제멋대로 떠들고 있는 일행들은 모두 동일한 복장과 무장을 하고 있다. 몸에 착 달라붙는 무복에, 네모난 고리에 허리띠를 통과시켜 칼자루가 등 뒤로 향하도록 하고 칼집 끝이 전방 아래쪽으로 늘어지도록 만든 특이한 방식. 굳이 허리에 칼을 차지 않고 띠를 이용해 환도(環刀)를 달아놓은 건 등 뒤에 달린 화살집에서 화살을 꺼낼 때 불편함이 없기 위해서인 것 같았다.

'활과 검이라… 게다가 통일된 복장과 무장이라니 특수부대 같은 건가? 하지만 그런 것치고는 지나치게 자유분방해 보이는데. 어수선하고.'

복장과 무장이 통일되어 있다는 건 그것만으로도 커다란 강점이다. 특히나 온갖 종류의 이능이 난무하는 이면 세계에서는 능력과 전투 방식을 통일하여 익히는 것만으로 부대의 강점이 극대화된다. 비록 그만큼 범용성이 떨어지겠지만 마왕을 물리치러 던전을 탐험하는 모험가 파티도 아니고 군부대가 무슨 범용성을 개인별로 구분한단 말인가?

[군인이로군요. 애송이지만.]

[애송이 정도가 아니라 핏덩이들 아닌가? 제식(制式)만 군인이지 경험도 각오도 없는 것들이다.]

자신들이 우리에게 어떤 평가를 받고 있는지 알 리 없는 애송이 중 하나가 앞으로 나선다.

"만나서 반갑다. 나는 소운단(小雲團)의 단장, 이성환일세."

"아, 네."

나는 고개를 끄덕여 답했다.

그리고 그를 지나쳤다.

"무슨?!"

"저, 저저! 저놈!"

뒤에서 분기에 찬 목소리가 들렸지만 별로 신경 쓰고 싶지 않았다. 그들을 무시하거나 우습게 보는 그런 문제가 아니라, 그저 그들과 시간을 보낼 가치를 찾지 못하겠다.

[그게 무시지요.]

[그런 걸 사람들이 흔히 무시한다고 하지 않나?]

나는 두 관제 인격을 무시했지만, 또다시 내 앞을 가로막는 형들과 누나들까지 무시하지는 못했다.

"멈춰라!"

"감히 우리를 무시해?!"

"무시무시하구먼……."

혀를 차며 내 앞을 가로막은 청년들을 바라보았다. 그들의 머리 위로 칭호가 구체화된다.

[제1소운단]

[5레벨]

[병기술 숙련자 이성환]

레벨 수준은 그냥저냥이다. 전에 날 공격했던 그 붕대 3인방도 6레벨이었는데 그보다 한 단계 낮은 수준이니 더 말할 필요도 없겠지.

'이길 수 있나?'

지금 내 레벨도 5. 사실 레벨 하나로만 친다면 나는 저들 중한 명과도 동일한 전투력을 가지고 있다고 할 수 있는 상태니 동급의 이능력자 열댓 명이면 승산이 없는 것이나 다름없다고 판단할 수 있겠지.

하지만 나는 안다. 실제로 전투가 벌어지게 된다면, 결과는 전혀 다르다는 사실을.

내 본신 전투력은 5레벨에 불과하지만 실제로 나는 1레벨 때부터 5레벨인 그림자 늑대를 일격에 해치웠다. 당연한 말이지만 내가 어마어마한 재능과 깨달음을 가져서는 아니고, 그저 단순한 [스펙]의 문제다.

[이기는 수준이 아니지. 너는 나폴레옹 녀석의 아이언 하트를 품고 있으니까.]

아레스의 말대로다.

현재 나의 마나, 마나력, 항마력, 그리고 마나 회복력은 전부 700포인트가 넘는다. 900포인트가 [초월자]로 넘어가는 선이라는 것을 생각해 보면, 어지간한 고위 마법사를 넘어서는 무지막지한 마나를 품고 있는 것.

심지어 그 마나는 마나 중에서도 절대 상성을 가진 영자력!

나는 그 힘들을 [어빌리티]라는 형태로밖에 사용할 수 없지만 강대한 영력은 단지 품고 있는 것만으로 내 다른 영능들을 강화했다.

실제로 내 생체력은 영자력을 기반으로 초월적인 회복 능력을 얻었다. 동급의 수련자라면 아껴 사용해야 하는 경천칠색의 기(氣)를 펑펑 써대도, 그저 칼로리를 보충하는 것만으로 모조리 회복할 수 있다는 게 바로 그 증거이다. 생체력이 육신을 기반으로 한다 하더라도 마나를 활용하는 영능인 건 마찬가지니까.

"지시에 따라라, 신입! 지금 이가는 중대한 기로에 서 있다! 이런 중요한 시기에 근본도 모를 외부인이 멋대로 움직이게 둘 수는 없지."

성환의 말에 나는 어이가 없어 물었다.

"하지만 그 기로는 우리 형이 불러온 건데요? 사실 형 없었으면 벌써 망해서 중국에 먹혔을 이가 아닙니까?"

"저런 건방진!"

"우리 이가를 무시하지 마라! 되놈들의 대표가 강하다 해도 우리 이가의 무사라면 충분히 이겨낼 수 있었다! 누가 감히 그런 근본도 모를 놈에게 이가를 대표할 권한을 주었는가?"

발끈해 버럭버럭 소리친다. 개중 몇 명은 허리에 차고 있는 환도에 손을 올리기까지 했다. 농담이 아니라, 영민이 형이 이가를 대표하고 있다는 사실에 진심으로 분개하고 있는 모양이다.

"형이 없었어도 이겼을 거라고? 진심이야?"

어이가 없어서 절로 헛웃음이 나온다.

"너희 같은 오합지졸들이?"

"뭐라고?!"

"저 애송이 자식이!"

챙! 촤앙!

마침내 여기저기에서 칼이 뽑혀 나온다. 험악한 살기가 뭉게 뭉게 피어오르기 시작했다.

그러나 그것들이 두려울 이유가 있겠는가? 인간을 먹이로 보는 무지막지한 비인들에게 고문을 당하면서도 나름 잘 버텼던 나.

"마지막 경고다! 순순히 붙잡힌다면."

"너희."

가볍게 몸을 풀었다. 우웅, 하고 전신에 진동이 들어찬다.

"나라를 팔아먹기로 했구나?"

"붙잡아!"

피피피핑!

네 발의 화살이 거의 동시에 내 양 무릎과 어깨로 날아온다. 거의 총알만큼이나 빠른 무지막지한 속사!

타타타탓!

화살이 모두 명중했다. 나는 피하지 않았다. 아니, 못 했다. 그림자 늑대를 마구 죽이고 다녔지만 사실 내 반사신경은 그리 대단한 수준이 아니다. 예측하지 못한다면 총알이 아니라 화살에도 제대로 반응하지 못할 정도니 일반인보다 크게 대단할 것도 없는 수준이겠지.

그러나 상관없다. 애초에 하워드 공작가의 무투법, 경천칠색은 더 강해지고 빨라지는, 육신이 강철처럼 단단해지고 잘려나간 신체조차 회복시키는 그런 투법이 아니다.

그것은 무투법이라기보다 마법이나 초능력에 가까운, 기존의 모든 생체력 수련과 궤를 달리하는 종류의 능력. 경천칠색의 녹(綠)색의 힘이 몸을 휘감는다.

투둑.

내 몸에 부딪혔던 화살들이 힘없이 바닥에 떨어진다. 그냥 내 몸이 단단해서 벌어진 일이 아니다. 만일 그랬다면 화살촉들이 죄다 뭉개지고 박살 났을 텐데 바닥에 떨어진 화살촉들은 지금도 시퍼렇게 날이 서 있으니까.

방어용인 녹색은 외부의 [모든] 에너지를 진동으로 전환한다.

지금 이 화살에게 그랬던 것처럼 운동 에너지만을 전환하는 게 아니다.

녹색에 익숙해진다면 열에너지나 전기에너지, 심지어는 빛에너지조차 진동으로 바꾸는 게 가능하다. 심지어 경지에 오른 경천칠색 수련자는 위치에너지조차(도저히 어떤 방식일지 아직 상상이 안 가지만) 진동으로 바꾸는 게 가능하다고 하니, 존재 자체가 물리학을 쌩까는 불가해의 존재라 할 수 있겠지.

우웅!

"튼튼한 녀석이다! 걱정하지 말고 쳐! 죽이지만 마라!!"

고함 소리와 함께 대여섯 개의 칼이 내 온몸을 후려친다.

타타타탁!

손가락으로 피부를 가볍게 두들기는 것 같은 소리가 들렸다. 칼을 휘둘렀던 소운단원들의 표정이 기묘하게 변했다.

"…느낌이 이상해."

"이, 이게 뭐야? 이게 무슨 느낌이야?! 에잇!!"

타타타탁! 타타탁!

마구 내 몸을 내려친다. 나는 굳이 저항하지 않았다. 눈 같은 데나 찔리지 않도록 두 팔로 안면만을 방어하고 있었다.

"이게 무슨? 단장님! 뭔가 이상합니다!"

"이건 충격 흡수인가? 이 녀석 생체력 수련자라고 했는데."

"뭘 멍청한 소리를 하고 있나! 별다른 저항은 안 하고 있으면 그냥 붙잡아!!"

불호령과 함께 소운단원들이 검을 찬 허리 반대쪽에 차고 있던 금줄을 뽑아 던진다. 마법 물품인지 아니면 특수한 기술이 있는 것인지 알 수 없지만, 거의 십여 줄기나 되는 금줄들이 마치 살아 있는 생물처럼 양팔과 양다리를 시작으로 전신을 칭칭 감았다.

"잡았습니다!"

"자빠뜨려! 건방진 새끼! 뭐?! 나라를 팔아먹어?! 이가랑 상관도 없는 쌍것이 어따 대고⋯⋯!"

소운단원들이 으르렁거렸지만 신경 쓰지 않았다. 그저 정신을 집중하고 경천칠색에 정신을 집중했다. 아직 실전 경험이 부족한지라 이것저것 다 대꾸해 줄 여유는 없다.

청(靑), 내부 에너지를 진동으로 전환하고. 적(赤), 외부에서 가해진 진동과 더해 모든 진동을 축적한다.

그리고 그렇게 모인 진동이 정점에 달하는 순간.

경천칠색(驚天七色).

주황(朱黃).

우르르릉————!!!!

빛도 벼락도 없이 천둥이 울린다. 온몸을 죄이고 억누르던 금줄이 흐물흐물 힘을 잃고 바닥에 떨어진다.

"컥!"

"윽?!"

외마디 비명들과 함께 소운단원들이 풀린 눈으로 죄다 쓰러진다. 사망자는 없다. 아무리 애송이라 해도 이런 범위기에 죄다 죽어나갈 정도로 허약한 수준은 아닐 테니까. 대신 내부가 진탕되고 두개골이 무지막지한 기세로 흔들린 탓인지 침을 질질 흘리며 죄다 널브러져 버렸다.

"후."

나는 주변 참상을 보며 가볍게 호흡을 골랐다. 전신을 통해 진동을 방출해 본 건 처음이라 조마조마했는데, 다행히 잘된 모양인지 주변에 서 있는 건 나밖에 없다.

"네, 네놈… 이게 무슨……."

"아! 매국노 대장도 대장이라고 그래도 기절은 안 했네."

"너……."

나는 유일하게 정신을 차리고 있는, 그러나 그렇기에 오히려 더더욱 기절할 것 같은 표정의 소운단장 성환을 보며 웃었다. 사실 나는 그가 나라를 팔아먹든 말든 관심이 없다. 어차피 나에게 지구의 국가관계는 아무런 의미가 없으니까.

즉 그에게 나라를 팔아먹었다든가, 매국노라고 비난하는 것은 딱히 내가 그런 가치를 중요하게 생각해서가 아니다. 그저, 녀석들이 가장 열받고 자극받을 워딩을 선택한 것뿐이지.

왜냐하면.

스스슥.

원래 인간이란 찔리는 부위를 찔렸을 때 펄쩍 뛰는 법이니까.

"왜, 아직도 아니라고 할 거야?"

"……."

여기저기에서 그림자가 솟구친다. 마족은 아니다. 마족이 굳이 복면으로 얼굴을 가리고 몸을 숨긴 채 기다리고 있을 이유가 없었으니까.

"와~ 중국인이다."

[중원]

[8레벨]

[검술 전문가 일검]

[중원]

[8레벨]

[검술 전문가 이검]

일검, 이검, 삼검 식으로 무려 여덟 명의 검사들이 팔방을 포위하며 접근해 온다. 방심은 없다는 듯 침착하고 고요한 분위기.

웅!

영자력이 깨어난다. 그리고 그에 동조해 생체력이 무지막지한 기세로 온몸을 뒤흔들기 시작했다.

아까처럼 외부 진동을 흡수하지 않고 온전히 내 몸에서 최고 출력으로 끌어올린 만큼 무지막지한 칼로리를 소모하겠지만, 뭐 그래 봐야 1~2킬로그램 줄어드는 정도에 불과할 것이다.

웅웅!

몸 주위로 적색의 파동이 일렁인다. 진동을 축적하는 적색의 힘. 그리고 그 빛깔이 순식간에 노을빛으로 물드는 순간!

경천칠색(驚天七色).

주황(朱黃).

콰릉————!!!!

아까 뿜어냈던 진동보다 대여섯 배는 강력한 파동이 정면으로 쏟아진다. 그것은 내가 일순간 뿜어낼 수 있는 전력(全力)! 그러나 적의 반응은 놀라웠다.

칭!

꽹과리를 살짝 때린 것 같은 금속음과 함께 허공에 선이 그어진다. 정면의 검사, 일호의 가 낮은 목소리로 경고했다.

"진동! 이 녀석은 진동의 힘을 다루니 조심해라!"

"네!"

스스슥!!

칼날 같은 예기를 세우며 헐렁하던 포위진이 바짝 조여지기 시작한다. 단지 일정한 방위에 선 것만으로 강대한 압력이 전해지는 것은 그들이 특정한 진법을 연마했기 때문일 것이다.

"와."

그리고 그 모습에 절로 탄성이 나왔다. 역시나 그들은 내가 이길 만한 상대가 아니다. 방금 상대했던 애송이들과는 차원이 다른 진짜 실력자들인 것이다.

"죽지 않는 선에서 모든 공격을 허가한다."

내 태평한 모습에 위화감을 느낀 것일까? 검사들의 기세가 한층 강렬해졌다. 괜히 더 버티고 있다간 큰일 나겠다.

"대상 지정. 영민이 형."

"잡아!"

무시무시한 기세로 돌진하는 검사들! 그리고 그런 그들을 보며 나는 말했다.

"이동."

*　　　　*　　　　*

온갖 칭호를 보며 사는 나이지만.

그럼에도 [성능]을 가진 칭호는 별로 가지고 있지 못하다. 다른 사람과 달리 스스로의 칭호를 언제든 자유롭게 변경할 수 있는 나지만, 세상 무수하게 널린 칭호와 고착 칭호는 그들의 것이었을 뿐 내가 획득하고 변경할 수 있는 칭호는 몇 개 되지 않았기 때문이다. 내가 달고 다니던 칭호가 고작 파리 100마리를 죽여 얻은 [파리 사냥꾼]이었으니 더 말할 필요도 없지 않겠는가?

다만 칭호에 대한 짐작 정도는 있었다.

'성능을 가진 칭호는 기본적으로 [살해]에 치중되어 있어. 무언가를 죽여, 그 생명을 재료로 삼아 만들어지는 것이 칭

호다.'

어떤 존재를 살해하면 [슬레이어] 칭호를 획득한다. 그리고 그 살해를 계속해 나가 그 숫자가 100개체를 넘어가면 [사냥꾼] 칭호를 얻을 수 있다.

과거 나는 클래스메이트인 경은이 [인간 사냥꾼]을 달고 다니는 걸 보고 두려움에 떨었다. 인간 사냥꾼이라는 칭호가 가리키는 게 무엇인가? 경은이 같은 인간을 100명이나 죽였다는 말이 아닌가? 제정신 박힌 인간이라면 두려워하는 게 당연하겠지.

그러나 동시에 나는 알고 있었다.

나 역시 인간을 100명 살해하게 된다면 같은 칭호를 획득할 수 있다는 것을.

그리고 그 칭호의 효과는 고작 파리 사냥꾼 '따위'와 비교가 불가능한 수준일 것이라는 사실 역시…….

그리고 지금.

나는 인간 100명의 살육을 필요로 하는 [사냥꾼] 칭호를 넘어 인간 1만 명을 살육해야 하는 [학살자] 칭호조차 넘어섰다.

그리고 마침내 100만 명이 넘는 인간을 학살한 결과, 나는 마침내 손에 넣고 말았다. 살해자, 사냥꾼, 학살자를 넘어선… [재앙]급 타이틀을.

[인류의 재앙]
—사망 시, 〈1〉회 부활 가능.
—반경 10킬로미터 내 인간에게 〈5〉회 공간 이동 가능. 모든 방해

를 무시하는 〈절대 이동〉 효과.

　―1,000명의 인간을 살려줄 때마다 부활 스택(stack) 1회 충전(최대 2회).

　―악인을 1회 살해할 때마다 이동 스택 1 충전(최대 10회).

　―당신은 누군가의 아버지를 죽였습니다. 어머니도 죽였지요. 딸도, 아들도, 노인도, 아이도, 가리지 않고 학살했습니다.

　100만 명이 넘는 인류를 학살한 당신. 끝없이 회개해도 모자랄 것입니다.

　밤에 잠은 잘 오십니까?

　'역시 기분 나쁜 설명이야.'

　그러나 비난이나 다름없는 이 내용은 틀림없는 사실이며, 동시에 그 내용을 채워 넣은 개발자의 의도를 보여주고 있다.

　굳이 표현하자면 선(善)에 가까운 의도.

　'인간의 생명을 살리고, 굳이 죽여야 한다면 악인을 죽여라……'

　동시에 텍스트인 이것은 개발자의 한계 역시 보여주고 있다.

　'제재할 생각이 없다. 혹은 제재를 할 수가 없다.'

　실제로 텍스트에서는 그저 살육을 질책하는 내용이 담겨 있을 뿐 페널티를 부가하거나 하지는 않았다.

　있는 것은 그저 약간의 방향성. 칭호의 설명을 채워 넣은 이는 이 칭호를 가진 존재가 100만이 넘는 인류를 학살했다는 사실을 전제하고 있으면서도 그걸 막는 그 어떤 조치도 취하지 않은 것이다.

'칭호는 얻으면 얻는 대로. 강화하면 강화할수록 이득이다.'

하려고만 한다면 나는 이대로 [재앙]을 넘어서는 칭호를 노릴 수도 있다. 100만의 인류를 살해해야 얻을 수 있는 재앙 칭호 다음 단계가 있다면 그것은 아마도 1억의 인류를 살해해 얻을 수 있을 테고, 지금의 나에게 그것은 단지 궤도 폭격 한 번이면 간단히 해결될 일이다.

지구에는 인간이 70억이나 있고 나는 이미 천만도 훨씬 넘는 숫자를 이미 충족시켰으니까.

[문제가 있으십니까, 함장님?]

문득 지니가 말을 걸었다.

[심장 박동이 빨라지고 있습니다.]

'아니, 아니. 별로.'

깊이 심호흡한다. 심장이 미친 듯이 뛰는 게 느껴졌다.

'제정신이 아니군.'

이게 무슨 미친 소리란 말인가. 지구에 인간이 70억이나 있다고? 이미 천만도 넘게 충족시켰으니 궤도 폭격 한 번이면 간단하다고?

[함장님.]

'괜찮아. 괜찮아.'

근처에 있는 의자에 앉아 머리를 감싸 쥔다. 정신을 침범당했다거나 하는 이질감은 전혀 없다. 하지만 그래서 더 끔찍했다. 바닥이 느껴지지 않는 공포가 밀려들어 왔다.

과연, 내가—

평범한 삶을 살 수 있을까?

아마 예전의 나는 그럴 수 있었을 것이다. 평범하게 고등학교에 다니고, 평범하게 대학에 진학해서, 평범하게 군대에 가고 평범하게 직장에 다닐 수 있었을 것이다. 물론 그 삶이 정말로 평화로웠을 리는 없겠지.

평범함에는 평범함에 걸맞은 치열함이 있는 법.

평범한 삶을 살길 바란다면, 나는 군대에 입대해 2년이라는 시간을 날려야 했을 것이다.

부조리한 악폐습을 경험했을 테고 어쩌면 구타나 모욕을 당하는 일이 있을지도 모르지.

사회에 나가서도 마찬가지다.

나는 상사에게 불합리한 지시를 듣게 될 수 있다. 사내 정치에 휘둘려 온갖 고생을 다 할 수도, 거지 같은 회사를 만나서 정당한 대가를 받지 못할 수도 있겠지.

그러나 나는 나를 안다.

나는 참을 수 있었을 것이다.

물론 당할 때는 기분이 거지 같겠지만 세상 누가 인생을 재미있게만 살겠는가? 나는 참을 수 있었다. 억울한 일에 분통을 터뜨리고 마음속에서 상사 욕, 회사 욕으로 30분짜리 랩을 풀어놓을지언정 겉으로는 꾹 참고 아부할 수 있었겠지.

내가 어릴 적부터 꿔온 300년 치의 악몽은 그냥 영화를 좀 길게 본 그런 수준의 경험이 아니다. 직접 경험한 일이 아니라 하더라도 경험은 경험. 난 20년도 살지 못한 고등학생에 불과한 어린아이지만, 그럼에도 노인에 가까운 정신을 가지고 있던 것이다.

그래. 나는 그렇게 살 수 있었다.

아무리 거지 같은 경험을 하더라도 웃어넘길 수 있었다. 나는 온갖 고난이 닥쳐오더라도 쓴웃음으로 이겨내고 다만 양념 치킨 한 마리, 다만 게임 몇 판에 웃으며 그 모든 스트레스를 풀어버릴 수 있는 그런 인간이었다.

그러나.

그러나.

이제는 아니다.

'제길.'

전장을 활보하면서도 한시도 잊은 적 없던 꿈이 흐릿해지는 것이 느껴진다.

나는 깨달았다. 지금의 나는 스트레스를 치킨과 게임으로 풀지 않을 것이라는 사실을.

나는 홀로 스트레스를 푸는 대신, 과장의 머리통을 척추째 로 뽑아버릴 것이다.

왜냐하면, 이미 나는 변해 버렸으니까.

오만(傲慢)하고 무자비(無慈悲)한.

인간을 벗어난 존재로…….

[대하.]

그때 문득 아레스가 말했다.

[배가 불렀구나.]

'…뭐라고?'

[겁에 질려 있어. 자기 병력을 무서워하는 애송이 장군 같다.]

'아레스, 이건 그렇게 간단한…….'

[간단한 문제다.]

내 말을 가볍게 자르며 아레스가 말했다.

[결국 제대로 통솔하지 못할까 봐, 휘둘릴까 봐 두려운 거 아니냐?]

'나는.'

[그저.]

또다시 말을 자르며 아레스가 말했다.

[극기(克己)하지 못하는 것이지.]

'……'

[공포를 키우지 마라, 대하. 신성은 네 영혼을 좀먹는 악마가 아니다.]

아레스의 말에 흥분으로 쿵쾅대던 심장이 천천히 진정되기 시작한다. 나는 곰곰이 생각에 잠겼다.

나는 변했다. 그건 틀림없는 사실이다. 그러나 세상에 변치 않는 사람이 있을까?

나는 인간을 벗어났다. 그러나 사실, 나는 원래부터 인간이 아니었다.

나는…….

덜컹!

그때, 창문이 열리는 소리에 정신을 차린 난 그제야 고개를 들어 주변을 둘러보았다. 위를 올려다보니 고풍스러운 양식의 꽃문양들이 보이고 창호지를 바른 창문들을 들어 걸쇠에 걸어 놓음으로써 잘 관리된 연못의 풍경이 한눈에 들어오도록 만들어진 장소가 눈에 비친다.

'향원정(香遠亭)이군.'

내가 도착한 곳은 연못 안에 있는 섬에 건립된 육각형의 정자였다. 경복궁 경회루가 대형 연회를 위한 것이라면 이곳은 임금 개인의 휴식 공간으로 만들어진 장소. 아래층은 온돌이고 위층에는 마루를 깐 전천후 휴식처이다.

[꽤나 대접받고 있는 모양이군요. 이런 공간을 제공받다니.]

'뭐 상황이 상황이니 당연한 일이지.'

나는 창가에 서 형의 모습을 바라보았다.

쏴아아—

불어오는 바람에 형과 그 옆에 서 있는 여인의 머리칼이 흩날린다. 멀지도 가깝지도 않은. 딱 한 뼘 정도의 거리를 두고 서 있는 둘의 모습은 그야말로 한 폭의 그림.

'나 참.'

웃기는 일이지만 우리 학교에는 트윈 로즈라는 게 있었다. 지상계(?)에서는 흔히 볼 수 없는, TV에나 나올 법한 연예인급 미소녀들을 가리키는 호칭.

그야말로 손발이 오그라드는 이 유치하기 짝이 없는 호칭의 대상은 나와 같은 학년, 같은 반이었던 휴먼 슬레이어 경은이었고 또 한 명이 바로 블랙 로즈, 혹은 얼음 공주로 유명한 학생회장 민경이었다.

워낙 대외적인 활동을 많이 하고 금수저 집안이라서 나중에 정치를 할지 모른다고 알려진, 문자 그대로 멜로드라마에나 나올 것 같던 존재.

그러나 사실 그녀는 드라마가 아니라 판타지소설이나 현대

판 사극에나 나올 법한 인물이었다. 원래 한씨가 아니라 이씨인 그녀는 이가의 적통을 잇고 있는 공주(公主)였던 것.

그런데 어쩐 일인지, 그녀와 형의 관계가 몹시 가까워 보인다.

[묘한 분위기로군요.]

'그래. 정말 묘하네.'

나는 가만히 서서 그 둘의 모습을 바라보았다.

이미 어빌리티, 은폐(隱蔽)가 발동해 누구도 내 기척을 느끼지 못 하는 상태. 나는 별다른 장애 없이 그녀의 모습을 훑어보았다.

기본적인 감상은, 그녀가 무인(武人)이라는 것이다.

매끄러운 선을 자랑하는 몸매는 영락없는 아이돌의 그것이었지만 잘 보면 가냘파 보이는 몸은 극도로 단련되어 압축된 근육으로 이루어져 있고, 두 손에는 믿을 수 없을 정도로 거칠고 단단한 굳은살이 박혀 있다.

그리고 그 눈.

또렷하고 깨끗한 검은 눈동자는 일말의 미혹 없이 또렷하다. 무슨 독립투사처럼 단단한 신념과 의지로 무장된 눈을 아직 세상모를 나이의 여학생이 달고 있으니, 뭐라 표현하기 어려울 정도로 이질적인 매력이 뿜어진다.

'뭐, 형도 거기에 꿀릴 건 없지만.'

171센티미터. 남자치고는 별로 크지 않은 신장을 가진 형이었지만 그 미모는 어지간한 미녀를 데려와도 비교하기 어려울 정도로 뛰어나다. 게다가 어쩐 일인지 항상 생기발랄하던 형의 몸에 살기가 깃들면서 묘하게 위험하고 퇴폐적인 분위기를 풍기는 상황.

게다가 지금 형의 위치는 어떠한가? 아직 20살도 되지 않은 나이에 인류 최강급의 무위를 가지게 된 것이 바로 그다. 설사 그가 이가에서 보기에 [근본 없는] 존재라 하더라도 상관없다. 형 정도의 무위라면 그 어떤 가문이든 잡고 싶어 안달할 것이다.

쿵!

그때 저 멀리서 묵직한 북소리가, 고요함을 깨고 들어온다. 향원정 아래 있는 연못 물이 작게 파문을 만들어내며 퍼진다. 전투를 알리는 날카로운 북소리에 연못이 울리고 있다.

형과 민경의 고개가 동시에 들리더니 북소리가 나는 쪽으로 향한다. 북소리는 몇 번 더 들리고는 다시 잠잠해졌다.

"시간이네."

"……!"

"누구냐!"

순간 아무 말 없이 침묵을 지키고 있던 느낀 두 명이 벼락처럼 몸을 돌린다.

형도 민경도 빼어난 실력의 무인이었던 만큼 느껴지는 예기가 살벌한 수준. 그러나 정자 한편에 서 있는 내 모습을 확인하자 형의 몸에서 뿜어지던 무시무시한 살기는 삽시간에 사라지고 놀람과 반가움이 터져 나온다.

"대하야!"

도도도 달려와 확 하고 안겨든다. 도저히 형이라고는 믿을 수 없을 정도로 귀여운 생물체. 이 사람이 불과 수십 시간 전

커터 칼로 사람 모가지를 따던 사람이라고 어느 누가 생각할 수 있겠는가?

"오랜만이야, 형."

"…정말. 형제가 하나도 안 닮았는데 터무니없다는 건 똑같군."

어느새 커다란 환도를 꺼내 들었던 민경이 어이없다는 표정으로 자세를 풀었다. 그러나 푼 것은 자세뿐, 표정에는 경계심이 가득하다.

"어떻게 여기에 들어온 거지? 고위 마법사도 넘어올 수 없는 온갖 방벽이 쳐진 장소인데……."

"몸은 좀 괜찮아?"

무시하고 내 품에 안겨 있던 형을 떼어놓는다. 얼굴이 발갛게 상기되어 있는 형이 고개를 절레절레 흔들었다.

"네가 내 걱정을 할 때야? 너 실종되었다는 말 듣고 뛰쳐나갈 뻔했어."

"그러지 말라고 말 전했잖아."

"아, 그거."

거기까지 말한 형이 잠시 눈치를 살폈다. 나는 민경을 돌아보았다. 내 태도에서 뭔가 느낀 것인지 민경이 멈칫한다.

"민경 선배."

"잠깐. 너 뭐야. 너, 정말로 '뭔가'가 있는 건가?"

무뚝뚝한 말투다. 명령을 내리는 것에 익숙한. 언제나 떠받들어지며 살아온 고귀한 자의 말투.

그러나 나는 그녀의 음성에서 두려움을 읽었다.

"뭔가?"

"그래. 너, 뭔가 있나?"

"……?"

영문을 알 수 없는 소리에 형을 돌아본다. 뭐가 그렇게 좋은지 방실방실 웃고 있다. 확 한 대 때려주고 싶을 정도로 화사한 얼굴이었다.

"뭐야, 형. 대체 학생회장한테 나에 대해 뭐라고 설명한 거야?"

"별 이야기는 안 했어. 그냥."

헤헤, 하고 웃으며 형이 답한다.

"내 동생이 초월자일지도 모른다고 했지. 그것도 아주 아주 무서운."

"…어째서 그런 생각을 한 거야?"

이해가 안 돼서 물어볼 수밖에 없었다. 왜냐하면, 지구에 있을 때까지 나는 평범한 고등학생에 불과했으니까. 물론 칭호를 볼 수 있다는 점에서, 300년 치 꿈을 꿨다는 특이점이 있기는 했지만. 그건 전혀 겉으로 드러나는 능력이 아닌데 왜 이런 이상한 생각을 했단 말인가?

"가족이잖아."

"뭐?"

"가족인데 척 보면 알지."

"…나 참."

어이가 없어 헛웃음이 나왔지만, 어째서일까? 최악이었던 기분이 묘하게 좋아지는 것을 느낀다. 신성에 침범당한 이후로 어떤 인간을 봐도 깊이 마음을 주기 어렵고 다 격하(格下)의 존재로 보였는데 형은 달랐다. 어쩌면 그의 말대로, 우리는 가족이기 때문일지도 모른다.

"…왜."

"음?"

파르르 떨리는 목소리에 돌아보니 민경이 가관인 얼굴로 나를 바라보는 모습이 보인다. 도저히 이해할 수 없는 뭔가를 보는 표정이었다.

"또 뭡니까?"

"왜, 부정하지 않지?"

"뭘 말입니까."

"초월자!"

비명과 같은 소리. 그러나 나는 그녀를 더 상대할 필요성을 느끼지 못했다. 형 때문에 조금 풀어지긴 했지만, 별 친분도 없는 남을 배려할 기분은 아니다.

"선배, 죄송하지만."

"죄송하지만?"

"나가주시죠. 형하고 할 이야기가 있어서."

"……."

민경이 혼란에 빠진 눈으로 나를 보았다. 당장 분노를 터뜨리지 않는 자신이 이해 가지 않는다는 표정이다. 물론 분위기에 말려서 그런 것이겠지만.

때문에 잠시 고민하다 말했다.

"흠, 그래요. 이 말이 듣고 싶으신 것 같은데."

고개를 끄덕이며 말한다.

"저 초월자 아닙니다. 됐죠?"

"……."

민경이 황당한 표정을 지었지만 사실이 사실인데 어쩌란 말인가?

무투 계열 초월자인 하워드 공작을 쳐 죽이고 행성 하나를 멸망시키고 우주를 날아다니는 전함들을 박살 냈다고 해도, 내 순수한 역량과 경지는 극도로 낮다. 눈앞에 있는 민경보다도 낮을 것이다.

"대하야, 그래도 공주님인데."

"됐어. 별로 중요한 문제도 아니고."

나는 고개를 절레절레 흔들었다. 내가 별다른 저항 없이 경은을 따라 이가에 들어온 것은 집도, 아버지도, 그리고 형도 없어진 지구의 상황을 파악하고 내 한 몸도 추스르기 위함이었지 이 나라에, 그 안에서도 이가에 소속감을 느껴서가 아니다.

"어쨌든 다시 말하지만 잠시 나가주시겠어요? 오랜만에 가족을 만나서 회포를 좀 풀고 싶은데요."

충분히 할 수 있는 요청이라고 생각했다. 형 말대로 우리는 가족이 아닌가?

그러나 민경은 고개를 흔들었다. 어쩐 일인지 나를 보는 그녀의 시선에 경계심이 가득하다.

"안 돼. 영민이는 지금 중요한 기로에 서 있다. 집안일로 흐트러질 상황이 아니다."

"집안일?"

멈칫한다. 입꼬리가 절로 올라간다. 과연 그녀는 알고 있을까? 우리 [집안일]이 잘못되면 어떤 일이 벌어지는지?

지금 이가는 주가의 침략을 맞이해 자신들이 엄청난 위기에 처했다고 생각하겠지만 그야말로 천만의 말씀이고 대단한 착각이다. 이가의 진짜 위기는 내가 뭣도 모르는 붕대 삼인방에게 공격당했을 때였으니까.

사실, 그건 이가만의 위기조차 아니었다.

그것은 인류 멸망의 대위기.

어쩌면 대마법사 제논 호 키프리오스가 예지했다는 인류 멸망은 나로 인한 것일지도 모른다. 고작 하급 초월자 [따위]가 나로 인한 미래를 예지했을 거라는 생각은 들지 않지만, 나름대로 세력에 균형을 이루고 있는 인류가 뜬금없이 멸망할 다른 이유가 없으니까.

"후."

얕게 한숨 쉬며 마음을 가라앉힌다. 그리고 웃으며 말했다.

"그럼 저희가 나가죠."

"안 돼."

"……."

서서히 짜증이 나기 시작한다. 왜 이렇게 말귀를 못 알아들을까.

"이민경 양."

자연히 가라앉는 목소리. 그리고 그때였다.

"잠깐! 타임!!"

형이 나와 민경 사이에 끼어들었다. 의아해하며 형을 바라보자 형이 깊게 심호흡하는 모습이 보인다.

"후, 후우, 하아……."

그 난데없는 행동에 나는 물론이고 민경까지 눈을 동그랗게 뜬다. 그리고 그런 우리 둘의 시선을 받으며 심호흡하던 형은, 마침내 결심한 듯 굳은 표정으로 나를 보았다.

"같이 들을게."

"뭘?"

"네가 나에게 하려는 이야기 전부."

"…뭐?"

절로 인상이 찡그려진다. 같이 듣다니. 너무나 경솔한 말이다. 지금 내가 무슨 말을 할 줄 알고 같이 듣는다는 말을 한단 말인가?

형이 상상이나 할 수 있을까? 내가 누구인지. 어떤 상태인지. 지금 어떤 힘을 가지고 있고 어떤 일을 할 수 있는지…….

그러나 거절의 말을 하려는 순간 형의 눈을 보고 멈칫한다. 뭔가 결심을 한 듯 흔들림 없는 눈.

형이 말했다.

"역시 그렇구나. 역시 뭔가 엄청난 이야기가 있었어."

"…형."

그 순간, 나는 형이 그저 단순한 마음으로 이 자리에 그녀를 남기겠다는 게 아니라는 사실을 알았다.

그는 솔직하고 싶은 것이다.

속이고 싶지 않은 것이다.

형이 꾸벅 고개를 숙였다. 목소리와 표정, 태도에서 진심이 묻어난다.

"미안. 하지만 맹세해. 너를 끌어들이려고 그러는 건 아니야. 아무것도 도와주지 마. 그냥 지켜만 봐도 상관없어. 그저… 난 그저."

형의 얼굴이 새빨갛게 상기되어 있다.

"난 그저 그녀에게 솔직하고 싶을 뿐이야."

"……."

입을 뻥긋거린다. 어이가 없어 말문이 막힌다.

"아니, 그게. 아이고. 아이고, 맙소사."

절로 나오는 한탄에 이마를 잡고 신음한다. 형이 이렇게까지 나온다면, 나로서도 어찌할 수 없다.

"뭐야. 대체 무슨 대화를 하고 있는 거냐?"

자리에 있는 사람 중 유일하게 상황 파악을 못 한 민경의 질문에 나는 한숨 쉬며 답했다.

"아주 중대한 이야기. 당신이 이가, 아니, 인류의 미래가 어찌 될지 모를 무지막지한 기로(岐路)에 마주했다는 말이지."

"뭐? 인류?"

나름 친절한 설명에도 전혀 이해하지 못한 표정. 다만 그녀와는 다르게 내 말을 알아들은 형의 표정이 심각해진다.

"그 정도야?"

"그 정도야, 형."

"와, 심상치 않을 거라는 생각은 했지만… 그러면 나부터 이야기해야겠네."

쓰게 웃은 형이 민경을 돌아보았다.

"민경아, 주변을 물려줘."

"뭐? 지금도 충분히 멀리서."

"해줘."

"…기다려 봐."

형의 시선을 이겨내지 못한 민경이 입을 삐끔거렸다. 아무 말 들려오지 않는 걸 봐서는 전음을 사용하는 모양.

[주변에 포진하고 있던 무사들이 뒤로 물러났습니다, 함장님.]

'뭐 사실 은폐장을 펼치면 되니 상관없지만.'

그러나 신경 써주는데 굳이 무시할 필요는 없던 만큼 별말 없이 향원정 한쪽에 준비되어 있던 고풍스러운 디자인의 의자에 걸터앉았다. 그리고 그런 내 앞에 마주 앉은 형이 이야기를 시작했다.

"날 처음 만난 날을 기억해?"

"기억하지."

아버지가 형을 입양한 건 내가 5살 때였다. 아무런 전조도 없이 아버지가 인형처럼 귀여운 아이를 안고 들어왔던 날.

아버지는 형의 친어머니와 친아버지가 형이 보는 눈앞에서 연쇄 살인마에게 살해당했다고 말씀해 주셨다. 그 연쇄 살인마는 그때 사회에서도 크게 이슈가 되었던 녀석이었다는데, 녀석이 형의 친어머니와 아버지를 죽이고 형까지 죽이려는 걸 아버지가 구해줬다던가.

"맞아. 아버지의 말대로지. 하지만 아버지가 네게 말해주지 않은 게 있어."

"뭔데?"

"우리 친부모님을 죽인 살인마 집단을 내가 다 죽여 버렸다는 이야기 말이야."

"흠."

별로 놀라지 않았다. 꺼려 하는 마음은 당연히 없었다. 이제 와서 내가 살인 하나에 그런 감정을 느낄 이유가 어디 있겠는가? 심지어 친부모를 다 죽여 버린 살인자들을 죽였다니. 법과 정의는 몰라도, 적어도 나는 그를 질책할 이유도 자격도 없는 상황.

그리고 그런 내 태도는 형의 마음을 가볍게 만들어주었는지 담담하게 이야기를 해나가기 시작했다.

"나는 천살성(天殺星)의 기운을 타고났어. 태생부터 죽음과 파멸을 부르고 사람들을 살육해 나갈 운명이지."

[성운(星雲)의 단말을 타고났군요. 극히 희귀하게 존재하는 태생 능력자입니다.]

"살인자들은 이면 세계의 존재들이었어. 나를 데려다 살인 병기로 쓰길 원했지. [진짜] 천살성이라는 게 뭔지도 모르면서 말이야."

아버지가 나타난 것은 마침내 형이 모든 살인자들을 죽여 버렸을 때였다고 한다. 무지막지한 살기의 폭주에 마침내 형이 마(魔)로 화하려던 그 순간.

어떤 수를 쓴 것인지 아버지는 형의 천살기를 완전히 붙잡아 정신 깊숙한 곳에 봉인했다고 한다. 기연이라면 기연이다. 아버지의 조치로 인해 형은 하늘조차 죽일 살기를 갈무리하는 데 성공하게 되었다고 한다.

"물론 그렇다고 해도 영원한 봉인은 불가능해. 천살성은 숙명의 별이라서 억지로 피하면 억제력이 발동되거든. 그래서 나는 매일 밤 [탑]에 들어갔지."

"탑?"

의문을 표하자 가만히 있던 민경이 말했다.

"이면 세계의 가장 깊은 장소에 박혀 있는 언네임드의 유해(遺骸)다. 생존율이 백 중 두셋밖에 되지 않는 위험 지대이고……."

"민경이와 내가 만난 장소이기도 해."

"……."

나는 잠시 생각에 잠겼다. 고민했다. 그리고 말했다.

"그러니까, 매일 밤 연애질을 했다는 거야?"

"그, 그런……."

어색해하며 머리를 긁적이는 형이었지만 이내 머리를 흔들더니 말을 이었다.

"어쨌든, 나는 그렇게 살았어. 낮에는 따스하고 편안한 집에서 깨고 학교에 가서 친구들을 만나고, 밤에는 사람을 죽이고 시련을 통과했지. 많은 위기를 겪었고, 좋은 사람들도, 쓰레기 같은 악당들도, 그리고 무지막지한 괴물들도 만났지."

형의 얼굴은 복잡하다. 짧게 설명하기에는 너무나 많은 일을 겪었다는 표정.

"언제까지 그 탑이란 곳을 다녔는데? 앞으로도 가야 해?"

"그렇지는 않아. 요번에 아버지가 떠나고 집이 사라졌을 때

마침내 100층에 도달했고."

우우————!

형이 오른손을 들어 올리자 한순간 살벌한 기운이 깃들었다. 보는 순간 죽음을 연상하게 되는 살기의 구현, 천살기였다.

"이런 힘을 얻었거든."

뭔가 소년 만화 같은 이야기였다. 특별한 운명을 타고나서. 특수한 공간에서 싸우고. 사랑하고. 그리고 마침내 스스로의 운명을 정복하는 그런 이야기.

"너무 간추렸나?"

쓴웃음 짓는 형의 모습에 나 역시 웃었다.

"아니, 충분해."

그렇게 말하고 마음속으로 명령한다.

'지니, 여기에서만 네 모습을 볼 수 있게 만들 수 있어?'

[은폐장을 조절해 한정적인 지역에서 관측이 가능하게끔 조절할 수 있습니다. 적어도 그 정자가 있는 섬 안에서는 함선의 전체 모습을 볼 수 있겠지요.]

'부탁해.'

그렇게 말한 후 자리에서 일어났다. 계단을 내려가 향원정을 그대로 벗어났다. 내 뜬금없는 움직임에 당황하면서도 형과 민경이 주춤주춤 따라온다.

"뭐야? 어딜 가는 거야?"

"멀리 안 가. 하늘만 볼 수 있으면 되거든."

향원지를 등지고 잘 어울리는 한 쌍의 커플을 돌아보았다.

이해할 수 없는 표정으로 나를 보고 있는 민경과 긴장한 표정의 형의 모습이 보인다.

"형도 그랬으니… 나도 간추려서 이야기할게."

길게 이야기하면 책으로 네 권은 뽑아낼 수 있겠지만, 간추리면 한 줄이면 해결될 이야기.

나는 말했다.

"지니, 모습을 드러내."

[명을 받듭니다, 황제 폐하.]

지니의 모습이 내 옆에 떠오른다. 마지막 말 역시 모두가 들을 수 있는 외부 음성. 그 난데없는 등장에 형과 민경이 흠칫한다.

"…이게 무슨. 기척이 전혀 없어."

"아니, 그보다 저 옷차림은 뭐야? 게다가 황제?"

당황하는 순간, 하늘이 빛난다.

기이이이잉————!

하늘을 뒤덮어 버릴 듯 거대한 선체(船體)가 모습을 드러낸다. 날개를 펼친 거대한 새의 모양을 한, 날개 끝에서 끝까지 30킬로미터가 넘을 정도로 거대한 전함이 하늘을 뒤덮어 버릴 듯 압도적인 존재감을 뽐내었다.

그것이야말로 레온하르트 제국에도 20대밖에 없는 테라(Tera)급 전함, 알바트로스.

"나는 지구를 떠나 거대 제국의 황제가 되었고, 그만뒀고,

돌아왔어."

　그야말로 압도되어 입을 다물지 못하는 둘을 보며 웃었다.

　"너무 간추렸나?"

난잡한 전쟁 🌙 ＊＊

광화문 광장에 사람들이 모이기 시작한다. 하나둘 모이기 시작한 인파는 점점 늘어나 수십 명, 수천 명을 넘어 마침내 수만 명이 넘게 불어났다.

"미쳤어. 전쟁을 하자는 것인가……."

"주가의 위세가 무섭긴 무섭군. 이렇게나 엄청난 규모의 능력자를 모을 수 있다니……."

"파렴치한 놈들, 대장전이라는 말의 의미를 모르는 것인가."

여기저기에서 주가를 욕하는 소리가 들려온다. 물론 그게 의견의 전부는 아니다.

"당연한 일이지. 고작 이런 전투 한 번에 주가를 홀랑 넘겨야 한다는데 주가 전체가 거기에 동의할 리 없으니까. 같은 상황이면 우리 이가도 마찬가지였을걸."

"원래 국제 정세는 국력에 따라 움직이는 거야. 고작 도박의 결과에 나라 전체가 휘청거린다는 게 말이나 될 법한 일인가?"

제멋대로 떠들어댄다. 대장전으로 주가, 나아가 중국을 통째로 빼앗기는 일이 불합리하다면 당연히 반대의 시도 역시 해서는 안 되었다는 사실을 암묵적으로 무시한 헛소리들.

그러나 형은 그 모든 소란에 조금의 관심도 보이지 않는다.

고오오————

형이 수많은 시선의 홍수 한가운데에 있다. 선망과 경멸, 경애와 질투, 욕망과 적의가 휘몰아치는 탁류 속에서도 그는 바닥에 박아놓은 정처럼 한 점의 미동조차 없다.

우습게도, 오히려 아무 움직임이 없었기에 형은 이 소란 속에서도 엄청난 존재감을 뿜어내고 있다.

"작고 호리호리해. 그리고 무엇보다……. 아름답군. 저게 남자라니."

"너무 어려. 정말 저렇게까지 어린 녀석이 중국 최강의 검사들을 죄다 무찔렀단 말인가."

"용을 잡아먹는(食龍) 검마(劍魔)라……."

시간이 점점 지난다.

소란이 점점 가라앉는다.

그리고 마침내 꼿꼿한 자세로 서 있던 형의 두 눈이 떠졌을 때, 어느새 그의 앞에는 한 무리의 무사들이 나타나 있는 상태였다.

"권황(拳皇)! 도황(刀皇)까지!"

"삼황(三皇)이다!"

잔뜩 몰려 있는 중국인들 사이에서 경의와 찬탄이 터져 나온다. 물론 이가 쪽의 반응은 그들과 달랐다.

"삼황은 개뿔, 검황이 죽고 이황이지."

"게다가 천하제일은 검황이었잖아? 이제 와서 검황보다 한 수 아래라고 여겨지던 둘이 와봐야 어쩌라고?"

비웃고 평가절하 한다. 그러나 그러면서도 웅성웅성한다. 술렁술렁거린다.

"하, 하지만 천하 오대 고수인데……."

"하, 미친. 적으로 권황과 도황을 마주하는 날이 올 줄이야."

"적… 그런가. 저들이 적이란 말인가."

이가의 기세가 크게 꺾이는 게 느껴진다. 명백한 [적]이 뭔가를 한 것도 아니고 그냥 모습을 드러낸 것만으로 주눅 들어버리는 것.

너무 어이가 없어 무심코 입을 열었다.

"등신들이네."

"동의한다."

고개를 돌려 내 옆에 서 있는 민경을 바라본다. 언제나 그랬듯 무표정이지만, 두 눈동자가 차갑게 이글거리는 모습이 보인다. 이가의 구성원들이 보이는 추태에 분노한 것이다.

"후회하지 않아?"

우리를 포함한 이가의 중진들은 광화문의 2층 누각에 올라서 모여든 사람들을 내려다보는 중이었다. 광화문 누각은 원래 올라오면 안 되는 곳이지만, 경회루를 사원 식당같이 쓰는 집단인데 그런 게 어디 있겠는가. 오히려 편히 쉴 수 있게 내부 인테리어가 잘되어 있는 상태다.

"후회?"

"나라면 주가를 세상에서 지워 버릴 수도 있는데."

어려운 일이 아니다. 아니, 오히려 너무나 간단한 일이라고 할 수 있겠지. 지구에는 알바트로스함을 감지하고 방비할 기술이 없고, 알바트로스함의 화력은 지구 표면을 다 갈아엎는 게 가능한 수준이었으니까.

"거절한다."

"왜?"

싸늘한 목소리에 의문을 표하자 민경이 고개를 돌려 나와 눈을 마주한다.

"어차피 그럴 생각이 없다는 건 알고 있으니까."

"그렇긴 해."

이제 와 살인이 두렵다거나 하지는 않다. 그런 순진한 소리를 입에 담기엔 너무나 멀리 와버린 상태.

그러나 그렇다고 무의미한 대량 학살을 자행할 정도로 미친 것도 아니다. 나는 그만한 야망도, 목표를 가지지도 못했기 때문이다.

"하지만 꼭 학살만이 답은 아니지. 압도당해서, 굴복하게 만드는 것 정도는 할 수 있으니까."

나는 형에게, 그리고 그 옆에 있던 그녀에게 내가 할 수 있는 일들을 대략적으로 설명해 주었다. 설명이 어렵지는 않았다. 알바트로스함의 존재는 너무나 강력한 [증거]였으니까.

그리고 그 상태에서 나는 말했다. 도와주겠다고.

물론 그건 이가가, 나아가서 한국이 예뻐서가 아니다. 우리 형이 너저분한 국가의 일에 얽히는 게 짜증 나서 다 떨치기 위한 제안이었지.

그러나 민경은 내 제안을 거절했다.

"이미 말했지만."

민경이 다시 고개를 돌려 형을 바라본다.

"독립에 외세를 끌어들일 생각은 없다."

"어째서?"

"우주선 같은 터무니없는 걸 끌고 오지 않았을 뿐이지… 제안이라면 이미 몇 번이나 받은 상태다. 일본의 양명가, 미국의 록펠러 가문에서도 비슷한 제안을 했었지. 도와주겠다고. 힘을 주겠다고."

"아니, 나는."

"네가 누구라고 해도 마찬가지다. 의도도 음모도 없는, 오직 형을 위한 순수하고 자발적인 도움이라 해도."

그녀가 다시 나에게 고개를 돌렸다. 그녀의 눈동자 안에서 격랑이 일고 있다.

"독립은 스스로의 힘으로 해내야 해. 주체(主體)가 되지 못한다면 우리는 영원히 노예로서의 사슬을 깨부술 수 없을 테니까."

"……."

"괜히 날 흔들지 말고 지켜봐 줬으면 좋겠다."

나는 문득 불편해졌다.

뚜렷한 신념과 목적을 가지고 불가능에 가까운 목표에 온몸을 던지는 그녀의 모습에 뭐라 표현하기 어려운 이상한 기분이 들었기 때문이다. 친부로부터 거대한 힘과 권능을 유산으로 받았지만 아무런 목표도 신념도 없이 파도 위의 나무토막처럼 그저 상황에 떠밀려 다니는 상황 때문일까.

"뭐."

"음?"

"그래도……. 영민이가 위험에 빠지면 도와주겠지? 가족이니까?"

"외세를 끌어들일 수는 없다면서?"

"안 보이게 하면 되지."

"…뭐라고?"

황당한 말에 멈칫한다. 민경은 무표정한 얼굴로 정면을 바라보고 있다. 드물게도 그녀의 얼굴이 살짝 상기되어 있는 모습이 보인다. 그녀를 잘 모르는 나조차도 그녀가 엄청나게 부끄러워하고 있다는 사실을 알 수 있었다.

"푸훗!"

문득 웃음이 터져 나왔지만 이내 정색한다.

"형을 내버려 둘 생각은 원래부터 없었어."

내 웃음소리에 주변에 있던 이가 중진들의 시선이 한순간 모인다.

그들의 인상은 험악하였는데, 이가의 명운을 건 대결을 앞두고 웃음을 터뜨린 내 모습에 화가 난 모양이다. 아니, 어쩌면 지금 이가에서 최고의 권한과 영향력을 가진 민경의 옆에 출신 성분도 모를 나 같은 잡것이 서 있어서일지도 모르지만, 당연히 그딴 것들은 내 알 바가 아니다.

'지니, 화면.'

[네, 함장님.]

내 안경, 우자트로 확대된 형의 모습이 비치고 머릿속으로는 형 근처의 소리가 전달된다. 어느새 형의 앞에 도달한 두 노인 네가 마음대로 떠들고 있다.

"어리석은 길을 가고 있구려."

"지금이라도 그만둬라."

"주가에 투신한다면 상상도 못 해본 권력과 명성을 가지게 될 것이오."

"억지를 부려서 해결될 문제가 아니다."

뭐 대충 이런 이야기들이었다. 어르고 달래고 협박하고 회유하고 아주 난리도 아니었다.

'와, 정말이지⋯⋯.'

천진난만한 늙은이들이었다. 설마 이제 와서 말로 이 상황을 해결할 수 있을 것이라고 생각하는 걸까?

[어쨌든 상대가 어리니까요.]

어리다는 건 참 대단한 일이다.

아무리 대단하고 엄청난 일을 이뤄내도 그걸 이뤄낸 상대가 그저 어리다는 것만으로 평가절하 하고 얕잡아 본다. 과연 그들의 앞에 서 있는 것이 형의 손에 죽은 검황이어도 저따위 모습을 보일 수 있을까?

둘 다 노인이니 나이를 먹을 만큼 먹었을 텐데 아직도 저런 태도라니.

과연 형은 그들의 태도에 눈썹 하나 까딱하지 않고 답했다.

"같이 덤비나? 왜 나란히 서서 떠들지?"

"어리석은……!"

"애송이 놈의 방자함이 하늘을 찌르는구나! 우리가 네놈이 두려워서 이러고 있는 것으로 생각하는 건가!"

티격태격하는 사이에도 적들은 점점 늘어났다. 이미 모인 숫자가 수백 수천을 넘어 수만 명이 넘었는데 거기에서도 점점 더 늘어나기 시작한 것이다.

그리고 마침내.

[일시 정지 중. 점령전 재시작까지 앞으로 1분]

대결의 시간이 도래했을 때.

"맙… 소사."

"아니, 이런, 미친."

광화문 앞에 모여 있던 이가 쪽 능력자들의 안색이 창백하게 질렸다. 많은, 너무나 많은 [적]들의 숫자에 압도된 것이다.

"아, 나 이 광경 어디선가 본 적 있어."

"…무슨 말을 하고 싶은 거지. 이런 광경을 어디서 본다는 거냐."

과연 이 상황만큼은 그녀도 예상하지 못한 듯 민경의 안색이 창백하게 질려 있다. 대한제국의 공주, 아니, 칭호대로라면 [황녀]라고 스스로를 인식하고 있는 그녀였지만, 그렇다고 하더라도 이만한 규모의 적을 보고 태연할 수는 없겠지.

그러나 나는 다르다. 오히려 웃음이 나온다.

"왜, 촛불집회 때도 이 정도는 모였던 것 같은데."

물론 그때는 나름 성숙한 시민들의 모임이었고 지금이야 졸렬한 [적]의 모임이라는 점에서 차이가 있겠지만… 도덕적 우위는 전혀 상관없이 지금의 광경이 훨씬 더 엄청나다는 건 누구도 부정할 수 없으리라.

평화로운 분위기의 시위대와 적의와 살의를 뿜어내는 적의 그 본질적인 차이!

나는 광화문 누각에 서 있었기에 그들의 모습을 한눈에 볼 수 있었다. 광화문 광장을 가득 채우고 차 한 대 없는 도로 역시 꽉 채울 정도로 버글거리는 사람들.

광화문 광장을 중심으로 퍼져 나가 광화문 앞까지 자글자글 모여 있는 중국인들은 당장에라도 광화문을 박살 내고 경복궁 안으로 쳐들어올 것처럼 기세등등하다.

"진짜 벌레처럼 많네."

알바트로스함의 탐색 결과에 따르면 지구 전체의 능력자는 대략 천만 명이 조금 넘는 수준이라고 한다. 그중 한국 출신 능력자는 약 15만 명으로 한국의 전체 인구에 비하면 비교적 많다고 할 수 있는 수준.

그러나 한국 출신 능력자가 죄다 이가 소속인 것은 아니다. 경복궁 같은 [대마법사의 은총]이 새겨진 거주지가 없기에 안가의 형태로밖에 존재할 수 없지만, 그럼에도 적게는 대여섯 명, 많게는 백 명 이상의 인원으로 이루어진 세력들이 전국 각지에 흩어져 있으니까.

뿐인가. 이면 세계에는 거의 들어가지 않고 표면 세계에서만 활동하는 능력자도 상당수 있다.

결국, 이가에 소속된 전체 능력자의 숫자는 대략 9만 명 정도.

그리고… 지금 광화문 광장에 모여든 중국 능력자들의 숫자는 그 이상이다.

"어떻게 이 엄청난 숫자가 한국으로 모여들 수 있는 거지? 표면 세계에서도 이면 세계에서도 이런 대단위 움직임을 감지할 수 없었는데… 설마 바다를 건너왔단 말인가? 이면 세계의 바다를?"

"미쳤군, 미쳤어! 이렇게 되면!"

"혹시라도 대장전에 패해 자금성을 빼앗기게 되면 이가를 멸망시켜 점령을 무마시키겠다는 건가!"

그야말로 미친 소리였다. 대마법사의 안배(영혼거병 세종과 순신이라든지, 경회지의 이무기라든지)들은 같은 인간을 대상으로 하지 않기에 직접 부수거나 하지 않는 이상 반응하지 않지만, 적어도 경복궁의 결계만큼은 이가에서 완벽히 통제하고 있다. 아무리 능력자들의 질과 숫자가 이가보다 많다 하더라도 정면으로 충돌하면 주가 역시 절대 무시할 수 없는 타격을 입고 말 것이다.

그리고 그때였다.

"결단을 내릴 시간이 되었소, 아가씨."

쿵쿵. 거친 발걸음 소리와 함께 광화문 누각 위로 새로운 무리가 모습을 드러낸다. 대략 스무 명 정도의, 완전무장 한 능력자들로 이루어진 무리. 특히나 그 앞에 있는 건 나도 아는 얼굴이다.

[이(李)가]

[7레벨]

[사령술 전문가 이현석]

별거 아닌 인연의 상대였다. 그저 녀석의 동생이, 내 손에 죽었을 뿐이지.

'흠, 생각해 보니 철천지원수로군.'

그러나 적어도 지금 녀석이 이 자리에 선 이유는 그것 때문이 아닌 것 같았다.

"아가씨?"

"이런이런~ 이런 상황에서도 호칭이 더 문제인 것이오? 어디, 공주라고 불러 드리오리까? 아니면~ 황. 녀. 님?"

뱀처럼 웃는 현석. 그러나 직후 비열하게 웃던 그의 표정이 굳어버렸다. 왜냐하면, 보았기 때문이리라.

"느리구나."

언제나 변함없는 표정으로 빙화(氷花)라고까지 불리던 민경이 싸늘하게 웃고 있는 모습을.

"그 너절한 음모조차도."

그리고 그와 동시에.

광화문 앞에 서 있던 형이 말했다.

"대장전 속행."

[대장전을 속행합니다!]

대장전이 시작되었다.

비열하게 웃고 있었던 현석의 얼굴은 이미 돌처럼 굳어져 있다.

"대장전을 속행한다고? 지금 이 상황에?"

뭔가 크게 잘못되었다는, 무슨 있을 수 없는 상황을 마주한 표정에 의문이 들었다.

"잠시 질문!"

내가 손을 들자 주변 시선이 모인다. 살짝 멋쩍다. 사실 내가 끼어들 상황은 아니었으니까. 하지만 그래도 궁금증은 풀어야 하지 않겠는가?

"뭐라고? 지, 질문?"

뱀처럼 사악해 보이던 현석이 말까지 더듬는 모습이 뭔가 재미있다. 나를 무슨 이해할 수 없는 무언가를 보는 표정으로 보고 있다.

"네. 왜 놀라는지 궁금하네요. 어차피 시간이 돼서 하는 거 아니에요?"

정중한 질문이었지만 그 질문에 이제 현석은 물론이고 이가의 중진들까지 어이없다는 표정으로 나를 바라본다.

세상에 뭐 이런 또라이가 다 있냐는 표정이었다.

"미친 애송이 놈이! 너희 형제는 현실감각이라는 게 없나!! 저 엄청난 병력이 보이지 않아? 이깟 대장전에서 이긴다고 모든 게 끝날 것 같으냐! 만약에라도 대장전에서 이기게 된다면!

그걸로 이가가 멸문지화를 당할 거라는 사실을 알아야지!!"

아직 대장전은 시작되지 않았다. 한쪽에서 대장전 속행을 주장하더라도 다시 5분의 준비 시간이 존재하기 때문. 그러나 5분이라는 시간은 너무나도 짧아… 잠깐 떠드는 사이 벌써 2분을 넘어서고 있다.

"뒷일을 생각하지 않는가! 순간의 충동과 알량한 자존심으로 모든 걸 망쳐 버릴 생각이란 말인가! 공주! 나는 당신이 이성적이라 생각했는데! 이런 미친 짓을 벌이다니! 애초에, 이가가 주 황실을 상대로 승리하는 코미디가 현실에서 벌어질 수 있다고 진지하게 생각한단 말인가?!"

두 눈을 이글거리며 소리친다. 누가 보면 우리 쪽이 되게 나쁜 놈이고 저쪽이 정의의 편으로 보일 정도로 분노하는 상황.

그리고 그렇게 분노하는 그를 민경이 비웃는다.

"안 될 것도 없지."

"뭐라고?"

퍼버버버벅.

반문하는 순간 기묘한 소리가 들렸다. 한껏 억눌린, 폭죽을 가죽 주머니 안에 넣고 터뜨린 것 같은 그런 소리.

그리고 동시에.

"윽! 배, 배가……."

"큭……! 이게 무슨."

"으억!"

광화문 누각으로 들어왔던 현석 무리가 동시에 다 쓰러져 버린다. 그나마 현석은 쓰러지지 않았지만, 안색이 창백하고 눈코 입에서 피가 흐르는 게 그 역시 다른 무리와 비슷한 뭔가에 당한 상황이라는 걸 알려주고 있다.

우우웅!!

현석의 몸 주위로 죽음의 힘, 사기(死氣)가 뿜어지기 시작한다. 이미 그의 얼굴은 흉신 악살처럼 험악하다.

"네년?! 네년의 짓이냐?!!"

"이제는 년까지 나오는군. 그래그래. 늘 그렇게 날 부르고 싶어서 입이 근질근질거렸겠지. 소원 성취 하였으니 그야말로 기념할 만한 날이겠군. 공주님, 황녀님 하고 아부를 떨 때는 얼마나 속이 뒤틀렸을까?"

드물게도 빈정거리는 민경의 목소리에 현석이 버럭 소리친다.

"닥쳐라, 건방진 년!! 지금이 어느 시대인데 황녀 공주 같은 개소리를 한단 말이냐?! 허울 좋은 핏줄을 타고났다고 자신이 대단한 존재라 여기는 머저리 같은 년! 뭘 누워 있어, 이 멍청이들아! 어서 일어나!"

현석의 명령에 녀석의 무리들이 비틀비틀 몸을 움직였지만 그저 그뿐. 끝내 그의 명령을 수행하지 못한다. 이미 입은 타격이 너무 커서 도저히 복구할 수 없는 수준인 것. 아니, 그 정도가 아니라 이미 무리의 절반 정도는 사망해 스틱스강을 건넜다. 움직일 수 있는 전력은 무리의 맨 뒤에 서 있던 네 기의 언데드뿐이다.

"쿨럭! 죄, 죄송합니다, 회주님. 육신과 마력이 전부… 내부로부터 파괴되고 있습니다."

"뭐냐. 언제부터 준비한 거지? 대체 어느 틈에."

"그러니까."

그때 새로운 등장인물이 광화문 누각으로 들어섰다, 떡 벌어진 어깨와 훤칠한 신장을 고급 양복으로 뒤덮은, 면상만 보면 20대 중후반, 심하면 30대로까지 보이는 고등학생.

그는 나의 오래된 친우이자 한국 굴지의 대기업인 일성의 회장, 배진만의 손자인 배재석이다.

"삥을 뜯어도 적당히 뜯었어야죠. 세상에. 미성년자한테 삥 뜯어서 술 먹고 밥 먹고 여자도 부르고……. 쪽팔리지도 않아요? 그따위로 사니까 이 꼴 나는 거예요."

"너, 이 새끼. 천한 장사꾼의 자식이 감히?"

"시대가 어느 시대인데 천한 장사꾼 같은 개소리야? 사람 죽이고 시체 만지작거리는 걸로 자기가 뭔가 대단한 존재라 여기는 머저리 같은 새끼야?"

"네, 네놈… 감히!!!"

상상치 못한 독설에 당황한 듯 멈칫거리는 현석. 그러나 그는 이내 악독한 표정을 짓더니 흑마력을 발했다.

[크륵! 크르륵!!]

[크워어————!]

급변하는 상황 속에서도 미동도 하지 않고 서 있던 언데드들에게서부터 무지막지한 기운이 뿜어지기 시작한다.

서걱.

그러나 그들이 움직이기 전 네 개의 절삭음이 서늘하게 공간을 베고 지나간다. 보통 사람이라면 그게 네 개인지 한 개인지 구분할 수 없을 정도로 일순간에 행해진 공격.

"국뽕 진짜 극혐이야. 세계화 시대에 황제가 어쩌고 왕이 어쩌고. 국가를 위한 희생이 어쩌고, 국가와 민족이 어쩌고, 다 시대착오적인 개소리들이지."

아무것도 없던 허공에서 늘씬한 다리가 훅 하고 모습을 드러낸다. 이어서 매끈한 허리가, 풍만한 가슴이, 길쭉한 팔과 거기에 들린 두 개의 단검이, 마지막으로 슬쩍 치솟아 성격 있어 보이는 눈매와 오똑한 코, 뒤틀린 입술이 모습을 드러낸다.

"하지만."

마침내 모습을 드러낸 내 클래스메이트, 이가의 옹주 경은이 단검에 묻은 검은 피를 털어내며 싸늘하게 말했다.

"너희만큼은 아니야, 이 배신자 새끼들아."

"너, 이, 이년… 네가 왜 여기 있지? 이가에 아무런 애착도 없다고 공언하던 년이."

"뭐래, 등신아. 내가 독립 준비를 하던 건 사실이지만 그렇다고 이가가 망하길 바라는 건 아니거든? 나한테 우국충정이 어쩌고 국가에 대한 헌신이 어쩌고 지랄이란 지랄은 다 떨던 새끼가 배신도 1번이라니 어처구니가 없다."

"너……! 이……!"

서걱.

고함을 지르는 순간 두 팔이 잘려 나간다. 경은이 웃는다.

"뭐, 그래도 난 너희 같은 쓰레기들 좋아해."

그녀의 두 눈이 서늘하게 빛난다.

"사람 죽이고 선의 카르마를 쌓는 게 쉬운 일이 아니거든."

"기, 기다려! 나는 주 황실의 제안을……."

서걱.

미처 말을 다 마치기도 전에 검은색 선이 목을 스쳐 지나간다. 너무도 부드럽게, 마치 싸구려 CG처럼 현실감 없이 잘려나간 머리통은 그대로 떨어져 누각의 바닥을 굴렀다. 어째서인지 잘린 단면에서는 피 한 방울 흐르지 않는다.

"으. 살벌하구먼."

재석은 살짝 창백해진 얼굴로 민경의 뒤로 숨었다. 민경이 그를 치하한다.

"수고했다. 많이 부담되는 일이었을 텐데."

재석은 고개를 흔들었다.

"오히려 기회를 주셔서 감사한 일이죠. 저희 직원 중에도 저 놈들한테 죽은 피해자가 서른이 넘어가거든요."

"와! 선 카르마가 147이나 올랐어! 이 미친놈은 이가의 일원이면서 대체 무슨 짓을 하면서 산 거야? 이런 새끼 때문에 멀쩡한 사령술사들까지 욕먹는다니까!"

경은 역시 전혀 거리낌 없는 표정으로 민경 옆에 선다. 당연한 일이라는 듯 태연한 태도는 그들이 벌인 일이 사건이나 사고가 아니라는 사실을 알려주고 있다.

"아니, 아무리 그래도 이건… 황녀님, 현석은 이가에 있는 지고마탑파 마법사들의 수장입니다. 지금 이 위태로운 지경에 어찌 이런 극단적인 선택을 하십니까?"

"제대로 된 재판이나 절차도 없이 현석 씨를 살해하다니! 폐하의 허가는 받은 것입니까?!"

"어찌 이런 경솔한 짓을!!"

침묵을 지키고 있던 이가의 중진들이 목소리를 높여 떠들어대기 시작한다. 그들 모두가 능력자였던 만큼 제법 사나운 분위기. 하지만 민경은 눈 하나 깜빡하지 않는다. 아니, 그걸 넘어 오히려 그들을 노려보며 웃기까지 했다.

그리고 말했다.

"닥쳐."

"……."

"……."

"……."

시장 바닥처럼 시끄럽던 광화문 누각이 침묵에 빠졌다. 어느새 그녀의 주변 대기가 끓어올라 아지랑이를 피워 올리고 있다.

그저 그런 열기가 아닌 날아드는 납탄조차 일순간 기화시킬 정도의 초고열! 더욱 놀라운 것은 그런 열기를 둘렀음에도 그녀가 밟고 있는 누각의 나무 바닥에 그을음조차 생기지 않는다는 사실이다.

"어떻게, 어떻게 민경 공주에게 이런 공력이……."

"경은 옹주야 심판자의 일맥을 이었다지만 민경 공주는 그런 것도 없을 텐데."

처음 보는 순간부터 레벨(9레벨)을 알 수 있었던 나와 달리 그녀의 수준을 알지 못했던 이가의 중진들이 당혹스러워하는 모습이 보인다. 하지만 민경은 그들을 위협하거나 회유하는 대신 가볍게 땅을 박차 난간 위로 올라섰다.

그리고 소리친다.

─전군(全軍)에 명한다!

기차 화통을 삶아 먹기라도 한 듯 무지막지한 고함이 터져 나온다. 오직 대장전에만 집중하고 있던 십수 만 명의 시선이 다 모여들 정도로 압도적인 성량. 광화문의 난간 위에서 그 모든 시선을 빨아들이며, 민경은 다시 소리쳤다.

─개전(開戰)!

스스슷!
스스스슷!
광화문 누각과 지붕 위, 그리고 주변 성벽을 따라 진법으로 철저히 모습을 감추고 있던 천 명이 넘는 궁수들이 모습을 드러낸다.

'자리도 얼마 안 되는데 많이도 서 있군. 일종의 공간 확장인가?'

[출입 제한]으로 한정된 공간에 과도하게 많은 인원이 밀집되어 있다. 사람들의 모습이 무슨 만화경(萬華鏡)으로 보는 것처럼 중첩된다.

그 느닷없는 등장에 모두가 당황하는 모습이 보인다. 나야 환영에 면역이라 여기 올 때부터 알고 있었지만, 그들은 그러지 못했기 때문이다.

"화, 화랑단(花郞團)?!"

"게다가 저 모습은……."

"이럴 수가! 화우(花雨)가 준비되었단 말인가! 말도 안 돼! 그건 가주의, 아, 아니, 왕의 권한이야! 공주에게 저들을 움직일 권한이 있을 리 없어!"

비명을 지르는 그들의 모습에 다시 한번 성벽 위의 궁수들을 바라본다.

'화랑단이라. 그리고 보니 다들 젊군. 잘생겼고. 무슨 아이돌 같군.'

그들은 모두 젊고 아름다운 외양을 가진 10~20대의 선남선녀들이다. 이 급박한 상황에 어울리지 않게 맵시 있는 옷에 화려하기까지 한 화장. 몇 시간 전부터 숍에 가서 미용사의 손길을 받은 듯한 근사한 헤어스타일까지 갖춰, 이곳이 전쟁터인지 아니면 육상 아이돌 대회인지 구별이 안 될 정도의 광경.

그들은 등 뒤에 셋, 양 허리에 두 개씩 해서 다섯 개의 화살집을 차고 있었는데 그중 네 개에는 금빛으로 빛나는 화살이, 그리고 오른쪽 허리에는 꽃이 흐드러지게 피어 있는 꽃나무 가지들이 자리하고 있다.

저벅.

그리고 그때 누각으로 새로운 인물이 모습을 드러냈다. 다른 화랑단과 마찬가지로 한껏 꾸민 차림새를 갖추고 있는 10대 후반의 소녀는, 황당하게도 나도 아는 사람이었다.

"충(忠)! 인검(人劍), 최배달. 모든 준비를 완료했습니다!"

"이건! 이건 대체 무슨! 인검! 지금 뭐 하는 거요! 화랑단은 궁 안에 대기하고 있기로 했잖소!"

"미쳤군! 완전히 미쳤어! 이건 반역이야!!!"

매서운 질책과 비난에도 눈 하나 깜짝 안 하는 소녀의 모습에 헛웃음이 나온다.

'아니, 리프(Leaf)라고?'

그녀는 최고의 실력과 싱어송 라이터로, 곡을 발표했다 하면 죄다 차트 1위를 석권할 정도로 인기 있는 스타다. 이면 세계와 표면 세계를 오가는 사람이 많다는 건 알았지만 일거수일투족이 죄다 드러나는 연예인이 무력 단체의 수장이라니.

"지금은 전시(戰時)입니다. 상황에 집중하시길."

"아니, 아무리 그렇다고 해도!"

"이 무슨 경거망동이오! 그대가 어떤 판단을 했건 명령권은 폐하에게 있소! 게다가 대장전이 이어지고 있는 동안은 시스템에 의해 전투가 불가능한데!"

이가 중진 중 누군가가 소리친다. 틀린 말은 아니다. 대마법사의 안배로 인한 보정을 받는 지구의 능력자들은 시스템에 저항할 수 없으니까.

실제로 저우훙이가 이가 한가운데에 들어와 완전히 포위된 상태에서도 조금의 긴장도 하지 않았던 게 바로 그런 이유 때문이 아니었던가?

그러나 민경은 그의 외침을 가볍게 무시하며 오른손을 들어 올렸다. 어느새 그녀의 손에는 새까만 환도가 들려 있다.

그 모습을 확인한 중진들의 얼굴이 사색으로 변한다.

"사진참사검(四辰斬邪劍)!!!"

"왕의 신기가 어째서 공주에게!!"

비명을 뚫고 민경이 소리친다.

"명령권을 사용한다! 무자격자 표기!"

[이가가 일반 명령권을 사용하였습니다. 남은 횟수 88회.]

텍스트와 함께 위잉! 하고 거대한 파동이 사방으로 퍼져 나간다.

'뭐야?'

[경복궁을 중심으로 반경 10킬로미터 범위로 고위 주문이 사용되었습니다!]

'종류는?'

[환영 주문입니다.]

'환영?'

순간 상황을 이해하지 못했지만, 이내 광화문 광장 여기저기 떠오르는 환영의 모습에 그녀가 무슨 말을 하는지 알 수 있었다.

"이건 뭐야?! 머리 위에 화살표가!"

"적들이 마법을 썼다! 해주(解呪) 능력을 발동해!"

"안 먹혀! 아니, 그보다 이만한 범위로 주문을 적용할 수 있는 고위 마법사가 이가에 있을 리가 없는데!"

광화문 광장을 가득 채운 중국인들이 당황해 떠드는 소리가 우자트의 자동 통역 기능에 의해서 내게 전해진다.

"자유 사격 개시!"

피피핑!!!

명령과 동시에 경복궁 성벽 위에 올라 서 있던 궁수들이 화살을 쏘아내기 시작한다. 첫 번째 화살을 쏘아내면 그 화살이 목표물에 명중하기도 전에 다음 화살을 쏘아내는 무지막지한 속사!

심지어 천 명이 넘는 궁수가 그런 속도로 사격을 갈겨대니 수천의 화살이 광화문 하늘을 죽음의 화살로 뒤덮었다.

퍼버벅! 퍽!

"크악!!!"

"악!!"

"비켜! 비키라고, 이것들아!"

사방에서 피가 튀고 광화문 광장이 삽시간에 피로 물들기 시작했다. 광화문 앞에 모인 중국의 능력자들은 절대 수준 낮은 적들이 아니었지만, 그럼에도 화살을 막을 수도 피할 수도 없다.

막아내기엔 하나하나 강력한 주문이 걸린 화살의 위력이 너무나 강했으며, 피하기에는 광화문 앞에 모인 능력자들의 밀도가 높다.

말이야 바른 말이지 이가를 압박하기 위해 만원 지하철처럼 빽빽이 모여 있던 중국인들이 무슨 수로 날아오는 화살을 피한단 말인가?

"놈!!! 이노오옴!!!!"

"아, 영감. 왜 흥분하고 그래?"

거대한 도를 든 노인의 공격을 가볍게 피하며 형이 웃는 모습이 보인다. 여유가 넘치는 형의 모습과 달리 노인, 도황의 안색은 창백하기 그지없다. 악몽이라도 꾸고 있는 표정이었다.

"피하지 말고 덤벼라, 놈!!!"

"싫은데? 나는 말이야. 오래 싸우고 싶어."

형은 경복궁 성벽 위에서부터 쏟아지는 화살 비를 등진 채 웃었다.

"아주 오래."

너무도 천진난만한, 마치 악동 같은 미소를.

*   *   *

집착에 가까운 철두철미함으로 지구 모든 인간의 재능을 가려내는 선별사의 권능은, 심지어 [일방적인 혜택]이라는 메리트에 힘입어 지구에 있는 능력자 대부분이 시스템에 가입하도록 만들었다.

사실상 지구에 존재하는 거의 모든 능력자가 [스탯]과 [스킬]을 가지고 있다는 것!

그러나 지구에 있는 [거의 모든] 능력자가 대마법사의 시스템에 속해 있다는 말은 동시에 [모든] 능력자가 시스템에 속해 있는 것은 아니라는 뜻이기도 하다.

지구에 존재하는 1,050만 명의 능력자 중 2%. 숫자로 치면 약 20만 명 정도의 능력자들은 시스템의 권역 밖에 존재한다. 선별사가 사람을 차별했다거나 그런 이유가 아니라, 특수한 목적을 가지고 시스템의 [혜택]을 포기한 존재들이 있다는 것.

"자신들이 똑똑하다고 생각했겠지. 이 정도는 반칙도 아니고 현명한 선택을 위한 준비라고 생각했을 거야. 자기들이 그냥."

냉기가 뚝뚝 떨어지는 소리로 민경이 말했다.

"야비한 머저리라는 것도 모르고."

그녀의 목소리를 듣기라도 한 듯 성벽 위에 서 있던 지휘관이 목이 터지라고 외친다.

"쏴라! 계속 쏴라!"

픽! 퍼벅! 픽!

"익!! 이 빌어먹을 소국 놈들이!!"

"물러서! 빠지라고, 이 멍청이들아!!!"

경복궁, 정확히는 광화문 주변을 포위하고 있던 중국인들이 쏟아지는 화살 비에 무더기로 죽어 나가고 있다. 원래는 불가능한 일이다. 지금 이가는 대장전을 치르는 중이고 대장전이 진행되는 동안 시스템에 속한 자들은 전투를 금지당하기 때문이다.

[무자격자 표기라는 게 이런 말이군요. 지금 머리 위에 화살표가 떠 있는 중국인들은 지구의 시스템에 속하지 않은 자들입니다. 시스템의 가호 밖에 존재하는 자들이죠.]

대장전이 진행되는 동안 이가도 주가도 전투행위를 하는 게 불가능하다. 저우훙이가 패하는 순간 주가가 모든 세력을 이끌고 쳐들어와 이가를 멸망시키고 대장전을 없던 일로 하지 못한 것은, 그들이 명예를 아는 존재들이라서가 아니라 그럴 수 없었기 때문이라는 것.

그러나 대상이 시스템에 속하지 않은 외부의 존재라면 이야기는 완전히 다르며.

심지어 문제는 그것만이 아니다.

"큭!! 어, 어째서, 어떻게. 나는 선별자인… 그륵!"

피거품을 물며 주가의 무사가 절명한다. 경복궁 성벽 위에서 쏘아진 궁수의 화살이 목에 박혔기 때문이다.

[사선(射線)을 보아 노리고 쏜 것이 아닙니다. 무자격자가 화살을 피해서 발생한 결과로군요.]

'뭘 믿고 이 숫자 차이에도 들이받나 했더니… 수가 있기는 했다는 건가.'

시스템이 전투를 금지하는 것은 무슨 물리법칙을 뒤틀어 날아가는 화살을 막아주는 그런 형태가 아니다. 시스템의 제약은 플레이어가 플레이어를 공격할 [의지]의 근본을 잘라내는 것. 계통을 구분하자면 시스템에 속한 자들의 의식을 강제하는 정신계 대마법인 것이다.

'시스템의 허점.'

성벽 위의 궁수들은 오로지 무자격자만을 노린다. 머리 위의 화살표로 표시되기 때문에 상대가 무자격자인지 아닌지 고민할 필요가 없는 상황. 다만 여기에는 사소한 문제가 있는데, 이가의 궁수들이 무자격자를 노리고 쏜 화살이 [피치 못할 사정으로] 다른 적을 꿰뚫는 경우가 있다는 점이다.

'화살을 막지 못하면 무조건 누군가 맞는다.'

날아드는 화살을 피하게 되면 뒤에 있던 다른 무사가 화살에 맞는다. 그 무사마저 피한다면? 그럼 그 뒤의 무사가 맞겠지. 궁수들이 발사각을 조절하고 있었기에 사상자가 생길 수밖에 없는 구조다.

'지니, 지금 이가와 주가의 숫자 차이가 얼마나 되지? 무자격자와 선별자의 비율은?'

[주가 측 전투 능력자는 15만에서… 현재 14만 8,411명. 이가 측 전투 능력자의 숫자는 2만 7,007명입니다.]

'무자격자의 숫자는?'

[주가 측에는 5만 3천 명의 무자격자가 섞여 있고 이가 측에도 1,500명의 무자격자가 존재합니다.]

'엄청난 차이네.'

3만 대 15만.

3명 대 15명의 싸움이 그저 승산 없는 정도라면, 3만 명 대 15만 명의 싸움은 절망 그 자체라 할 수 있다. 인류 전쟁 역사를 탈탈 뒤져보면 5배의 병력을 이겨낸 일도 없지는 않겠지만 그것들은 보급 문제나 극단적인 병기의 질 차이. 그것도 아니면 아주 특수한 지형 등이 끼어들어야 가능한 일이지, 지금처럼 기세 좋게 몰려든 적이 눈앞에 있는 상황과는 맞지 않는다.

괜히 나폴레옹이 '대군(大軍)에게 병법은 필요 없다'고 말했겠는가? 심지어 전쟁이 벌어지면 주가 측 사망자는 그리 많지도 않을 것이다. 란체스터 법칙을 가져올 것도 없이 전쟁에서 규모의 폭력성은 그 차이가 벌어지면 벌어질수록 압도적인 결과로 나타나게 마련이니까.

그 사실을 알고 있기 때문인지 주가는 대장전 직전 이가의 총원을 넘어서는 이 어마어마한 병력을 끌고 한국에 상륙했다.

설사 대장전에서 이가가 승리해 자금성의 권한을 손에 넣는다 하더라도 자신들은 이곳에 모인 병력만으로 이가를 멸망시킬 수 있다는 위협을 가한 셈.

이가에는 [출입 제한]이라는 절대 결계가 있긴 하지만 그 성능과 특성을 세상 모두가 알고 있으니 별다른 소용이 없다. 대비해 왔을 게 뻔하기 때문이다.

'출입 제한은 궁극 마법으로 만들어진 강대한 보호막이지만 정면의 출입구를 봉쇄하면 안 된다는 제약이 있어.'

출입 제한은 전장을 한정하고 몰래 숨어드는 적을 막기 위한 결계지 정면으로 쳐들어오는 적을 막아주는 절대의 성벽이 아니다. 출입 제한을 완전하게 하는 세종과 순신이 인간을 상대로 작동해 주지 않는 이상, 병력의 양에서도 질에서도 밀리는 이가가 승리할 리 없는 것.

'하지만 그런 상황에 먼저 싸움을 걸었단 말이지.'

슬쩍 고개를 돌려 민경을 바라본다. 15만이라는 압도적인 군세를 당당히 마주하고 있는 소녀. 성숙한 외양과 분위기를 가지고 있다지만 그녀는 이제 겨우 고등학생일 뿐이다.

[일단 시작은 좋습니다. 벌써 주가 측 피해자가 3천 명을 넘어섰군요.]

'3천 명을 잡았어도 14만 7,000명이 남아 있어. 그리고 주가 녀석들도 전부 머저리는 아닐 텐데 계속 이렇게 당해줄 리가 없지.'

나는 난간으로 다가가 광화문 광장을 내려다본다. 기세등등하던 주가의 능력자들이 동요하는 게 느껴진다. 아무리 위험천만한 세계를 살아온 능력자들이라 하더라도 쏟아지는 화살 비 앞에서 담대하기는 어렵다. 그냥 화살도 아니고 충만한 내공이 실려 특수 장갑도 뚫어버릴 화살이라면 더더욱 그렇겠지.

그러나 그런 동요의 크기만큼 그들의 방심도 빠르게 사라져 간다. 위기감을 느끼고 필사적인 대응을 하기 시작한 것이다.

"공격해!!!"

"죽여!!"

화살 비를 얻어맞던 전면의 중국 무사들이 일시에 광화문으로 돌격하기 시작했다. 광화문 광장은 물론이고 도로까지 빽빽하게 들어차 있는 중국인들 때문에 후퇴는 어차피 불가능한 상황! 그리고 당연하게도 그들이 첫 번째로 노릴 목표물은 정해져 있다.

"도황님을 도와라!"

"포위해!! 빠져나가지 못하게 막아라!"

커다란 도를 든 노인과 충돌하고 있던 형에게 수십 명의 무사가 덤벼들었다. 당연히 그들을 노리고 성벽 위에서 화살이 쏟아졌지만, 그 순간 주가의 무사들이 임기응변을 발휘했다.

선별자들이 비선별 인원들의 앞을 막아선 것이다.

"윽……!"

"이런!!"

성벽 위의 궁수들이 당혹감을 내비친다. 주가 측 선별자들이 앞을 막아서자 화살을 쏘아낼 [의지]를 일으킬 수 없었기 때문으로 보였다. 비선별 인원만을 맞추겠다는 자기암시를 걸어 봐야 앞에서 알짱거리는 선별자들의 빤히 보이는 이상 공격을 가할 수는 없는 상황.

그러나 도황이라는 노인의 공격을 피하고 있던 형은 전혀 당황하지 않았다. 그저 앞으로 한 걸음 내디디며 커터 칼을 휘둘렀다.

촤악!

피가 튄다. 단 일참(一斬)에 여덟 명의 무사가 그대로 무릎을 꿇었다. 살기 가득한 검기가 목울대를 치고 지나갔으니 아무리 초인적인 신체 능력을 갖췄다 하더라도 견딜 재간이 없었으리라.

"큭!! 애송이 놈이!!"

3자의 입장인 내가 보기에 위험천만하게 보이는 공격이었다. 형의 검세는 그야말로 공격 일변도로 조금의 방어조차 없었기 때문.

그러나 적들은 물론이고 도황이라는 노인도 그런 형을 공격하지 못했다.

"우릴 방패로 사용하다니!!"

그렇다. 형은 비선별 인원의 앞을 막아섰던 선별자에게 안기듯 바짝 붙어 그 뒤로 검기를 날렸다. 선별 인원과 충돌하면 안 되지만 가까이 서는 것 정도는 문제가 없던 모양이었다. 물론 그것조차 '가까이 설 뿐 절대 접촉하지 않는다'는 완벽한 확신이 있어야 가능한 일이겠지만 말이다.

"속행한다!"

형이 느닷없이 소리쳤다. 영문을 알 수 없는 소리였지만 형과 마주하고 있는 도황은 그 뜻을 아는지 얼굴을 일그러뜨린다.

"허튼짓 말고 항복해라! 제법 준비한 모양이지만 우리 주가에 피해를 줘봐야 돌아올 징벌의 철퇴만 더욱더 혹독해진다는 걸 모르는 건가! 수락한다!"

그러나 그의 경고에도 형은 눈썹 하나 까딱하지 않았다.

"속행한다!"

"수락한다!"

"속행한다!"

"이 어리석은 놈이!!!"

쾅!

"으악! 피해!"

"크윽! 돌아서 포위해!"

"하지만 화살이!!!"

전투가 다시 이어진다. 살기등등하게 쏟아지는 화살. 쏟아지는 화살에 죽어나가면서도 돌진하는 무사들. 그리고 적의 피로 온몸을 적신 채 사투를 이어나가는 형까지.

"형……."

나는 가만히 서서 그 아수라장을 내려다보았다. 피와 살이 사방으로 흩뿌려지는 참혹한 전장에서 형의 모습이 새까맣게 빛나고 있다.

"이게 뭐냐, 대체."

한숨이 절로 나온다. 이게 정녕 대한민국의 고등학생이 설 만한 무대란 말인가? 그러나 그것이 형의 선택이라면 내가 멋대로 강제할 수는 없으리라. 다만 내가 해줄 수 있는 일이 있다면.

"아레스."

촤르르륵!!

아무것도 없던 허공에서 한 덩어리의 사철이 나타나 갑주를 입은 사내의 모습으로 변한다. 아레스가 금속의 정령으로서 나에게 [소환]된 것이다.

"이게… 뭐야? 금속의 정령이 아무것도 없는 허공에서 소환된다고?"

급변하는 상황 속에서 이러지도 저러지도 못하던 이가의 중진 중 하나가 이해가 안 간다는 표정을 지었다. 금속의 정령을 소환하기 위해서는 당연히 금속성의 질료, 즉 강철 같은 금속이 필요한데 무슨 바람의 정령이나 불의 정령처럼 허공에서 자연스럽게 나왔으니 이상하게 보이겠지.

그러나 고유세계에서 사철을 퍼 온다는 단순한 방법을 사용했을 뿐인 난 그들의 당혹을 무시하고 손을 뻗었다. 심지어 내가 고유세계에서 불러올 수 있는 것은, 그저 [원료]에 불과한 사철뿐이 아니다.

웅!

허공에서 묵직해 보이는 디자인의 강철 장갑 한 쌍이 모습을 드러낸다. 강철 장갑의 위에는 [결합형 P—1 장갑]이라는 칭호가 쓰여 있다.

철컥!

그대로 날아온 강철 장갑을 착용한다. 물론 장갑은 시작일 뿐이었다.

[결합형 P—1 상의]

[결합형 P—1 하의]

[결합형 P—1 신발]

[결합형 P—1 헬멧]

키릭! 키리릭! 철컥!

공간을 가르며 모습을 드러낸 파츠들이 쇳소리를 내며 몸에 장착된다. 그리고 마지막으로 헬멧까지 씌워지자, 마침내 전신을 완전히 감싸는 슈트가 완성되었다.

당연한 말이지만 이 자체가 무슨 능력인 것은 아니다. 지금까지의 과정만 보면 나는 그저 무거운 전신 갑옷을 온몸에 둘렀을 뿐이니까. 무슨 중세 시대라면 모르겠지만 날아드는 총알도 피해내고 정면에서 칼로 탱크를 잘라내는 괴물들이 거주하는 이면 세계에서 이깟 전신 갑주가 무슨 소용이 있겠는가? 마법이 걸린 것도, 특별한 기운이 깃든 것도 아닌 [기계장치]에 말이다.

그 때문에 나는 온몸을 뒤덮은 강철의 무게를 느끼며 말했다.

"부탁해."

[짐작하겠지만.]

차륵! 하는 소리와 함께 다시 사철 가루로 변한 아레스가 금속 슈트의 틈새로 스며들어 부품과 부품 사이를 연결했다.

[너무 단순하게 만들어서 기가스는커녕 파워 아머 수준도 안 돼.]

'모양새만 나오면 되지 뭐.'

촤르륵! 철컥! 철컥!

마침내 모든 조립이 완료된 강철 갑주가 세상에 모습을 드러낸다. 그것이야말로 고유세계에서 심혈을 기울여 만들어낸 나의 처녀작. P—1!

나는 뿌듯함을 느끼며 가슴을 활짝 폈다. 그러나 거기에 날아든 건 경악도 찬탄도 아니었다.

[원시적인 형태의 기가스입니다.]

[거의 문화재지, 문화재. 가슴팍에 코어 수납부 보이지? 아이언 하트도 아니고 핵 융합 코어라니. 소름이 돋는다.]

"……."

아이언 하트는 발명된 지 고작(?) 수백 년밖에 안 된 최신 기술이지만 그렇다고 기가스의 역사가 수백 년밖에 안 되는 건 아니다.

멀리 갈 것도 없이 제2문명에 불과한 지구에도 사용자를 강화하는 파워 슈트가 존재하며, 넓게 보면 그것 역시 원시적인 형태의 기가스라고 할 수 있다. 결국 기가스라는 건 인간이 조종하는 [거인]을 통칭하는 단어였으니까.

나는 아레스가 현실의 몸을 단련시키는 동안 고유세계에서 오오라를 이용한 제작을 진행해 왔다. 처음에야 나폴레옹 같은 인급, 혹 그 정도는 아니더라도 천둥룡 같은 수급을 만들고 싶었지만, 그저 희망 사항이었을 뿐 안타깝게도 기급조차도 함부로 넘보기 힘든 수준이었다.

알바트로스함에 수백, 수천 장의 설계도가 있다 하더라도 이제 막 생산직에 입문한 내가 감히 도전할 수준이 아니었던 것.

그 때문에 나는 최대한 간단한 구조를 가진 과거의 기가스들을 참고해 P—1을 만들었다. 나름대로 최고의 선택이었거늘 이런 취급이라니.

그러나 그렇게 갈굼 받는 P—1이라도 누군가에게는 꽤 신기해 보였나 보다.

"계약한 지 얼마 되지도 않는 금속성 정령사가 전신을 뒤덮을 정도의 금속을 통제한다고……?"

"이건 재능의 문제가 아니야. 벌써 저만한 정령력을 모을 수 있다니… 아직 1킬로그램은커녕 500그램의 금속도 제대로 다루지 못해야 정상일 텐데."

"저 형태는… 갑옷인가? 무슨 로봇 같기도 하고."

감탄하는 이가 중진들의 모습에 기분은 좀 좋아졌지만, 한편으로는 어이가 없기도 했다. 무슨 리액션 담당도 아니고 지금 뭐 하고 있는 거란 말인가? 이가를 위해 싸우는 것도 아니고 그렇다고 제대로 반란을 일으키는 것도 아니다. 그냥 저 자리에서 서서 상황을 지켜보기만 하다니. 전쟁이 벌어졌는데.

과연 모두 바보는 아니었던 듯 그들 중 하나가 목소리 높여 말한다.

"지금 다들 뭣 하는 건가!! 이가의 적이 몰려오고 있는데 이렇게 멍청히 서 있기만 하다니!"

"하, 하지만 천검(天劍) 어르신! 주가를 상대로 싸울 수는 없습니다!"

"이건 두 가문 간의 의리를 저버리는 일이고 우리가 자초한 일이기도 하오! 충분히 자존심을 세웠으니 좋은 조건으로 협상한다면……."

버럭버럭 소리치는 모습에 탄성이 절로 나온다.

"와."

진짜 대단하다. 이거, 병신들 아닌가? 이 상황에도 저런 소리를 하다니. 이쯤 되면 주가에 충성을 바치겠다고 바로 배신하지 않는 게 오히려 신기하다.

[정확히는 배신을 못 하는 거지.]

[광화문 누각에 밀집된 병력이 상당합니다.]

나는 슬쩍 이동해 경복궁 안쪽을 살펴보았다. 두 관제 인격의 말대로 그 안에는 어느새 이가의 전력이 총집결한 상태다. 로브를 걸친 마법사들, 중갑을 걸친 전사들, 짐승의 머리를 가진 웨어 비스트들과 아무런 방어구 없이 한 자루의 무기만을 챙겨 든 무인들까지.

게다가 그 인원조차 전부가 아니다. 이가의 중진들을 나무랐던 백발의 노인이 고함을 내지른 것이다.

"천검의 이름으로 명한다! 지리산 야차들은 즉각 본연의 모습을 되찾아라!"

쩌렁쩌렁 울리는 목소리. 그리고 이내 경복궁 안쪽에서부터 짐승의 울음소리가 울려 퍼진다.

크아아앙————!

크르르!!!

늑대의, 살쾡이의, 범과 곰의 머리를 가진 반인반수, 웨어 비스트(Were beast)들이 광화문으로 집결했다. 2.5미터에 가까운 무지막지한 덩치를 가진 녀석들은 그저 서 있는 것만으로도 광포한 기세를 뿜어낼 정도로 거대한 힘을 품은 녀석들.

웨어 비스트라면야 이가 안에서도 많이 본 존재들이지만 [저것]들은 그들과도 차원이 다른 존재라는 게 느껴진다.

게다가 묘하게 익숙한 기운이 느껴지는 것이……

'아, 그래. 합성 마수.'

이제는 어색해져 버린 클래스메이트이자 짝꿍인 선애의 칭호에서 봤던 단어다. 솔직히 별거 아닌 정체 같아서 그냥 넘겨버렸기에 뭔지는 잘 모른다.

[경복궁 안쪽에 넓게 흩어져 있던 반인반수들입니다. 숫자는 정확히 108마리군요.]

지니의 설명을 들으며 천검이라 불린 노인을 바라보았다. 마치 해야 할 일을 했다는 듯 굳건한 표정을 짓고 있지만, 칭호를 슬쩍 세분화하는 것만으로 그 마음을 알 수 있다.

[이가]
[11레벨]
[갈림길에 선 이종우]

순간 무슨 말인가 싶었지만 잠시 고민하다 이내 그의 상황을 알 수 있었다. 하긴 생각해 보니 상황이 그렇다. 애초에 [외부]의 존재와 싸우는데 108마리의 합성 마수들이 왜 경복궁 안쪽에 넓게 흩어져 있었을까? 경복궁은 출입구 외의 모든 침입을 방어하는 절대의 결계, [출입 제한]이 설치되어 있는데 말이다.

'어느 선을 잡을까 고민 중이구먼?'

상황을 알고 보자 천검의 눈에 담긴 고민이 보인다. 이면 세계 최강의 세력인 주가와 연결된 친중파와 우리 형의 존재로 이가 전체를 구원함은 물론 주가의 콧대를 눌러 버리게 된 민경의 세력, 말하자면 황녀파 중 어디로 붙어야 할지 확신을 못하는 것이다.

'이가에 몇 없는 마스터 레벨의 강자라도 삐끗하면 파멸하는 선택지지.'

상황은 너무나 급박해 이가 최강의 강자들이라는 이가 육검(天地人風雲雨) 중 첫째인 그라 하더라도 경거망동할 수 있는 상황이 아니다. 여기에서 만약 배신했다가 이가가 주가를 상대로 승리한다면 어떻게 되겠는가? 하지만 그렇다고 전쟁에 참여해서 주가에 크나큰 타격을 준다면 그 뒤는 또 어떻게 되는가?

차라리 배신이라도 제대로 할 수 있는 상황이면 이미 저질렀을지도 모르지만, 형의 [대장전]은 여전히 진행 중인 만큼 아군끼리의 싸움조차 금지되었으니 뭔가 제대로 된 배신조차 하기 힘들다. 전부 대장전이 끝난 이후에나 가능한데, 그 전에 상황이 급변하고 있으니 마냥 버티고 있을 수가 없는 상황.

이가의 비수로서 시스템에 가입하지 않은 경은이 민경의 옆에 서 [처벌]을 시작한 이상, 그들이 택할 수 있는 선택지는 극히 한정될 수밖에 없다.

"뭐."

철컹.

가볍게 뛰어 난간 위로 올라서자 묵직한 금속음이 울린다.

"와아아!!!"

"죽여!!!"

피와 살점이 가득한 전장이 눈에 들어온다.

"사실 이 전쟁은 내 알 바는 아니지만."

"대하! 지금 뭐 하는 거냐!"

얼음장같이 싸늘한 표정을 짓고 있던 민경이 내 쪽으로 고개를 돌리며 일갈한다.

"잠깐 갔다 올게요."

"무슨! 너도 선별자다! 지금 전투에 끼어들 수는 없어!"

"글쎄."

피식 웃으며 난간을 박찼다. 한순간 몸이 붕 하고 떠올랐다가 그대로 떨어져 내린다. 만일 내가 다른 수련법으로 생체력을 단련했다면 이런 식이 아니었을 것이다. 그저 제자리에서 점프하는 것만으로 수십 미터는 뛰어올라 포탄처럼 낙하해 충돌하는 모든 것을 부숴 버렸겠지. 높은 스탯을 지닌 생체력 수련자는 살아 움직이는 전차나 다름없는 존재. 접근하는 모든 것을 짓뭉개고 부숴 버리는 파괴의 화신이니까.

그러나 경천칠색의 수련자인 나는 상황이 좀 다르다.

툭.

묵직해 보이는 전신 갑주를 입고 상당한 높이의 광화문 누각에서 뛰어내린 것치고는 너무나 가벼운 착지.

"조선 놈이 내려왔다!"

"뭐야, 이게? 갑옷?"

"흥, 싸울아비 놈인가!"

슥.

내가 땅에 내려서자 성벽 아래에 서 있던 무사가 내 눈앞으로 다가오더니 포옹이라도 할 것처럼 바짝 접근했다. 나랑 약속이라도 하고 있던 것처럼 자연스러운 동작은 그야말로 물이 흐르는 것 같은 연격으로 이루어진다.

텅!

갑주를 넘어 내부를 파괴하는 침투경(浸透勁). 이어 몸의 중심을 무너뜨리는 다리걸기. 머리 위에 화살표가 떠 있는 중국의 무사는 비틀려 쓰러지는 내 전면 장갑을 잡아 그대로 들어올렸다. 문자 그대로 순식간에 이루어진 제압은 그가 상당한 수준의 고수라는 것을 알려준다.

'일부러 근처에서 제일 높은 레벨을 노리고 내려온 거긴 하지만 장난이 아닌데?'

내 몸을 잡아 드는 하나의 동작에 깃든 무리(武理)는 내가 저항할 수 있는 종류의 것이 아니었다. 수천, 수만의 수련과 공부가 단 일 수에 담겼으니 무술이라고는 제대로 배운 적 없는 내가 어찌 저항하겠는가?

그러나 무학에 통달했다 해서.

모든 상황에 대처할 수 있는 것은 아니다.

투두둑.

"…소리가 이게 뭐지?"

"충격에너지가 저장된 거야."

내 몸을 화살 방패로 써먹었던 중국 무사의 눈썹이 꿈틀한다. 침투경에 얻어맞아 정신이 날아갔어야 할 내 목소리가 너무 멀쩡했기 때문일 것이다.

"네놈!"

텅!

벼락같은 일수(一手)가 갑주를 후려친다. 뜻밖의 상황에 더는 의문을 표하지 않고 전력을 다하는 태도는 나쁘지 않았으나, 여전히 그는 나에 대해 제대로 파악하지 못했다.

웅!

"크… 억?"

내 갑주를 붙잡고 있던 무사의 몸이 한차례 크게 떨리고, 이내 피를 토하며 쓰러졌다. 마스터에 가까운 경지에 도달한 그의 수련은 대단한 수준이었지만, 그럼에도 그의 이해 밖에 존재하는 공격을 막아내지 못한 것이다.

"단장님!!! 네놈! 이가 놈! 조선 놈이!! 감히!!"

돌진에 이은 참격. 삽시간에 접근한 무사 하나가 커다란 태도로 내 머리를 내려찍었다. 단박에 나를 일도양단할 것만 같은 패도적인 기세!

그러나.

깡.

"뭐, 뭐야. 타격감이 왜 이래?!"

아무도 내가 온몸을 강철로 둘렀다는 사실에 당황하지 않았다. 그들은 맨손으로 바위를 부수고 탱크의 복합 장갑도 칼로 베어내는 고수들. 그들의 일격, 일격은 어지간한 교통사고 이상의 충격을 적에게 가할 수 있으니, 갑옷의 방어력 따위 애초에 아무런 의미가 없던 것이다.

상황이 그러하니 그들은 자신의 공격이 갑주를 때렸는데 갑주가 찌그러지지도. 그렇다고 무슨 신묘한 힘으로 그것을 막아서지도 않았다는 사실에 당황할 수밖에 없었으리라. 그건 명백히 그들의 이해 [밖]에 있는 현상이었을 테니까.

[괜찮으십니까?]

'솜뭉치로 맞은 정도지.'

지니의 물음에 대답하며 중국 무사의 칼을 손으로 잡았다. 그리고.

윙!!!

"컥!"

신음과 함께 상대가 쓰러진다.

"저! 저 갑옷 놈 뭐야?!"

"접근하지 마! 뭔가 이상한 놈이다!"

당황하는 적들의 모습을 무시하며 가볍게 몸을 푼다.

'생각대로야.'

타격에 대해 극한의 상성을 지닌 경천칠색을 수련한 내가 예기(銳氣)를 막아낼 갑주까지 걸치니 사실상 물리 공격에 면역이나 다름없다. 일말의 저항감 없이 영기가 깃든 갑주를 베어낼 힘이 없다면, 공격력이 충격력으로 전환되는 순간 충격이 진동으로 변해 내 육신에 흡수되어 버린다.

"책."

파라락!

말과 동시에 허공에 [책]이 떠오른다. 이미 자정이 지난 상황이었기에 오늘의 어빌리티는 갱신되어 있다.

*오늘의 어빌리티!

〈관통〉

〈보호막〉

〈전광석화(電光石火)〉

*소환 중

[아레스]

책에 쓰여 있는 내용을 보고 멈칫한다.

"아니? 이 상황에 전설(Legend)급 어빌리티가?"

그것도 꽤 흉악한 종류의 공격기였다.

＊　　　＊　　　＊

깡. 땅.

잠시 어빌리티를 살피는 사이 날아든 화살이 가벼운 금속음과 함께 바닥에 떨어진다. 쩡! 쾅! 도 아니고. 심지어 깡! 땅! 도 아닌 소소한 소음. 나는 눈 부분에 있는 구멍 너머로 당황하는 공격자들이 모습을 보았다. 그들은 상황을 파악하지 못하고 있는 듯했는데, 그들이 멍청하거나 내 갑옷의 성능이 기적 같아서라기보다, 그 매커니즘 자체가 지구의 이능과 이질적이기 때문에 벌어진 상황이었다.

"최대 출력에 내공까지 담았는데… 갑옷은 물론이고 화살촉까지 멀쩡하다니."

"기묘하군. 보호막이면 보호막이지, 뭐 저런 마법 갑옷이⋯⋯."

"하지만 마력이 느껴지지 않는데?"

다들 머리를 굴리는 게 보였지만 P—1의 기능을 정확하게 이해하기는 쉽지 않을 것이다. P—1이 모든 충격을 흡수할 수 있는 이유는, P—1의 장갑에 고유세계의 사철을 오오라 제어 능력으로 빚어낸 특수 장갑, 동심원(同心圓)으로 이루어져 있기 때문이다.

'오오라라는 게 참 재미있어.'

일반적으로 속성계 오오라를 각성하게 되면 금의 기운을 다루는 게 가능해진다. 피부를 금속처럼 단단하게 한다거나, 히어로 영화의 빌런처럼 외부의 금속을 내 의지대로 움직이는 것.

그런데, 내 경우에는 거기에 더해 특수한 기술, 정확히는 초능력에 가까운 특수 능력이 있었다.

[이제 막 입문인데 특성 부여라니. 금속성 친화력이 아무리 높아도 그렇지.]

[천품을 타고난 캔딜러족의 거장(巨匠)들이나 가질 법한 기술인데 날로 먹는구먼. 이거 하나만 가지고 있어도 기가스 제작팀에 들어갈 수 있겠다.]

황당해하는 두 관제 인격의 말대로 나는 P—1의 장갑에 특성을 부여할 수 있었다. 외부에서 공격이 가해질 경우, 그 힘이 아무리 일점에 집중되어 있다 하더라도 동심원을 그리며 갑옷 전체로 분산시키게 만드는 특수 능력을. 물론 충격이 분산되는 것이지 소멸하는 게 아니므로 얻어맞는 순간 갑옷 전체가 소리굽쇠처럼 진동하게 된다.

하지만 바로 거기에서 경천칠색이 발동한다.

필요한 것은 진동을 흡수 & 축적하는 적색.

외부 에너지를 진동으로 전환하는 녹색은 쓸 필요도 없다. 이미 갑옷을 통과해 나에게 가해진 충격에너지는 한없이 진동에 가까우니 그저 흡수하면 그만인 것이다.

팡!!

공기가 터지는 소리와 함께 내 옆으로 한 인영이 떨어져 내린다. 한참 도황과 싸우고 있던 형이었다.

"대하야?! 여긴 왜 왔어? 대결에 끼면 안 돼!"

"저쪽도 이놈 저놈 다 끼어들고 있잖아?"

나는 발에 걸리는 시체를 발로 대충 밀어냈다. 그 잠깐 사이에도 형에게 덤벼든 적이 열이 넘는다. 물론 죄다 목이 베어 바닥을 뒹굴고 있었지만, 그런데도 그 몇 배에 달하는 추가 인원이 슬금슬금 다가오고 있다는 게 문제다.

'필사적이군.'

죽음을 불사하는 집념이 느껴진다. 어쩌면 국가와 민족을 위한 헌신일지도 모르는 그 광기에 가까운 절박함은 그들이 스스로의 의지로 사지로 걸어 들어가게끔 하고 있다. 만일 화랑단의 지원사격이 없었다면, 아무리 형의 솜씨가 뛰어나도 견디기 어려웠을 것이라 짐작될 정도였다.

"속행한다!"

그리고 그때 형이 다시 외친다. 슬쩍 형의 옆에 서며 물었다.

"뭘 자꾸 속행해?"

"외부의 간섭이 있다고 결투를 멈출 거냐고 해서. 하지만 어림없는 소리지."

"집중해라!! 놈!!"

쩡!

도황의 푸른색 검기와 형의 흑색 검기가 충돌한다. 나는 슬쩍 움직여 그들의 옆으로 빠져나갔고, 그 모습을 발견한 도황이 눈을 부라린다.

"네 이놈! 여기가 어느 자리라고 끼어드느냐!"

"나 참, 그럼 저기 누워 있는 것들은 뭐 사소한 자리라서 끼어들었나? 나이 먹을 만큼 먹어놓고 추하게 살지 맙시다, 좀."

"뭐, 뭐라고? 네놈이 감히!"

도황이 얼굴이 붉으락푸르락해졌지만, 그저 그뿐, 파랗게 타오르는 도기를 휘두르지는 못한다. 그 또한 시스템 안의 존재인 것은 매한가지였으니 대마법사의 금제를 이겨내지 못하는 이상 공격이 불가능한 것이다.

"비켜라, 이놈!"

"제기랄! 어서 저 꼬맹이를 죽여야 해! 저리 꺼지라고!"

형을 습격하려던 무리의 앞을 막아서자 중국 무사들이 벌겋게 충혈된 눈을 한 채 무지막지한 공세를 쏟아낸다. 당장에 나를 오체 분시 하고 형까지 죽여 버릴 듯 살기 넘치는 공격들!

깡. 땅.

"제길! 타격감이 이상해!"

"이건 대체 뭐야!!"

그러나 그래 봐야 나를 넘어서지는 못한다. 그들이 휘두른 칼은, 창은, 그리고 주먹과 화살 모두 내가 몸으로 받아냈기 때문이었다.

깡. 땅. 깡.

"아, 방패 만들걸."

참격에 머리를 얻어맞으며 투덜대자 대번에 갈굼이 들어온다.

[야! 왜 얻어맞고만 있어! 반격해야 할 거 아냐!]

[함장님, 기세 좋게 나가신 것치고 지금 거의 샌드백이신데⋯ 좋게 봐도 인간 방패⋯ 그냥 기가스에 타시죠? 보기 너무 안 좋기도 하고.]

'아, 시끄러워. 난 투법을 배운 지 며칠 되지도 않았거든?'

안 좋은 꼴이라는 건 나도 알지만 어쩔 수 없는 일이다. 애초에 내 반응속도 자체가 느려 상대방의 공격을 제대로 보질 못한다. 대인 전투에 대한 이해도가 떨어져 상대방의 움직임을 읽어내지 못하고, 심지어 가진 능력조차 완벽히 다루지 못한다.

'반격할 수가 없는데?'

[아니, 왜? 아까는 그 충격파 잘 쐈잖아!]

'아니 그게⋯ 적색으로 흡수하고 주황으로 뿜어야 하는데 계속 맞으니까 뿜을 수가 없네.'

방어할 수 있다. 공격할 수 있다. 그러나 방어하며 공격할 수는 없다. 그림자 늑대를 상대할 때와는 상황이 다르다. 그때는 방어한 후 공격하면 됐는데 지금은 적의 공격이 끊임없이 이어지고 내 동작, 호흡 하나를 살피는 고수들이 쉴 새 없이 빈틈을 노리는 것이다. 0.1초 이내에 적색과 주황색을 전환할 수 없다면 반격 따윈 꿈도 못 꿀 사치.

쩌적!

순간 내 어깨가 화끈한다. 놀라서 고개를 돌려보니 왼쪽 팔꿈치부터 어깨까지 통째로 얼어 있는 게 보인다. 냉기는 너무도 간단히 갑주를 뚫고 내 육신에 타격을 주고 있다.

"큭!"

반사적으로 외부 에너지를 진동으로 전환하는 방어 기술, 녹색을 사용했지만 실패하고 말았다. 애초에 [진동]과 [냉기]는 너무나 먼 거리의 힘이기 때문이다.

'차라리 화염이면 성공했을지도 모르는데! 제길, 아직 냉기는 어렵나?'

경천칠색은 세상에 존재하는 모든 에너지 체계를 진동으로 전환한다. 운동 에너지를 진동으로. 열에너지도 진동으로. 전기에너지도, 빛에너지도 진동으로 전환한다. 경천칠색이 경지에 오른 수련자는 무슨 광합성 하는 것처럼 쏟아지는 햇살조차 진동으로 전환하는 것이 가능하다 하니, 그야말로 어떤 공격이 자신의 육체를 때려도 그걸 진동 에너지를 전환해 흡수해 버리는 기괴한 존재가 되어버리는 것이다.

물론, 아직 입문자에 불과한 나는 그만한 경지에 이르지 못했으니 속성 공격은 때리는 족족 다 맞을 수밖에 없다.

"술법은 통한다!"

"제길, 뭐 저런 갑옷이 다 있어!"

"어서 치워!"

대처법을 발견한 중국 술사들이 더욱 적극적으로 나를 밀어붙이기 시작한다.

콰릉!!

쩌적!

화악!

온갖 주문이 온몸을 두들기기 시작한다. 내 온몸을 뒤덮은 P—1이 있었지만, P—1의 장갑은 특성, 동심원을 제외하면 그저 튼튼한 중갑일 뿐 별다른 마법 저항력을 가지고 있지는 못하다.

"대하야!! 괜찮아?!"

걱정 가득한 목소리에 온몸을 때려오는 고통을 억누르며 검지를 흔들었다.

"걱정 노노."

"노, 노노라니… 에이! 믿을게!"

다시금 자신의 전투에 집중하는 형을 슬쩍 확인한 후 다시 정면의 적들을 노려보았다. 눈에 보이지도 않는 주문들이 날아오고 있다. 하나같이 음험하고 살벌한 마력을 담은 공격들.

"흠, 강체사로서는 이 정도가 한계인가."

역시 아직은 역량이 부족하다. 나름대로 없는 시간을 쪼개서 훈련하고 실전을 겪었지만 그래 봐야 수라장을 거쳐온 진짜 전사들을, 그것도 무더기로 상대할 수는 없던 것이다.

'지니.'

[관제 시스템을 가동합니다. 함장님, 통제는 제가 해도 괜찮겠지요?]

'아레스.'

[정령력이나 팍팍 돌려!]

파직!

순간 얼음에 뒤덮여 있던 가슴팍에서 스파크가 튀었다. 이어서 장갑 안쪽에서 사철 가루가 마치 피처럼 흐르기 시작했다.

위이잉———!

P—1으로 가용 오오라가 전부가 빨려 들어간다. 정령력 역시 마찬가지. 사실상, 나 스스로가 전투 중 오오라와 정령력을 제어하는 걸 포기한 것이나 다름없지만 애초에 감안하고 만든 능력이 바로 기가스 콜(Gigas Call).

생체력을 각성하면서 속성에 대한 내 제어 능력은 크게 둔화하였다. 생체력을 수련하면서 모든 속성에 '저항'하고 '간섭'할 수 있게 된 것에 대한 반대급부였다. 전투를 벌이며 다수의 정령을 제어하거나, 정령을 이용해 특수한 능력을 발휘하는 것, 혹은 오오라를 사용해 특별한 능력을 갖춘 무언가를 구현하거나 속성력을 발휘하는 일이 매우 어려워져 버린 상황. 만일 나랑 같은 조건의 다른 능력자가 있었다면, 그는 게임식으로 말하면 망캐가 되어 생체력을 포기하거나 속성 제어 능력에 큰 영향을 받는 정령력과 오오라를 포기해야 하는 절망의 양자택일을 마주할 수밖에 없었겠지.

괜히 도검이 정령사 & 강체사 듀얼 클래스를 선택하려던 날 말린 게 아니다. 영능 중에는 오오라 & 정령력, 마력 & 순영력처럼 제법 궁합이 좋은 능력들도 있지만, 생체력과 정령력처럼 만나면 서로 발목만 잡는 관계도 있는 법이니까.

그러나 나는 상관없다.

내 [정령력]은 온전히 아레스의 통제하에서 움직이고, 나의 고유세계에서 만들어진 사철에 흡수된 [오오라]는 지니의 관제 시스템에 따라 운용되기 때문이다. 본래 서로 발목을 잡아 아무런 결과도 내지 못해야 할 힘들이, 막대한 자본과 환경의 힘으로 전혀 다른 결과를 만들어낸다.

'기왕 금수저를 물고 태어났으면 금수저 나름의 방식으로 성장해야지.'

재벌 아들로 태어났으면서 알바를 해서 종잣돈을 모으고 그걸로 사업을 하는 건 흙수저들을 기만하는 것밖에는 안 된다.

파직! 파직!

파지지지직!!

한 점으로 집중된 정령력이 뇌정(雷精)으로 화했다. 그것이야말로 라이트닝 하트(Lightning Heart). 반쪽짜리에 불과한 P—1을 진짜 기가스로 만드는 최후의 퍼즐이었다.

기이잉————!

기동음과 함께 P—1이 제대로 된 가동을 시작한다. 몸 안의 정령력이 일시에 빠져나가면서 탈력감이 들었지만, 비틀거리는 대신 오오라를 전신으로 뿜어내 세상에 드러냈다.

"기가스 콜(Gigas Call)."

내 능력이 나아가야 할 방향성을.

"타입. P—1."

그 명칭을 입에 담자 시스템이 거기에 응답했다.

[스킬: 기가스 콜(Unique)이 개화되었습니다!]

[등급: F]

쩌적! 펑!!

지금껏 모아낸 진동의 힘을 전신으로 뿜어내자 온몸을 태우고 얼리던 십수 개의 마법들이 모조리 박살 나 부서지고 마나로 환원되어 흩어진다.

'그래. P—1이 좀 허술하기는 하지. 기가스라고 부르기도 미안할 정도의 성능이야.'

왜 P—1인가? 프로토타입 1번 작품이기에 P—1이다. P—1의 외장갑은 그저 단순한 구조의 철갑에 불과하고 제대로 된 아이언 하트도 존재하지 않아서 내 영력을 기본으로 하는 상황. 기가스면 당연히 달고 있어야 할 주무장도 부무장도 없다. 내가 처음으로 만들어낸 이 기급 기가스의 장점을 뽑는다면, 기껏해야 근사한 외양 정도겠지.

그러나 사실 그것들은 중요한 문제가 아니다.

가장 중요한 건 비록 이 꼬라지라 하더라도 이 물건이 기가스라는 점.

"너넨 이제 큰일 났다."

나는 웃었다. P—1이 기가스가 된 순간, 상황이 전혀 달라진다는 것을 알고 있기 때문이다. 내 격투술은 기껏해야 초보 수준이지만.

"조종술은 아니거든."

자세를 낮춘다.

그리고 돌진했다.

"이놈이 어딜 감히!"

돌진하는 나를 대머리 무사가 막아선다. 녀석은 양손에 끝이 세 갈래로 갈라져 있는 기묘한 둔기를 들고 있다.

'닌자거북이가 들던 그거 아냐? 이름이 필가차였나.'

사극에서나 볼 법한 물건이지만 지금 이곳은 그런 물건들이 살인 병기로서 최전선을 뛰는 전쟁터. 머리카락은 하나도 없는 주제에 턱수염이 북슬북슬한 녀석은 시퍼런 필가차로 시퍼런 내력을 뿜어내며 목 부분의 빈틈을 찌르려 들었다.

훅.

최후의 최후까지 반응하지 않다 공격이 갑주 사이로 찔러 들어오려는 순간 자세를 낮췄다. 그리고 그것만으로 관통을 목적으로 했던 필가차는 투구의 경사에 빗겨 나간다.

파직!!!

스파크와 함께 가속한다. 그것은 전설급 어빌리티 〈전광석화(電光石火)〉의 힘. 나는 아스팔트 바닥이 으깨질 정도로 강하게 바닥을 디딘 후 벼락처럼 상체를 들어 올리며 그보다 더 빠르게 오른팔을 휘둘렀다.

서걱.

금속 제어 능력으로 한순간 날카로운 형태로 변한 오른팔의 장갑이 경천칠색, 주황의 힘을 받아 초진동 나이프처럼 가볍게 녀석의 오른팔을 절단한다. 이어서 돌진. 자세를 더 낮추며 중심을 잃고 허우적거리는 녀석의 몸을 쳐올린다. 이어 다시 경천칠색 주황. 내 양팔이 녀석의 두 다리를 스쳐 지나가고 녀석의 왼팔을 잡아 몸을 회전시키며 올려 찼다. 그야말로 찰나간에, 물 흐르는 듯 부드러운.

사지절단(四肢切斷).

인도적인 기술이다. 그 어떤 기가스도 조종석이 팔다리에 달려 있지는 않기 때문에 이 기술에 당한 조종사는 95% 이상의 확률로 별다른 부상 없이 생존하게 될 것이다. 패배=사망이 당연한 공식인 우주 전투에서 이 이상 인도적인 전투 기술은 존재하지 않을 거라 생각될 정도로 자상한 기술.

그러나 대인전에서는 상황이 조금 달랐다.

촤아아아악!!!

"크, 크악!!! 내, 내 팔!!! 내 다리가아아아아!!!!!!"

"아이고."

사지를 잃어버리고 몸통만 남아 버둥거리는 무사를 보며 신음했다. 비명을 지르며 꿈틀거리는 그의 모습이 묘하게 굼벵이 같아서 더욱 끔찍하다. 차라리 일반인이었다면 쇼크사라든가 과다 출혈로 죽기라도 할 텐데 강대한 생명력을 가진 이능력자인 그는 이 상황에도 살아남아 더더욱 큰 고통을 느끼는 것.

그는 죽지 않을 것이다. 사지를 잃어버렸다는 고통과 절망 때문에 자살하지 않는 이상 이대로 내버려 둬도 출혈을 멈추고 긴 시간 생존할 수 있는 초인이 바로 육체계 능력자였으니까.

"흠, 그래도 너무 피가 튀니 상처를 지져야겠─"

땅!

"다. 아야."

이마를 후려치는 충격에 휘청거렸다가 다시 자세를 잡는다. 그야말로 귀신같은 저격이었지만 타격은 없다. 잠시 집중이 풀려 경천칠색을 유지하지 못했음에도 기습이 통하지 않은 것. 기가스 콜이 작동하면서부터 P─1의 방어력이 부쩍 증가했다는 증거다.

"제, 젠장, 저 녀석 뭐야?! 뭐 하는 놈이야?! 어떻게 선별자랑 비선별자가 이렇게 섞여 있는 곳에서 맘대로 움직일 수가 있지?!"

"아니, 그보다 저거 너무 빨라! 전신 갑옷을 입고 뭐 이렇게 빠른 거야?!"

"너무 튼튼해! 제기랄, 저 갑옷 대체 뭐야?!"

"제길, 징징대지 말고 죽여!!! 여기 사람이 몇 명인데 저깟 애송이 한 놈한테……!!"

여기저기에서 튀어나온 비선별 인원들이 칼을 휘두른다. 그야말로 벼락같은 속도에, 수없이 긴 수련을 거쳐 온 현묘한 검로.

그러나 소용없다.

파직!

[전광석화]. 벼락같이 떨어지던 공격들이 굼벵이처럼 느리게

인식된다. 그리고 그 느릿한 시간 속에서 양손을 든 나는 휘둘러지는 칼을, 심지어 멀리에서 쏘아진 저격까지 튕겨낸다. 이어 전력으로 휘둘렀던 칼이 튕겨 나가 자세가 흐트러진 녀석의 품속을 파고들었다. 그리고—

사지절단.

진동의 힘으로 땅을 때려 빙글빙글 회전. 허공으로 튀어 오른다. 뒤쪽 애매한 위치에 끼어 내 전투를 보고 있던 녀석의 품으로 날아들어 몸통 박치기. 휘청거리는 녀석의 다리를 걸고 몸을 비틀며.

사지절단.

"크악! 내 팔! 내 다리!! 으아아악!!!!"

"시발! 이게 뭐야! 뭐냐고!!"

"절단부를 접합해!"

"접합이 안 돼! 상처 단면이 무슨 전기로 지진 것처럼……!"

내가 뛰어들어 깽판을 치자 형을 중심으로 집결하려 하던 비선별 인원들의 흐트러지기 시작한다. 물론 내 손에 걸린 무사는 그들 중에서도 한 줌도 안 되는 일부에 불과하지만 대놓고 자기 옆에 있던 동료가 사지가 잘리는데 무시하고 지나갈 수는 없을 테니까.

팡!

내 몸을 붙잡아 들어 올리려던 염력이 어빌리티, [보호막]에 막혀 취소된다. 나는 즉시 땅을 박차 미사일처럼 몸을 날렸다. 사방을 포위한 수천수만 명의 능력자들이 살기를 뿜어내고 있지만, 어차피 나 역시 선별자인 건 마찬가지인지라, 이렇게 엉망으로 얽혀 있는 상황에서 그들은 제대로 된 공격을 할 수 없다.

"아니, 뭐야! 저놈은 비선별자도 아닌데 어떻게 이렇게 막 움직이는 거야?! 무슨 방법을 쓴 거지?"

"움직임과 시선을 살펴봐! 뭔가 우회 방법이 있을지도 모른다!"

"아니, 제기랄, 그냥 평범하게 날뛰고 있잖아!"

이해가 안 된다는 듯 분통에 찬 소리가 여기저기에서 터져 나온다. 그들은 내가 어떤 비결을 사용했다고 판단한 듯 온갖 주문과 관찰로 그걸 알아내려 했지만 그런 게 있을 리 있나. 그냥 대마법사의 제약이 안 먹힌 것인데.

'생각 이상으로 수월한데?'

시스템의 제약은 시스템에 속한 자들의 의식을 강제하는 정신계 대마법. 그런데 안타깝게도 나는 정신계 공격에 면역이다. 어떻게 될지 몰라 자제하고 있을 뿐 마음만 먹으면 다른 선별자를 직접 공격하는 것조차 가능하겠지.

'이대로 진행되면 비선별 인원을 다 처리하는 것도 가능하겠어.'

강제력에 의해 온갖 제약을 다 안고 있는 그들은 아무리 숫자가 많아도 제대로 된 집단전이 불가능하다. 그리고 집단전이 불가능하다면 그들의 그 많은 숫자는 오히려 그들을 억누르는 방해물에 불과한 상황.

그러나 그 순간이었다.

"물——— 러— 나———— 라—————!"

천둥처럼 쩌렁쩌렁한 고함과 함께 광화문 앞을 **빽빽하게** 메우고 있던 주가군이 뒤로 물러난다. 순식간에 **빠지는** 녀석들의 흐름에 놀라 땅을 차 그들의 무리에서 **빠져나왔다.**

"정렬!"

"정렬하라!"

물러났다고는 하지만 그리 멀리 간 것은 아니었다. 이순신 장군 동상. 정확히는 마도골렘 순신의 뒤까지만 물러서 죽 늘어섰다.

일사불란한 움직임을 보니 미리 이야기되어 있던 신호인 모양. 나는 그들의 흐름을 거슬러 올라가 형의 옆에 다가가 섰다. 어느새 광화문 앞에는 형과 나, 그리고 형과 싸우던 도황과 병력을 지휘하던 권황만이 자리하고 있다.

당연한 말이지만 끊임없이 이어지고 있던 화랑단들의 사격 역시 멈췄다. 하긴 멈출 수밖에 없다. 그들이 사격의 표적으로 삼을 수 있는 것은 머리 위에 표식이 떠 있는 비선별 인원들뿐. 이렇게 거리를 벌리고 또 선별 인원들 뒤로 완벽히 숨어버리면 대장전이 끝나기 전에는 화살 한 발 날리는 것도 불가능하다.

"대하야, 괜찮아?"

"물론, 형은?"

"나도 물론 괜찮지만… 아니, 대체 너 우주로 나가서 무슨 상황을 겪은 거야?"

형이 약간은 찡그린 표정으로 물었다. 치열한 전투로 발갛게 상기되어 있는 그의 눈에는 걱정과 우려가 가득하다.

'아, 그렇군.'

나는 이제야 주변의 광경을 제대로 인식할 수 있었다. 광화문 앞 도로. 나아가 광화문 광장의 2/3에 해당하는 공간이 시뻘겋게 물들어 있는 그 처참한 광경을.

이미 광화문 광장은 전쟁영화 정도가 아니라 스너프필름에서도 함부로 다루지 못할 지옥도로 변해 버린 상태였다. 너무나 많은 피와 살점이 바닥을 적셔 금속 부츠를 신고 있는 나조차도 바닥이 미끈미끈하게 느껴질 정도.

그리 길지도 않은 전투였는데 이미 수천이 넘는 시체가 바닥을 뒹굴고 있다. 우측의 정부종합청사 쪽에 밀려 있는 시체는 너무나 많아서 그냥 땅에 널린 정도가 아니라 숫제 언덕과 비슷한 새로운 지형을 만들어냈을 정도. 심지어 그 시체들 뒤에는 몸에 화살을 박은 채 신음하고 있는 부상자들이 모여 있다.

"말했잖아. 황제가 되었다고. 황제가 그냥 가서 어찌어찌하다 보니 될 수 있을 리 있겠어?"

"끔찍하군… 권력욕이……. 아니, 그냥 욕심 자체가 없어서 평화 평온 노래를 부르던 네가 그런 상황에 부닥치다니."

"그러게 말이야."

어깨를 으쓱일 때였다.

고오오────

도황의 몸에서 묵직한 기세가 뿜어져 나온다.

"끔찍이라. 지금 끔찍하다는 말을 너희가 한 것인가? 별다른 피해도 없이?"

"누가 들으면 평화롭게 살고 있던 너희를 우리가 학살한 줄 알겠네."

"후후… 정말 알 수가 없군. 설마 성인도 못 된 꼬맹이 따위에게 내가. 우리 주가가 벼랑 끝으로 몰리는 상황이 올 줄이야."

분노로 대추처럼 달아올라 있던 도황의 얼굴이 차분하게 가라앉아 있다. 도는 바닥에 닿을 정도로 늘어뜨려 있는 상황.

언뜻 보면 싸움을 포기한 모양새였지만 점점 커지는 기세는 그게 아니라는 것을 알려주고 있다.

"이제야 볼만한 얼굴을 하는군."

"하수에게나 할 만한 말을 나에게 하는가……. 아니, 그래. 이 경우에는 내가 하수가 맞군. 추한 노인네가 인정하지 못하고 있었을 뿐이지."

도황의 기색과 안색이 차분함을 넘어 초탈해졌다. 바락바락 소리를 지르던 아까보다 오히려 더 위험한 분위기다.

그는 별다른 대답 없이도 혼자서 중얼거렸다.

"추하게 늙었어. 그래, 정말 추하게 늙어버렸다. 하하하! 나 도황 장강림이 이토록 추한 늙은이가 되었다니! 이렇게 되고서도 차마 물러서지도 못할 정도로 추한……."

고오오오!

기파가 뿜어진다. 커다란 도황의 도에 새파란 도기가 깃든다. 무를 연마해 완성자의 경지에 올라선 자들만이 만들어낼 수 있다는 기의 유형화. 그러나 형은 도리어 서늘히 웃으며 앞으로 나섰다.

"진짜 실력이라도 드러낼 셈인가, 할아범?"

치이이————

형의 몸에서도 날카로운 기파가 뿜어지기 시작했다. 들고 있는 것은 여전히 커터 칼이었지만 그 위로 새까만 천살기가 깃들면서 1미터 가까이 크기를 키운 상태다.

"허허, 진짜 실력이라니. 지금까지 내가 대충한 것으로 보였단 말인가? 나는 그저."

바닥에 늘어져 있던 도황의 도가 그의 머리 위로 올라온다. 전형적인 일도양단의 자세다.

"나는 그저."

그리고 그 순간.

번쩍!

눈부신 빛과 새까만 어둠이 충돌한다. 격돌은 한순간. 전광석화를 발동하지 않은 나로서는 그 잔상조차 보지 못할 정도의 쾌속! 어느새 도황과 형의 위치가 서로 바뀌어 있는 상태였다.

그렇게 잠시 후. 도황이 허탈하게 웃었다.

"내가 바라던 건 이게 아니었는데."

그의 전신에 핏빛 선이 그어진다.

"이게 아니었……."

푸확!!

피바람이 몰아친다. 도황의 시체가 조각나 쏟아진다.

"제길… 살려놓지 못했어. 10분은 더 싸웠어야 했는데."

형은 낭패한 듯 혀를 찼지만 이내 고개를 돌려 내 쪽을 바라보았다.

"고마워. 네가 전열을 죄다 헤집어놓지 않았으면 상황이 완전히 꼬였을지도."

"꼬여?"

내가 의문을 표하는 순간이었다.

[이가의 대장이 승리하였습니다!]

[진행: 0/1, 3/3]

[축하합니다! 이가가 대장전에서 승리하였습니다!]

[점령이 종료되었습니다!]

[점령자의 권한이 승리자 이가에게 주어집니다!]

불과 며칠 전만 해도 그 누구도 예상치 못했던 텍스트가 떠오른다. 십수만의 병력 전부가 숨을 들이켜는 것을 보니 나만이 보는 내용도 아닌 모양. 그리고.

"쳐라!!! 이가라는 비렁뱅이들을 이 세상에서 지워 버려라!!!"

여전히 살아 있는 또 다른 삼황, 권황의 포효가 전장에 울려 퍼졌다. 그리고 그와 동시에 거대한 군세가 경복궁으로 몰려들기 시작했다.

"대하야!"

"응!"

나는 형의 부름에 두말하지 않고 전광석화를 발동, 광화문을 향해 뛰었다. 대장전이 이어지던 아까와는 상황이 다르다.

선별자끼리의 전투를 막던 제약이 사라진 이상, 이만한 대군 앞에 서는 건 죽여달란 말이나 다름없겠지. 적의 숫자는 10만이 넘는다. 한 명당 한 대씩만 때려도 10만 대 이상. 그들이 돌아가며 딱밤 한 대씩을 때려도 이 반쪽짜리 기가스는 박살이 나고 말 것이다.

쩡!!!!!

"컥?!"

그러나 광화문 위로 막 뛰어 올라가려던 난 등짝을 후려치는 무지막지한 타격에 그대로 바닥을 뒹굴었다. 반사적으로 몸을 일으켰지만, 정신을 차릴 수가 없다. 머리가 빙빙 돌고 손발이 부들부들 떨릴 정도의 충격을 받은 상태였기 때문이다.

촤악!

새까만 검기가 멍하니 서 있던 내 머리를 향해 날아들던 연격을 잘라 버린다. 그것은 보이지 않는 무형의 공격이었다.

콰작! 콰자작!

잘려 나간 공격이 광화문에 충돌하자 광화문이 과자 조각처럼 간단히 부서져 버린다. 궁극 결계. [출입 제한]의 특성상 별다른 방어 주문을 걸 수 없다고는 하지만 저 큰 성문이 공격도 아니고 공격의 파편만으로 박살 나다니.

"대하야, 괜찮아?!"

"아, 아, 와우."

고개를 흔들며 충격을 흩어낸 후 정신을 집중한다.

그리고 육신의 타격을 고유세계의 육신에 [전달]했다.

[3단계 이상의 중증 외상을 확인. 즉시 수술을 시작하겠습

니다.]

'부탁해.'

고유세계에 있는 내 육신이 수술대에 눕는 걸 확인하고 즉시 현실로 시야를 되돌렸다. 당연한 말이지만 몸 상태는 만전이다.

"어후, 놀라라."

"아니, 상처 다 어디 갔어? 이거 회복이야?"

멀쩡히 몸을 일으키는 내 모습에 형이 황당해하거나 말거나 나는 P—1의 상태부터 살폈다.

"아이고, 완전히 박살이 났네."

맞은 건 등이었지만 동심원의 효과로 충격이 퍼져 나가면서 기체 전체가 파괴되었다. 오른손으로 왼팔을 슥 훑어보니, 쉿 소리를 내며 파츠들이 죄다 바닥으로 떨어진다.

"화랑단————!!! 흩날리는 꽃에 취하라!!!"

"명을 받듭니다!!"

꽃다운 외모의 무사들이 꽃나무로 만든 화살을 쏜다. 그리고 화살이 허공을 가르자 온 세상이 꽃으로 가득 찼다.

꽃의 종류는 각각 다르다. 누군가는 벚나무 가지를. 누군가는 산딸나무 가지를, 누군가는 매화나무, 누군가는 개나리 나무, 누군가는 목련 나뭇가지를 쏘았고, 그것들은 모두 꽃잎이 되어 비처럼 쏟아진다.

"크아악! 제기랄!! 뚫어!"

"방어 마법을 펼쳐!!!"

주가의 무사들 역시 악을 쓰며 저항했지만 흥분하여 가장 먼저 몰려왔던 일파(一派)는 꽃의 비를 버티지 못하고 쓸려나갔다. 꽃잎들은 화사하고 아름다웠지만, 그것에 닿는 모든 것들을 관통하고 찢어버리는 학살 병기였다.

심지어 화우의 무서움은 그뿐이 아니다.

"크, 크악! 꽃, 꽃나무가……!!!"

"떼, 떼어버려! 꽃잎에 피부가 닿으면 안 돼!"

여기저기에서 꽃나무가 자라난다. 벚나무가, 산딸나무가, 매화나무가 자라난다. 그것들은 광화문 앞에 가득한 피와 살점을 게걸스럽게 집어삼키며 가공할 속도로 성장했고, 그렇게 자라난 꽃나무들은 다시 흐드러지게 꽃잎을 뿌렸다.

촤악!

그때 내 옆에 서 있던 형이 또다시 무언가를 잘라냈다. 그리고 그제야 나는 내 등을 후려친 공격이 뭔지 알 수 있었다. 새하얀 머리칼에 어울리지 않을 정도로 건장한 체구의 노인, 권황이 나를 향해 주먹을 뻗고 있었으니까.

"와, 무슨 백보신권 같은 건가?"

"빨리 물러나야 해, 대하야! 이제 저것들, 성문으로 쳐들어온다!"

"알았어."

나는 뻗었던 주먹을 회수하는 권황의 모습을 잠시 바라보았다. 흩날리는 꽃잎 사이에서 내 쪽을 노려보는 노인의 얼굴이 살벌하다.

"야! 너 괜찮아?!"

재빨리 물러나 경복궁 안쪽으로 들어오자 양복을 입은 한 무리의 사내들과 이야기하고 있던 재석이 달려온다.

"여, 재석아."

"여는 무슨 미친놈아! 영능에 입문한 지 얼마나 되었다고 적진으로 뛰어들어?! 제정신이야?"

"멀쩡하잖아."

"갑옷이 다 박살 났는데 뭐 멀쩡? 이면 세계가 얼마나 위험한 줄 알아? 좀만 삐끗했으면 사망이라고!"

팅! 촤르릉!

헬멧을 벗는다. 너덜너덜한 상의와 하의도 내던지고 발을 탈탈 털어 부츠도 벗어버린다. 어느새 내 발밑에는 금 가고 부서지고 박살 난 금속 파편들이 쌓여 버린다.

"하긴 네 말도 맞다."

"하긴이라니……. 아니, 너 원래 이런 캐릭터 아니지 않았냐? 무사안일주의의 화신 같던 녀석이 뭐 관우 장비가 되어 돌아왔어? 힘이 생겨서 성격이 변하는 건 많이 봤지만 이건 너무 극단적인데?"

황당해하는 녀석의 말을 들으며 바닥에 쌓여 있는 금속 파편에 손을 올린다. 자연스럽게 일어나는 금속의 속성력. 파편들이 천천히 액체처럼 녹아 커다란 쇠공의 형태로 뭉친다.

그리고 그대로 뻥!

쇠공은 사람들 다리 사이로 데굴데굴 굴러가 구석에 대충 처박혔다. 표면 세계의 경복궁이라면 대략 매표소가 있을 즈음이다.

"전투 준비하라!!!"

"안전거리를 확보해!!"

순간 들려오는 거센 고함. 재석은 깜짝 놀라 나를 끌고 이가 병력의 뒤로 황급히 물러났다.

"시작된다."

"시작이라니. 이미 싸우고 있었잖아."

"그거야 우리가 일방적으로 때리던 거고. 녀석들에게는 최악의 상황이었겠지만⋯⋯. 공성전이 벌어질 가능성이 있는데 대책을 안 세웠을 리는 없지."

과연 그의 말대로였다.

콰콰과광!!!

무지막지한 마법 세례가 광화문으로 쏟아진다. 한두 발의 마법이 아니라 수십, 수백 발의 마법이 유기적으로 연동된 폭격! 잠시간 버티던 광화문은 우지끈하는 소리와 함께 박살 나 무너져 버렸다. 광화문 근처 성벽에, 또 위 누각에 있던 화랑단은 이미 성문 안쪽으로 들어와 진형을 새로 짠 지 오래다.

"윽! 아직도 가깝네. 더 빠지자."

귀를 막고 괴로워하는 재석을 따라 뒤로 한참이나 빠진다. 홍례문, 근정문을 지나서 근정전 앞 조정에 도달한다. 불과 얼마 전에 검성이 이가의 가주를 핍박하고 대장전을 천명했던 장소.

평소에는 사정전이나 강녕전으로 향할 때 조정 부분을 밟지 못하게 눈치 주는 궁녀들이 있었지만, 이 혼란한 상황에 그럴 여유가 있을 리 없다.

웅성웅성하며 바쁘게 움직이며 화살이나 마법 도구 같은 전투 용품을 나르는 궁녀들과 긴장한 표정으로 자신의 무기를 점검하고 있는 전투원들만이 있었다.

"뭐야. 저 녀석들은 누군데 광화문 쪽에서 오지?"

"저기 저 떡대는 내가 알아. 배재석이라는 이름이었나. 일성 회장 손자."

"이 난리 통에 일반인이 돌아다닌다고?"

"일성이 아무리 이가의 재정을 담당한다곤 해도……."

몇몇 능력자들이 우리를 보며 자기들끼리 속삭였지만, 그저 그뿐. 다가와서 말이나 시비를 걸기에는 조정의 분위기가 너무나 삼엄하다. 일선의 이능력자들에 비해 여러모로 어설픈 레벨과 장비를 가진 후기지수들이지만 지금은 이가의 총력을 기울이는 상황이었던 만큼 그들 역시 전투를 대기하고 있었던 것이다.

"뭐야, 고작 몇십 미터 거리인데 밖 상황을 모르는 건가?"

"당연히 모르지. 이미 경복궁 전체가 전시체제로 들어갔어. 구역별 특급 결계가 모조리 활성화되었고 문마다 수문장까지 설정되었다고. 특히 흥례문하고 근정문은 용(龍)급 대결계를 가지고 있으니 외부 상황을 눈과 귀로 알기는 어렵지. 대신 근정문을 부수지 않는 이상 이 안으로 침입할 수도 없고."

녀석의 말을 들으며 우리보다 먼저 근정문 안으로 들어온 형의 모습을 찾는다. 황당하게도 형은 대여섯 명의 승려들에게 둘러싸여 있는 상태였다.

"오방내외안위제신진언 나무사만다 못다남 옴 도로도로 지미사바하……."

"부처께서 수보리에게 말씀하셨다. 모든 보살마하살은 마땅이 그 마음을 다스려야 한다……."

"사리자 시제법공상 불생불멸……."

법의를 입은 승려들이 형을 둘러싸고 중얼중얼 염을 외우자 뭐라 표현하기 힘든 신비한 기운이 형을 휘감는다. 나는 어이가 없어 재석이를 돌아보았다.

"저게 뭐야. 설마 승려들이 힐 줌?"

"힐이 뭐냐, 힐이……. 법문 독송이야. 조계종 만당(卍黨)의 투승들은 쌈박질 전문이지만 본질은 성직자니까."

"흠."

나는 스님들의 독송과 함께 묘한 기운이 형의 온몸을 휘돌며 육신을 회복시키고 기운을 북돋고 있는 모습이 보인다. 형의 전신을 폭급하게 휘몰아치던 흑색의 기운. 그러니까 천살기를 가라앉히며 채워 넣는 과정이 능숙하기 그지없다.

'처음이 아니군.'

그렇게 생각했을 때였다.

꽝!

순간 엄청난 폭음과 함께 땅이 흔들린다. 그리고 여기저기에서 비명이 터져 나온다.

"이, 이 신호는……. 흥례문! 흥례문이 파괴되었어!"

"준비된 전투조부터 근정문을 통과해 지원을 나간다! 방어술식이 가능한 술법사들도 가세해라!"

삼엄한 긴장감이 감돌던 조정이 대번에 소란스러워졌다. 다들 뭐가 그리 급한지 고함을 지르며 이리저리 뛰어다니고 여기저기에서 요란스러운 영기의 파동이 퍼져 나간다.

"도련님."

그때 양복을 입은 사내 몇 명이 우리 곁으로 다가온다. 그리고 그들의 모습에 재석이 고개를 끄덕였다.

"알았어. 더 빠지자. 아예 쭉 빠져서 사정전, 강녕전, 아니, 그냥 향원지까지 쭉 빠지는 게 낫겠어. 어차피 출입 제한 때문에 전장은 광화문, 홍례문, 근정문 순으로 이동할 테니 뒤로 가면 갈수록 안전할 거야."

쾅!

뒤에서 다시 폭음이 울렸다. 재석의 표정이 다급해진다.

"대하야."

"아니, 잠깐. 아예 쭉 빠지자고? 전쟁은?"

"난 일반인이고, 너도 이미 싸울 만큼 싸웠어. 이면 세계에 들어온 지 얼마나 되었다고 이렇게 패기가 넘쳐?"

"하지만."

"게다가 이 난리여도 지금 상황은 나쁘지 않아. 이미 공주님은 이미 이 모든 상황을 예상하고 준비해 왔으니까."

단언하는 말에 뭔가 새삼스러워져서 재석의 얼굴을 보았다. 그러고 보면 이 녀석은 일반인인 주제에 꽤 깊게 이 전쟁에 관여하고 있다.

그저 평범(?)한 재벌 3세라고 생각했는데 나름의 사정이 있는 모양이다.

"그러니까 모든 게 계획대로다?"

"어떻게 그런 건방진 소리를 하겠어? 하지만……. 사실 지금 상황은 그 이상이야. 상상 이상으로 너무 잘 풀렸어. 네 깽판도 한몫했지."

나는 쓰고 있던 우자트를 조정하여 전체적인 전황을 살펴보았다. 박살 난 광화문과 이미 경복궁 안으로 들어오기 시작한 주가의 전투 병력이 보인다.

여기저기 쓰러진 시체들과 셀 수 없이 쏟아지는 주문들, 화살들, 그리고 포격과 총격까지.

"아."

그리고 나는 알았다. 알아볼 수 있었다.

물론 초보 능력자인 네까짓 게 뭘 알아볼 수 있냐고 반문할 수 있을 것이다.

틀린 말은 아니다. 틀림없이 나는 영능을 수련한 지 얼마 되지 않은 초보였으니까.

그러나 동시에.

나는 전쟁의 전문가다.

"…그렇군. 이미 이긴 것이나 다름없군."

"그렇게까지 말할 정도는."

"아니, 그렇게 말해도 충분해. 물론 주가는 엄청난 기세로 몰아붙이고 있지만……. 막히고 있어."

그렇다. 막히고 있다. 틀림없이 이가에도 피해가 누적되고 있었지만, 이가의 진형은 서서히 물러나고 있을 뿐 무너질 기미가 전혀 없다.

이런 [어영부영 막히는] 그림은 주가에게 치명적이다. 차라리 덤빌 엄두도 못 내고 후퇴하게 되면 다행이지 상황이 이렇게 흘러간다면.

　나는 그 순간, 전쟁의 흐름이 처음부터 끝까지 훤히 보이는 것을 느꼈다.

　그리고 전쟁은 바로 그 예측대로 흘러갔다.

영웅은 꽃처럼 지고,
신은 불처럼 타오른다1

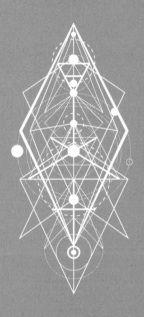

경복궁은 이가에게 압도적으로 유리한 전장이다. 경복궁을 둘러싸고 있는 [출입 제한]은 대마법사의 궁극 마법이 적용된 결계로 이면 세계의 그 어떤 능력자도 파괴할 수 없는 절대적인 방어력을 자랑하니까.

그 때문에 주가의 병력은 오직 광화문을 포함한 [허가구역]을 통해서만 공성전을 진행할 수 있다. 정확한 범위를 말하자면 광화문의 약 2배 정도 되는 범위의 성문과 성벽을 파괴할 수 있을 뿐 그 외 범위의 성벽은 타고 올라갈 수도, 파괴할 수도 없는 것.

그러니까 결국 문제는 숫자뿐이다.

3만 대 15만이라는 그 절대적인 차이.

주가는 공성전이 벌어질 수도 있다는 사실을 알고 있었기에 압도적인 규모의 술법사들을 대동하고 있었고, 그들은 광복궁을 포함한 [허가구역]에 무시무시한 폭격을 날렸다. 그것은 일종의 제압사격과도 같은 효과를 발휘했기에 주가의 병력이 조금씩조금씩 경복궁 안으로 침입할 틈을 만들었다.

'이 페이스대로 전쟁이 계속 진행된다면 결국 이가는 멸망할 수밖에 없겠지.'

그 말대로다.

이 페이스대로 전쟁이 계속 진행될 수 있다면 말이다.

"이건 글렀군. 난 빠지겠다."

쏟아지는 화살을 피하며 전투를 수행하던 무사 하나가 이를 갈며 몸을 뺀다. 이미 땅에는 시체가 언덕을 이루고 있고 피가 강이 되어 흐르고 있다.

많은 이가의 능력자들이 죽었다. 이가의 역사를 통틀어봐도 유례없을 정도로 엄청난 피해.

그러나······. 죽어가는 그 이상으로 많은 주가의 능력자들이 죽었고, 또 죽어나가고 있다. 교환비 자체도 주가가 생각하던 수준을 한참 넘어섰으며, 더 큰 문제가 있었으니 바로 교전 시간이었다.

그렇다. 전쟁이.

길어지고 있다.

"가만 보니 이 개새끼들이 우리를 선두에 세우고 있잖아? 우리는 이기는 전투를 도우러 온 거지 죽어주러 온 게 아니다!"

"제길. 이딴 상황이 될 줄 알았으면 우리 양산박은 애초에 끼지도 않았다, 망할 것들아!"

용맹을 자랑하며, 흉포함을 뽐내며 달려들던 주가 능력자들의 표정이 점점 어두워지기 시작했다.

엄청난 술식을 소모해 광화문을 뚫었더니 흥례문을 중심으로 한 방어진이 이미 완성되어 있었다. 그 또한 엄청난 피해를 감수하고 뚫었더니 근정문을 중심으로 한 방어진이 펼쳐져 있다.

어떻게든 선회해 넘어가려 했지만, 국립고궁박물관은 이미 요새화되어 있고 건춘문으로 향하는 광장은 온통 지뢰밭이다.

엄청난 피해를 감수하고 그 모든 방해를 뚫고서 전진했을 때는, 이미 근정문을 중심으로 철옹성이나 다름없는 방어선이 펼쳐져 있었다.

여기까지 40시간이 걸렸다.

"이건, 이건 아니야. 뭔가 잘못되고 있어."

"제길! 도저히 방어를 뚫을 수가 없어! 준비가 너무 잘되어 있다고!"

"내부에서 호응이 있을 거라면서! 왜 아무 반응도 없는 거야?!"

자신만만하던 주가의 전쟁 계획은 이미 완전히 어그러져 있다. 이미 입은 피해가 너무나 크다.

도황이 검마에게 별다른 피해조차 입히지 못한 채 패배하며 예기가 꺾여 버렸고, 시스템의 빈틈을 찌르는 비수(匕首)가 되어야 했을 비선별 인원들이 제대로 된 저항조차 하지 못한 채 몰살당해 버렸다.

거기에 그들을 노리고 쏘아졌던 화살들에 함께 죽어나간 선두 병력들 때문에, 진형 자체가 완전히 뭉개진 상태에서 전투를 시작하기까지.

주가의 입장에서, 이미 모든 상황은 상정해 둔 최악을 넘어서는 상황으로 흘러가고 있다. 소모한 시약과 마법 물품들도, 죽어간 능력자의 숫자도 이미 감당이 안 되는 수준에 이르러 버렸으니 이대로는 이겨도 이긴 게 아닌 처지가 되어버린 것.

물론 압도적인 병력 차이가 있으니 이대로 계속 밀어붙인다면 엄청난 피해를 볼지언정 승리는 주가의 것이겠지만, 지금 이곳에 있는 이 대군(大軍)은 결코 통일된 하나의 집단이 아니다.

"잠시 정지! 즉시 우측으로 빠져라!"

"강 대인? 지금 뭐 하는 거요?"

느닷없는 병력의 이탈에 당황하는 소리가 터져 나오자 상의를 탈의한 근육질의 사내가 이를 악물고 소리쳤다.

"정말 너무하는구려! 좋은 마음으로 돕고자 온 우리를 이런 사지(死地)로 몰아넣다니!"

"웃기는 소리군! 전장이란 본디 삶과 죽음이 오가는 공간! 설마 지금 와서 배신하겠다고?"

병력을 지휘하던 주가 무사의 외침에 금강문의 수련자가 발끈해 소리친다.

"배신이라니 말을 함부로 하는군! 아무리 같은 중국인이라 해도 우리는 주가 소속이 아니라 금강문의 수련자! 이미 너무나 큰 피해를 보았으니 이미 할 만큼 했다고 보오!"

그 말과 동시에 주가의 전면부에 있던 금강문의 능력자들이 우르르 물러선다. 그리고 그것이 시작이었다.

"저희 지고마탑도 이쯤에서 빠지겠어요. 소중한 제자들이 너무나 많이 죽었습니다."

"양산박도 빠진다! 이 젠장할 것들! 15만 중 5만 가까이 죽었는데 죽은 주가 놈은 한 줌도 안 되는구나!"

"흑암파도 빠지겠소. 더 돕고 싶지만……. 자금성을 잃어버린 주가가 우리의 피해를 제대로 보상하지 못할까 우려가 되는 바 어쩔 수가 없구려."

아직도 10만 가까이 남아 있던 주가군 전체가 술렁이기 시작한다.

주가군(軍)이라는 단어로 뭉뚱그려 표현했지만 사실 중국의 모든 능력자가 주가의 소속인 것은 아니다. 그저 스스로를 황실이라 주장하는 주가를 대부분의 중국인 능력자들이 인정하고 있기에 나오는 대표성일 뿐.

그들이 주가를 따랐지만 그렇다고 그들 모두가 주가인 것은 아니다. 15만이라는 엄청난 숫자는 중국 내의 거대 단체들, 그러니까 5대 무파 중에서는 금강파(金剛派), 흑암파(黑暗派), 진천파(振天派)가. 3대 마탑 중에서는 지고마탑이 더해진 결과이며 더불어 무수히 많은 군소 세력에게 지원받거나, 대가를 주고 받아들였거나, 심지어는 끌고 온 이들까지 더해진 결과였으니까.

그들은 중국인이기 이전에 각자 자신의 단체를 가진 존재들이다. 지금까지처럼 주가가 압도적인 영향력이나 권리, 혹은 대표성을 가졌을 때라면 모르겠지만 이미 본진마저 잃어버린 그들을 위해 어쩌면 공멸(共滅)할지도 모를 최악의 전쟁을 대신 수

행해 줄 수는 없는 일이었다.

"…진천파도 빠지겠소. 이런 무의미한 전투에 문도들을 더는 희생시킬 수는 없으니."

"태룡인(太龍人)들 역시 이쯤 하겠습니다."

10만의 군세 중 절반이 넘는 숫자가 천천히 병력을 빼기 시작하자 전투가 소강상태에 빠진다. 분위기가 이상하게 흘러가자 적게는 십수 명씩. 많게는 백여 명씩 참가한 군소 단체들 또한 무기를 늘어뜨리기 시작했다.

"잠시 대기."

그 분위기를 눈치챈 공주가 손을 들었고, 그것을 본 리프가 화살을 쏘아대고 있던 화랑단을 막았다.

전쟁이 멈췄다.

"이, 이! 이 배신자들!!"

"지금 뭐 하는 거냐!"

주가 측 능력자들이 당혹스러워하며 소리친다. 이제 전장에서 전쟁을 원하는 것은 오직 그들뿐이었으니까.

이미 자금성을 잃어 이가를 몰살, 혹은 항복시키고 경복궁을 정복해야 하는 게 그들의 입장이었는데 분위기가 이상해지고 있었으니까.

그들은 오히려 더 발악하며 마법을 쏘아내고 검을 휘둘렀지만 그렇다고 분위기가 바뀌지는 않았다. 왜냐하면, 모두들 슬슬 깨닫고 있었기 때문이다. 과연 반도 채 남지 않은. 심지어 기세가 크게 꺾인 그들이 경복궁을 점령하는 게 가능할 것인가?

하지만 어쩐 일인지 주가의 대장이라고 할 수 있는 권황은 별로 당혹스러워하는 기색이 아니다.

"아미타불."

그는 고요히 염불을 외우고 있다. 초탈하게까지 보이는 그의 분위기는 그가 불과 10여 분 전만 해도 수라(修羅)처럼 수백의 사람을 때려죽인 사람이라는 사실을 의심하게 만들 정도다.

"권황님! 어찌해야 합니까?"

"명령을 내려주십시오. 권황님!"

"주가와 연락이 되지 않습니다! 뭔가 작전이 있는 겁니까?"

군을 이끌고 있던 주가의 고위 능력자들이 자신들의 임무조차 내팽개치고 물어오고 있음에도 권황은 대답하지 않고 염주만 굴렸다.

"권황님?"

"…권황?"

마침내 웅성웅성하던 주가의 능력자들까지 뭔가 이상하다는 것을 깨닫고 조용해지기 시작한다.

권황이 눈을 뜬 건 바로 그쯤이었다.

"정말이지… 어쩔 수 없는 상황이 되었군."

"흡?"

"뭣?!"

"이런 미친……!"

주가의 수뇌부들이 크게 술렁인다. 주가는 물론이고 권황을 보고 있던 사람들 모두 놀라 한 걸음씩 뒤로 물러섰다. 권황의 눈이 검은자위도 흰자위도 없이 새빨갛게 물들어 있다. 권황이 씹어 토해내듯 말했다.

"아미타불(阿彌陀佛)."

푸욱!

권황이 어디선가 나타난 고풍스러운 보검으로 자신의 심장을 찔렀다. 어쩐 일인지 피는 한 방울도 나오지 않았는데 그 대신 시뻘건 기운이 사방으로 퍼져 나간다.

"하늘을 검게 물들일 마신(魔神)이여! 약속된 제물이 여기에 있으니 계약에 따라 임하시오!"

"혈마기! 미친! 권황 당신이 혈마기를 다루다니⋯⋯!"

"아니, 그보다 저건 의천검(倚天劍)이잖소! 봉인기(封印器)를 쓰는 건 협약 위반이오!"

"당신 미쳤어?! 이렇게 되면 다른 세력들도 봉인기를 꺼낼 명분이 생기오! 당장 이가부터 봉인기를 꺼낼 텐데!!"

주가의 동맹들은 물론이고 주가 소속의 능력자들마저도 기겁해 소리친다. 권황의 아군이 그러할진대 적인 이가의 반응은 뻔하다.

"저 노친네가 완전히 미쳤군! 제정신이 아니야! 당장 조치하고 모든 세력에 이 사실을 전파해야 하오!"

"대마법사께서 돌아가신 지 얼마나 되었다고 벌써 그분의 명령을 어긴단 말인가!!"

"제대로 해결하지 못하면 자칫 세계대전이 벌어질 것이오!!"

잠시 소강상태에 빠졌던 전장이 다시금 달아오르기 시작한다. 결연하고 분기 탱천 하는 분위기. 그러나 위성처럼 하늘에 떠 알바트로스함의 시점에서 모든 걸 내려다보고 있는 내 생각은 좀 달랐다.

'귀엽구먼.'

우걱우걱.

산처럼 쌓인 김밥들을 씹어 먹어 소모된 칼로리를 충당하며 봉인기라는 것들에 대해 생각했다. 대마법사가 막대한 재화와 시간을 소모해 하나하나 만들어냈다는 명품 중의 명품. 너무나 강하기 때문에 종말의 그날까지 봉인해야 하는 위대한 신기(神器).

'그래 봐야 상급 마법기인데 말이야.'

그렇다. 기껏해야 상급 마법기에 불과한 것들이 바로 지구에서 봉인기라고 불리는 병기들의 정체다.

물론 최고 수준의 능력자가 10레벨. 그러니까 완성자에 불과한 지구에서는 적정 레벨이 15가 넘는 상급 마법기는 신기로 보일 수도 있겠지.

[그래도 이름만큼은 하나같이 어마어마합니다. 엑스칼리버에(Excalibur)에 천부인(天符印)에 미스텔테인(Misteltein)에 초치검(草薙劍), 브류나크(Brionac)까지. 이런 하위 문명에서 흔히 있는 일이긴 합니다만…….]

[모조품들 가지고 잘난 척하는 걸 보면 참. 아! 그러고 보니 그 보람이라는 여자아이는 궁니르를 들고 다녀서 정말 웃겼는데.]

'니무 그러지 마. 나름대로 자부심을 가진 무기들이잖아.'

약간 홍보는 분위기가 되어버려 자제시키자 아레스가 동그란 눈으로 반문했다.

[음? 아니 내가 웃긴다는 건 그 이야기가 아닌데.]

'그럼 뭔데?'

[그야 궁니르가 지금.]

거기까지 말했을 때였다.

—캬캬캬캬! 어리석은 필멸자야.

앞이 보이지 않을 정도로 어두운.

끝이 보이지 않을 정도로 무자비한.

마주하기 어려울 정도로 참혹한.

—그 제물. 받겠다!

그러한 악(惡)이 눈을 떴다.

권황의 주위로 뿜어졌던 시뻘건 기운이 허공의 한 지점에 뭉쳐 검게 물들었다.

그것은 잠시 후 인간의 형상을 취했고, 그것의 입이라고 추정되는 부분이 찢어질 듯 크게 벌려졌다.

웅!

동시에 아직도 주가 병력 중 상당수의 몸에서 시뻘건 기운이 뿜어졌다.

그들의 공통점은 하나같이 주가의 병력이 아니라 주가를 돕기 위한 외부 병력이었다는 점이다.

"이 술식! 이 낙인! 권황! 아니, 주가!!!!!! 설마 우리에게 제물의 낙인을 찍은 거냐?!"

"이건 절대 하루 이틀 만에 준비할 수 있는 술식이 아닌데. 아니, 그냥 술식도 아니고… 설마 이 많은 사람에게 기생 벌레를 심었단 말인가? 대체 언제?!"

"어, 어서 해주를……."

여기저기에서 비명이 터져 나왔다. 그들은 저항하려 했지만, 그럴 틈도 없었다.

푸확!!

언뜻 보아도 수만 명이 넘는 사람들의 몸에서 피 분수가 뿜어진다.

비명도 지르지 못하고 쓰러진 사람들의 위에서 검은 인간이 광소(狂笑) 한다. 그저 검기만 하던 그의 모습이 점점 뚜렷해져 화려한 관을 쓴 사내의 모습으로 화한다.

—크하하하하! 만족스러운 제물이로구나! 이제 소원을 말하라!

"새로운 제물을 바치겠소. 방식은 자율. 대상은 경복궁 안의 모든 인간. 이는 소원이 아니라 대가를 더하는 것이니 코스트의 감소는 절반으로 하지."

—크큭, 과연 약삭빠르구나. 물론.

새까만 기운이 하늘을 뒤덮는다.

―거절하지 않겠다!

섬뜩한 외침이 경복궁 전체를 쩌렁쩌렁 울린다. 내가 음식들을 먹는 동안 여러 사람과 대화를 나누고 있던 재석이 창백한 얼굴로 다가왔다.

"뭐야. 뭐가 어떻게 되어가고 있는 거야? 이 목소리는 뭐지? 대하야, 너 뭣 좀 알아?"

"왜 알 거라고 생각하는데?"

"왜냐하면… 이곳에서 너 혼자 태연하게 있으니까."

그의 말에 나도 모르게 주변을 둘러봤고, 이내 안가에 숨어 있는 수많은 이들의 눈동자를 볼 수 있었다.

그곳에는 온갖 감정이 휘몰아치고 있다. 공포, 기대, 혼란과 걱정 등등.

그들은 지금 이 전쟁의 결과에 따라 자신들의 인생이 완전히 뒤바뀌게 되리라는 것을 알고 있다. 국가와 집단의 흥망성쇠라는 거대한 흐름 속에서 개개인의 사정과 운명 따위는 얼마든지 휩쓸려 버릴 테니까.

'하지만 상관없지.'

그러나 그들의 눈을 무시했다. 감정을 털어버렸다, 내가 관여할 바가 아니다. 관찰자에 불과한 나는 이 모든 상황을 별다른 감흥 없이 지켜보고 있을 뿐이니까.

"아직도 상황 파악이 잘 안 되었나 보지."

아무 말이나 대충 지껄인다. 그만큼이나 나는 이 상황을, 수많은 사람이 죽어나가고 있는 [전쟁]을 남 일처럼 여기고 있던 것이다.

그러니 인정할 수밖에 없다.

나는 방심하고 있었다. 이 전쟁을 마주한 난 그저 구경꾼이자 참견꾼일 뿐 이 참사의 당사자가 될 거라고는 조금도 생각지 않고 있었으니까.

변명하자면…….

나는 지구에 와서 그 누구에게도 위협을 느낀 적이 없다. 계속 나 스스로는 약할 뿐이고 초보 능력자일 뿐이라고 되새기고 있었지만, 그래 봐야 그 모든 조건을 뛰어넘는 무시와 멸시가 내 마음속 깊은 곳에 있었다.

어쩌면 당연한 일일지도 모른다.

지구의 이면 세계에서는 모두의 존경을 받으며 신처럼 추앙받는 대마법사조차도 대우주에서는 그저 무수히 많은 초월자 중 한 명일 뿐이다.

대우주에서도 커다란 세력을 가지고 있던 레온하르트 제국의 공작들조차 내가 영력을 개방했을 때 감히 눈을 마주치지 못했다.

지구 따위는 감히 비빌 수도 없는 무수한 세력을 이끌고, 또 스스로도 초월자급 생체력 수련자였던 하워드 공작은 [내] 심기를 건드렸다는 이유로 그 세력이 통째로 괴멸당하는 비극에 처하고 말았다.

지구에 와서 이능을 각성하고 또 열심히 수련했지만 그건 절대 [힘]을 얻기 위한 수단이 아니다.

초월지경까지의 모든 길이 상세히 안내된 경천칠색?

정령계에 입성하자마자 정령신을 만나 고유세계까지 다루게 된 정령술?

초월자들이 정성을 다해 만들어낸 본보기들이 가득한 대장술?

그것들은 물론 대단한 수련법들이었지만 내가 태어날 때부터 영혼 안에 품고 있던 신성(神聖)에 감히 비할 바가 아니다. 내가 그것들을 수련하는 것은 오로지 나 자신의 힘과 영혼을 다스리기 위한, 굳이 말하자면 건강을 위해 헬스를 다니거나 다이어트를 위해 식단을 조절하는 등의 행위에 불과하지 거기에서 얻게 될 힘은 그저 덤에 불과한 것이다.

그만큼이나 지구, 이면 세계는 나에게 위협의 대상이 아니다. 잘났다고 힘을 뽐내고 잔혹함 앞에서, 역사와 전통을 자랑하는 자부심 앞에서 나는 조금의 위협감도, 위압감도 느끼지 못했다.

아니, 오히려 나 스스로가 신성에 취해 그들 모두를 멸망시킬까 두려워했었지.

이 유리잔 같은 세상.

이 솜털 같은 세상.

그렇기에 예상하지 못했다. 온갖 불길한 힘을 뿜어내며 권황이 마신이라는 존재를 불러냈을 때조차도 그저 신기해했을 뿐 예상하지 못했다.

그 연약한 세상도, 얼마든지 나에게 상실감을 안겨줄 수 있다는 사실을.

"안 돼! 지니! 아레스!! 지금 당장……!"

벌떡 일어나 소리쳤다. 그러나 너무 늦어 있었다. 나의 인지
능력은 그다지 빠르지 않다. 그냥 흔하디흔한 생체력 수련자에
불과했으니까.

푸확!!!

거대한 악의(惡意)가 이가의 병력을 향해 쏟아졌다. 어마어마
한, 마치 해일과도 같은 힘이었다.

"형을 지켜……!!!"

[대기하고 있던 황금기사가 움직였습……. 맙소사! 이건 말
도 안 돼……!!]

부풀어 오르는 악의에 지니가 비명을 질렀다. 아레스조차
깜짝 놀랐다.

[초월의 힘이라고?! 어째서 이런 것들이?! 이까짓 제물 좀 바
쳤다고?!]

"뭐, 뭐야, 저건?! 뭐냐고!"

"으아악!!"

악의로 가득 찬 파도가 이가를 향해 쏟아졌다.

콰과광!!!

하늘에서부터 폭격이 쏟아져 암흑의 해일을 후려쳤다. 그저
평범한 폭격이 아닌, 아이언 하트에서 쏟아진 폭격이었음에도
암흑의 해일을 1초 정도밖에 막아서지 못한다.

쿵!

그러나 그 막간의 시간을 벌었기에 황금기사는 형의 앞에 떨
어져 내릴 수 있었다. 황금기사의 정면에는 이미 전력으로 전
개된 황금 방패가 있다. 모든 황금기사들에게 내장된 강대한

방어형 어빌리티.

"형! 들리지?!"

내가 소리쳤다. 비록 안가에서 소리치고 있었지만, 그 말은 우자트를 통해 알바트로스함에 전달되고 또다시 황금기사에게 전달되어 형의 귀에도 들어갔을 것이다.

나는 우자트의 안경알을 통해 경복궁 안을 몰아치고 있는 악의의 파도를 보았다.

수백 수천 년 동안 쌓인 악업이 형상화되기라도 한 것처럼 압도적인 규모의 힘.

단지 힘의 규모만이 큰 것이 아니라 그것들은 이 세상의 이치를 [초월]한 힘을 담고 있었다.

고작해야 완성자에 불과한 권황이, 아무리 사이한 힘과 제물을 바쳤다고 해도 이만한 규모와 수준의 힘을 어찌 다룰 수 있다는 말인가?

'아니다.'

뒤늦게 나는 상황을 파악했다. 허공에 떠 있는 저 새카만 존재. 권황이 마신이라 부른 존재.

'죽은 초월자의 영혼을 소환한 거야!!!'

나는 벌떡 일어나며 소리쳤다.

"황금기사의 등에 바짝 붙어!"

나는 이대로 형이 황금기사의 뒤로 붙으면 충분히 악의의 파도를 견뎌낼 수 있을 것이라는 사실을 알았다. 아무리 초월의 힘이라 하더라도 검은 인영이 힘을 발휘하는 범위는 너무나 넓다.

아이언 하트의 상성 보정을 받고 방어에 특화된 인급 기가스 황금기사의 힘이라면 적어도 극히 일부의 영역을 지키는 것은 가능할 테니까.

그러나.

팟!

화면 속의 형이 황금기사의 어깨를 박차고 뛰어오르는 모습이 보인다.

"미친, 안 돼……!!!"

그러나 내가 더 뭘 하기도 전에.

일참(一斬)이 악의를 갈랐다.

—이런… 하찮은.

해일처럼 몸을 일으키던 모든 악의가 흩어진다. 허공에서 광소하던 검은 인영은 믿어지지 않는다는 듯 자신의 몸을 가르고 있는 거대한 [균열]을 보았다.

"하하, 그러니까 방심하면 안 되지."

그리고 그런 그의 앞에 형이 떠 있었다. 자의로 떠 있는 것은 아니다. 촉수 같은 검은색의 기운이 형의 온몸을 관통하고 있다.

"끝까지 제멋대로라 미안해, 대하야. 그래도."

피를 폭포수처럼 쏟아내 창백해진 얼굴로 형이 사과했다.

"그녀를 부탁해."

쿠오오오————!

─아, 안 돼! 이, 하찮은 필멸자 놈이─────!!!

비명과 함께 허공에 떠 있는 균열이 모든 것을 집어삼켰다. 그 모든 것이 순식간에 벌어진 일이었다.

해일같이 밀려오던 악의도, 그것을 일으켜 낸 마신이라는 존재도. 그리고 그에게 달려들었던 한 명의 검사조차도 모조리 사라지고 없다.

"……."

"…뭐야."

"이게 대체……."

한순간 적막이 내려앉은 전장의 모습이 보인다. 멍한 표정의 사람들도 보였다. 그 꼬락서니가 보기 싫어서 우자트를 벗어버렸다.

"대상 지정. 영민이 형."

성큼성큼 걸어가며 말한다. 그리고 대답하듯 눈앞으로 텍스트가 떠오른다.

[대상이 존재하지 않습니다.]

"대상 지정. 영민이 형."

[대상이 존재하지 않습니다.]

"이동!!!"

[대상이 존재하지 않습니다.]

"……."

아무 말 없이 걸어나간다. 안가의 문까지 걸어가자 안가를 지키고 있던 수문장이 내 앞을 가로막는다.

"전쟁이 끝나기 전까지 안가는 봉인이다."

"전쟁은 끝났어."

"헛소리하지 말고 들어가라."

"대상 지정. 민경."

팟!

일순간 배경이 변한다. 함화당의 지하에 있던 안가는 물론이고 근정전에도 공간 이동을 방해하는 온갖 술식과 수단들이 준비되어 있었지만 재앙급 타이틀, [인류의 재앙]이 가지는 공간 이동은 모든 방해를 무시하는 〈절대 이동〉 효과를 가지고 있다.

이미 소모해 보았던 능력이지만, [악인을 1회 살해할 때마다 이동 스택 1 충전(최대 10회)]의 효과로 이미 회복되어 있다. 이 칭호가 판단하기로, 전쟁터에서 내 손에 죽은 누군가가 악인이었던 모양이다.

좌창!

"누구냐!"

"어떻게 여기로 공간 이동을?!"

"아니, 잠깐. 저 녀석은……."

반사적으로 무기를 겨누었던 이가의 무사들이 내 모습을 확인하고 어안이 벙벙한 표정을 짓는다.

여전히 주가도, 이가도, 그리고 그 전쟁에 끼어든 다른 이들도 정신을 못 차리고 있는 상태였기에 그들은 반사적으로 무기를 겨누고 있을 뿐 어쩔 줄 모르고 있다.

언제나 당당한 태도를 유지하던 민경 역시 멍하니 나를 보고 있을 뿐.

나는 그 모두를 무시하고 전장을 가로질러 형이 사라졌던 자리로 걸었다.

"…네놈. 여기에는 왜 왔지."

망연자실 서 있던 권황이 말을 걸었다. 나는 무시하고 바닥을 살폈다. 거기에는 형이 들고 있던 커터 칼이 있었다.

"내 말 안 들리나?"

미친 노인네가 뭐라고 떠들었지만 제대로 귀에 들어오지 않는다. 그저 커터 칼을 들고 가만히 있었다.

이게 다다. 남은 것이라고는 이 커터 칼과 바닥에 잔뜩 쏟아져 있는 형의 피뿐이었다. 그마저도 다른 이들이 쏟아낸 피와 뒤섞여 구별조차 잘되지 않는다.

"하하."

너무 어이가 없어서 웃음밖에 나오지 않는다.

형은 살 수 있었다. 그리 어려운 일이 아니었다. 그냥 내 말대로 황금기사의 등 뒤로 숨었다면 악의 가득한 어둠의 파도쯤 얼마든지 버틸 수 있었을 테니까. 아니, 그 거대한 참격을 날릴 수 있는 형이라면 굳이 황금기사가 아니더라도 스스로의 몸을 추스를 수 있었을 것이다. 참격을 날려 균열을 만들고 그 안으로 피한다면 얼마든지 악의의 해일을 피해낼 수 있었을 테니까.

"하하하하!"

그러나 형은 알았다. 만일 형이 그렇게 스스로의 목숨을 지켰다면…….

자신이 뒤에 있던 이가의 모든 병력이, 그리고 그들을 이끌던 대한제국의 황녀가 죽게 될 것이라는 사실을.

나는 스스로에게 물었다.

대체 뭐지?

이게 무슨 상황이지?

어쩌다 상황이 이렇게 되었지?

믿을 수가 없었다. 상황이 이렇게 될 거라고는 상상조차 하지 않았다.

수많은 죽음으로 가득한 전쟁에 참여하고서도, 이런 상황이 될 거라고는 전혀 예상치 못했던 것이다. 형은 내가 봐도 부족함이 없을 정도로 강했으며, 만약을 위한 대비 역시 충분히 해놓았으니까.

"해명은 나중에 듣기로 하고. 일단 빠져야겠습니다, 권황님. 저 멍청한 놈이 검마의 동생이라고 하니 이대로 잡아가서."

"…구나."

"뭐라고?"

난데없는 내 말에 의문을 표하는 녀석을 보며 몸을 돌렸다.

"정말 어쩔 수가 없구나, 이."

그리고 말한다.

벌
레
들
아

『당신의 머리 위에 2부』 1권 끝